किसान आन्दोलन
ग्राउंड जीरो

2020-21

मनदीप पुनिया

किसान आन्दोलन
ग्राउंड जीरो

2020-21

सार्थक
राजकमल प्रकाशन का उपक्रम

ISBN : 978-93-95737-40-1

मूल्य : ₹299

पहला संस्करण : 24 नवम्बर, 2022
तीसरा संस्करण : नवम्बर, 2023

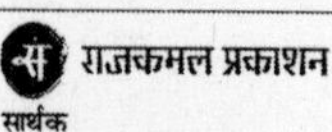

प्रकाशक
राजकमल प्रकाशन प्रा.लि.
1-बी, नेताजी सुभाष मार्ग, दरियागंज
नई दिल्ली-110 002

शाखाएँ
अशोक राजपथ, साइंस कॉलेज के सामने, पटना-800 006
पहली मंजिल, दरबारी बिल्डिंग, महात्मा गांधी मार्ग, प्रयागराज-211 001
1, अनमोल सोराबजी संतुक लेन, धोबी तलाव, मरीन लाइंस, मुम्बई-400 002
वेबसाइट : www.rajkamalprakashan.com
ई-मेल : info@rajkamalprakashan.com

मुद्रक
बी.के. ऑफसेट
नवीन शाहदरा, दिल्ली-110 032

KISAN ANDOLAN : GROUND ZERO [2020-21]
by Mandeep Punia

किसान आन्दोलन में शहीद हुए
किसानों के नाम

क्रम

तूफान से पहले

हरियाणा के बैरिकेड

30 जनवरी, 2021 की सर्द शाम थी। मैं किसानों पर एक रोज पहले भीड़ द्वारा किए गए हमले पर रिपोर्ट करने के लिए सिंघु बॉर्डर पर मौजूद था और दिल्ली के आखिरी किनारे पर सजे पुलिस के बैरिकेड्स के पास खड़ा पत्रकारों के साथ किसान नेताओं की प्रेस कॉन्फ्रेंस का इन्तजार कर रहा था जो कुछ देर बाद होनेवाली थी।

मोर्चे के पास में पसरे कुंडली औद्योगिक इलाके के मजदूर जब दिल्ली अपने घरों को जाने के लिए पुलिस के इन बैरिकेड्स को पार करने लगे तो पुलिस के जवानों ने उन्हें रोक लिया और भद्दी गालियाँ देकर वापस भगाने लगे। यह सब देख रहे पत्रकार धर्मेन्द्र अपना फोन निकालकर इस घटना की वीडियो बनाने लगे। अभी कुछ सेकेंड ही हुए थे कि कुछ पुलिसवालों की नजर उन पर पड़ी और वे उनसे उलझने लगे। फोन छीनने की कोशिश करने लगे। यह सब हम कई पत्रकारों के सामने हो रहा था। धर्मेन्द्र के साथ हो रही इस बदतमीजी का विरोध करते हुए हम पत्रकारों ने अपने टूटे-फूटे स्वर में कहा, "साहब छोड़ दीजिए, पत्रकार है।" पुलिसवालों ने साँस लेने भर को हमारी तरफ देखा और तभी एक आवाज आई, "वह रहा मनदीप पुनिया।" मैं कुछ समझ पाता उससे पहले ही पुलिसकर्मियों ने मेरे ऊपर लाठियों से हमला कर दिया था। वे मुझे और धर्मेन्द्र को लाठी-डंडे मारते और घसीटते हुए पास के एक तम्बू में ले गए। अन्दर पटकते ही पुलिसवालों का हमला इतना तेज हो गया कि समझ ही नहीं आ रहा था कि कहाँ से लट्ठ पड़ रहे हैं। जवानों की गश निकल जाने तक लाठियाँ चलती रहीं। लाठियाँ रुकीं तो मेरा और धर्मेन्द्र का फोन छीन लिया गया। गले में टँगा कैमरा भी।

नौजवान पुलिस कप्तान जितेन्दर मीणा दौड़कर मेरे और धर्मेन्द्र के पास आए और पुलिस के डंडों से घायल अपने हमउम्र-से हम पत्रकारों को देखकर

किसी अभिनेता की तरह माफी माँगने लगे। धर्मेन्द्र और मैं, अभी तक डंडों की कराह के बीच दोनों यही सोच रहे थे कि 'मेरी वजह से दूसरा फँस गया है।' हम दोनों का सन्निपात टूटा और मीणा को देखने लगे। मीणा ने माफी माँगने के बाद पास खड़े पुलिस के अपने कारिंदों को इस तरह के बर्ताव के लिए हल्की-सी फटकार लगाई और हम दोनों को मेडिकल ले जाकर छोड़ देने के लिए कहा। हम कुछ समझ पाते उससे पहले ही हमें कुछ जवानों ने पुलिस की स्कॉर्पियो में बिठा दिया।

सफेद रंग की उस स्कॉर्पियो का इंजन पहले ही घरघरा रहा था। हमारे बैठते ही वह दिल्ली की ओर दौड़ निकली। धर्मेन्द्र सन्निपात से निकलकर पुलिसवालों से बातचीत करने लगे थे, लेकिन मैं अभी भी सिसकियाँ ले रहा था और सोच रहा था कि मेरी वजह से बेचारे धर्मेन्द्र को भी लाठियाँ पड़ गईं। सीधी दौड़ती हुई वह गाड़ी अचानक उलटे हाथ को मुड़ी और साथ चल रहे नाले के एक पुल को पार कर एक बस्ती में जा घुसी। सँकरी गलियाँ बल खाती हुईं गाड़ी को भी बार-बार घूम जाने पर मजबूर कर रही थीं। थोड़ी देर के बाद उसने हमें एक पुराने-से भवन में पहुँचा दिया। यह हरियाणा के किसी गाँव के सरकारी स्कूल-सा दिखता था, लेकिन वह अनजान जगह दिल्ली में ही थी, वह पुलिस थाना तो बिलकुल नहीं लग रहा था। मैं इस जगह को समझ नहीं पा रहा था कि यह क्या जगह है। बहुत बाद में धर्मेन्द्र ने ही बताया कि यह थाना ही था।

लोहे का बड़ा-सा एक गेट पार कर भवन के अन्दर घुसते ही मुझे और धर्मेन्द्र को अलग-अलग कमरों में ले जाया गया। पीले रंग की दीवारों के उस छोटे-से कमरे में जैसे ही मैं अन्दर घुसा मुझे सामने एक कुर्सी दिखी। मैं कुर्सी पर बैठने लगा तो पीछे खड़े जवान ने जोर से धक्का दिया और कुर्सी खींचकर खुद बैठ गया। "सुसराड़ मैह आ रह्या है जो कुर्सी चाहिए।" वह बोला।

मैं नीचे बैठने लगा तो उसने दीवार से सटी लकड़ी की एक पुरानी बेंच पर बैठने का इशारा किया। नजर झुकाकर अभी बैठा ही था कि दो अधेड़ पुलिसवाले अन्दर आए जिनके कंधों पर लगे हुए तारे बता रहे थे कि वह उनकी जमात के कोई बड़े अफसर हैं। कुर्सी पर बैठा सिपाही भी उछलकर खड़ा हो गया और जिस हाथ से कुर्सी खींची थी, उसी से अफसरों को जय-जय करने लगा। अफसरों ने उस पर ध्यान नहीं दिया और सीधा मुझे तलब किया। एक ने पेन निकालकर मेरा नाम और पता लिखा। दूसरे ने कहा, "आप हमारा

साथ देंगे तो हम भी आपका साथ देंगे। आप समझदार आदमी हैं। इन लोगों ने देश को तोड़ने की साजिश रची है। हमें पता है कि आप कई महीनों से इनको देख रहे हैं। कुछ के नाम बता दीजिए। इसी में राष्ट्र का भला है और आपका भी।" मैंने ध्यान से सुना और बस इतना ही कहा, "मुझे मेरे एडिटर से बात करनी है। मेरे परिवार से बात करनी है।"

काफी देर वह मेरी ओर देखते रहे और फिर वही राग अलापा, तो मैंने भी एडिटर और परिवार से बात करने की बात दोहराई। बड़े प्यार से उन्होंने मुझे पुचकारा और एक फाइल मेरी तरफ सरकाते हुए बड़ी धीमी आवाज में कहा, "अच्छा इसमें कुछ है, देख लो।" फाइल खोली तो उसमें मेरा एक फोटो कई सामाजिक कार्यकर्ताओं के साथ था। यह एक ही साल पुराना था। अगला फोटो लक्खा सिधाना का था, फिर किसी अधेड़ उम्र के सरदार का, फिर रमनदीप मान का, फिर रमन एसएफएस, अमरजीत मोहड़ी, मनधीर, नवदीप वाटर कैनन का, फिर कोई दो औरतों के। इस तरह करीब 20-22 फोटो मैंने देखे। जिसने मुझे यह फाइल दी थी, उसी ने मुझे व्हाट्सएप खोलकर एक फोटो दिखाया, जिसे 'संधू किसान नेता' नाम से किसी ने व्हाट्सएप पर भेजा था। यह एक पूरे पेज की फोटो थी, जिस पर पूरे 21 नाम लिखे हुए थे। ये वही नाम थे, जिनके फोटो मुझे दिखाए गए थे। सारे नाम पढ़ने के बाद मैंने फोन उन्हें वापस पकड़ा दिया। अफसर ने फिर कहा, "ये नाम खुद किसान नेताओं ने भेजे हैं जो बड़ी साजिश कर रहे हैं। अगर तुम अपनी और आन्दोलन की भलाई चाहते हो तो इनके बारे में सब हमें बता दो। हम तुम्हें छोड़ देंगे।"

मेरी चुप्पी को देखकर वह दोनों अफसर चले गए और उन्होंने उस छह फुटे जवान को भी अपने साथ आने का इशारा किया, जो तभी से पीछे खड़ा बगलें झाँक रहा था। तीनों के जाते ही कमरा मेरे साथ सूना पड़ गया। बेंच से उठकर बाहर झाँका तो देखा कोई नहीं था। हिम्मत करके बगल वाले कमरे में झाँका तो सामने धर्मेन्द्र भी मेरी तरह ही एक बेंच पर बैठा था। उसके ठीक सामने पुलिस का जवान बैठा था। वह धर्मेन्द्र को कुछ समझाने की कोशिश कर रहा था।

मुझे ताका-झाँकी करते देखकर वह जवान दौड़कर आया और मुझे फिर से धक्का दिया। एक बार फिर मुझे ठंडे फर्श के दर्शन हुए। खड़ा हुआ तो उसने मुझे जैकेट और जूते उतारने को कहा। जैकेट और जूते उतरवाने के बाद वह मुझे नीचे बैठ जाने को बोला। ठंडे फर्श पर उकड़ूँ बैठते ही उसने

पंखा चला दिया जो सर्दी के दिनों में बन्द रहता है, या फिर किसी मेरे जैसे हवालाती को सबक सिखाने के काम आता हो। पंखा चलाकर वह बाहर जाते हुए मुझसे कह गया, "पंखा तब तक चलता रहेगा, जब तक तुम हमारे साथ सहयोग नहीं करोगे।"

लेकिन उस सर्द रात में वह पंखा अपने जौहर नहीं दिखाना चाहता था, इसलिए ज्यादा शोर मचाता हुआ कम गति से हिलता-डुलता रहा, मानो वह भी मजबूरी में चक्कर लगा रहा हो। करीब बीस मिनट के बाद एक दूसरा अफसर आया, जिसका चेहरा मुझे साल 2013 से याद है। वह मेरा दोस्त था, जो पिछले ही साल आईपीएस बना था और अब दिल्ली पुलिस में अफसरी कर रहा था। लगभग रोते हुए उसने मुझसे कहा, "कुछ नहीं हो सकता भाई। दूसरे को छोड़ रहे हैं, लेकिन तुम्हें नहीं छोड़ेंगे। मैं कोशिश कर रहा हूँ लेकिन मेरे ऊपर भी कई सारे लोग हैं।" मैं ध्यान से उसे घूर रहा था। ठिठुरते हुए मैंने उससे कहा, "पंखा बन्द कर दो और जाओ। अपने इन मुलाजिमों को बस इतना कह दो कि बदतमीजी न करें।"

वह पंखा बन्द करके चला गया और एक दूसरा सिपाही आकर कुर्सी पर बैठ गया, जो मुझे देखे बिना ही अपना सफेद फोन चलाने में व्यस्त हो गया। कुछ ही देर बाद धर्मेन्द्र मेरे पास आए और उन्होंने मुझे कहा कि यह लोग एक अंडरटेकिंग पर हस्ताक्षर करवाकर हम दोनों को छोड़ देंगे। धर्मेन्द्र को छोड़ने की बात मुझे मेरे आईपीएस दोस्त से पहले ही पता लग गई थी, लेकिन उसने मेरी गिरफ्तारी की खबर भी दी थी। फोन चला रहे सिपाही ने धर्मेन्द्र को देखा और कहा कि आप अपने कमरे में जाओ। धर्मेन्द्र के चले जाने के बाद उस सिपाही ने मुझसे कहा, "भाईसाब, आपको नहीं छोड़ रहे। उसको छोड़ देंगे कुछ देर में।"

कहकर वह फिर अपने फोन में लग गया। उसकी आवाज से वह मुझे नरम आदमी जान पड़ा। उसकी नरमी को देखकर मैंने उससे कहा, "भाईसाब एक फोन कर लूँ।" उसने गाय जैसा चेहरा बनाकर कहा, "भाई, हमें मना किया गया है।" उसकी नरमी मुझे उकसा रही थी कि मैं उससे प्रार्थना करता रहूँ। मैं लगातार प्रार्थना करता रहा। प्रार्थना का असर गाय पर नहीं हुआ तो चारे के लिए मैंने अपनी जेब से बटुवा निकाला जो नकदी के मामले में तो खाली था, लेकिन उसमें मेरा एटीएम कार्ड था। कार्ड को उस सिपाही की टेबल पर रखते हुए मैंने कहा, "इसका कोड है 1112। इसमें सवा लाख रुपए हैं, सारे

आपके। बस एक फोन करने दो।" उसने कोई जवाब नहीं दिया। दो-तीन मिनट की शून्यता के बाद उसने बिना मेरा एटीएम कार्ड उठाए ही फोन मेरी तरफ बढ़ा दिया। फोन लेकर मैंने अपनी पत्नी के अभी आधे ही नम्बर टाइप किए थे कि कई पुलिसवाले कमरे में घुस आए और मेरे हाथ में फोन देख उस सिपाही पर चिल्ला उठे। उस सिपाही ने डरकर मेरे हाथ से अपना फोन छीन लिया। अफरा-तफरी में वे मुझे बाहर लाए और एक प्राइवेट नम्बर की कार में बिठा दिया। फिर इससे आगे खड़ी कार को हॉर्न बजाकर चलने का इशारा किया।

यह गाड़ी हमें अस्पताल में लेकर आई, उस समय अस्पताल की घड़ी में सुबह का डेढ़ बजा हुआ था। वहाँ कुछ औपचारिकता के बाद मुझे देखने एक डॉक्टर साहब आए, उन्होंने मेरे नंगे पैरों पर सूजन देखकर कहा, "बहुत मारा है क्या।" मैंने हाँ में सिर हिलाया ही था कि एक पुलिसवाले ने आगे बढ़कर कहा, "साब स्पेशल केस है। बस फॉर्मेलिटी करनी हैं।" डॉक्टर ने उस पुलिसवाले की तरफ कड़वा झाँका और कहा कि 'मैं जानता हूँ, यह सज्जन कौन हैं। इनकी गिरफ्तारी की खबर फैली हुई है। आप पीछे हो जाइए और मुझे अपना काम करने दीजिए।'

चोटें देखते हुए डॉक्टर ने मुझे बताया, "तेरी गिरफ्तारी का एक वीडियो वायरल हो रहा है और सारे मीडियावाले तुम्हारी ही खबर चला रहे हैं। तुम्हारे पत्रकार दोस्तों ने भी अलीपुर थाना घेर रखा है। सवेरे तक पुलिस को जनता को यह बताना पड़ेगा कि तुम्हें कहाँ रखा गया है और क्या मामला दर्ज किया है।" जिस समय वह डॉक्टर बड़े इत्मीनान से मेरी चोटें देखते हुए मुझे यह सब बता रहे थे ठीक उसी समय सोशल मीडिया पर मेरी गिरफ्तारी का वह वीडियो वायरल हो रहा था, जिसे वहाँ खड़े मेरे पत्रकार दोस्त मनप्रीत और गुरप्रीत ने बनाया था। सोशल मीडिया से ही खबर पाकर मेरे एडिटर हरतोष बल और अभिषेक श्रीवास्तव पुलिस से माथा मारना शुरू कर चुके थे, लेकिन पुलिस उन दोनों को कोई जानकारी नहीं दे रही थी। विनय सुल्तान, बसंत कुमार, गर्वित, संदीप सिंह और प्रभजीत सिंह भी थाने पहुँचे हुए थे और पुलिस से बहस कर रहे थे।

इधर डॉक्टर साहब अपने पेन से उसी भाषा में कुछ-कुछ लिख रहे थे, जिसे खुद डॉक्टरों के अलावा कोई नहीं समझ पाता है। करीब दस मिनट तक अपना काम करने के बाद उन्होंने मुझे पीछे बेंच पर बैठ जाने को कहा और पुलिसवाले को एक दूसरे अस्पताल से मेरी कमर का एक्सरे करवाने को कहा।

पुलिसवाले ने मुँह बनाया तो डॉक्टर ने कहा, "जरूरी है। अगर लापरवाही बरती तो इसकी पूरी जिन्दगी बरबाद हो सकती है।"

डॉक्टर की हाँ में हाँ मिलाकर पुलिसवाले दोबारा गाड़ी की तरफ हो लिये। वहाँ एक दूसरी गाड़ी में धर्मेन्द्र भी बैठा था, जिसका मेडिकल मुझसे कुछ देर पहले ही हुआ था। वह मुझे बिठाकर आगे बढ़ते, उससे पहले ही धर्मेन्द्र को पकड़कर लाने वाले अधिकारी आए और उन्होंने गाड़ी में बैठे अधिकारी से पूछा, "उसे छोड़ दें?" इस चुस्त से अधिकारी ने थोड़ा सोचकर जवाब दिया, "इसका एक्सरा करवाने के बाद।"

अधिकारी ने गाड़ी को सेल्फ मारी और घर्राते हुए कुछ ही देर में हम दूसरे अस्पताल पहुँच गए। वहाँ का मुझे बस इतना याद है कि मेरी कमर का एक्सरे हुआ और जब मैं अस्पताल से बाहर निकला तो धर्मेन्द्र को छोड़ दिया गया। पुलिस अधिकारी ने एक अलग गाड़ी में मुझे बिठाया और फिर एक अनजान जगह की तरफ बढ़ लिये। जिस दिल्ली को मैं इतनी अच्छी तरह से जानता हूँ, उस रात उसका कुछ याद नहीं कर पा रहा था।

मेरी बगल में बैठे पुलिसवाले ने जैसे आखिरी कोशिश करते हुए अपनी पिस्टल पर हाथ रखकर कहा, "देख हमारी मदद कर, हम भी तभी तुम्हारी मदद कर पाएँगे।" मुझे शहर की वह जगहें भी पहचान नहीं आ रही थीं, जहाँ से मैं कोई सौ बार गुजरा होऊँगा। उनकी क्या ही मदद कर पाता। गाड़ी घूमकर दोबारा उसी अस्पताल के सामने गई जहाँ मेरी कमर का एक्सरे करवाया गया था। वहाँ मुझे किसी मलिक साहब नाम के अधिकारी के सुपुर्द कर दिया गया। मलिक साहब ने सोनीपत वाली जुबान में मुझसे कहा, "देख जो होणा था वो हो लिया। इब तू मेरे हवाले है। अर मैं तेरे हाथ भी नहीं लागन देता।"

मलिक साहब मुझे समयपुर बादली के थाने में ले गए। वहाँ तलाशी लेते समय उन्होंने मेरी फटी शर्ट और नंगे पैर देखकर कहा, "अपने यारों-प्यारों के नम्बर लिख। मैं उनको फोन करके तेरे लत्ते-कपड़े मँगवा लेता हूँ। और चप्पल मैं इब्बे लाया।" मैंने कई नम्बर उस खाली पेज पर लिख दिये जो मलिक साहब ने मुझे दिया था। एक औपचारिक दाखिला दर्ज करवाकर मुझे थाने के जेलनुमा हवालात में बन्द कर दिया गया।

जेल के जालीदार फाटक के उस पार एक सिक्ख पुलिसवाला तैनात था, जिसकी आँखों में आँसू थे और वह लगातार मुझे देख रहा था। कुछ ही देर

बाद उसने मुझसे कहा, "थोड़ी देर बाद मेरी ड्यूटी खत्म होगी। घरवालों के लिए कोई सन्देश हो तो मैं उन तक पहुँचा दूँगा।"

तीन महीने पहले की ही बात थी जब पंजाब के किसानों के आँसू देखकर हमने उनका सन्देश दिल्ली तक पहुँचाने की जिम्मेदारी ली थी। किसान आन्दोलन को रिपोर्ट करते-करते उसमें इतना रम गया कि खबर ही न लगी कि भूमिकाएँ पलट गईं। एक सन्देशवाहक खुद खबर बन चुका था और एक पुलिसवाला आन्दोलन का समर्थक!

23 नवम्बर, 2020। हरियाणा के कई किसान नेताओं से बात हो रही थी। वे लोग कह रहे थे कि सरकार उन्हें दिल्ली तो नहीं जाने देगी, पहले ही गिरफ्तार कर लेगी ताकि किसान संगठन लोगों को जमा कर न पाएँ और किसानों का दिल्ली कूच का कार्यक्रम ढीला पड़ जाए।

उनकी दलील सुनकर मुझे लग रहा था कि हो न हो खुद किसान नेता ही ढीले पड़े हुए हैं इसलिए इस तरह के बहाने बना रहे हैं। लेकिन मेरे इस खयाल को ध्वस्त होने में बस कुछ घंटे ही लगे और हरियाणा की अलग-अलग जगहों से किसान नेताओं की गिरफ्तारी की खबरें आना शुरू हो गईं।

रात बेचैनी में कटी। जिन किसान नेताओं की गिरफ्तारी नहीं हुई थी, उनके फोन नहीं लग रहे थे। पुलिस अधिकारी बस गिरफ्तारी की हामी भर रहे थे, यह नहीं बता रहे थे कि गिरफ्तार करके उन्हें कहाँ ले जाया गया है।

हरियाणा पुलिस और किसान संगठनों के कार्यकर्ताओं से बात करते-करते गिरफ्तार किसान नेताओं की एक कच्ची लिस्ट तैयार हो गई थी, जिसे अगली सुबह यानी 24 नवम्बर, 2020 को मैंने सोशल मीडिया पर डाल दिया और पत्रकारों के ग्रुप्स में भी भेज दिया था ताकि ज्यादा-से-ज्यादा जगहों पर खबर छप सके।

खैर, बॉर्डर के उस पार पंजाब के समाचार बिलकुल अलग थे। 24 नवम्बर की सुबह पंजाब के किसानों का हाल जानने के लिए पटियाला के एक पुराने किसान नेता को फोन किया तो उन्होंने कहा कि पंजाब में इस तरह की कोई गिरफ्तारी नहीं हुई है। दिल्ली आने के प्रोग्राम के सवाल पर

उन्होंने बताया कि पुलिस उन्हें हरियाणा-पंजाब बॉर्डर पर ही रोक लेगी और उनका धरना वहीं चलेगा। ज्यादा जानकारी लेने के लिए मैंने तंज करते हुए उनसे कहा, "फिर तो आपको दिल्ली कूच की बजाय इसे बॉर्डर सील करो का कार्यक्रम कहना था।"

मेरे इस भड़कावे पर बिना कोई प्रतिक्रिया दिखाए उन्होंने कहा, "नहीं भाई। सारे किसान संगठनों की मीटिंग में यह सहमति बनी है कि बॉर्डरों पर पहुँचकर दिल्ली जाने के लिए केवल एक प्रयास करेंगे। अगर पुलिस नहीं मानी तो फिर हम वहीं बैठ जाएँगे और आन्दोलन वहीं से चलेगा।"

इधर, हरियाणा के किसान नेता गुरनाम सिंह चढ़ूनी अभी पुलिस की गिरफ्त में नहीं आए थे। और वह भेष बदलकर पुलिस से छिपते फिर रहे थे। गुरनाम हर हाल में दिल्ली जाने की जिद्द पकड़े हुए थे और इसके लिए उन्होंने हरियाणा के किसानों को 25 नवम्बर को ही अम्बाला की मोहड़ा मंडी में इकट्ठा होकर दिल्ली चलने का कार्यक्रम दिया हुआ था। इस आन्दोलन में सभी की निगाहें उन पर थीं क्योंकि हरियाणा में वह आन्दोलन का मुख्य चेहरा थे और सूबे के सबसे बड़े किसान संगठन के मुखिया भी।

24 नवम्बर का दिन किसान नेताओं की गिरफ्तारियों की खबरों के बीच ढल गया। लेकिन अगली सुबह के सूरज का इन्तजार जरूर था, क्योंकि गुरनाम सिंह चढ़ूनी हम पत्रकारों को 25 की सुबह अम्बाला में किसानों के एक अलग तरह के जुटान में शामिल रहने की खबरें भिजवा रहे थे।

25 की सुबह, अम्बाला से आए एक किसान कार्यकर्ता के फोन से बात हुई। उसने बताया कि अम्बाला के शाहपुर गाँव के फाटक पर सुबह 6 बजे ही पुलिस और किसानों की झड़प हो गई है जिसमें पुलिस ने कुछ किसानों को गिरफ्तार कर लिया है और एक राशन की ट्रॉली भी पीछे छूट गई है।

"एक ट्रॉली से क्या मतलब है। बाकी ट्रालियाँ कहाँ गईं।" मेरे मुँह से बस इतना निकला कि दूसरी ओर से आवाज आई, "बाकी ट्रालियाँ फाटक तोड़कर मोहड़ा मंडी पहुँच गई हैं। कुछ नौजवान पुलिस से हाथापाई करके वहाँ से पैदल भी भागे हैं।"

एक नौजवान को पुलिस ने अपनी गिरफ्त में ले लिया था, लेकिन उसने पुलिसवालों को इतनी जोर से झटका दिया कि पुलिसवालों के हाथ में बस उसकी जैकेट की फटी हुई कतरनें ही रह गई थीं और वह उड़ता हुआ वही फटी जैकेट पहने रेलवे ट्रैक से भाग निकला।

मोहड़ा मंडी वह जगह थी जहाँ हरियाणा के किसानों को दिल्ली कूच के लिए जमा होना था। दो दिन से अम्बाला इलाके के किसान नेता अमरजीत मोहड़ी की कई वीडियोज फेसबुक पर तैर रही थीं, जिनमें वह हरियाणा के किसानों को 26 नवम्बर के बजाय 25 नवम्बर, 2020 को मोहड़ा मंडी से मार्च करने की अपील कर रहे थे। उनकी तैयारी पुलिस द्वारा हर जिले की सीमा पर लगाए गए बैरिकेडों को एक दिन पहले ही तोड़ने का था ताकि अगले दिन जब पंजाब के लोग आगे बढ़ें तो हरियाणा की सड़कों पर उन्हें बैरिकेड न मिलें। एक तरह से यह हरियाणा का पंजाब के लिए दोस्ती का हाथ बढ़ाने का पहला कदम था जो बहुत कारगर साबित हुआ।

उस सर्द सुबह, एक किसान अम्बाला के एक प्राइवेट हॉस्पिटल में गया और डॉक्टरों के कपड़े पहनकर बाहर आया। चंद मिनटों में किसान से डॉक्टर बने यह जनाब अपनी स्कूटर पर चढ़े और दिल्ली की ओर दौड़ निकले। करीब दो किलोमीटर के बाद पुलिस बैरिकेडों के पास पहुँचकर अपना स्कूटर रोका और एक सभ्य डॉक्टर की तरह पुलिस वालों से कुछ देर बातचीत करके स्कूटर वापस मोड़ लिया और मोहड़ा मंडी के पास जमा हो रहे किसानों के पास आकर उन्हें पुलिस की तैयारियों का सूरते-हाल बयान कर दिया।

अभी सुबह के 10 ही बजे थे और 20 के आसपास ट्रैक्टर-ट्रॉलियाँ मोहड़ा मंडी में जमा हो गई थीं। कुछ किसान भी वहाँ जमा थे। फटी जैकेट वाला नौजवान भी रेलवे ट्रैक से भागते-भागते जत्थे में आ मिला था। अभी लोग ट्रैक्टरों को बन्द कर नीचे उतर ही रहे थे कि अमरजीत मोहड़ी की गाड़ी वहाँ आकर रुकी और गुरनाम सिंह चढ़ूनी एक नटखट हँसी के साथ गाड़ी से छलाँग मारकर बाहर आए। हल्की खुसुर-फुसुर के बाद गुरुद्वारे में मत्था टेका गया और कम्बलों में लुके किसानों ने अपने ट्रैक्टर दिल्ली की तरफ दौड़ा दिये।

करीब डेढ़ किलोमीटर बाद हरियाणा पुलिस के बैरिकेडों ने उन ट्रैक्टरों को रोकना तो चाहा मगर कुछ ही मिनटों में ट्रैक्टर बैरिकेडों के उस पार थे। जो किसान घर से नहाकर नहीं आया था, उसे वाटर कैनन ने अपने पानी से नहला दिया था। नहलाने का काम अभी चालू ही हुआ था कि वह फटी जैकेट वाला लम्बा-चौड़ा नौजवान उस वाटर कैनन के मुँह से कुश्ती करने लगा। उस जलतोप ने उसके भुजबल के आगे जवाब दे दिया और उसकी तेज-तीखी धार मुरझाकर टपकती टोंटी बनकर रह गई।

पुलिस वाले 'हो-हो ओए-ओए' के अलावा कुछ कर पाते उससे पहले

वह नौजवान अपनी ट्रॉली में छलाँग लगा चुका था। उस फटी जैकेट वाले नौजवान का नाम था नवदीप सिंह।

सोशल मीडिया के स्टार कई किसान इस पूरे घटनाक्रम का अपने फेसबुक से लाइव दिखा रहे थे तो कई जन छोटी-छोटी वीडियोज बनाकर मीडिया वालों को भेज रहे थे। इन वीडियोज में हरियाणा के नौजवान किसान अपने ट्रैक्टरों से बैरिकेड हटा रहे थे, पुलिस किसानों पर आँसू गैस के गोले और पानी की तेज बौछारें बरसा रही थी। चंद मिनटों बाद ही नवदीप की छलाँग का वीडियो पूरे हरियाणा और पंजाब में वायरल होने लगा था।

नवदीप की उस छलाँग का ऐसा असर हुआ कि पूरे देश और मीडिया की नजर आन्दोलनरत किसानों पर आ टिकी। इस घटना के बाद आन्दोलन ने पीछे मुड़कर नहीं देखा।

25 नवम्बर, 2020 को नवदीप ने जो ऐतिहासिक छलाँग लगाई थी, उसकी पृष्ठभूमि बीते छह महीने से बन रही थी। सरकार द्वारा कृषि सुधारों से जुड़े अधिनियम पेश किए जाने से पहले देश के ज्यादातर किसानों को इसकी भनक तक नहीं थी, जैसे ही किसानों को नए कृषि बिलों के बारे में खबर मिली, वे एक ऐतिहासिक आन्दोलन करने के मूड में आ गए। फिर एक के बाद एक ऐसी कई घटनाएँ हुईं जिन्होंने अन्ततः किसानों और सरकार को आमने-सामने ला दिया।

कृषि बिलों के खिलाफ पहली रैली होने में तकरीबन एक महीना लगा था, और जून 2020 में केन्द्र सरकार द्वारा खेती-बाड़ी से सम्बन्धित तीन अध्यादेश लाते ही उन्हें वापस लेने की माँग तेज होने लगी थी। खासतौर पर पंजाब और हरियाणा में इस मसले को किसान संगठनों के कार्यक्रमों में उठाया जाने लगा था जिससे यह एक जरूरी मुद्दा बनने लगा। शुरू में शायद किसी को अन्दाजा भी न था कि यह मुद्दा पूरे देश की राजनीति को हिलाकर रख देगा। देश-दुनिया के बुद्धिजीवियों ने भी शायद अनुमान नहीं लगाया होगा कि देश का एक दबा-कुचला तबका, खासतौर पर मोदी सरकार से तंग-तबाह आवाजें और तबके, इस आन्दोलन के भविष्य से अपना भविष्य जोड़कर देखने लगेंगे।

वो मजदूरों की यूनियनें हों, दलित संगठन, राजनीतिक-सामाजिक कार्यकर्ता हों या फिर मुस्लिम संगठन, सबने किसान आन्दोलन में शिरकत की। यहाँ तक कि देश की शासक वर्गीय पार्टियाँ भी इस आन्दोलन को अपने तारणहार के रूप में देखने लगीं। लेकिन इसके लिए हरियाणा-पंजाब के किसान संगठनों ने लगभग 5 महीने माहौल बनाने में खर्च किए थे।

5 जून, 2020 को सरकारी अंग्रेजी भाषा में छपा वह अध्यादेश क्या देश के अधिकतर किसानों ने पढ़ा होगा? अव्वल तो उस सरकारी भाषा के लच्छों में अच्छे-अच्छों की दिमागी नसें उलझ जाएँ। मगर कुछ ही दिनों बाद वह अध्यादेश सोशल मीडिया पर आसान भाषा में तैरने लगे थे। उन अध्यादेशों के बारे में जानने के लिए जब मैंने कृषि विशेषज्ञ रमनदीप मान को फोन लगाया तो उन्होंने जवाब दिया कि बाकी सब सही है, लेकिन सरकारी बाबुओं ने इन अध्यादेशों को जो नाम दिया है वह गलत है। दरअसल ये 'कृषि अध्यादेश' नहीं बल्कि 'खेती व्यापार अध्यादेश' हैं।

रमनदीप मान उस दिन अलग-अलग किसान संगठनों को ईमेल भेजने में जुटे हुए थे और उन्हें इन अध्यादेशों के बारे में समझाने की कोशिश कर रहे थे। मैंने उनसे पूछा कि इन बिलों के खिलाफ आन्दोलन करने के लिए क्या किसान आएँगे।

"सारे देश का तो ठेका लेता नहीं पुनिया साब, पर पंजाब-हरियाणा के किसान जरूर आन्दोलन करेंगे। क्योंकि, सरकारी मंडियों में एमएसपी पर खरीद के सिस्टम का फायदा सबसे ज्यादा हरियाणा और पंजाब के किसान ही उठा रहे हैं और अपनी 70 प्रतिशत तक पैदावार को एमएसपी पर बेचते हैं। इसके अलावा पंजाब में ठेके पर खेती के दौरान कम्पनियों की करतूतों के बारे में किसान अच्छे से वाकिफ हैं। खासतौर पर पेप्सिको और गन्ना खेती के तजुर्बों ने किसानों को ठेका खेती के प्रति आगाह कर दिया था। इसलिए आन्दोलन तो होगा, क्योंकि अपने देश के दूसरे हिस्सों के मुकाबले पंजाब में किसान यूनियनें भी मजबूत हैं और इस आन्दोलन का केन्द्र-बिन्दु भी पंजाब बनेगा।"

जून महीना समझने-समझाने में बीत गया था। जुलाई आते-आते पंजाब और हरियाणा के किसानों की एक मोटा-मोटी समझ इन अध्यादेशों के बारे में बन चुकी थी। किसान संगठनों ने बिलकुल शुरुआत में इन खेती अध्यादेशों को रद्द करने की माँग अन्य माँगों के साथ एक और माँग के बतौर ही रखी थी। यहाँ तक कि दूसरे नम्बर की माँग के तौर पर। लेकिन खेती अध्यादेशों

के बारे में जनता में जैसे-जैसे किसान संगठनों का प्रचार बढ़ा किसानों ने अपने अनुभवों से यह निचोड़ निकाल लिया कि इन अध्यादेशों के जरिये सरकार प्राइवेट मंडियाँ लाएगी जिससे सरकारी मंडियाँ धीरे-धीरे खत्म हो जाएँगी। उसके साथ ही न्यूनतम समर्थन मूल्य (MSP) पर सरकारी खरीद की व्यवस्था भी खत्म हो और फिर ठेके पर खेती के नाम पर बड़ी-बड़ी कम्पनियाँ किसानों की जमीन हड़प जाएँगी।

किसानों की इस समझदारी को किसान संगठनों ने भाँप लिया था, इसलिए अध्यादेशों के नोटिफाई होने से पहले ही इनके खिलाफ पंजाब में किसान संगठन मैदान में उतर आए। जम्हूरी किसान सभा, पंजाब किसान यूनियन, भारतीय किसान यूनियन (डकोंदा), क्रान्तिकारी किसान यूनियन और कुल हिन्द किसान सभा के सदस्यों ने 12 जुलाई, 2020 को घोषणा की कि वे इन खेती-बाड़ी बिलों और बिजली कानून के खिलाफ 27 जुलाई, 2020 को राज्य स्तरीय धरना-प्रदर्शन करेंगे।

भारतीय किसान यूनियन (राजेवाल), भारतीय किसान यूनियन (लखोवाल) और आम आदमी पार्टी (आप) ने 20 जुलाई, 2020 को ट्रैक्टर मार्च निकाला ताकि सरकार को बताया जा सके कि किसान संगठन नए कृषि अध्यादेशों के खिलाफ हैं। इसी दिन हरियाणा में भी अनेकों जिलों में ट्रैक्टर मार्च किए गए। राजस्थान के गंगानगर जिले में भी ट्रैक्टर मार्च निकाला गया। उस दिन ट्रैक्टर रैली निकालने के बारे में जानकारी देते हुए गंगानगर के ग्रामीण किसान मजदूर समिति के मुखिया रणजीत सिंह राजू ने मुझे बताया, "सरकार ने पहले ही किसान की कमर तोड़ रखी है। किसानों को उनकी फसल की सही कीमत देना तो दूर, ये तो किसान विरोधी कृषि बिल और ले आए। इसलिए हरियाणा-पंजाब के साथ-साथ हम राजस्थान के, गंगानगर के किसानों ने भी इनका विरोध करने की ठानी है।"

लेकिन किसान संगठनों के शुरुआती विरोध के बावजूद 20 जुलाई, 2020 को केन्द्रीय कृषि मंत्रालय ने कृषि अध्यादेशों को अधिसूचित कर दिया। अगले ही दिन यानी 21 जुलाई को किसान मजदूर संघर्ष कमेटी ने ट्रैक्टर मार्च निकालकर अपना विरोध दर्ज किया। इसके बाद 27 जुलाई को भी अनेक किसान संगठनों ने इन नए कृषि अध्यादेशों और बिजली बिल में संशोधन के कारण केन्द्र सरकार के खिलाफ प्रदर्शन किया और ज्ञापन सौंपा।

इन नए अध्यादेशों के खिलाफ सिर्फ किसान ही नहीं, पंजाब के दूसरे वर्ग

भी एकजुट हो रहे थे। पंजाब के बुद्धिजीवियों को ये अध्यादेश न केवल किसानों के हक पर डाका दिखाई दे रहे थे, बल्कि वे इनमें राज्यों के अधिकार छिनने के संकेत भी दे रहे थे, क्योंकि संघीय ढाँचे के मुताबिक खेती-बाड़ी राज्य सूची का अंग है और राज्य सरकारें ही इस पर कानून बना सकती हैं। इस मुद्दे पर बातचीत करते हुए पटियाला के वजीदपुर गाँव के किसान कार्यकर्ता सतवंत सिंह ने मुझे बताया, "केन्द्र सरकार को खेती-बाड़ी के मुद्दों पर कानून बनाने का कोई अधिकार नहीं है। पंजाब में केन्द्र और राज्य के सम्बन्ध पहले भी संवेदनशील मुद्दा रहे हैं और पंजाबियत की भावना मजबूत रही है। इस मुद्दे ने पंजाबी राष्ट्रीयता को भी झकझोर दिया है। पंजाब में सही संघीय ढाँचे की माँग करने वाले विभिन्न ग्रुप भी इस मुद्दे पर सक्रिय हो गए हैं जिसमें कई राजनीतिक संगठनों के अलावा खालिस्तानी भी शामिल हैं।"

लेकिन अध्यादेशों के खिलाफ हरियाणा और पंजाब के किसानों का गुस्सा 10 सितम्बर, 2020 को उस समय शिखर पर पहुँचा, जब हरियाणा के कुरुक्षेत्र जिले के पीपली में सीधे-सादे देहातियों पर पुलिस ने लाठियाँ बरसानी शुरू कर दीं। हरियाणा के किसान संगठनों ने इस दिन इन अध्यादेशों के खिलाफ किसान बचाओ-मंडी बचाओ रैली बुलाई थी, इस रैली की अपील इतनी तगड़ी थी कि एक दिन पहले ही यानी 9 सितम्बर बुधवार से ही किसान जुटने लगे थे। हरियाणा पुलिस के इंटेलिजेंस विभाग ने जब दस हजार किसानों के जमा होने की सूचना जिला प्रशासन को दी तो उन्होंने उसी वक्त जिले में धारा 144 लगाकर रैली पर रोक लगा दी। लेकिन किसान रैली के लिए पक्का मन बना चुके थे। जब किसान वहाँ पहुँचने लगे तो हरियाणा पुलिस ने जगह-जगह नाकाबन्दी कर किसानों को रोक लिया। फिर भी हजारों किसान कुरुक्षेत्र पहुँचने में कामयाब रहे। जो किसान रास्ते में रोक लिए गए, वे वहीं बैठकर विरोध करने लगे। लेकिन, पुलिस को किसानों की यह शान्ति भावना रास नहीं आई और पीपली में किसानों पर लाठीचार्ज कर दिया।

इस लाठीचार्ज में जो लोग घायल हुए, उनमें कुरुक्षेत्र के चिब्बा गाँव के 85 साल के एक किसान नत्थासिंह भी शामिल थे। सिविल ड्रेस में लाठी बरसा रहे एक पुलिस अधिकारी की लाठी लगने के कारण उनकी टाँग टूट गई थी। टाँग टूटने के बाद वह बिना चीखे-चिल्लाए चुपचाप रोड के किनारे पटरी पर बैठ गए और अपनी जेब से हरियाणा के उपमुख्यमंत्री दुष्यंत चौटाला के साथ खिंचवाई हुई अपनी फोटो निकाल ली। खुलेआम लाठीचार्ज के फोटो और

वीडियो वायरल होने के बावजूद हरियाणा सरकार के मंत्री लाठीचार्ज न होने का रट्टा लगाए रहे। हरियाणा के गृहमंत्री अनिल विज तो लगातार किसानों के खिलाफ बयान दे रहे थे। इसी सबसे पंजाब और हरियाणा में चल रहे आन्दोलन में उबाल आना शुरू हुआ।

किसानों पर हुए लाठीचार्ज और इन बिलों के खिलाफ किसान संगठनों ने 25 सितम्बर, 2020 को भारत बन्द का एलान कर दिया, जिसे जनता ने सिर माथे लगाया। उस दिन पंजाब और हरियाणा में जो बन्द हुआ, वह ऐतिहासिक था। पंजाब में तो सब बन्द हो गया और न बसें चलीं, न बाजार खुले, स्कूल, रेलवे ट्रैक सब बन्द थे। सारे सरकारी महकमे बन्द थे। हरियाणा में भी बन्द का व्यापक असर दिखा। ज्यादातर ज़िलों में सड़कों पर आवागमन बन्द था। 25 की सुबह मैं और मेरे साथी अमित ओहलाण इस बन्द को कवर करने निकले थे। उस दिन हमने रोहतक, गोहाना, पानीपत और कुरुक्षेत्र जिले में किसानों द्वारा सड़कों पर लगाए गए जाम को कवर किया। जाम लगाए किसानों और युवाओं में सिर्फ सरकार ही नहीं बल्कि मीडिया के प्रति भी भारी गुस्सा था, क्योंकि सरकार के साथ-साथ मीडिया भी मामले की गम्भीरता को समझने में नाकाम रहा था। इस दिन राजस्थान, कर्नाटक, महाराष्ट्र और पश्चिमी उत्तर प्रदेश से भी बन्द रहने की खबरें आईं।

भारत बन्द का यह आह्वान किसान संगठनों के अम्ब्रेला ऑर्गनाइजेशन AIKSCC ने किया था। पंजाब में इस बन्द को कामयाब बनाने के लिए एआईकेएससीसी से जुड़े दस संगठनों की पहलकदमी पर 19 सितम्बर, 2020 को मोगा जिले में एक बैठक बुलाई गई। इस बैठक में किसान कोऑर्डिनेशन कमेटी ने भी भाग लिया था जोकि तेरह संगठनों का गठजोड़ है। भारतीय किसान यूनियन (राजेवाल), भारतीय किसान यूनियन (सिद्धूपुर), भारतीय किसान यूनियन (कादियाँ), भारतीय किसान यूनियन (लक्खोवाल), बीकेयू (दोआबा) के अलावा भारतीय किसान यूनियन पंजाब, लोक भलाई इंसाफ वैलफेयर सोसाइटी जैसी तीन पंथक विचारधारा की यूनियनों और दोआबा की तहसील और जिला स्तर की किसान यूनियनें पंजाब की इस तालमेल बैठक में शामिल रहीं। इनके अलावा भारतीय किसान यूनियन (क्रान्तिकारी), आजाद किसान यूनियन (दोआबा) और भारतीय किसान यूनियन (एकता उगराहाँ) जैसे नौ अन्य किसान संगठन भी इस बैठक में आए जोकि पहले से बने किसी भी गठजोड़ या अम्ब्रेला ऑर्गनाइजेशन का हिस्सा नहीं थे। इस तरह 19 सितम्बर,

2020 को मोगा में पंजाब बन्द को कामयाब करने के लिए हुई बैठक में 30 संगठनों का गठजोड़ बना और 8 माँगों पर इकट्ठे होकर संघर्ष करने पर सहमति बनी। ये माँगे थीं—

1. ठेका कानून रद्द करो।
2. खेती की फसलों के व्यापार के लिए बना नया कानून रद्द करो।
3. जमाखोरी सम्बन्धी कानून में किए गए संशोधन रद्द करो।
4. बिजली अध्यादेश रद्द करो।
5. तेल की कीमत अन्तर्राष्ट्रीय मंडी के अनुसार सैट करवाने और तेल पर लगाए गए अत्यधिक टैक्स रद्द करो।
6. राज्यों के अधिकार क्षेत्र वाले विषयों पर केन्द्रीय हुकूमत द्वारा कानून बनाने बन्द करवाना।
7. ताकतों के केन्द्रीकरण का खात्मा और राज्यों को अधिक अधिकार।
8. जनपक्षीय बुद्धिजीवियों और सीएए विरोधी कार्यकर्ताओं को बिना शर्त फौरन रिहा करो।

आन्दोलन की शुरुआत में शामिल मुद्दे कहीं ज्यादा विस्तृत और बहुआयामी थे। शायद इसीलिए गैर-किसान जनता, राष्ट्रीय स्तर के बुद्धिजीवी और सोशल मीडिया इन्फ्लुएंसर भी इसमें रुचि ले रहे थे।

पंजाब, हरियाणा और देश के कई दूसरे इलाकों में भारी विरोध के बावजूद 17 सितम्बर, 2020 को केन्द्र सरकार ने खेती अध्यादेशों को बिल की शक्ल में संसद में रखा। ये बिल लोकसभा में तो आसानी से पास हो गए थे, लेकिन राज्यसभा में इन बिलों पर काफी विवाद हुआ, क्योंकि सर्वोच्च सदन में राष्ट्रीय लोकतांत्रिक गठबन्धन (एनडीए) का पूरा बहुमत नहीं था। लेकिन सरकार ने बगैर वोटिंग करवाए ही इन बिलों को ध्वनिमत से पारित करवा लिया। इस पर राष्ट्रीय लोकतांत्रिक गठबन्धन में शामिल पंजाब की शिरोमणि अकाली दल (बादल) ने इस्तीफा दे दिया।

एनडीए से अकाली दल का विकेट पंजाब के किसानों के आन्दोलन के

दबाव में गिरा था, जिसे आन्दोलन की पहली सफलता भी कहा जा सकता है। शुरुआत में अकाली दल ने कैबिनेट बैठक में इन तीन खेती अध्यादेशों और बिलों का कोई विरोध नहीं किया था। शिअद (बादल) शुरुआत में जनता को इन बिलों के फायदे गिनवाने की कोशिश कर रहा था, लेकिन जनता के दबाव में शिरोमणि अकाली दल को राष्ट्रीय लोकतांत्रिक गठबन्धन (एनडीए) छोड़कर इन कानूनों के विरोध में उतरना पड़ा।

पंजाब में कांग्रेस सरकार ने भी शुरू में आन्दोलनकारियों पर केस बनाकर आन्दोलन को काबू करने की कोशिश की, लेकिन जनता के रोष को भाँप कर सरकार को आन्दोलन के दमन का रास्ता छोड़ना पड़ा और अधिकारियों के जरिये आन्दोलन के अन्दर घुसपैठ करके इसे नियंत्रित करने की कोशिश शुरू कर दी। यह घुसपैठ अन्त तक जारी रही। केन्द्रीय कृषि मंत्री नरेन्द्र सिंह तोमर द्वारा दिये गए 22 जनवरी, 2021 के बयान भी इन अधिकारियों की आन्दोलन में घुसपैठ की पुष्टि करते हैं, जिसमें उन्होंने किसानों से बातचीत को आसान बनाने के लिए पंजाब के अधिकारियों को धन्यवाद दिया था।

25 सितम्बर, 2020 के भारत बन्द की जबरदस्त कामयाबी के बाद पंजाब की जनता में आम तौर पर यही बातचीत होती थी कि दिल्ली जाए बगैर ये कानून वापस नहीं हो पाएँगे और यह आन्दोलन लम्बा चलेगा। जमीन पर बढ़ते जोश की वजह से किसान नेतृत्व पर भी दिल्ली जाने का दबाव बनने लगा। AIKSCC और पंजाब के तीस संगठनों ने सितम्बर माह में ही यह कहना भी शुरू कर दिया था कि धान कटाई के बाद दिल्ली कूच करेंगे। धान उठान में लम्बा वक्त लगता है। अक्टूबर महीने के आखिर तक इससे निपटने की सम्भावना थी। लेकिन अलग-अलग किसान संगठनों से जुड़े किसान लगातार दिल्ली जाने को लेकर हवा बना रहे थे। सोशल मीडिया पर भी लगातार माहौल बन रहा था, इसके उलट मुख्यधारा का मीडिया किसानों की नब्ज नहीं पकड़ पा रहा था।

भारत बन्द की सफलता के ही दिन यानी 25 सितम्बर, 2020 को माझे क्षेत्र में सक्रिय किसान-मजदूर संघर्ष कमेटी ने रेल रोको आन्दोलन की शुरुआत की। बाकी किसान संगठन भी 1 अक्टूबर से पंजाब भर में रेलवे लाइनों पर जाकर जम गए और पंजाब में रेलवे का चक्का जाम कर दिया गया। ठीक उसी वक्त मालवा क्षेत्र में सक्रिय बीकेयू (उगराहाँ) संगठन ने कॉरपोरेट घरानों खासतौर पर अम्बानी-अडानी के पेट्रोल पम्प, मॉल, सायलो (अनाज इकट्ठा

करने का आधुनिक गोदाम, जिसमें अनाज पन्द्रह साल तक भी खराब नहीं होता) के बहिष्कार का आह्वान किया और उनके बाहर धरने शुरू कर दिये। इस आह्वान को भी बाकी संगठनों ने हाथोहाथ लिया और पंजाब में रिलायंस और अडानी ग्रुप के पेट्रोल पम्प, मॉल और सायलोज पर ताले जड़ दिये गए।

इस तरह खेती कानूनों को रद्द करवाने के इस आन्दोलन में बीजेपी के सबसे नजदीकी कॉरपोरेट घरानों के विरोध में जनता सड़क पर उतरी। कॉरपोरेट घरानों का विरोध करते हुए किसान यह भी सीख रहे थे कि ये बड़ी कॉरपोरेशन्स छोटे किसानों को कैसे नुकसान पहुँचाने वाली हैं। इन कृषि कानूनों के खिलाफ धरनों में दिये गए भाषणों और पढ़ने की सामग्री की बदौलत ही किसानों ने हरियाणा, पंजाब और हिमाचल में पिछले कुछ सालों के दौरान खड़े किए गए निजी सायलोज की तस्वीरों में अपने अन्धकारमय भविष्य को देखना शुरू किया।

अक्टूबर माह में ही पंजाब के इकतीस किसान-मजदूर संगठनों के गठजोड़ ने पंजाब में टोल प्लाजे फ्री करवाने का फैसला लिया। किसानों ने इसका भरपूर समर्थन किया और पंजाब-भर में किसानों ने टोल प्लाजों को फ्री करवाकर वहाँ अपने पक्के मंच सजा लिए। अक्टूबर महीने में ही मोहाली के कुराली टोल प्लाजा पर चल रहे किसानों के धरने पर मेरी मुलाकात 41 साल के सज्जन सिंह से हुई। वह पास के ही गाँव से इन कृषि कानूनों के विरोध में हर रोज धरने पर आते थे। उन्होंने मुझे बताया, "ये कानून सरकार अपने व्यापारी दोस्तों के लिए लाई है। उन्हें अब खेती-बाड़ी में अंधाधुंध निवेश करने की छूट मिल गई है। अडानी ने ये सायलोज क्यों बनाए हैं। एक-दो दिन पहले मोगा के सायलों पर किसानों ने पत्थरबाजी की है वो सही की है। उन किसानों की वजह से ही अडानी को वहाँ लगा अपना बोर्ड उतारना पड़ा है।"

पंजाब के अलग-अलग सूबों में ये पक्के मोर्चे बहुतेरी जगहों पर किसी एक संगठन की अगुवाई में ही चल रहे थे, लेकिन ज्यादातर जगहों पर कई किसान संगठन साझी कमेटी बनाकर इनकी अगुवाई कर रहे थे। इसी महीने एक और घटना घटी। कई टोल प्लाजों, पम्पों और रेल पटरियों पर बीकेयू (एकता उगराहाँ) ने कह दिया कि वहाँ सिर्फ वे ही धरना चलाएँगे और दूसरे संगठनों को कोई जगह नहीं दी जाएगी। इन धरनों पर वे किसी के साथ मंच साझा नहीं करना चाहते थे। इसलिए उनके मंचों पर दूसरे संगठनों के लोगों को भाषण देने के लिए भी मशक्कत करनी पड़ती थी। पंजाब में चल रहे कुल

धरनों में बीकेयू (एकता उगराहाँ) लगभग 100 से ज्यादा जगहों पर अगुआ भूमिका में थी, जिसमें से 20 से ज्यादा मोर्चों पर वह अकेले ही अगुवाई कर रही थी। बाकी संगठन 50 या उससे कम जगहों पर ही अगुआ भूमिका में थे और वहाँ भी वे साझा तौर पर जिम्मेदारी निभा रहे थे।

यहीं से बीकेयू (एकता उगराहाँ) ने 31 संगठनों के मोर्चे से खुद को अलग कर लिया और उनके साथ 'तालमेल' की भूमिका में आ गई। किसान-मजदूर संघर्ष कमेटी बिलकुल शुरू से ही 30 संगठनों के मंच में शामिल नहीं हुई थी, लेकिन संगठनों की साझी बैठक के बाद आए कई फैसले लगातार लागू करती रही थी।

पंजाब में टोल प्लाजों पर लगे पक्के मोर्चे आन्दोलन की गतिविधियों के केन्द्र बनकर उभरने लगे और 30 संगठनों के अलावा पंजाब की अन्य कई ताकतें भी विभिन्न मोर्चों पर सक्रिय होने लगीं। इनमें दल खालसा, सिक्ख सियासत, पंथक दल, बुद्धिजीवी, लोकहित मिशन, स्थानीय सामाजिक-धार्मिक संगठन भी शामिल होने लगे। लक्खा सिधाना जैसे यूथ आइकॉन, जिनका एजेंडा चुनावी राजनीति करना रहा है, और जस्स बाजवा, कँवर ग्रेवाल, हर्फ़ चीमा और सिद्धू जैसे कलाकार भी आन्दोलन में सक्रिय रूप से भाग लेने लगे। सिद्धू मुस्सेवाला सहित कई कलाकारों ने अलग से युवाओं की रैली भी निकाली, जिसमें हजारों युवाओं ने शिरकत की। इस आन्दोलन के बाद से ही प्रसिद्ध गायकों द्वारा गाए गए दिल्ली पर चढ़ाई करने के, दिल्ली की ईंट से ईंट खड़काने के गाने जनता के जहन में बसना शुरू हुए, जिनमें पंजाब के लड़ाकू इतिहास के प्रतीक-बिम्ब बड़े पैमाने पर बरते गए। बीजेपी द्वारा प्रचारित राष्ट्रवाद के राग के ठीक विपरीत अब पंजाबियत से जुड़े गीत रचे जाने लगे और इन गीतों ने न सिर्फ पंजाब बल्कि हरियाणा के भीतर भी जोश भरना शुरू कर दिया था।

पंजाब के जमीनी मालिकाने वाले किसानों में ज्यादातर धर्म से सिक्ख और जाति से जाट हैं। इसी कारण पंजाब और देश-विदेश में बैठी सिक्खों की धार्मिक और राजनैतिक संस्थाएँ भी आन्दोलन में बड़ी संख्या में भागीदारी करने लगीं। जाट या जातीय पहचान की छाप भाषणों, गानों, संस्कृति और नेतृत्व के नजरिये में बार-बार दिखलाई पड़ने लगी। शहरी तबकों का समर्थन भी इस आन्दोलन को मिलने लगा था। प्राइवेट मंडी खुलने और उसमें व्यापारियों को बिना रजिस्ट्रेशन करवाए और बग़ैर सरकारी टैक्स दिये खरीद-फरोख्त

की इजाजत दिये जाने के कारण आढ़ती भी इन कानूनों के खिलाफ हो गए थे। आढ़ती और किसानों के नाखून-मांस के रिश्ते की दुहाई देते हुए आढ़ती एसोसिएशन बिलकुल शुरू से इस आन्दोलन में सक्रिय रही। खेती पर पड़ने वाले व्यापक दुष्प्रभाव का असर किसानों की आमदनी पर पड़ने से छोटे व्यापारी भी इससे प्रभावित होते, इसलिए यह हिस्सा भी किसानों की हिमायत में खड़ा था। पंजाब के शहरों में बसे नौकरी-पेशा लोगों और व्यापारियों के बड़े हिस्से की पृष्ठभूमि भी खेती-किसानी रही है। आज भी वे जमीनों के मालिक हैं। वे भी किसान आन्दोलन की हिमायत में खड़े थे। लुधियाना (पंजाब) के औद्योगिक संगठनों ने भी इस आन्दोलन का समर्थन किया। जमाखोरी-कालाबाजारी करने की इजाजत देने वाले आवश्यक वस्तु संशोधन कानून का असर सारी जनता, खासतौर पर मजदूर जमात पर पड़ने वाला था, लेकिन मजदूरों के संगठनों और पार्टियों ने शुरू में इस कानून के खिलाफ मजदूरों को गोलबन्द करने पर ध्यान नहीं दिया। आन्दोलन में मजदूरों की भागीदारी बहुत कम रही और भूमिहीन किसानों और खेतिहर मजदूरों की अन्य माँगें इस आन्दोलन का हिस्सा नहीं बन पाईं। मजदूरों का सीधा नेतृत्व नहीं रहने का असर इस आन्दोलन की तासीर पर भी पड़ा।

दिल्ली जाने के लिए आतुर इन किसानों को यह नहीं पता था कि इनके वीडियोज लोगों के बीच इस तरह घूम रहे हैं। गुरनाम सिंह चढ़ूनी भी इन किसानों के हौसले से थोड़े हैरान और परेशान थे। वह अपनी दुविधा की पहेली हल करने में व्यस्त थे कि उनके फोन पर हरियाणा के मुख्यमंत्री के दफ्तर से कॉल आई। फोन अमरजीत ने उठाया तो उधर से आवाज आई, "हम बात करने के लिए तैयार हैं। तुम लोग माहौल खराब मत करो। चंडीगढ़ आ जाओ बैठकर बात करते हैं।"

अमरजीत ने बिना कोई जवाब दिये फोन काट दिया और गुरनाम को बताया कि कोई किसान यहाँ आने का रास्ता पूछ रहा था, लेकिन बीच में ही उसकी आवाज आनी बन्द हो गई। पहली बाधा पार करने के बाद कुछ ही किलोमीटर चले थे कि इन किसानों ने देखा कि ट्रॉलियों की संख्या बढ़कर

साठ से ज्यादा हो गई। जत्थे में सबसे पीछे आ रही पिकअप गाड़ी अब रुकी हुई ट्रॉलियों को काटकर आगे निकल आई थी और एक नौजवान पिकअप के डाले पर खड़ा हो लंगर छकने का सन्देश प्रसारित कर रहा था।

25 नवम्बर, 2020 की उस हल्की सर्द दोपहर में जरनैली सड़क पर खुले आसमान के तले किसानों ने पहला बैरिकेड तोड़कर अपना पहला लंगर छका था। कुछ देर बाद जब आराम से खा-पीकर चले तो अगला बैरिकेड भी फतेह हो गया। त्योड़ा-त्योड़ी के पास लगा यह बैरिकेड काफी मुश्किल था और काफी मशक्कत के बाद टूटा।

कई किसान पुलिस वालों को गालियाँ देते हुए कह रहे थे कि पानी की बौछारें चाहे सारा दिन मारते रहो, पर गन्दे पानी का छिड़काव तो मत करो। दरअसल इस नाके पर जो पानी वाटर कैनन ने छिड़का था वह काफी गन्दा और सड़ा हुआ था। इससे हर किसान अजीब-सा चिड़चिड़ा हो गया था लेकिन किसानों के पास इसके जवाब में जवानों को गालियाँ देने के अलावा कुछ न था।

इस बाधा को पार कर जब ट्रैक्टर दिल्ली की तरफ दौड़ने लगे तो करनाल से यूनियन के कार्यकर्ता का फोन सुनकर अमरजीत के माथे की त्योरियाँ चढ़ जाती हैं। फोन से आई खबर को बताते हुए अमरजीत कहते हैं, "परधान जी, करनाल में बैरिकेडिंग हो गई है बहुत तगड़ी। कर्ण लेक वाली नहर के पुल के बीच में पुलिस ने ट्रकों को टेढ़ा लगाकर खड़ा कर दिया है। हमें ये ट्रक हटाने होंगे तभी आगे बढ़ पाएँगे।"

एक लम्बी बैठकी के बाद फैसला हुआ कि आज रात करनाल के उन बैरिकेडों से कुछ पहले डेरा डाला जाए और कुरुक्षेत्र की सीमा में न रुका जाए क्योंकि पूरा दिन यहाँ की जिला पुलिस से लड़ते-झगड़ते बीता है, इसलिए गिरफ्तारी का डर भी है।

ट्रैक्टरों के इंजन जरनैली सड़क के किनारे बसे झिरबीडी गाँव के एक पेट्रोल पम्प पर शान्त हुए। अपने फोन पर किसानों ने इंटरनेट चलाया तो सभी के चेहरे पर मुस्कान तैर आई। सभी एक दूसरे को अपनी वायरल फोटुएँ और वीडियो दिखा रहे थे। जिसकी वीडियो सबसे ज्यादा वायरल हुई थी, वह फटी जैकेट वाला नौजवान सोना चाहता था। कुछ किसान पेट्रोल पम्प की लाइटों की रोशनी में लंगर छकने के बाद अपनी ट्रॉलियों को निहार रहे थे और मैं उस फटी जैकेट वाले नौजवान को ढूँढ़ रहा था जिसने सुबह छलाँग लगाई थी।

जब उससे मुलाकात हुई तो उसके चेहरे की मासूमियत का उसके शरीर

से कोई रिश्ता नजर नहीं आया। चेहरा जितना मासूम, शरीर उतना ही बज्र। थवे थवे के पट्ट*, गज चौड़ी छाती और मेमने-जैसा मुँह लिये नवदीप बहुत शरमाते हुए बात कर रहा था।

हरियाणा सरकार के वाटर कैनन झेलने के बाद 25 नवम्बर की उस रात को पड़ाव पर जब हजारों किसान सुस्ता रहे थे, जाने किस उत्कंठा से मेरे एडिटर अभिषेक श्रीवास्तव की नींद गायब थी। रात में कोई दो या तीन बार मुझसे फोन पर बात हुई। आखिरी बात सुबह सवा चार बजे हुई। मैंने उनको बताया कि सुबह नौ बजे कूच करेंगे यहाँ से दिल्ली के लिए। कहने लगे कि समय क्यों खराब करना, उजाला होते ही निकल लो, दिल्ली दूर है, शाम हो जाएगी पहुँचते-पहुँचते।

गुरु अपनी जगह ठीक थे, मगर किसान यूनियनों के बुजुर्ग प्रधान लोग मानें तब न! बुजुर्ग प्रधानों ने तब तक आराम से खा-पीकर निकलने की मुनादी करवा दी थी।

अपने बुजुर्गों की मानकर जब जत्था 26 नवम्बर, 2020 की सुबह पेट भरकर दिल्ली के लिए निकला, तो नौजवानों को हरियाणा सरकार द्वारा लगाया गया सबसे मुश्किल बैरिकेड करनाल में मिला। जरनैली सड़क को काटकर आगे बढ़ने वाली दो बड़ी नहरों पर बने भारी-भरकम पुलों के बीचोबीच पुलिस ने बड़े-बड़े ट्रक खड़े कर दिये थे, इन्हें देखकर किसी को भी यह लग सकता था कि यह नाका तो किसान पार नहीं कर पाएँगे। लेकिन देखते-देखते एक पतला-सा नौजवान तगड़ा ट्रैक्टर लिये उन ट्रकों के बीच जा पहुँचा। इधर समझदार से दिखने वाले किसान पुलिस अधिकारियों से पुल के बीच खड़े ट्रकों की चाबियाँ माँग रहे थे। एकाएक उस नौजवान के ट्रैक्टर के पीछे-पीछे बाकी किसान भी रस्से-नेज्जे लेकर आन पहुँचे। कई पुलिसवालों ने अभी किसानों के एक जत्थे पर लाठीचार्ज करना चाहा ही था कि किसानों ने उन पुलिसवालों को घेर लिया। अपने आपको किसानों के बीच घिरा पाकर एक अधेड़ पुलिसवाले ने हाथ जोड़कर कहा, "हम थारी काली गऊ, हमें तो ऊपर वालों ने बोला था।"

किसानों की तरफ से हो रही नारों की बौछारों के बीच पुलिसवाले वहाँ से निकलने में कामयाब रहे। किसान अगली कार्रवाई करने ही वाले थे कि करनाल पुलिस ने आँसू गैस के गोले छोड़ने शुरू कर दिये। मैं किसानों की

* भारी-भारी जाँघें।

उस भाग-दौड़ के बीच अपने फोन से उस पतले-से नौजवान की तस्वीर उतारने में सफल रहा था जो ट्रैक्टर से उन ट्रकों को खींचने की कोशिश कर रहा था। आँसू गैस की गोलाबारी के बीच एक गोला मेरे सर पर आकर लगा था। मुझे चोट तो नहीं आई, पर ढंग से साँस काफी देर बाद आई थी। दमघोंटू धुएँ के बीचोबीच किसानों की उस नाके को तोड़ने की कशमकश जारी थी। करीब दो घंटे तक चले उस संघर्ष में कुछ ट्रक टोचन से हटा दिये गए थे तो कुछ जुगाड़बाज किसानों ने बचे ट्रकों को बिना चाबी स्टार्ट कर दिया था और वहाँ से हटा दिया था। किसानों के इस संघर्ष को करनाल शहर की एक बड़ी आबादी अपने घरों की छतों और सड़क किनारे खड़ी होकर नंगी आँखों से देख रही थी। जब जत्था राजधानी की तरफ बढ़ा तो पब्लिक की किलकारियाँ फूट पड़ीं, तालियाँ बजीं और होंठ फैलकर कानों तक जा पहुँचे वो अलग।

दौड़ रहे ट्रैक्टरों के बीच उलझे अमरजीत के पास आए एक फोन ने माहौल बदल दिया। अमरजीत एकदम से अपने किसान साथियों को उत्साहित होकर बताने लगे, "पंजाब वालों ने भी शंभू बॉर्डर पर लगे बैरिकेड तोड़ दिये हैं और हमारे पीछे-पीछे ही आ रहे हैं। पानीपत तक वह हमें पकड़ लेंगे।" खबर सुनते ही सबने एक-दूसरे को जिस चमक के साथ देखा, एकबारगी लगा कि यह किसी बड़ी फतेह की भविष्यवाणी थी।

अमरजीत के मुँह से उड़ी उस खबर का असर यह हुआ कि किसान अपने फोन निकाल शंभू नाके के टूटने के वीडियो देखने लगे थे। दरअसल शंभू नाके के टूटने का गणित हरियाणा जितना सीधा और स्पष्ट नहीं था।

सिंघु बॉर्डर

पीपली में हुए लाठीचार्ज के एक महीने बाद किसान 8 अक्टूबर, 2020 को कुरुक्षेत्र की कम्बोज धर्मशाला में इकट्ठा हो रहे थे। मकसद था यह तय करना कि जिन कृषि कानूनों पर किसानों ने सर फुड़वाए थे, उनके खिलाफ आन्दोलन आगे कैसे चलाया जाए। किसान नेताओं का यह जमावड़ा हरियाणा के किसान संगठन बीकेयू (चढ़ूनी) द्वारा बुलाया गया था, जिसमें हरियाणा, पंजाब, राजस्थान, यूपी और मध्य प्रदेश के किसान नेता पहुँचे थे। इस बैठक

में बलबीर सिंह राजेवाल, वीएम सिंह, रणजीत सिंह राजू, मेधा पाटकर और डॉ. सुनीलम पहुँचे थे। करीब तीन घंटे चली इस बैठक में 3 नवम्बर, 2020 को देश-भर में 10 बजे से लेकर 4 बजे तक, 6 घंटे का चक्का जाम करने का फैसला लिया गया।

अक्टूबर महीना तैयारियाँ करने का महीना था, जिसके आखिरी सप्ताह में एक ऐसी मीटिंग हुई, जिससे देश-भर में बिखरा पड़ा प्रतिरोध एक गठरी में बँधने जा रहा था। दिल्ली के गुरुद्वारा रकाबगंज साहब में 27-28 अक्टूबर, 2020 को एआइकेएससीसी[1] ने एक बैठक बुलाई, जिसमें उसके सदस्य संगठनों के प्रतिनिधियों के अलावा बाहर के तीन किसान संगठन भी शामिल हुए। इस बैठक में विशेष आमंत्रित सदस्य के तौर पर बलबीर सिंह राजेवाल पधारे, जो अपने साथ गुरनाम सिंह चढ़ूनी को भी लेकर आए थे। शुरू में ये दोनों बैठक में शामिल होने को लेकर असहज महसूस कर रहे थे, लेकिन एआईकेएससीसी के सदस्यों और कृषि विशेषज्ञ रमनदीप मान के आग्रह पर उनकी यह झिझक टूटी। इस बैठक में बीकेयू (उगराहाँ) के प्रधान जोगिन्द्र सिंह उगराहाँ भी पहुँचे थे, लेकिन उन्होंने औपचारिक तौर पर बैठक में शामिल होने से मना कर दिया और वे शान्ति से पीछे बैठकर बस कार्रवाई देखते रहे। बैठक में पहले चढ़ूनी और राजेवाल द्वारा कुरुक्षेत्र में की गई किसान संगठनों

1. AIKSCC की वर्किंग कमेटी में अखिल गोगोई के नेतृत्व वाली कृषक मुक्ति संग्राम समिति, CPI(ML) (ND) के नेतृत्व वाली अखिल भारतीय किसान मजदूर सभा (AIKMS), सीपीआई के नेतृत्व वाली अखिल भारतीय किसान सभा (AIKS), योगेन्द्र यादव का स्वराज अभियान और जय किसान आन्दोलन, दर्शन पाल के नेतृत्व वाली क्रान्तिकारी किसान यूनियन (KKU), आरसीसीआई (एमएलएम) के नेतृत्व वाली बीकेयू (डकौंदा), सीपीआई (एम) के नेतृत्व वाली अखिल भारतीय किसान सभा (AIK Scanning street), कविता कुरुगंटी की एलायंस फॉर सस्टेंनेबल एंड होलिस्टिक एग्रीकल्चर (ASHA), किरण विसा की रैयतू स्वराज्य वेदिका, के. चंद्रशेखर की कर्नाटक राज्य रैता संघा (KRSS), मेधा पाटकर के नेतृत्व वाली नेशनल एलायंस फॉर पीपुल्स मूवमेंट (NAPM), पी. अयाकानू की नेशनल-साउथ इंडिया रिवर इंटरलिंकिंग एग्रीकल्चरिस्ट्स एसोसिएशन, प्रतिभा सिंधे का लोक संघर्ष मोर्चा (LSM), सीपीआई (एमएल) लिबरेशन अखिल भारतीय किसान महासभा (AIKM), राजू शेट्टी का स्वाभिमानी शेतकारी संघटना, SUCI (Communist) के नेतृत्व वाला अखिल भारतीय किसान खेत मजदूर संगठन (AIKKMS), समाजवादी डॉ. सुनीलम के नेतृत्व वाली किसान संघर्ष कमेटी, तजिंदर विर्क की तराई किसान संगठन, वीएम सिंह वाली राष्ट्रीय किसान मजदूर संगठन (RKMS) आदि शामिल हैं।

की बैठक में तय 3 नवम्बर को 6 घंटे के लिए रोड रोको कार्यक्रम पर बात हुई। इसे एआईकेएससीसी ने भी अपनी सहमति दे दी और इस कार्यक्रम को खुद भी लागू करने की बात कही। उसके बाद एआईकेएससीसी के नेताओं ने उन दोनों से दिल्ली चलो के बारे में उनकी राय माँगी। दिल्ली चलो का कार्यक्रम गुरनाम सिंह चढ़ूनी को बहुत भाया, उन्होंने एकदम उछलकर हाँ कर दिया। थोड़ी देर शान्ति से सोचने के बाद फिर राजेवाल भी दिल्ली चलो की कॉल के लिए सहमत हो गए।

यह सब देख रहे रमनदीप मान सहमति बनने से एक कदम आगे सोच रहे थे। उन्होंने सुझाव दिया कि इन दोनों कार्यक्रमों को ढंग से लागू करवाने के लिए एक तालमेल कमेटी बना ली जाए तो बेहतर रहेगा। तालमेल कमेटी बनाने के लिए किसान नेताओं में तुरन्त सहमति बन गई। इसके बाद रमनदीप ने कहा, "दो लोग एआईकेएससीसी से आ जाएँ, एक राजेवाल जी हो जाएँगे और एक गुरनाम हो जाएँगे।" रमनदीप के इस प्रस्ताव पर मुहर लग गई और एआईकेएससीसी से वीएम सिंह और राजू शेट्टी का नाम आगे कर दिया गया और राजेवाल व गुरनाम सिंह चढ़ूनी भी इस तालमेल कमेटी में आ गए। यह चार लोगों की तालमेल कमेटी बन गई थी, लेकिन तभी राजेवाल ने रमनदीप को कोहनी मारकर इशारा किया कि योगेन्द्र को भी इस कमेटी में ले लें। रमनदीप मान ने राजेवाल का इशारा समझते हुए कहा कि योगेन्द्र यादव पिछले कई सालों से किसानों के मुद्दे उठा रहे हैं इसलिए उन्हें भी कमेटी में शामिल किया जाना चाहिए। सभी की सहमति में गर्दन हिली और उन्हें भी शामिल कर लिया गया। आखिरकार यह 4 की बजाय 5 सदस्यीय तालमेल कमेटी बन गई, जिसका अभी कोई नाम नहीं था।

यह पाँच मेम्बरी तालमेल कमेटी बनने के बाद भी रमनदीप मान इसे अधूरा मान रहे थे। अभी भी कई संगठन ऐसे थे, जिनके बगैर किसान संगठन इन खेती-बाड़ी कानूनों के खिलाफ एकजुट होकर आन्दोलन नहीं कर सकते थे। उन्होंने मुझे बताया, "अभी भी सेंटर से राइट तक की विचारधाराओं वाले किसान संगठनों का अम्ब्रेला ऑर्गनाइजेशन राष्ट्रीय किसान मजदूर महासंघ[1]

1. राष्ट्रीय किसान महासंघ (RKMS) की राष्ट्रीय कोर्डिनेशन कमेटी : शिवकुमार कक्का, अध्यक्ष, राष्ट्रीय किसान मजदूर महासंघ (RKMMS), जगजीत सिंह डल्लेवाल, अध्यक्ष, बीकेयू एकता (सिद्धूपुर), ऋषिपाल अम्बावता, अध्यक्ष, बीकेयू (अ), जौधरी हरपाल, बीकेयू (अअ), कुरबुरु शान्ताकुमार, अध्यक्ष, कर्नाटक शुगरकेन फार्मर एसोसिएशन, जे.के.

इस तालमेल कमेटी से बाहर था। बाकी लोगों का भी यही मानना था, इसलिए 7 नवम्बर, 2020 को गुरुद्वारा रकाबगंज साहिब में एक बैठक और बुलाई गई, जिसमें आरकेएमएस के किसान नेताओं को भी बुलाया गया। उन्होंने भी एक साथ आन्दोलन करने पर सहमति जताई और उनमें से दो लोग तालमेल कमेटी में ले लिए गए। एक शिवकुमार कक्का और दूसरे जगजीत सिंह डल्लेवाल। इस तरह 5 मेम्बरी कमेटी 7 मेम्बरी हो गई और इसी का नाम संयुक्त किसान मोर्चा की राष्ट्रीय तालमेल कमेटी कहा गया।

तालमेल कमेटी बनने के बाद इसकी पहली प्रेस कॉन्फ्रेंस और बैठक 10 नवम्बर, 2020 को चंडीगढ़ में रखी गई, जिसमें वीएम सिंह और राजू शेट्टी अलग-अलग कारणों से पहुँच नहीं पाए। एआईकेएससीसी के सीनियर नेता ने मुझे बताया, "वीएम सिंह और राजू शेट्टी कोरोना का बहाना बनाकर दिल्ली चलो के कार्यक्रम से बच रहे थे, इसलिए उन्हें छोड़ दिया गया और उनकी जगह 7 मेम्बरी तालमेल कमेटी में हन्नान मोल्ला और डॉ. दर्शनपाल को ले लिया गया।"

अमृतसर-दिल्ली हाईवे पर एक पता पड़ता है शंभू बैरियर। इसके एक पार हरियाणा है और दूसरी पार पंजाब, यानी हरियाणा-पंजाब बॉर्डर। शंभू बॉर्डर को पार कर हरियाणा में दाखिल होने के लिए नदी पर बने पुल को पार करना पड़ता है। 26 नवम्बर, 2020 की सुबह जब पंजाब में खड़े ट्रैक्टरों के मुँह दिल्ली की तरफ थे तो दो सौ मीटर का वह पुल पार करना पहला काम था जो इन ट्रैक्टरों के लिए दिल्ली जाने का रास्ता खोलता था। लेकिन हरियाणा

→ पटेल, गुजरात स्टेट अध्यक्ष, राष्ट्रीय किसान मजदूर महासंघ, मंजीत सिंह राय, अध्यक्ष, बीकेयू (दोआबा), सेवा सिंह आर्य, उपाध्यक्ष, बीकेयू, जसबीर सिंह भट्टी, अध्यक्ष, नेशनल फार्मर आर्गनाइजेशन, तन्वीर अहमद डार, जे. एंड के. अध्यक्ष, RKMMS, लक्ष्मण वांगे, किसान क्रान्ति मोर्चा, के.वी. बीजू, राष्ट्रीय कोर्डिनेटर, राष्ट्रीय किसान महासंघ (RKMS), इन्होंने आरकेएमएस छोड़ दिया था। गौरतलब है कि राष्ट्रीय किसान महासंघ के गठन की शुरुआती बैठकों में आरएसएस के स्वयंसेवक रहे गोविन्दाचार्य भी मौजूद थे। शिवकुमार कक्का जी भी आरएसएस के किसान विंग भारतीय किसान संघ के सदस्य रहे हैं।

पुलिस द्वारा सजाए गए बैरिकेड और आड़े-तिरछे खड़े किए ट्रक इस दो सौ मीटर के सफर की मुश्किलात साफ दिखा रहे थे। गन्ना बेल्ट के भारी-भरकम ट्रैक्टर और रेल के डिब्बों जितनी लम्बी ट्रॉलियाँ कबड्डी के एक रेडर की तरह आँखें तरेर रही थीं। पंजाब के दोआबे और माझे इलाके से आए किसानों को हरियाणा के किसानों का बैरिकेड तोड़ आगे बढ़ना कुछ इस तरह कुरेद रहा था जैसे कह रहा हो कि छोटा भाई तुम्हारे लिए बैरिकेड हटाते हुए रास्ता साफ कर रहा है और तुम यहाँ सिर्फ आँखें तरेर रहे हो। बॉर्डर से करीब एक किलोमीटर पीछे पंजाब के किसान नेता मिट्टी को नरम किए पंजे गड़ाए बैठे थे। इनमें बलबीर राजेवाल, जगजीत सिंह डल्लेवाल और मनजीत राय जैसे वे बड़े किसान नेता भी शामिल थे जो किसानों को शान्त रहने और धरने को पंजाब-हरियाणा बॉर्डर पर जारी रखने की बात कह रहे थे। मुझे भी पंजाब के किसान नेताओं ने यही बताया था कि किसान पुलिस नाकों के पास जाएँगे, पुलिस के साथ थोड़ा संघर्ष करेंगे और फिर वहीं बैठ जाएँगे, क्योंकि पंजाब के किसान नेता यह फैसला ले चुके थे कि सरकार उन्हें जहाँ रोकेगी वे वहीं पर बैठ जाएँगे, यानी आन्दोलन पंजाब और हरियाणा की सरहदों पर बैठकर चलेगा।

लेकिन किसान नेताओं की यह रणनीति तब उलट-पुलट हो गई जब नौजवानों का जत्था शंभू पर लगे बैरिकेडों की तरफ बढ़ा और चंद मिनटों बाद हरियाणा पुलिस के बैरिकेड पुल से नीचे नहर में जा गिरे थे। नहर के अन्दर भरे पानी को खींच किसानों पर मारी जा रही पानी की पैनी बौछारें इन नौजवान किसानों को रोकने में नाकाम थीं। कुछ ही देर बाद इन पैनी बौछारों का हौसला उस समय दम तोड़ गया जब नहर से पानी खींच रही पाइप को एक नौजवान ने काट दिया और मोटर के पास खींचने के लिए बस हवा रह गई, यानी मोटर हवा ले गई और वॉटर कैनन के जलाशय में बैरिकेडों की तैराकी को अनदेखा कर नौजवान किसानों के ट्रैक्टर पंजाब की सरजमीं को अलविदा कह हरियाणा में दाखिल हुए।

वहाँ मौजूद किसान गुरदीप ने मुझे बताया, "उस दिन सुबह से ही नौजवान किसान बैरिकेड तोड़ आगे बढ़ने के लिए किसान नेताओं को राजी करने में लगे थे। करीब 11 बजे के आसपास जब नौजवानों को अहसास हुआ कि किसान नेता हरियाणा-पंजाब बार्डर पर ही आन्दोलन करने की तैयारी कर रहे हैं, तो कई बिदक गए। बिदके हुओं ने औरों को भी बिदकाया और कुछ ही देर में नाके को तोड़ हरियाणा में दाखिल हो गए। करीब एक घंटे बाद किसान

नेता भी अपने खूँटों से खुले और ना-नुकर के साथ रूठे हुए फूफा की तरह दिल्ली की तरफ रवाना हुए।"

पंजाब के मालवा क्षेत्र के किसान अभी खन्नौरी और डबवाली बॉर्डर पर ही अटके थे। दरअसल पंजाब की सबसे बड़ी किसान यूनियन बीकेयू (एकता उगराहाँ), जोकि मालवा बेल्ट में बहुत बड़ी संख्या में मौजूद है, ने 24 नवम्बर, 2020 से ही खन्नौरी और डबवाली बार्डर पर पक्के तौर पर शामियाने और लाउडस्पीकर लगवाने शुरू कर दिये थे। 26 नवम्बर को बीकेयू (एकता उगराहाँ) के किसान नेता जोगिन्दर सिंह उगराहाँ वहाँ इकट्ठा हो रहे किसानों को शान्तमय ढंग से हरियाणा बॉर्डर पर ही धरना देने की अपील कर रहे थे। खन्नौरी बॉर्डर के बैरिकेड तोड़ने के बावजूद भी एकता उगराहाँ के नेताओं ने आगे बढ़ने से इनकार कर दिया था। पंजाब के 30 किसान संगठनों के गठजोड़ के साथ तालमेल करके चलने का दावा करने वाले उनके नेताओं ने आरोप लगाया कि दिल्ली जाने के मामले में दूसरे किसान संगठनों के नेताओं ने उन्हें ठीक से जानकारी नहीं दी।

लेकिन जनता के दबाव और सोशल मीडिया पर मिल रही गालियों के कारण ही 26 नवम्बर की रात को बीकेयू (एकता उगराहाँ) के नेताओं को भी दिल्ली जाने का एलान करने के लिए मजबूर होना पड़ा। अगली सुबह जब यूनियन के नेता हरियाणा पुलिस और पंजाब पुलिस अधिकारियों के साथ बातचीत कर रहे थे कि उन्हें दिल्ली जाने के लिए सुरक्षित रास्ता दिया जाए, जनता ने यूनियन द्वारा तय किए गए वक्त से पहले ही हरियाणा पुलिस द्वारा दोबारा खड़ी की गई रुकावटों को हटा दिया।

इस तरह जनता तमाम किसान संगठनों के नेताओं को खींचकर दिल्ली की सरहदों तक ले आई। दिल्ली जाने की कॉल न देने वाली किसान मजदूर संघर्ष कमेटी को भी दो दिन के भीतर ही दिल्ली आने की योजना बनानी पड़ी।

गुरनाम चढ़ूनी का फोन फिर बजा। इस बार बूढ़े सरदार बलबीर सिंह राजेवाल का फोन था। गुरनाम ने ध्यान से सुना और जवाब दिया, "जी। जी। मैं करवाता हूँ और आपको फिर एड्रेस भेजता हूँ।"

फोन काटने के बाद गुरनाम ने अपने कार्यकर्ताओं से कहा, "राजेवाल साहब होर भी दिल्ली की तरफ आ रहे हैं। हमसे एक घंटे पीछे हैं। आज शाम हम पानीपत पहुँचेंगे तो शायद उनको घरोंडा के आसपास पहुँचते-पहुँचते शाम हो जाएगी। उनके रुकने का प्रबन्ध घरोंडा मंडी में करवा दीजिए।"

करनाल पार करते-करते ट्रैक्टरों का सैलाब आ गया था। बीती रात जितने ट्रैक्टर गिने थे, उससे कई गुना ट्रैक्टर अब रोड पर दौड़ते दिखाई दे रहे थे। मैं और मेरे सहयोगी गौरव अपनी गाड़ी एक पेट्रोल पम्प पर छोड़ आए थे और अम्बाला के बड़ोला गाँव के किसानों के साथ उनकी ट्रॉली में सवार हो गए थे। नए जुड़ रहे ट्रैक्टरों पर गर्वीले किसानों को मुट्ठी बाँध जिन्दाबाद के अभिवादन से स्वागत किया जा रहा था और ट्रैक्टर अपनी धुनों में दिल्ली की तरफ मोर की तरह पहला पाते कबड्डी डाल रहे थे।

सूरज नम पड़ रहा था। पानीपत आ गया था। शहर के बाहर एनएचएआई के टोलटैक्स पर ट्रैक्टर चुप्पी बाँधकर आड़े-तिरछे खड़े हो सुस्ताने लगे और उनके सवारों ने नीचे कूद मेले जैसा रौला पा दिया। ऐसा लग रहा था मानो किसी बड़ी बारात को भोज के लिए किसी भीड़ी जगह ठूँस दिया गया हो। इधर चाय का लंगर बँट रहा है तो उधर पकौड़े। अलग-अलग गुरुद्वारों की पिकअप गाड़ियाँ लंगर लादे खड़ी हो किसानों को जिमाने के लिए मरी जा रही थीं। संगत के साथ पंगत में लंगर छक मैं भी ठंड में लाल हुआ जा रहा था। एकाएक गौरव ने आकर बताया, "गुरु बैरिकेड तोड़ने वाला नौजवान मिल गया है।"

साइज से बड़ी जैकेट में हल्का छरहरा गात लुकाए खड़ा वह नौजवान बस 19 साल का था—जसमीत उर्फ विक्की। उसे देखकर मेरे जेहन में बार-बार एक ही गाना बज रहा था, "जिगरे वाला ही पावे टोचनाँ दा पेचा, माड़े बन्दे दे ताँ हिल्ल जांदे पैर बल्लिया।" एक बहुत छोटे इंटरव्यू के बाद जब टोल टैक्स से पंजाब की तरफ मुँह उठाकर देखा तो ट्रैक्टरों की नदी दिखलाई पड़ी। लग रहा था मानो हरियाणा-पंजाब के सारे किसान एक साथ सड़क पर आ गए हों।

इस सर्द साँझ के लिए किसानों के इस पते पर बलबीर राजेवाल की सफेद इनोवा कार आकर रुकी तो उनका स्वागत गुरनाम चढ़ूनी ने हाथ जोड़कर किया। अभी अभिवादन हजम ही हुआ था कि चढ़ूनी बोल पड़े, "आप लोगों के रुकने का इंतजाम थोड़ा पीछे ही किया था, लेकिन पंजाब के ट्रैक्टर तो आगे आ गए हैं और कई तो इस पड़ाव को पार कर दिल्ली की तरफ बढ़ गए हैं।"

राजेवाल ने गुस्सा करते हुए अपनी लाचारी को शब्द दिये, "पंजाब के किसान हमारे कहने से बाहर हो गए हैं और हमारी बात नहीं सुन रहे हैं।"

लाचारी अभी निकल ही रही थी कि गुरनाम राजेवाल को अकेले थोड़ा

दूर ले गए। उसके बाद जो बात हुई वह उन दोनों के बीच ही डब्बा बन्द है।

तारे ओढ़ सोए किसान अगली सुबह उठे तो मैं उनसे पहले उठकर अलसाए चेहरों और अँगड़ाई लेती देहों को निहार रहा था। सबके गाल टमाटर जैसे लाल, चेहरों पर नूर और मुँह के भीतर दबी रहने वाली बत्तीसी होंठों का शटर उठाकर उस सामने वाली खिड़की के चाँद के टुकड़े की तरह फुदक रही थी। उस ठंडी प्रभात यानी 27 नवम्बर, 2020 की चहकती सुबह मेरे एडिटर अभिषेक श्रीवास्तव फोन के उस पार दिल्ली में किसानों के इन्तजार में सूखे जा रहे थे।

उस दिन जब आराम से खा-पीकर किसान दिल्ली के लिए निकले तो, बचपन में बुजुर्गों से सुनी ये सीख याद आई कि घर से खाकर निकलो। अपने बुजुर्गों की मानकर जब जत्था 27 नवम्बर की सुबह पेट भरकर दिल्ली के लिए निकला, तो नौजवानों को हरियाणा सरकार के लगाए हुए बैरिकेड फिर मिले। किसानों ने फिर गिरा दिये। कई जगह सड़कें खुदी मिलीं तो किसानों ने अपने ट्रैक्टरों से उन खाइयों को दोबारा भर दिया। जब मैं यह सब घटनाक्रम देख रहा था तो मुझे सरकार पर हँसी आ रही थी। दरअसल सरकार ने किसानों से उसी खेल में पंगा ले लिया था, जिसे किसान अपनी रोजमर्रा की जिन्दगी में हर रोज खेलते हैं। किसान अपने खेत में कई बार मिट्टी को इधर से उधर करता है, इसलिए खोदी गई किसी खाई को भरना उनके लिए कोई मुश्किल काम नहीं है, खासकर तब, जब उनका ट्रैक्टर उनके साथ हो। कई सौ क्विंटल गन्ने से लदी ट्रॉलियों को काली नम मिट्टी में जो ट्रैक्टर खींचने में चूँ तक न करता हो, उसके लिए कुछ सौ किलो के बैरिकेड खींचने में कितना वक्त लगता है। खैर ये हाथ के हुनर का मामला है और किसान के हाथ खींचने, खोदने, भरने, हटाने और लगाने जैसी सभी कलाओं में पारंगत हैं और यह सरकारी बाधाओं को पार करने में किसान की साथी साबित हुआ।

सूरज के सर की सीध में चढ़ने तक किसान दिल्ली की सरहद यानी सिंघु बॉर्डर पहुँच चुके थे। यहाँ दिल्ली पुलिस के आँसू गैस के गोलों ने उनका स्वागत किया। पुलिस के दागे सौ से ज्यादा गोलों को वे किसान शायद इसलिए

झेल गए कि पिछले दो दिन से हरियाणा पुलिस के साथ उनका प्रैक्टिस मैच बढ़िया चला था।

दिल्ली की हद से हरियाणा की जमीन पर किसानों के बीच आकर गिर रहे गोलों के पीछे नौजवान गीले कम्बल लिये दौड़ रहे थे। कइयों के हाथ में पानी की बाल्टियाँ थीं। उधर से गोला छूटा, इधर ये लपकने के लिए तैयार। नीचे गिरा तो उस पर पानी या गीला कम्बल डाल स्वाहा। पत्रकार सड़क की बाजू में बनी दुकानों की छत पर रूमाल बाँधे एक बार कैमरा इधर घुमावें तो एक बार उधर। कई गोले पत्रकारों के पास भी पुलिस का सन्देश लेकर पहुँचे और जवाब में पत्रकार, "खु-खु...खैं-खैं।"

कई नौजवान किसान ट्रैक्टर लेकर बैरिकेडों के उस पार ले जाएँ और दिल्ली पुलिस की पैदल पलटन को तितर-बितर कर वापस हरियाणा की तरफ आ रलें। ये खेल अभी चल ही रहा था कि गोलों के छूटने की आवाज बन्द हुई और दिल्ली पुलिस के फटे स्पीकर की सरसराहट शुरू हुई। एकबारगी लगा कि ध्वनि प्रदूषण कर किसानों को डराने की नई कोशिश की जा रही है। मगर पथरीले अवरोधकों, कँटीले तारों के उस पार, दो चेहरे दिल्ली पुलिस के आला अफसरों के साथ उभर आए थे। दिल्ली की हद से हरियाणा की तरफ झाँकते हुए सिविल वर्दी में खड़े एक सफेद दाढ़ी वाले सरदार ने पुलिस के माइक से कहा, "भाइयो मैं वी.एम. सिंह हूँ, आपका नेता। दिल्ली पुलिस हमारी दोस्त है। वह हमें दिल्ली के बुराड़ी मैदान लेने आई है। हम कोई भी शरारत न करें। हम अपना आन्दोलन दिल्ली के बुराड़ी मैदान से चलाएँगे। वहाँ हर तरह के प्रबन्ध हैं।" अभी वीएम सिंह आगे अपना सन्देश जारी रखना चाहते थे लेकिन हरियाणा की सरजमीं से उड़े पत्थरों ने उनको अपनी पूरी बात कहे बगैर पीछे धकेल दिया। सन्देश गया भाड़ में। जान बचाकर निकले वो क्या कम था!

वीएम सिंह उत्तर प्रदेश के बड़े चीनी कारोबारी हैं और उन्होंने देश-भर के किसानों से पहले अपील की थी कि वे नवम्बर का अपना आन्दोलन वापस ले लें। 21 नवम्बर, 2020 को सिंह ने, जो हाल ही में कोविड-19 से ठीक हुए थे, कहा था कि उन्हें डॉक्टरों ने सुझाव दिया है कि वह क्वारंटीन में रहें और फिलहाल दिल्ली न जाएँ। उन्होंने अन्य लोगों को भी दिल्ली जाने से रोकने की कोशिश यह कहते हुए की थी कि दिल्ली में कोरोना वायरस के मामले बढ़ रहे हैं। सोशल मीडिया में एक वीडियो जारी कर सिंह ने कहा था, "आप लोग कहाँ रहेंगे? क्या आप लोग ट्रैक्टर की ट्रॉलियों में, कारों में रहेंगे? यह

सर्दियों का मौसम है।" उन्होंने सलाह दी थी कि इन कानूनों के खिलाफ मोदी सरकार और आन्दोलनकारी अपनी कुश्ती को छह महीनों के लिए टाल दें।

23 नवम्बर को उन्होंने अपनी यही बात दोहराई और लोगों को सलाह दी कि वे अपने-अपने इलाकों में प्रदर्शन करें। उन्होंने कहा, "अब मैं कोविड से ठीक हो गया हूँ तो मैं यह पूछना चाहता हूँ कि आप लोग कहाँ रहेंगे, कहाँ पर प्रदर्शन करेंगे, क्या खाएँगे, कौन लोग टेंट लगाएँगे और इसीलिए मैंने कहा था कि अगर आप लोग आ रहे हैं तो अपने आप आएँ क्योंकि वीएम सिंह आपकी मदद नहीं कर पाएगा क्योंकि मेरे डॉक्टरों ने मुझे मना किया है। अगर किसी को कोरोना हो गया तो उसका श्मशान जाना तय है। लेकिन पंजाब के किसान भी अपने स्टैंड पर सही हैं क्योंकि वे कृषि संकट का सामना कर रहे हैं।"

चार दिन बाद वे अपनी बात से मुकर गए। वह कुंडली सीमा पहुँचे। वहाँ वह पुलिस की जिप्सी पर सवार होकर आए थे और लोगों से अपील कर रहे थे कि वे लोग बुराड़ी मैदान चले जाएँ। लेकिन हरियाणा की ओर खड़े किसानों ने उनकी बात मानने से इनकार कर दिया। इसके बाद सुरक्षाबलों ने किसानों पर और आँसू गैस चलाई।

सूरज ढीला पड़ रहा था और अपने वापसी के स्थान की तरफ भाग रहा था। सरहद के इस पार, तितर-बितर खड़े ट्रैक्टरों के आगे खाली पड़ी खुली सड़क पर किसान भी गोले झेलकर सुस्ता रहे थे। एक ट्रैक्टर पर माइक का जुगाड़ कर लिया गया था, जिसमें अतिउत्साहित किसान दूसरों को शान्त रहने के प्रवचन उड़ेल रहे थे। मैदान के ठीक बाजू में गुरनाम चढ़ूनी अपने साथ आए युवाओं से उलझ रहे थे और कह रहे थे, "दिल्ली पुलिस रास्ता देने को तैयार है, तुम लोग ये शरारतें बन्द कर दो।" गुस्से में लाल-पीले पड़े गुरनाम को एक अधेड़ किसान पंजाब के किसान नेताओं की मीटिंग में जाने को कहता है। गुरनाम थोड़ा रुके और फिर मीटिंग के लिए निकल गए।

बतौर पत्रकार मेरे लिए नेताओं की मीटिंग की जानकारी प्राप्त करना जरूरी था। लगभग सारे किसान नेता मुझे जानते थे, इसलिए उनके बीच जाना तो सम्भव नहीं था, लेकिन मैं उसके नजदीक जाकर जरूर खड़ा हो गया।

काफी देर बातचीत के बाद सबसे पहले योगेन्द्र यादव और उनके सहयोगी दीपक लांबा, लटका हुआ मुँह लेकर बाहर आए। मीटिंग निपटी तो मैंने जानकारी के लिए किसान नेताओं से बात शुरू की। पंजाब के बुजुर्ग किसान नेता निर्भय सिंह ढूडीके, जो कीर्ति किसान यूनियन के अध्यक्ष भी हैं और

उस बैठक में मौजूद थे, ने मुझे बताया, "योगेन्द्र यादव 27 नवम्बर, 2020 की बैठक में मौजूद थे लेकिन सिर्फ 10 मिनट के लिए। नेता ने बताया कि यादव ने खुद के लिए तब मुसीबत खड़ी कर ली जब उन्होंने सुझाव दिया कि आन्दोलनकारियों को आन्दोलन का स्थान बदलने के केन्द्र सरकार के सुझाव को मान लेना चाहिए और बुराड़ी मैदान चलना चाहिए। इतना कहने भर से ही मीटिंग में मौजूद कई नेता यादव पर चढ़ गए। कई तरह की आलोचनाओं और निजी शाब्दिक हमलों के बाद उन्हें ऐसा सुझाव देने के लिए वहाँ से चले जाने को कहा गया क्योंकि 'वह सुझाव सुनते ही हमें गुस्सा आ गया था।'

यादव ने किसान नेताओं को बुराड़ी मैदान जाने के लिए मनाने की कोशिश की क्योंकि उनका कहना था कि बुराड़ी मैदान पहुँचना किसानों की जीत होगी क्योंकि इससे वे दिल्ली के भीतर आ जाएँगे।

ढूडीके ने मुझे बताया कि वहाँ मौजूद एक अन्य नेता ने यादव से कहा, "आप कितनी ट्रॉलियाँ लेकर आए हैं। आप पाँच किसान लेकर नहीं आए और आप हमें सरकार के निर्देश मान लेने का सुझाव दे रहे हैं।" उन्होंने बताया, "वह हमें बुराड़ी ले जाने के लिए मीटिंग में आए थे लेकिन हमने उन्हें ही वापस भेज दिया।" निर्भय सिंह ढूडीके ने ऑल इंडिया किसान संघर्ष कोऑर्डिनेशन कमेटी के अध्यक्ष वीएम सिंह के कार्यों की यह कहते हुए निन्दा की कि वह बार-बार अपना स्टैंड बदल रहे हैं।

कायदे से उस शाम किसान आन्दोलन का नेतृत्व कर रहे पंजाब और हरियाणा के किसान संगठनों और नौजवान किसानों ने योगेन्द्र यादव और वीएम सिंह के प्रदर्शन-स्थल को दिल्ली की सरहदों से हटाकर बुराड़ी मैदान ले जाने के प्रयासों को ठुकरा दिया। यादव स्वराज अभियान संगठन के शीर्ष नेता हैं और सिंह पूर्व विधायक, और उस समय ऑल इंडिया किसान संघर्ष कोऑर्डिनेशन कमेटी के अध्यक्ष भी थे।

इस मामले को लेकर करीब एक साल बाद योगेन्द्र यादव ने मुझे बताया, "बुराड़ी चलने का फैसला सिर्फ मेरा और वीएम सिंह का नहीं था, बल्कि संयुक्त किसान मोर्चा की 7 सदस्यीय तालमेल कमेटी इस पर सहमत थी। गुरनाम सिंह चढ़ूनी अपने कैडर की वजह से पब्लिक में नहीं बोल पा रहे थे। दर्शनपाल, कक्का और डल्लेवाल भी इस पर चुप थे। राजेवाल साहब स्टेज से जाकर जब बुराड़ी चलने के लिए कहने लगे तो उनके खिलाफ नौजवानों ने हूटिंग कर दी।"

दूसरे दिन यादव फिर कुंडली पहुँचे और बैरिकेड पार करने के बाद मंच से कुछ मीटर दूर ठहर गए। आन्दोलनकारियों ने उन्हें भाषण देने के लिए आमंत्रित नहीं किया। अन्ततः यादव वहाँ मौजूद मीडिया से बात करने लगे। यादव ने एनडीटीवी से कहा, "यह फैसला हुआ है कि आज रात को हम यहीं रहेंगे, कारण है कि पीछे से हमारे जत्थे आ रहे हैं। कल सुबह हम तय करेंगे कि आगे क्या करना है।" यादव ने इस बात का जवाब देने से इनकार कर दिया कि उन्हें पिछली रात को मीटिंग से चले जाने को कहा गया था बल्कि उन्होंने ऐसा जताने की कोशिश की कि वह फैसला लेने की प्रक्रिया का हिस्सा हैं।

दो दिन बाद वीएम सिंह बुराड़ी मैदान में प्रदर्शन करने लगे। सोशल मीडिया पर एक वीडियो जारी कर उन्होंने अन्य किसानों से भी बुराड़ी मैदान पहुँचने की अपील की। उन्होंने कहा, "जैसी मेरी आदत है, मैंने व्यवस्था कर दी है। आप लोगों के लिए यहाँ शौचालयों का प्रबन्ध है, लंगर भी होगा। जो लोग यहाँ आना चाहते हैं उनके लिए हर तरह की व्यवस्था कर दी गई है।"

कीर्ति किसान यूनियन के अध्यक्ष ढूडिके ने कहा, "यह आदमी जो वीडियो बना रहा है वह हमें कोरोना का हवाला देकर दिल्ली न आने को कह रहा था और अब खुद बुराड़ी जाकर बैठ गया है। पुलिस वाहन में यहाँ आना और सरकार के साथ मिलीभगत करना बहुत दुर्भाग्यपूर्ण बात है। यह बहुत दुख की बात है। हम इसकी निन्दा करते हैं और हम अपना आन्दोलन जारी रखेंगे।" ढूडीके ने कहा, "जो सरकारी लीडर हैं वे बुराड़ी जा रहे हैं और जो सरकार-विरोधी नेता हैं वे मोर्चे पर हैं और दिल्ली को घेरना चाहते हैं जबकि दूसरे लीडर दिल्ली से घिरना चाहते हैं। जिनके पास एक ट्रॉली नहीं है, जिनके पास कोई किसान नहीं है, वे कैसे किसानों के नेता बन सकते हैं?"

इस घटना को लेकर मैं अपने पत्रकार दोस्त प्रभजीत के साथ द *कारवां* के लिए रिपोर्ट कर रहा था तो हमने वीएम सिंह से बात की। उन्होंने कहा, "जो लोग बुराड़ी आना चाहते हैं वे बुराड़ी आ जाएँ" और हमारा फोन काट दिया। हमने उन्हें दोबारा फोन किया तो उन्होंने बस इतना कहा कि "मैं किसानों के आन्दोलन में हूँ और हम गुरु नानक जयंती मना रहे हैं।" हमने योगेन्द्र यादव से भी केन्द्र सरकार के बुराड़ी प्रस्ताव के बारे में उनकी राय और उन्हें बैठक से बाहर कर दिये जाने के बारे में पूछने के लिए फोन किया, लेकिन उन्होंने हमारे सन्देशों या फोन कॉल्स का जवाब नहीं दिया। लेकिन

जब हमारी यह रिपोर्ट 'कारवाँ' मैगजीन ने छाप दी तो यादव के फोन हमें धड़ाधड़ आने शुरू हो गए।

बहुत बाद में योगेन्द्र यादव ने मुझे बताया, "मेरी माताजी की तबीयत ठीक नहीं थी, इसलिए मैं गाँव (रेवाड़ी) में था। मुझे जगमोहन जी (बीकेयू डकौंदा) का फोन आया कि बैरिकेड तोड़कर किसान दिल्ली बॉर्डरों पर पहुँच रहे हैं। उनकी इंटेलिजेंस वालों से बात हो रही थी, तो उन्होंने मुझे बताया कि सरकार ने किसानों के लिए बुराड़ी मैदान दे दिया है, जबकि हमने रामलीला मैदान के लिए कहा था। जगमोहन ने मुझसे कहा कि दौड़कर बॉर्डर पर जाऊँ और वहाँ किसानों को सुरक्षित बुराड़ी मैदान में ले जाऊँ। मैं जैसे-तैसे जल्दी-जल्दी वहाँ पहुँचा, तो देखा कि वहाँ वीएम सिंह मेरे से पहले ही खड़े हैं। मैंने वहाँ पुलिस से बात की, तो उन्होंने मुझसे पीछे हटने की बात कही, जिसके बाद मैं पीछे हट गया। राजेवाल जी का भी मानना था कि हमें बुराड़ी मैदान जाना चाहिए। लगभग सभी किसान नेता सहमत थे, सिर्फ निर्भय सिंह धूडिके और सुरजीत फूल को छोड़कर। वे दोनों बॉर्डरों पर ही मोर्चे लगाने के लिए अड़ गए। ऐसे ही जनता ने भी बुराड़ी जाने से मना कर दिया। जब राजेवाल जी स्टेज से लोगों को बुराड़ी चलने के लिए बोलने गए, तो वहाँ खड़े किसानों ने हूटिंग कर दी और उन्हें बैरंग लौटना पड़ा।"

रात तारों की छाँव में कटी। गुरुद्वारों से पिकअप ट्रकों में आए लंगर छक किसान दिन-भर की थकान के बाद ट्रॉलियों में सोने चले गए थे। उत्साहित नौजवानों की एक टोली डफली पर गीत गाती दिखाई दे रही थी।

कई ट्रैक्टरों में तेज आवाज में आन्दोलन के गीत बज रहे थे। सख्त सर्द रात में मैंने भी अपने सहयोगी गौरव के साथ किसानों के बीच ही सुस्ताने का ठिकाना खोज लिया था।

अगले दिन सूरज चढ़ा तो बड़े इत्मीनान से किसान अपना बसेरा व्यवस्थित करने में जुट गए थे। घर से निकले इन किसानों के तीन दिन बीत चुके थे। एक इत्मीनान नेशनल हाईवे 44 पर कायदे से पसरकर लेट गया था। ये किसान इतनी जल्दी जाने के मूड में नहीं आए थे, इस बात की ताकीद कोई भी कर

सकता था जो उस समय सिंघु बॉर्डर जाकर आया हो। पिछले कई सालों में किसी आन्दोलन में ऐसा इत्मीनान, ऐसा ठहराव मैंने नहीं देखा।

एक सड़क अब फैलकर मैदान हो गई थी। फिर वह मैदान सिमटकर घर बन गया और इस घर में कोई एक लाख रहवासी थे। सबके घरों से धुआँ उठ रहा था। धुएँ के नीचे आग सुलग रही थी। तवों पर सामूहिक इत्मीनान रोटी की शक्ल में सिंक रहा था, बेचैनी की शक्ल में पलट रहा था। लोहिया ने कहा था कि लोकतंत्र के तवे पर सत्ता की रोटी पलटती रहनी चाहिए वरना एक तरफ से जल जाती है।

कुछ लोग ठहरने के लिए छाँव खोजते हैं। कुछ लोग होते हैं, वे जहाँ रुक जाते हैं वहीं आसमान ओढ़ लेते हैं। पंजाब और हरियाणा के किसान और उनके रहनुमा दूसरी प्रजाति के जीव हैं। फतेहगढ़ से आए बुजुर्ग हरनाम सिंह कहते हैं, "उन्हें क्या पता दिल्ली क्या है और रामलीला ग्राउंड या जंतर-मंतर कहाँ है। 1983 के पहले की बात है जब वो गुरुद्वारा बंगला साहेब आया था, लेकिन दिल्ली का मुझे कुछ नहीं पता। मुझे कोई कुछ भी दिखाकर कह देता कि यही रामलीला ग्राउंड है तो हम तो वहीं रुक जाते। वो तो..."

ये 'वो तो' एक रहस्य है। पंजाब और हरियाणा के ये किसान आखिर सरकार के दिये निरंकारी मैदान में बुराड़ी क्यों नहीं गए? यह सवाल उस समय टीवी के बनाए किसान नेता योगेन्द्र यादव, कारोबारी-सह-पूर्व विधायक-सह किसान-नेता सरदार वीएम सिंह से लेकर गृहमंत्री अमित शाह तक सबको परेशान कर रहा होगा। शायद किसानों को भी यह सवाल परेशान कर रहा होगा कि जब संयुक्त किसान मोर्चे ने रामलीला ग्राउंड की दरख्वास्त प्रधानमंत्री से लगाई थी तो दिल्ली पुलिस ने निरंकारी मैदान क्या सोचकर दिया?

इस दोतरफा जिज्ञासा की कई परतें हो सकती हैं। एक तथ्य तो यह है कि निरंकारी मैदान में बीते दो दशकों में कोई आन्दोलन, सभा, प्रदर्शन नहीं हुआ। शायद कोई राजनीतिक रैली या सभा भी वहाँ नहीं होती। वह मैदान निरंकारी संत समागम की जगह है जहाँ साल में कुछ मौकों पर भारी भीड़ जुटती है और बाकी वक्त लोग गाड़ी चलाना सीखते हैं। कमोबेश रेडलाइट मुक्त हो चुके दिल्ली के रिंग रोड से बुराड़ी का यह विशाल मैदान किसी उल्कापिंड से बने गड्ढे की तरह नजर आता है जिसमें एक बार फँस गए तो यह पता करना मुश्किल हो जाए कि निकलना कहाँ से है। यहाँ किसान आ जाते तो आन्दोलन बस देखने की चीज बनकर रह जाता।

यह संकट कुछ किसानों ने दूसरी ही सुबह भाँप लिया था जो जाने-अनजाने वहाँ पहुँच गए थे। किसी ने बुराड़ी के मैदान को खुली जेल कहा, तो किसी ने हाउस अरेस्ट का नाम दिया।

28 नवम्बर बीता भी नहीं कि अपनी ट्रॉलियों और ट्रैक्टरों के साथ वहाँ फँसे किसान बेचैन हो उठे। यह तब था, जबकि वहाँ मौजूद उनके नेता सिंघु बॉर्डर और टीकरी बॉर्डर पर जाकर अपील कर रहे थे कि सारे किसान बुराड़ी मैदान चलो। सन्देश साफ था : कुछ नेता किसानों को खुली जेल में ले जाना चाहते थे खुले आकाश से निकालकर। क्यों? आखिर आन्दोलन करने आया किसान सरकारी राशन, पानी और आश्रय पर क्यों टिके? और यह सवाल वाजिब था।

पहली शाम सिंघु बॉर्डर पर डटे किसान नेताओं ने बलबीर राजेवाल, योगेन्द्र यादव और वीएम सिंह को ना कह दिया। दूसरी शाम मेधा पाटकर, कक्काजी और सुनीलम आदि के आग्रह पर भी इनकार कर दिया। आखिरकार देश के गृहमंत्री को शर्त रखनी पड़ी कि मैदान में आओ, तभी बात करेंगे। इस शर्त को भी किसानों ने हवा में उड़ा दिया। ऐसा क्या था उस मैदान में कि सरकार से लेकर सिविल सोसायटी के रहनुमा तक सब के सब एक स्वर में किसानों को निरंकारी मैदान में खींचने को आतुर थे जबकि किसानों का वहाँ दम घुट रहा था?

निरंकारी मैदान को सिक्ख किसानों के पड़ाव के लिए चुना जाना किसके दिमाग की उपज थी, यह तो नहीं पता लेकिन इतिहास के आईने में झाँकने पर जाने क्यों ऐसा आभास होता है कि कहीं किसी गहरी साजिश की स्क्रिप्ट रची जा रही थी जिस पर किसानों ने पानी फेर दिया। एक स्वर में किसानों ने राजनीतिक सूझ-बूझ दिखाई और अपना फैसला बता दिया, "हम दिल्ली में घिरकर नहीं बैठेंगे, दिल्ली को घेरकर बैठेंगे।"

इस फरमान की अनुगूँज यूपी बॉर्डर तक गई। 28 नवम्बर की शाम अपने जत्थे के साथ गाजियाबाद-दिल्ली की सीमा पर यूपी गेट पहुँचे भारतीय किसान यूनियन (अराजनैतिक) के प्रवक्ता राकेश टिकैत ने भी वहीं डेरा डाल दिया। इतना ही नहीं, एक अद्भुत नजारा वहाँ पेश हुआ। आम तौर से पुलिस धारा 144 लगाती है किसी क्षेत्र में पर यहाँ भाकियू ने बैरिकेड पर अपनी धारा 288 लगा दी और किसानों के अलावा किसी अन्य का प्रवेश वर्जित कर दिया। भाकियू की धारा 288 का तो पता नहीं कि ये क्या है,

लेकिन सुनने में सेर पर सवा सेर जैसा कुछ अहसास होता है।

बैरिकेड वहाँ भी तोड़े गए। पुलिस के साथ झड़प भी हुई। किसानों ने दो साल पहले अपने ही बनाए किसान क्रान्ति गेट पर पड़ाव डाला और इसी के साथ दिल्ली तीन तरफ से घिर गई।

अब तक मीडिया ने यह नैरेटिव स्थापित कर दिया था कि यह आन्दोलन प्रमुखतः पंजाब के किसानों का है। सरकार ने 30 नवम्बर की रात जब वार्ता का न्योता भेजा, तो उसमें भी पूरे 32 नेता पंजाब से ही थे। आधिकारिक रूप से यह धारणा बनाने की आखिरी कोशिश की गई थी कि मामला अकेले पंजाब से जुड़ा है और चूँकि पंजाब में कांग्रेस की सरकार है, इसलिए सारा बखेड़ा कांग्रेस का खड़ा किया हुआ है।

किसान कांग्रेस की सच्चाई कुछ और ही बताते हैं। हरियाणा में जब किसानों ने पड़ाव डाला था, तो कांग्रेस नेता रणदीप सिंह सुरजेवाला कम्बल बाँटने किसानों के बीच आए थे। जत्थे में शामिल एक युवा बताते हैं कि किसानों ने कम्बल लेने से इनकार कर दिया था और उन्हें लौटा दिया था।

इनकार करने की ताकत सबसे बड़ी होती है। यह ताकत संकट से जूझ रहे आदमी को सबसे अच्छे तरीके से आती है। यह ताकत उसके पास होती है जिसे पता है कि उसे फीलगुड फैक्टर नहीं चाहिए उसे अगले जून की रोटी की लड़ाई लड़नी है। जाहिर है, इस किसान आन्दोलन में यह ताकत हरियाणा-पंजाब के किसानों के पास ही थी। बेशक इस आन्दोलन में आधा दर्जन से ज्यादा राज्यों के किसानों की शिरकत है, लेकिन मुकम्मल इनकार तो पंजाब और हरियाणा के किसानों ने ही किया—सुरजेवाला से लेकर बलबीर राजेवाल, शिवकुमार कक्का, चढ़ूनी, योगेन्द्र यादव, वीएम सिंह और अमित शाह तक, सभी को।

मीडिया को इनकार करना सबसे कठिन काम होता है। लाउडस्पीकर और एम्पलीफायर की जरूरत सबको होती है। पंजाब और हरियाणा के किसानों ने दिल्ली के टीवी चैनलों को भी मुकम्मल इनकार कर दिया। उन्हें अपनी बुलंद आवाज पर भरोसा था। उस दौरान कई ऐसे वीडियो सामने आए जहाँ किसानों ने कई रिपोर्टरों को बाइट देने से मना किया और उलटे पाँव लौटा दिया।

लेकिन वे चाहे जितने हिम्मती हों, हैं तो किसान ही। शहरी कायदों से अनजान, सभ्यता की चालों से अनभिज्ञ। इन किसानों को नहीं पता था कि जिन्हें वे लौटा रहे हैं, इनकार कर रहे हैं, वहाँ उनकी जगह कोई और घेर

रहा है। आन्दोलनों के दौरान ऐसा अकसर होता है। मीडिया में आन्दोलन का चेहरा कोई और होता है, जमीन पर कोई और।

मीडिया ने सबसे पहले अभिनेता दीप सिद्धू को लाखों की भीड़ में से चुनकर उठाया। वो अंग्रेजी बोल रहा था पुलिसवालों से, तो कैमरों की जीभ उसकी ओर खुद-ब-खुद लम्बी हो गई। दीप सिद्धू के कंधे पर चढ़कर टीवी चैनलों ने आन्दोलन को खालिस्तानी कहकर बदनाम करना शुरू कर दिया।

तीन दिन तक यह अभियान धड़ल्ले से चला। बरखा दत्त द्वारा लिये गए इंटरव्यू ने इस आग में घी का काम किया। बरखा ने कहा कि दीप के शब्दों ने किसानों के सरोकारों को गहरी चोट पहुँचाई है। इस बात को सिद्ध करने के लिए उन्होंने दीप से जरनैल सिंह भिंडरावाले को आतंकवादी कहलवाना चाहा, लेकिन दीप सिद्धू ने ऐसा कहने से मना कर दिया। इसके बाद बरखा की वीडियो लेकर सत्तापक्ष के लोग इन आन्दोलनकारियों को खालिस्तानी आतंकवादी कहने में रम गए।

खालिस्तानी नैरेटिव सेट होने की प्रक्रिया में जब टीवी रिपोर्टरों को किसानों ने भगाना शुरू किया, तो हमेशा की तरह मीडिया ने एक लिबरल चेहरा खोज निकाला। खोजने की भी जरूरत नहीं थी, आदमी तैयार था। मीडिया का ही तैयार किया हुआ था।

दरअसल, ठीक दो साल पहले कृषि पर केन्द्रित संसद के एक सत्र की माँग को लेकर आयोजित किसानों के 'दिल्ली चलो' मार्च के पहले ही दिन योगेन्द्र यादव प्राइम टाइम पर रामलीला मैदान पहुँचने में देरी कर गए थे। चैनलों की ओबी वैनें उनके इन्तजार में खड़ी रह गईं लेकिन हरियाणा बॉर्डर से किसानों का जत्था लेकर आने में उन्हें देरी हो गई। दिल्ली चलो मार्च के सैद्धान्तिक शिल्पकार पत्रकार पी. साईनाथ दिल्ली में ही थे, सो उस रात हर चैनल ने उन्हें लाइन अप कर लिया। योगेन्द्र रह गए। इस बार उन्होंने मीडियाबाजी के मामले में कोई चूक या देरी नहीं की। वे पहले ही दिन से सक्रिय थे।

बरखा दत्त और दिल्ली की पत्रकारिता की शैली एक है। दोनों बाकी मीडिया के सेट किए एजेंडे के विपरीत धारणा बनाने के लिए उसी एजेंडे का सहारा लेते हैं। बिलकुल वैसे ही कि किसी ने नग्न तस्वीर दिखाई और दूसरे ने वही नग्न तस्वीर दिखाकर बताया कि उसने नग्न तस्वीर दिखाई है जो कि गलत है।

बहरहाल, किसान इतनी महीन बातों को पकड़ पाते तो वे किसान न होते। अज्ञेय की कविता के साँप बन जाते। किसान शहर में बसे नहीं, सभ्य

नहीं हुए, इसलिए न उनमें जहर भरा है और न ही उन्हें काटना आया है। वे सीधी बात कर रहे हैं और कट मरने को तैयार हैं। उस तैयारी का बस उन्हें इन्तजार है। सिंघु बॉर्डर इसी इन्तजार का दूसरा नाम था।

30 नवम्बर, 2020 की सर्द शाम थी जब सूरज ढल रहा था, पूर्णिमा का चाँद अपनी बारी के इन्तजार में था। आज गुरु पर्व था और किसान सिंघु बॉर्डर पर लगे दिल्ली के पाँच गुरुद्वारों का लंगर छक रहे थे।

नेशनल हाईवे पर अभी-अभी बसे इस विशाल लम्बवत गाँव में लोहे के घर थे—ट्रैक्टर और ट्रॉली। किसानों के बीच यह आम चर्चा थी कि यह रेला 35 किलोमीटर लम्बा है। कोई 15 किलोमीटर बताता, तो कोई 20 किलोमीटर। इस तरह समझ में आया कि अब भी हरियाणा-पंजाब के किसानों का यह गाँव बसने की प्रक्रिया में था। इस गाँव में देश के दूसरे राज्यों के किसानों की बस्तियाँ भी बसने वाली थीं।

छह दिन किसानों के साथ दिन-रात रहने के बाद मैं 1 दिसम्बर की रात अपने गाँव झज्जर चला गया। अगले दिन यानी 2 दिसम्बर की सुबह हरियाणा से दिल्ली की ओर कूच कर रहे जत्थों को आते देखा तो मैंने उन्हें कवर किया। इसका मतलब था कि अभी तक हमने जो देखा, वो सिर्फ ट्रेलर था, पिक्चर अभी बाकी है।

बसा कैसे जाता है, उसकी अब तक हुई तैयारियाँ देखिए—एक ट्रैक्टर, उसके भीतर, नीचे, ऊपर बिछे गद्दे, गद्दों पर पुआल, भीतर सारी घरेलू सामग्री। सिलिंडर से लेकर राशन तक, अचार से लेकर मसाले तक, पानी से लेकर दूध तक, बाजे से लेकर डीजे तक—जीवन का हर रंग इन ट्रैक्टरों में समाहित।

हर कदम पर चूल्हा लगा हुआ है। कहीं दूध फाड़कर पनीर बनाया जा रहा है। कहीं खीर। कहीं लड्डू बँट रहे हैं। कहीं ब्रेड-पकौड़े और चाय। सैकड़ों रसोइयों से एक साथ धुआँ उठ रहा है। धुएँ में उठती सोंधी गंध ने प्रदूषण के मामले में दिल्ली की सबसे खराब सीमाओं में एक सिंघु बॉर्डर के इलाके को पंजाब का देहात बना डाला है। यह दृश्य अद्भुत है। अभूतपूर्व भी। दिल्ली में ऐसा पहले नहीं देखा गया।

वहाँ मौजूद किसी भी किसान से पूछता कि क्या प्लान है तो एक ही तरह का जवाब मिलता कि यहीं रहना है। कब तक? जब तक सरकार मान नहीं जाती। नहीं मानी तो? यहीं बैठे रहेंगे। अजीब बात है। दिल्ली में लोग अपनी आवाज सुनाने आते हैं और लौट जाते हैं। यहाँ लौटने की बात ही कोई नहीं कर रहा था। हरनाम सिंह बताते हैं कि अकेले पंजाबी ही हैं जो कच्छ के भूकंप से लेकर कश्मीर की बाढ़ और सुनामी तक राशन-पानी लेकर मदद करने निकल पड़ते हैं। उनके साथी बताते हैं कि पंजाबी किसी में भेदभाव नहीं करता। यहाँ भी नहीं करेगा। पूरी तैयारी है।

ऐसी क्या वजह है? केवल किसान बिल या कुछ और भी? इसके बाद मामला राजनीतिक मोड़ ले लेता है। बुजुर्ग 15 लाख के जुमले से शुरू कर के बीएसएनएल की बिक्री तक आते हैं और मूर्त से अमूर्तन का सैद्धान्तिक सफर करते हुए उस बिन्दु तक पहुँचते हैं जहाँ उनके विचारों को देशद्रोही ठहराया जाने लगता है।

साईबाबा का नाम पंजाब के किसान के मुँह से सुनकर एकबारगी विश्वास नहीं होता। यह किसान कवि वरवर राव का नाम ले रहा है। उसी कड़ी में ये सुधा भारद्वाज और मेधा पाटकर को भी गिनवाता है। उसे नहीं पता कि मेधा कल यहीं से होकर गई हैं और उनके आन्दोलन का हिस्सा हैं। वह एक स्वर में इन सबके नाम लेकर बताता है कि आज तो बोलने को ही देशद्रोह बना दिया गया है।

यह किसी भी सामान्य पत्रकार के लिए चौंकाने वाली बात हो सकती है, लेकिन पंजाब के किसान आन्दोलन से परिचित लोगों के लिए नहीं। पंजाब के पिछले विधानसभा चुनाव में मेरे एडिटर अभिषेक श्रीवास्तव की डॉ. दर्शनपाल से मुलाकात और लम्बी बात हुई थी। डॉ. दर्शनपाल क्रान्तिकारी किसान यूनियन के अध्यक्ष हैं और सरकार से वार्ता कर रहे प्रतिनिधिमंडल का हिस्सा हैं। उस वक्त उन्होंने अभिषेक को एक काम की बात कही थी, जिसका मतलब सिंघु बॉर्डर पर किसानों से बात करके समझ आता है। उन्होंने कहा था कि पंजाब का किसान मूवमेंट बहुत मजबूत है, लेकिन वह राजनीतिक मूवमेंट नहीं बन पा रहा है। किसानों की चेतना को उनकी जमीन से विस्तारित करके व्यापक राजनीतिक सवालों तक ले जाने का कार्यभार अभी अधूरा है।

एक जवाब हमें विक्की से भी मिलता है। विक्की पंजाब यूनिवर्सिटी के छात्र हैं। ट्रैक्टरों के बीच खाली जगह में बैठकर उनका समूह पोस्टर बना रहा

है। विक्की 'जय जवान, जय किसान' के नारे को अपने तरीके से परिभाषित करते हुए बताते हैं कि कैसे आज नौजवानों के रोजगार का सवाल और किसानों के सवाल आपस में जुड़ चुके हैं।

किसान आन्दोलन और रोजगार आन्दोलन का संगम बाप-बेटे की लड़ाई का साझा हो जाना है। यह समझदारी पूरे आन्दोलन में साफ दिखती है जिसकी अगुवाई तो बुजुर्ग कर रहे हैं, लेकिन कार्रवाई की कमान उन्होंने नौजवानों की अगली पीढ़ी को दे रखी है। नौजवान अपने बुजुर्गों की बात का सम्मान करना जानता है। उसे अपनी सीमाएँ भी पता है और आन्दोलन में अपनी भूमिका भी मालूम है।

इनमें सिर्फ लड़के नहीं, लड़कियाँ भी शामिल हैं। इसमें सिर्फ छात्र ही नहीं, कलाकार और कवि भी शामिल हैं। यह लड़ाई पुरुष सत्ता के खिलाफ है। यह लड़ाई रचनात्मकता के पक्ष में है। आम तौर से किसान सोचते ही पुरुष किसान की छवि दिमाग में आती है, लेकिन महिला खेतिहर की भूमिका खेती-बाड़ी में कहीं ज्यादा अहम होती है। यहीं पैदा होता है जेंडर का सवाल। यह आन्दोलन इस सवाल को भी सम्बोधित करने की कोशिश कर रहा है, लेकिन काफी हद तक नाकाम रहा है।

कह सकते हैं कि जो आन्दोलन हमें ऊपर से पंजाब और हरियाणा के किसानों का दिख रहा है, उसकी राजनीतिक चेतना का प्रसार इतना हो चुका है कि परिवार की बुनियादी इकाई उसमें पूरी तरह शामिल है। बाप की लड़ाई, बेटे की लड़ाई, बेटी की लड़ाई और उसके माध्यम से माँ की लड़ाई सब एक संग गुँथी हुई हैं। इसीलिए पंजाब और हरियाणा का किसान अकेले नहीं, उसका पूरा परिवार इस आन्दोलन के मोर्चे पर है।

फगवाड़ा से आए एक बुजुर्ग बताते हैं, "गाँव में हम बोलकर आए हैं कि इन्तजार मत करना। हम जा रहे हैं।" पठानकोट से आए एक युवा कहते हैं, "बड़े-बूढ़े जब साथ हैं तो हमें किस बात का डर। जैसा वे कहेंगे वैसा हम करेंगे।" जसमीत ने 26 नवम्बर को कई बैरिकेड अपने ट्रैक्टर से तोड़े थे। उनकी हिम्मत उनके शब्दों में झलकती है, लेकिन इस हिम्मत की सीमा यह है कि अपनी ओर से कोई वार नहीं करना है। और यह सीमा उन्होंने खुद तय की है।

खेती-किसानी को बचाने के लिए पंजाब और हरियाणा में परिवारों के एक साथ होने के पीछे कुछ ऐतिहासिक कारण भी हैं, जो यूपी-बिहार के टूटते

परिवारों और समाजों में नहीं दिखते। एक बुनियादी कारण है औसत सम्पन्नता का ज्यादा होना। यह सम्पन्नता हिन्दी पट्टी के बाकी राज्यों से ज्यादा क्यों है, इसे सुखजीत सिंह अच्छे से समझाते हैं—

> वर्तमान में भारत में केवल 6 परसेंट किसानों को एमएसपी मिलता है और यह भी उनके कुल उत्पादों के 35 परसेंट के लिए ही। इस तरह से देखें तो केवल 2 परसेंट उत्पादों को एमएसपी हासिल है। यानी न तो एमएसपी किसान आयोग की सिफारिशों के हिसाब से दिया गया और न ही सभी फसलों के लिए दिया गया (वैसे भी एमएसपी की आधिकारिक सूची में केवल 23 फीसदी फसलें शामिल हैं लेकिन ज्यादातर क्रियान्वयन केवल गेहूँ और धान के लिए ही होता है)। स्वामीनाथन रिपोर्ट मंडी के लिए प्रति वर्ग किलोमीटर की परिभाषा सुझाती है। फिलहाल हम इसके मुताबिक निकलने वाली संख्या के 25-30 फीसदी पर हैं। यानी हमने अभी तक मंडी ही उपलब्ध नहीं कराई है किसानों को। फिर सवाल उठता है कि किसानों को मंडी कहाँ उपलब्ध है? इसका जवाब है—केवल वहीं जहाँ एमएसपी तक किसानों की पहुँच है। यानी मोटे तौर पर पंजाब, हरियाणा और पश्चिमी यूपी।

पूर्वी उत्तर प्रदेश या बिहार का सामान्य निवासी इस सम्पन्नता को नहीं समझ पाता। उसे स्कॉर्पियो, एसयूवी, ट्रैक्टर आदि का दृश्य एकबारगी डराता है। किसान की अपनी मानसिक परिभाषा में वह इस दृश्य को फिट नहीं कर पाता। यह सच है कि इस सम्पन्नता की अपनी जाति है और वर्ग भी, जैसा कि कुछ विश्लेषकों ने इशारा किया है।

मंडी और एमएसपी के सवालों को सिर्फ इसलिए अनदेखा नहीं किया जा सकता कि इसके साथ "जमीन की मालिकी वाले" किसानों की समस्या जुड़ी है। भारत के किसान आन्दोलनों का चरित्र देखें तो पश्चिमी यूपी से लेकर कर्नाटक तक ऐतिहासिक रूप से सफल आन्दोलन इन्हीं किसानों के ही रहे हैं। ऐसे आन्दोलनों ने अतीत में देश की सत्ताओं को बनाने-बिगाड़ने का काम भी किया है। किसान आन्दोलन का राजनीतिक आन्दोलन बन जाना एक ऐसा स्वप्न है जो बरसों पहले इस देश में विभाजनकारी और अस्मितावादी राजनीति के चक्कर में पीछे चला गया था। मौजूदा किसान आन्दोलन इस

बात का संकेत है कि वह दौर एक बार फिर लौट सकता है। दशकों तक खेती-किसानी को कवर करने वाले पत्रकार पी. साईनाथ भी मान रहे हैं कि यह आन्दोलन केवल किसानों का नहीं, पूरे समाज का है। इसके साथ पूरे समाज को खड़ा होना होगा।

गुरु पूर्णिमा को देर शाम सिंघु बॉर्डर पर बत्तियाँ जल गई थीं। गुरु पर्व मनाने के लिए किसानों ने उन बैरिकेडों पर भी मोमबत्तियाँ जलाई थीं जिन्होंने उन्हें रोका था और जिन्हें उन्होंने अपने ट्रैक्टरों से तोड़ा था। बिलकुल यही दृश्य यूपी के बॉर्डर पर भी था। बैरिकेड के उस पार जवान और इस पार किसान, बीच में प्रकाश, और आकाश में पूर्णिमा का दमकता चाँद।

रिंग रोड से दाईं तरफ नीचे की ओर बुराड़ी के विशाल मैदान में अँधेरा था। तने हुए सफेद सरकारी तम्बुओं के बीच फँसा हुआ अँधेरा। इसी अँधेरे से भागकर बुराड़ी ले जाने के लिए बेचैन किसान नेता बार-बार सिंघु बॉर्डर की ओर जा रहे हैं। उधर सरदार वीएम सिंह उत्तर प्रदेश और उत्तराखंड के किसानों का इस अँधेरे में आह्वान करने के बाद इस बात से नाराज हैं कि सरकार ने उन्हें बातचीत के लिए नहीं बुलाया।

उस शाम अभिषेक मुझे समझा रहे थे, "आन्दोलन आगे भी ले जाते हैं, पीछे भी। ऊपर भी ले जाते हैं, नीचे भी। मौजूदा आन्दोलन केवल किसानों का आन्दोलन नहीं है, इस मुल्क के मुस्तकबिल को तय करने का आन्दोलन है। अब खतरा इस बात का है कि इसे किसानों की एक अदद माँग पर लाकर न पटक दिया जाए। मान लीजिए कि कल को सरकार इन कानूनों में संशोधनों के लिए तैयार हो जाए और योगेन्द्र यादव, राजेवाल, कक्का और दूसरे बड़े किसान नेताओं (संयुक्त किसान मोर्चा की तालमेल कमेटी के सदस्य) ने किसानों को दबाव में लेकर इसे स्वीकार करने को राजी कर लिया, तब? आप कितने साल बाद उम्मीद करते हैं कि किसानों का जत्था दोबारा राशन-पानी लेकर दिल्ली आएगा?"

सरकार से बातचीत

सिंघु पर दो दिन पहले 28 नवम्बर को पंजाब के 30 किसान संगठनों की बैठक हुई, जिसमें हरियाणा के किसान नेता गुरनाम सिंह चढ़ूनी को भी बुलाया गया। बॉर्डरों पर डटे किसानों और नौजवानों के दबाव के कारण ही इस मीटिंग में किसान नेताओं को बुराड़ी के निरंकारी मैदान को खुली जेल घोषित करना पड़ा और दिल्ली की सरहदों पर ही मोर्चा लगाने का फैसला लेना पड़ा। मीटिंग की प्रधानगी बीकेयू (क्रान्तिकारी) सुरजीत सिंह फूल ने की थी और उन्होंने स्टेज से सिंघु पर मोर्चा लगाने ही नहीं, बल्कि दिल्ली की घेराबन्दी करने के लिए इसके पाँचों बॉर्डरों को सील करने का एलान किया। उन्होंने मुझे बाइट देते हुए फिर किसानों की मंशा को दोहराते हुए कहा, "दिल्ली में घिरकर नहीं, बल्कि दिल्ली को घेरकर बैठेंगे।"

गाजीपुर बॉर्डर यानी दिल्ली-यूपी बॉर्डर पर बीकेयू (अराजनैतिक) के नेतृत्व में किसानों ने गाँव बसाना शुरू कर दिया था, जिसमें यूपी के तराई इलाके और उत्तराखंड के सिख किसान भी आ मिले थे। उत्तराखंड के सिख किसान, बाजपुर में उत्तर प्रदेश पुलिस द्वारा लगाए गए नाके और रुकावटें तोड़कर गाजीपुर मोर्चे तक पहुँचे थे, जिसकी वीडियो भी सोशल मीडिया पर खूब वायरल हुई।

दूसरी तरफ पलवल में मध्य प्रदेश के किसानों ने अपना डेरा डालना शुरू कर दिया था, जिसका नेतृत्व राष्ट्रीय किसान महासंघ के नेता शिवकुमार शर्मा उर्फ कक्काजी के हाथ में था। इस मोर्चे पर पलवल इलाके के ब्रजभाषी किसान भी लामबन्द होना शुरू हो गए थे। इसके अलावा ग्वालियर के सिख किसान भी एक लम्बी दूरी तय कर इस मोर्चे पर आ बसे थे।

दिल्ली बॉर्डरों पर बसे इन नए गाँवों के रहवासियों में उन नौजवान किसानों को बहुत इज्जत और सराहना मिल रही थी, जिन्होंने बैरिकेड तोड़ने और पुलिस से टक्कर लेकर किसानों को इन सरहदों तक पहुँचाया था। जलतोप का मुँह मोड़ने वाला नौजवान नवदीप, सिंघु पर हर किसी की आँखों का तारा बना हुआ था। हर कोई उसके साथ फोटो खिंचाना चाहता था। इन नौजवानों की हिम्मत को सिंघु ही नहीं बल्कि पूरे देश में बहुत सराहा गया था। लेकिन इसके साथ ही बुजुर्ग किसान नेता लगातार इन्हीं नौजवानों से अनुशासन और शान्ति कायम करने की अपील सबसे ज्यादा करने लगे थे। उन्होंने इन नौजवानों पर एक हल्की नजर रखनी भी शुरू कर दी। जिन नौजवानों ने बॉर्डरों पर बैरिकेड

तोड़े थे और बुराड़ी जाने के संयुक्त किसान मोर्चे के फैसले का खुलकर विरोध किया था, उनको किसान नेताओं ने एक तरह से परेशान करना शुरू कर दिया। एक किसान नेता ने पंजाब यूनिवर्सिटी की पहली महिला अध्यक्ष रही कनुप्रिया के बैग की यह कहकर तलाशी ले ली कि इसमें पत्थर भरे हैं। जब मैंने इसके बारे में बात करनी चाही तो कनुप्रिया ने यह कहकर टाल दिया कि हम लोगों के नए-नए घर बसे हैं, कुछ दिन तो भांडे खड़केंगे ही।

किसान नेताओं के पैर भी अब सिंघु पर नए-नए बसे इन रहवासियों के बीच जमने लगे थे। यह कहना तो गलत होगा कि नौजवान किसान बुजुर्ग नेताओं का विरोध कर रहे थे, लेकिन सख्त निर्णय लेने के लिए नेताओं पर दबाव जरूर बना रहे थे। किसान नेताओं और इन नौजवानों के तार धीरे-धीरे जुड़ने लगे थे और सिंघु बॉर्डर धीरे-धीरे किसान आन्दोलन की रणनीतिक जगह के तौर पर उभरने लगी थी। बेशक टिकरी, गाजीपुर और पलवल बॉर्डर पर भी किसानों के बड़े जमावड़े हो गए थे, लेकिन पंजाब के 30 किसान संगठनों और हरियाणा की बीकेयू (चढ़ूनी) की बैठकें और आन्दोलन के फैसले यहाँ होने के कारण इस मोर्चे को अधिक महत्त्व मिलने लगा था। इस मोर्चे पर हर रोज शाम 5 बजे किसान नेताओं की प्रेस कॉन्फ्रेंस होने लगी, जिसके कारण मीडिया में भी इस बॉर्डर पर बसे किसानों के गाँव को अधिक महत्त्व मिलने लगा था। किसान संगठनों के अलावा आन्दोलन में शामिल समाज के दूसरे वर्गों के टेंट भी सिंघु पर ज्यादा दिखलाई पड़ने लगे थे, इसलिए सिंघु मोर्चा ही आन्दोलन के केन्द्र के रूप में उभरने लगा था।

सिंघु के केन्द्र बिन्दु बनकर उभरने का मुख्य कारण तो पंजाब के 30 संगठनों के आपसी तालमेल के गर्भ में ही छुपा था। इस आन्दोलन से सम्बन्धित रणनीतियाँ, कार्यक्रम और फैसले पूरे देश के किसानों के संयुक्त मोर्चे में रखने और तय होने से पहले पंजाब के 30 संगठनों के गठजोड़ में लिये जाने लगे। इस तरह मोर्चे की लीडरशिप पंजाब के 30 संगठनों के इर्द-गिर्द स्थित हो गई। हालाँकि बाद में इस गठजोड़ में दो संगठन और जोड़ लिये गए और यह मोर्चा 32 संगठनों का हो गया।

किसी भी तरह के अहम फैसले और रणनीति बनाने से पहले इन 32 संगठनों की मीटिंग होती। फिर उस मीटिंग में तय हुए एजेंडे संयुक्त किसान मोर्चे की 'जरनल बॉडी मीटिंग' में रखे जाते और उसमें पास होने के बाद ही उनका एलान किया जाता।

देश के सभी किसान संगठनों की बैठक को संयुक्त किसान मोर्चे की जनरल बॉडी मीटिंग के रूप में परिभाषित किया गया जिसमें दिल्ली की सरहदों पर लगे मोर्चों में शामिल हुआ कोई भी किसान संगठन हिस्सा ले सकता था, लेकिन एक शर्त पर। शर्त यह थी कि पहली बार हिस्सा लेने के लिए आए संगठन की किसानों के बीच काम करने की पुष्टि उनके राज्य का कोई ऐसा संगठन कर दे जो पहले से भागीदार हो। संयुक्त किसान मोर्चा की 7 सदस्यीय कमेटी की भूमिका तालमेल तक ही सीमित थी, फैसले लेने की नहीं।

नवम्बर की हल्की सर्द दिसम्बर आते-आते हाड़ कँपाने लगी थी, बारिश पड़ी वो अलग। बारिश में भीगते और ठंड से बचने के लिए आग तापते बुजुर्ग किसानों की तस्वीरें इतनी मार्मिक थीं कि बिन बताए उनके अपने समझे जा रहे थे कि मोर्चे पर किस चीज की जरूरत है। बिना किसी अपील के ही किसानों के लिए जुराब, जैकेट, अन्दरूनी गर्म कपड़े, दस्ताने, जर्सी-स्वेटर, जूते, कम्बल, रजाइयाँ, गद्दे, टेंट, तिरपाल आदि आना शुरू हो गए थे। जो लोग सामान पहुँचा रहे थे, उनमें कोई उनका अपना बच्चा था, कोई धर्म भाई, तो कोई जात भाई। सामाजिक-आर्थिक जीवन में उनसे जुड़े लोग भी इस तरह की सेवा के लिए आप-मुहारे आगे आ रहे थे। मेरा एक दोस्त, जो प्लास्टिक की कुर्सियों की फैक्टरी में एक मामूली नौकर है, वह भी किसानों के लिए सिंघु पर दस कुर्सियाँ छोड़कर गया था। जब वह आया था उसकी आँखों में आँसू की बूँदें अटकी हुई थीं।

मदद पहुँचाने वालों में ज्यादातर पंजाब, हरियाणा और दिल्ली के सिख व जाट समुदाय के नौकरीपेशा लोग, दुकानदार, व्यापारी, आढ़ती थे। देश ही नहीं दुनियाभर से भी मोर्चों पर सामान की आमद थी। दुनिया के अलग-अलग मुल्कों में बैठे किसानों के बालकों का दिल हुलारे मार रहा था कि बस अभी मोर्चों पर आ जाएँ। कुछ ने हिम्मत भी की आने की। जो आ न सके उन्होंने अपनी होंद का कुछ भेजा जरूर। कनाडा, अमेरिका, इंग्लैंड, आस्ट्रेलिया, न्यूजीलैंड आदि देशों में बसे पंजाबियों ने अपने रिश्तेदारों के जरिये आन्दोलन की जरूरतों को पूरा करने में कोई कसर नहीं छोड़ी। बल्कि बहुत बड़े स्तर पर मोर्चे के इंतजाम को सँभालने में इन्हीं लोगों ने मदद की। विदेशों में बसे कम्युनिस्ट, राजनैतिक सिक्ख संस्थाएँ और दलित संस्थाएँ इस आन्दोलन में अपनी हर सम्भव मदद पहुँचाने के लिए कोशिश कर रही थीं।

सिक्ख एनआरआईयों के एक हिस्से ने इन कानूनों को पंजाब के साथ

केन्द्र के भेदभाव और पंजाबी कौम (राष्ट्रीयता) की होंद के सवाल के तौर लिया। फोन पर बात करते हुए मैंने अपने एक एनआरआई दोस्त से पूछा कि सेवाभाव के अलावा इस आन्दोलन को समर्थन करने का अपना कोई लालची सा कारण बताओ। उसने हँसकर और बड़ी ईमानदारी से जवाब दिया, "हम बेशक सात समन्दर पार बैठे हैं पर हममें से बहुतों की जमीनें अभी भी गाँव में पड़ी हैं। इस जमीन का हमें ठेका भी मिलता है। अब अगर ये कानून लागू होने से फसल के सही दाम नहीं मिले तो हमारी जमीनों के ठेके तो कम हो ही जाएँगे न।"

आगे उसने बताया कि इन कानूनों के कारण जमीन के ठेके से होने वाली आमदनी पर टैक्स भी भरना पड़ेगा। उसकी कच्ची-सी बात का सार यह था कि सरकार ने बड़ी चालाकी से इन कानूनों को संविधान की सातवीं शेड्यूल की राज्य सूची के खेती-बाड़ी विषय (14 नम्बर) के तहत न बनाकर समवर्ती सूची के विषय व्यापार और वाणिज्य (33 नम्बर) के तहत बनाया है, जोकि इनकम टैक्स के दायरे में आते हैं। खेती के ठेके से होने वाली आमदनी पर टैक्स लगने से देश से बाहर बैठे भारतीयों की टैक्सेबल आमदनी बढ़ जाएगी और उन्हें ज्यादा टैक्स भरना पड़ेगा।

विदेशों में स्थायी तौर पर बसे पंजाबियों में ज्यादातर दोआबा और माझा इलाके के लोग हैं। इनमें से बहुतों को तो वहाँ बसे सौ-सौ साल से भी ज्यादा हो गए हैं। 1915-25 में गदर आन्दोलन और किरती पार्टी के आन्दोलन में इसी इलाके के विदेशों में बसे लोगों ने सबसे अधिक शिरकत की थी। ये सब भी किसान आन्दोलन तक अपनी मदद पहुँचाने के लिए व्याकुल थे।

हरियाणा-पंजाब की जड़ों वाले इन लोगों ने कनाडा, अमेरिका, इंग्लैंड, आस्ट्रेलिया के बड़े शहरों में बड़ी-बड़ी कार रैलियाँ कीं। कई बार तो इन रैलियों से बड़े-बड़े शहरों के लम्बे-चौड़े रास्ते तक जाम हो जाया करते थे। कई देशों में भारतीय दूतावासों के सामने भी किसानों के समर्थन में प्रदर्शन हुए। विदेशी राजनीतिज्ञों, सांसदों, यहाँ तक कि कनाडा के प्रधानमंत्री को इस आन्दोलन के समर्थन में बयान दिलवाने में इन लोगों का बहुत बड़ा योगदान रहा। इसी बीच अमेरिका में पंजाबियों ने पैसा इकट्ठा करके फीफा कप के दौरान किसान आन्दोलन के समर्थन में मशहूरी चलवा दी, जोकि अमेरिका की सबसे महँगी मशहूरी थी।

दोआबा और माझा इलाके के ज्यादातर किसान सिंघु मोर्चे पर पहुँचे थे,

इसीलिए विदेशों से आने वाली शुरुआती मदद सिंघु मोर्चे पर डटे किसानों को ही ज्यादा मिली। लेकिन सरकार को यह मदद खटक रही थी। इस मदद को रोकने के लिए पंजाब के आढ़तियों, ट्रांसपोर्टरों और व्यापारियों पर आयकर विभाग के छापों का दौर शुरू हुआ। विदेशों में बसे पंजाबियों को डराने के लिए एनआईए ने 15 दिसम्बर को एक एफआईआर भी दर्ज की, जिसमें लिखा गया कि सिक्ख फॉर जस्टिस जैसी खालिस्तानी संस्थाएँ भारत में अशान्ति फैलाने के लिए किसान आन्दोलन को फंड दे रही हैं। इस एफआईआर के तहत बलतेज पन्नू जैसे कई लोगों को सम्मन जारी कर पूछताछ के लिए बुलावा भेजा गया।

सरकार और पुलिस के इस रवैये के खिलाफ देश-भर के लगभग सभी राज्यों में सियासी-सामाजिक संगठन आन्दोलन की हिमायत में उतर आए। इस समय तक सभी विपक्षी राजनीतिक पार्टियाँ और राजनैतिक-सामाजिक संगठन किसान आन्दोलन को सरकार की तानाशाही को तोड़ने की कुव्वत रखनेवाले आन्दोलन के रूप में देखने लगे थे। शायद इसी वजह से भारतीय जनता पार्टी बैकडोर से किसान आन्दोलन को बदनाम करने की नीयत से इसे आढ़तियों और विपक्षी राजनैतिक पार्टियों से प्रेरित आन्दोलन होने का प्रचार भी कर रही थी।

28 नवम्बर, 2020 को केन्द्रीय गृहमंत्री अमित शाह ने एएनआई को दिये अपने बयान में सरहदों पर डटे किसानों से अपील करते हुए कहा था, "किसान बुराड़ी के मैदान में प्रदर्शन के लिए बैठें और जैसे ही वो वहाँ आ जाएँगे केन्द्र सरकार उनसे बातचीत करेगी।" इस शर्त को मानने से जब किसानों ने इनकार कर दिया और कहा कि बातचीत शुरू होने से पहले उन्हें किसी भी प्रकार की शर्त मंजूर नहीं है, तब शायद सरकार को भी अपनी गलती का अहसास हुआ और 28 नवम्बर को किसान संगठनों के पास बिना किसी शर्त के बातचीत का न्योता भेजा। बातचीत के लिए एड़ियों को तेल लगाए बैठे किसान नेताओं ने झटपट हामी भरी और बातचीत के लिए 1 दिसम्बर की तारीख मुकर्रर हुई। पंजाब के 30 संगठनों ने भी बातचीत पर रजामंदी जताई।

इस बातचीत में सरकार की ओर से कृषि मंत्री नरेन्द्र सिंह तोमर,

व्यापार व वाणिज्य मंत्री पीयूष गोयल और व्यापार व वाणिज्य के राज्य मंत्री सोमप्रकाश शामिल हुए और आन्दोलनकारियों का पक्ष रखने के लिए पंजाब के 32 संगठनों के अलावा हरियाणा के गुरनाम सिंह चढ़ूनी, AIKSCC के हन्नान मोल्ला और RKMS के शिवकुमार कक्का गए।

मीटिंग में सरकार ने किसान नेताओं के सामने प्रस्ताव रखा कि आप बातचीत के लिए 5 सदस्यीय कमेटी बना लीजिए। इतने लोगों के साथ बात करना सम्भव नहीं है। जो पाँच नाम आप देंगे, सरकार उनसे किसानों के एतराज, आपत्तियों और चिन्ताओं का समाधान ढूँढ़ने की कोशिश करेगी। किसान नेताओं ने इस प्रस्ताव को खारिज कर दिया और कानून रद्द करने की माँग पर अड़े रहे। बातचीत सिरे नहीं चढ़ी और अगली तारीख 3 दिसम्बर मुकर्रर कर दी गई। सरकार ने अगली बैठक में तीन कृषि कानूनों पर धारा-दर-धारा विस्तार से चर्चा करने का प्रस्ताव दिया। इस मीटिंग के बाद यह पहली बार था कि बॉर्डरों पर बैठे किसान अपने नेताओं पर गर्व महसूस कर रहे थे।

उसी रात केन्द्रीय कृषि मंत्री नरेन्द्र सिंह तोमर ने भारतीय किसान यूनियन (अ) के नेता राकेश टिकैत से भी अलग से मुलाकात की जबकि वह किसान डेलिगेशन का हिस्सा भी नहीं थे। टिकैत उस समय तक न तो पंजाब के 32 संगठनों से तालमेल कर रहे थे और न ही संयुक्त किसान मोर्चा के साथ। इस मुलाकात के बाद ही टिकैत किसान आन्दोलन में बतौर एक किरदार उभरने लगे।

जून महीने में जब ये अध्यादेश आए तो राकेश टिकैत ने इनकी तारीफ कर समर्थन तक कर दिया था, लेकिन जब हरियाणा-पंजाब में इन अध्यादेशों के खिलाफ आन्दोलन तेज होने लगा तो वे भी इनके विरोध में उतर आए।

अगली मीटिंग की तारीख चढ़ी, यानी 3 दिसम्बर। इस मीटिंग में किसान नेताओं ने कृषि कानूनों की कमियों पर विस्तार से अपनी बात रखी। हल्की-फुल्की समझ-बूझ के बाद सरकार की ओर से कृषिमंत्री नरेन्द्र सिंह तोमर ने कहा कि सरकार कानूनों में संशोधन करने के लिए तो तैयार है, पर किसी भी हाल में कानून वापस नहीं लेगी। लेकिन किसान नेता तीनों कानून रद्द करवाने से कम कुछ भी मंजूर नहीं कर रहे थे। इस दिन भी बातचीत का कोई सिरा न सरकार से छूटा और न ही किसान नेताओं ने लपका।

इसी बीच पंजाब के मुख्यमंत्री अमरिन्दर सिंह भी अमित शाह से मुलाकात करने पहुँच गए और मुलाकात के बाद कानून रद्द करने की माँग करने की बजाय केन्द्र सरकार की भाषा बोलते हुए सुलह-समझौते से बात निपटाने की

सलाह देने लगे। किसानों को संशोधनों पर राजी हो जाने की सलाह देने वालों में एक नाम पंजाबी एक्टर सिद्धू का भी था, जिसने सोशल मीडिया पर लाइव होकर अपनी बात रखी थी।

सरकार से वार्ताओं के इस दौर की अगली कड़ी 5 दिसम्बर की मीटिंग थी। इस मीटिंग में सरकार के कई मंत्रियों ने एक बार फिर बैठक में मौजूद 40 किसान नेताओं को कानूनों के फायदे बताने की नाकाम कोशिश की। मंत्रियों के टेप बजते रहे और किसान नेता चुपचाप उसे बुरे गायकों की रागिनी समझकर सुनते रहे। वे इन सरकारी भजनों से इतने चिढ़ गए कि उन्होंने मीटिंग में मंत्रियों को अपना जवाब 'बोलकर' देना भी मुनासिब नहीं समझा। उन्होंने YES/NO के प्लेकार्ड दिखाकर हाँ या ना में जवाब देने को कहा। ये तख्तियाँ सुरजीत सिंह फूल ने दर्शन पाल से इशारों में रजामंदी लेकर दिखाई थीं, जिसके बाद यह यश/नो का एक पॉपुलर नारा ही बन गया जो पूरी रात सोशल मीडिया पर ट्रेंड होता रहा। सोशल मीडिया से निकलकर यह जनता तक चला गया और लोग चौराहों पर, रैलियों में यश/नो के प्लेकार्ड दिखाने लगे। मैंने कई कारों पर भी यश/नो लिखा पाया।

सरकार के पास इन प्लेकार्ड्स के जवाब में वक्त माँगने के अलावा कोई चारा नहीं बचा था। समाधान का प्रस्ताव पेश करने के लिए वक्त माँगा गया और फिर अगली मीटिंग की तारीख मुकर्रर कर दी गई, जोकि आने वाली 9 दिसम्बर थी।

जब सरकार से अगली तारीख मिली तो मोर्चे पर डटे एक साथी ने उसी रात सिंघु पर हमारे टेंट के सामने 'तारीख पर तारीख' डायलॉग बोलकर आसपास के किसानों को खूब गुदगुदाया। इस हँसी-फाँके के बीच किसानों को लग रहा था कि सरकार के इस चक्र का जवाब किसानों को भी देना चाहिए। इसी एजेंडे पर किसान नेता भी सोच रहे थे, इसी वजह से संयुक्त किसान मोर्चा ने किसान संगठनों की मीटिंग कर 8 दिसम्बर को भारत बन्द रखने का आह्वान किया। भारत बन्द के आह्वान को जनता ने हाथोहाथ लिया, और सामाजिक-राजनैतिक संगठनों और पार्टियों ने भी इस बन्द के समर्थन में बयान देने शुरू कर दिये।

ट्रांसपोर्ट संगठनों, व्यापारी संगठनों और नागरिक संगठनों ने तो इस बन्द की हिमायत की ही, दस केन्द्रीय ट्रेड यूनियनों, रेलवे की यूनियनों, ऑटो और टैक्सी यूनियनों ने भी बन्द का समर्थन किया और इसके हक में बयान जारी

किए। इस भारत बन्द का बुखार ऐसा था कि देश की चौदह मुख्यधारा की राजनैतिक पार्टियों को भी बयान जारी करके बन्द का समर्थन करना पड़ा। इनमें कांग्रेस, डीएमके, एनसीपी, राजद, कश्मीर का पीपुल्स एलायंस फॉर गुपकार डिक्लेरेशन, समाजवादी पार्टी, सीपीएम, सीपीआई, सीपीआई(एमएल), फारवर्ड ब्लॉक, आरएलपी, टीएमसी, शिवसेना, टीआरएस, जेएमएम, राष्ट्रीय लोक समता पार्टी, आम आदमी पार्टी, इनैलो आदि सभी पार्टियाँ शामिल थीं। महाराष्ट्र, तेलंगाना, पश्चिम बंगाल, राजस्थान, केरल, झारखंड, पंजाब में तो इन पार्टियों की सरकारें भी हैं, इसके बावजूद इन्हें इस बन्द का समर्थन करना पड़ा।

मोर्चे ने बन्द को सिर्फ 11 बजे से 3 बजे तक सीमित रखा था और बेहिसाब समर्थन मिला। पत्रकारों के लिए अलग-अलग जगहों से आ रही बन्द की खबरों पर रिपोर्ट्स प्रकाशित करना मुश्किल हो रहा था। लेकिन भारत बन्द की यह खबर किसान आन्दोलन में हुई एक दूसरी हलचल में दबकर रह गई। यह हलचल थी किसान संगठनों की रात के वक्त गृहमंत्री अमित शाह के साथ मुलाकात। यह मुलाकात बहुत विवादित भी हुई।

8 दिसम्बर, 2020 के भारत बन्द को मिले भारी जनसमर्थन के मद्देनजर 7 दिसम्बर को ही अमित शाह किसान नेताओं से मुलाक़ात करने की कोशिश कर रहे थे। उनकी इस कोशिश को पंजाब के ब्यूरोक्रेट हरदयाल मान और भार्गव ने सिरे चढ़ाया। किसान संगठनों के पास प्रस्ताव आया कि अमित शाह तीन किसान नेताओं के साथ एक गुप्त मीटिंग करना चाहते हैं और बातचीत कर मसला हल करना चाहते हैं। 7 तारीख को ही इस प्रस्ताव पर 30 संगठनों की बैठक में चर्चा हुई और यह प्रस्ताव भारी बहुमत से इस नुक्ते पर खारिज हो गया कि सरकार से 9 दिसम्बर को आधिकारिक मीटिंग तय है, इसलिए अमित शाह से चोरी-छिपे मिलने का कोई मतलब नहीं। लेकिन बलबीर राजेवाल, जगजीतसिंह डल्लेवाल, डॉ. दर्शनपाल और कुलवंत संधू, अमित शाह से मिलने के हक में थे और इसे न टालने के लिए जोर दे रहे थे।

प्रस्ताव खारिज होने के बाद भी पंजाब बीजेपी की टीम ने किसान नेताओं से लगातार सम्पर्क कायम रखा और अमित शाह से मिलने के लिए बार-बार गुजारिश करते रहे। इसी कड़ी में सिंघु पर बलबीर राजेवाल के कहने पर 8 दिसम्बर को 30 संगठनों की एक मीटिंग दोबारा बुलाई गई और एक बार फिर अमित शाह के साथ मुलाकात करने के एजेंडे पर चर्चा की गई। इस मीटिंग में काफी हंगामा हुआ। अमित शाह से मीटिंग करने के हक में खड़े

नेताओं का तर्क था कि क्या पता अमित शाह कानूनों को रद्द करने पर सहमति देना चाहते हों? हमारे न जाने से कहीं वो नाराज न हो जाएँ? डॉ. दर्शनपाल ने मुझे बताया, "मुझे सैद्धान्तिक तौर पर अमित शाह से मिलने पर कोई दिक्कत नहीं लगती, परन्तु आज मुलाकात के लिए सही वक्त नहीं है।"

हंगामे के बाद बड़े कद के किसान नेताओं ने अमित शाह से मिलने के लिए सभी को राजी कर लिया, लेकिन मिलने जाने वाले नेताओं की गिनती तीन से तेरह कर दी गई। बहुमत की राय बनने के बाद भी बीकेयू (क्रान्तिकारी) और किरती किसान यूनियन ऐसे दो संगठन थे, जो ना-नुकर कर रहे थे। एक लम्बी जद्दोजहद के बाद ये दोनों संगठन दो शर्तों पर राजी हुए। पहली यह कि अमित शाह से मुलाकात के लिए जाने से पहले प्रेस कॉन्फ्रेंस में इसका खुलासा करके जाइए, गुपचुप तरीके से मिलना ठीक नहीं। दूसरी, वहाँ सिर्फ अमित शाह की बात सुनकर आनी है, उनसे किसी भी किस्म का कोई वायदा करके नहीं आना है और न ही आन्दोलन खत्म करने का एलान करना है। दोनों संगठनों ने खुलकर कहा कि इस मीटिंग में अगर कोई गलत समझौता हुआ तो हम स्टेज से उसका विरोध करेंगे और इस मीटिंग की सारी असलियत और हमारी असहमति को किसानों को जाकर बता देंगे।

उस दिन बीकेयू (क्रान्तिकारी) और किरती किसान यूनियन की लीडरशिप ने सिंघु पर मौजूद समझदार सियासी लोगों और कई पत्रकारों को स्टेज के नजदीक रहने के लिए कहा। उनको डर था कि अगर अमित शाह के साथ कोई गलत समझौता हुआ तो कल स्टेज पर उसका विरोध करेंगे और किसी भी हालत में किसानों को वापस नहीं जाने देंगे।

'गलत समझौते' की इस आशंका के पीछे पिछले कुछ दिनों की कई घटनाएँ थीं जो लड़ीवार कई लोगों की पूँछ से बँधी हुई थीं। इस आन्दोलन में शामिल 30 संगठनों में कई किसान संगठन कानूनों में संशोधन करने के सरकारी प्रस्ताव पर अन्दरूनी तौर पर रजामन्द थे, बस जनता में अपना पक्ष नहीं रखते थे। एक बार छात्र संगठन SFS से जुड़े नौजवान ट्रॉलियों में जा-जाकर संशोधन के प्रस्ताव को खारिज करने और कानून को रद्द करवाने तक अड़े रहो के पर्चे बाँट रहे थे। मैं भी रिपोर्टिंग के सिलसिले में उन नौजवानों को देख रहा था। उसी दौरान जम्हूरी किसान सभा के प्रधान कुलवंत संधू ने उन्हें पर्चा बाँटने से रोकने की कोशिश की और कहा कि इस पर्चे में गलत लिखा है। उन नौजवानों ने पूछा कि पर्चे में क्या गलती है? उन्होंने कहा, "इस

पर्चे में लिखा है कि कानून रद्द करवाए बगैर वापस नहीं लौटना और अगर 30 किसान संगठन केन्द्र सरकार के संशोधन प्रस्ताव पर रजामन्द हो जाते हैं तो तुम किसानों से हमारी बगावत करवा दोगे। तब भी तुम यही बोलोगे कि शोधन-शाधन नहीं मंजूर, तीनों कानून चकनाचूर? उन नौजवानों ने कहा कि आप यह बात स्टेज से बोल दीजिए, तो वे यह पर्चा नहीं बाँटेंगे। कुलवंत संधु ने मेरी तरफ देखा और कहा, "पत्रकार साहब, ये शरारती तत्त्व हैं और किसान नेताओं के खिलाफ आम किसानों को भड़का रहे हैं।" मैं चुप खड़ा रहा। वह यह कहकर चले गए कि यह सब कहीं छापना मत।

आखिरकार किसान नेता प्रेस कॉन्फ्रेंस में एलान करके ही अमित शाह से मिलने गए। शाम 7.00 बजे 13 किसान नेताओं की बैठक अमित शाह के न्योते पर उनके आवास पर होनी थी। किसान प्रतिनिधियों ने उनके आवास पर बैठने से इनकार कर दिया। इसके बाद पूसा के कृषि संस्थान में जगह तय की गई। डेढ़-दो घंटे इसी आपाधापी में निकल गए और बैठक देर से शुरू हुई। और कोई डेढ़ घंटा चली यह बैठक बिना किसी नतीजे के खत्म भी हो गई।

बैठक से बाहर आकर सीपीएम की किसान सभा के नेता हन्नान मोल्ला ने एक वाक्य में बैठक की सारी कार्यवाही बता दी, 'मुर्गी बैठी रही, अंडा नहीं दिया।'

उस बैठक के बारे में डॉ. दर्शनपाल ने मुझे यह बताया, "अमित शाह ने बिम्ब में बोलते हुए कहा कि आप हमारे घर आए, हमने आपके सामने मिठाई का डिब्बा रखा। आपने मिठाई खा ली। अब आप डिब्बा भी ले जाना चाहते हैं। इस पर हम लोगों ने कहा कि जब किसान ही इन कानूनों से खुश नहीं हैं तो तीनों कानून रद्द करने में समस्या क्या है? अमित शाह का कहना था कि आज इन कानूनों को रद्द किया तो कल को मजदूर श्रम कानूनों को रद्द करवाने आ जाएँगे, कर्मचारी अन्य कानूनों को रद्द करवाने आ जाएँगे, इसलिए हम इन कानूनों को रद्द नहीं करेंगे। अमित शाह बात तो नरम तरीके से कर रहे थे, लेकिन उनके हाव-भाव सख्त थे और आँखें किसान नेताओं की नाप-तौल कर रही थीं। अमित शाह ने एक-दो दिन में सरकार की ओर से प्रस्ताव भेजने की बात कही।"

राकेश टिकैत ने बैठक से बाहर निकलकर मीडिया को बताया कि बैठक में सरकार का पक्ष थोड़ा नरम था। उनके मुताबिक अमित शाह ने इस बात की सराहना की कि किसान आन्दोलन इतने दिनों तक शान्तिपूर्ण तरीके से

टिका हुआ है। इस बैठक के बाद सरकार के साथ होने वाली 9 दिसम्बर की तयशुदा बातचीत खुद ही गैरजरूरी हो गई।

इस बैठक में जाने के उतावलेपन से भारत बन्द की खबर के बजाय बैठक की नाकामी मुख्य विषय बन गया। 8 दिसम्बर के बन्द के बाद जनता में जो उत्साह बनना था, उसकी जगह मायूसी ने ले ली। इस बैठक ने 8 दिसम्बर को हुए बेमिसाल भारत बन्द से सरकार पर बनने वाले दबाव की हवा निकाल दी। अगले दिन सरकार ने लिखित में उन संशोधनों की बिन्दुवार लिस्ट भेजी, जिन्हें मानने को सरकार तैयार थी। संशोधन के इस सरकारी प्रस्ताव को पंजाब के 32 संगठनों की बैठक में ठुकरा दिया गया और सरकार से बातचीत एक बार फिर बन्द हो गई।

गौरतलब है कि इस बैठक में टिकैत समेत देश के 5 अन्य संगठनों को भी अमित शाह ने अलग से न्योता देकर बुलाया था, इनमें बीकेयू (एकता उगराहाँ) शामिल नहीं था। कुछ किसान नेताओं की अमित शाह के साथ हुई मुलाकात को लेकर जनता में अलग-अलग तरह की चर्चाएँ चल रही थीं। 9 दिसम्बर को सिंघु पर पूरे दिन लोग इन्हीं चर्चाओं में मशगूल रहे। इस मीटिंग के कई मायने निकाले जा रहे थे, लेकिन सबसे अधिक चर्चा "किसान नेताओं के बिकने" को लेकर हो रही थी। इस प्रचार को सोशल मीडिया पर सबसे ज्यादा हवा टिकरी बॉर्डर पर बैठी सबसे बड़ी किसान यूनियन एकता उगराहाँ की आईटी सेल ने दी थी। बीकेयू (एकता उगराहाँ) ने इस बैठक के औचित्य पर ही सवाल नहीं उठाए बल्कि उससे जुड़े कुछ लोगों ने इसमें शामिल नेताओं के खिलाफ सोशल मीडिया में मुहिम भी चलाई।

अमित शाह के साथ हुई असफल मीटिंग के बाद किसान नेताओं को दोबारा बातचीत का दौर शुरू करवाने के लिए आन्दोलन को तेज कर सरकार पर दबाव बढ़ाने की जरूरत महसूस हो रही थी। आम किसानों की धारणा यह थी कि आन्दोलन को पंजाब में गहरा किया जाए, हरियाणा में तेज किया जाए और भारत-भर में फैलाया जाए। इसी सिलसिले में 9 दिसम्बर को हुई संयुक्त किसान मोर्चे की मीटिंग में 12 दिसम्बर को देश-भर में एक दिन के लिए टोल प्लाजा फ्री करने, रिलायंस के मॉल, पेट्रोल पम्प और जियो सिम का बहिष्कार करने का आह्वान किया गया। इस आह्वान का सबसे ज्यादा असर हरियाणा में पड़ा। सिंघु से आई इस पुकार को भरवा हुँगारा मिला और 12 दिसम्बर को देश-भर में 450 टोल प्लाजा में से 165 पर वाहनों ने कोई

टोल फीस नहीं दी। हरियाणा के लगभग सभी टोल प्लाजों पर किसानों ने धरना दिया और कुल मिलाकर 20 टोल फ्री करवाए। आंध्र प्रदेश में 25 और तेलंगाना में 18 टोल प्लाजा फ्री करवाए गए। इसी तरह मध्य प्रदेश, गुजरात, ओडिशा, महारांष्ट्र, राजस्थान, झारखंड आदि में भी कई जगह टोल फ्री कर दिया गया। मेजबान हरियाणा ने तो एक कदम आगे जाकर 10 दिसम्बर से ही टोल, रिलायंस के पेट्रोल पम्प और मॉल बन्द करवाने शुरू कर दिये थे।

उन्हीं दिनों जब मैं एक रिपोर्ट के लिए टिकरी बॉर्डर गया तो बीकेयू (एकता उगराहाँ) के कोऑर्डिनेटर पावेल खुस्सा ने मुझे 'सिंघु बॉर्डर रिपोर्टर' से नवाजा। पावेल के अलावा हरियाणा के कई किसान नेता भी टिकरी बॉर्डर के किसानों को अनदेखा किए जाने को लेकर गुस्सा थे और उनका यह गुस्सा जायज था, क्योंकि मीडिया भी सिर्फ सिंघु बॉर्डर पर जमे नेताओं को तरजीह दे रहा था।

लेकिन 10 दिसम्बर का सूरज टिकरी बॉर्डर के लिए ही चढ़ा था। यह दिन विश्व मानवाधिकार दिवस के तौर पर मनाया जाता है और इस दिन टिकरी बॉर्डर पर जमे किसानों ने जो किया, उससे जनवादी लोगों में किसानों का कद शायद आसमान से भी ऊँचा हो गया। 10 दिसम्बर की इस सुबह टिकरी के किसानों के हाथों में मानवाधिकार कार्यकर्ताओं की रिहाई के पोस्टर थे। टिकरी पर बीकेयू (एकता उगराहाँ) द्वारा आयोजित इस कार्यक्रम में भीमा कोरेगाँव केस और नागरिकता संशोधन कानून (CAA) विरोधी आन्दोलन के कार्यकर्ताओं की रिहाई के समर्थक पोस्टर भी मंच पर लगाए गए थे।

इस कार्यक्रम के फोटो सोशल मीडिया पर जमकर वायरल हो रहे थे और टिकरी पर बैठे इन किसानों के बारे में मीडिया भी खूब बात कर रहा था। जिस समय जनता का एक बड़ा हिस्सा इन किसानों को राजनैतिक रूप से समझदार और नैतिकता से लबरेज बता रहा था, उसी समय मीडिया का एक बड़ा हिस्सा किसान आन्दोलन में माओवादी और आतंकवादी घुसपैठ का राग अलापने लगा। मीडिया के इस प्रोपेगैंडा पर सरकार ने भी फूल चढ़ाए और 12 दिसम्बर को केन्द्रीय मंत्री (उपभोक्ता मामले, खाद्य और सार्वजनिक वितरण) पीयूष गोयल ने FICCI की मीटिंग में बयान दिया कि किसान आन्दोलन में वामपंथी और माओवादी तत्त्व घुस आए हैं जो राष्ट्रविरोधी गतिविधियों में लिप्त लोगों की रिहाई की माँग कर रहे हैं।

इस कार्यक्रम के मुख्यत: दो असर हुए थे, पहला, देश के आम लोगों को पता चला कि सिंघु के अलावा टिकरी बॉर्डर पर भी किसान मोर्चा जमाए

बैठे हैं और इस आन्दोलन में सबसे बड़ी किसान यूनियन बीकेयू (एकता उगराहाँ) है। दूसरा, किसान देश में पिछले कई सालों से हो रही घटनाओं को समझते भी हैं और उन पर बेबाकी से अपनी राय भी रखते हैं।

इसके उलट सिंघु पर बैठे किसान नेताओं को यह कार्यक्रम जरा भी नहीं सुहा रहा था, क्योंकि सारी मीडिया कवरेज दो दिन से टिकरी बॉर्डर पर बैठे किसानों और संगठनों को मिल रही थी। मीडिया में चल रहे माओवादी और आतंकवादी घुसपैठ को मुद्दा बनाते हुए सिंघु पर पंजाब के 32 संगठनों की मीटिंग में इस कार्यक्रम के बारे में चर्चा हुई और बहुमत से इस कार्यक्रम से कन्नी काटने का फैसला लिया गया, जबकि राजनैतिक कैदियों को रिहा करवाने की माँग 31 संगठनों का गठजोड़ बनते वक्त तय किए गए 8 सूत्री माँगपत्र में शामिल थी। 32 संगठनों के गठजोड़ ने इस कार्यक्रम से दूरी बना ली और संयुक्त बयान जारी कर कहा कि 'बीकेयू (एकता उगराहाँ) द्वारा आयोजित कार्यक्रम का किसान संघर्ष से कोई सम्बन्ध नहीं है। उनकी इस कार्रवाई ने किसान संघर्ष को नुकसान पहुँचाया है।'

मीटिंग में यह प्रस्ताव भी लाया गया कि जनपक्षीय बुद्धिजीवी और सीएए विरोधी कार्यकर्ताओं को बिना शर्त फौरन रिहा करवाने की माँग को माँगपत्र से निकाल दिया जाए। लेकिन बीच मीटिंग में ही बीकेयू (क्रान्तिकारी) ने रौला डाल दिया जिसके कारण यह माँग तो हटाई नहीं गई, इसको ठंडे बस्ते में जरूर डाल दिया गया। मीटिंग में एक बड़े बहुमत ने भविष्य में सिर्फ तीन खेती कानूनों, बिजली संशोधन अध्यादेश और प्रदूषण कानून पर ही जोर देने की हिमायत की।

सिंघु के किसान नेताओं ने सिर्फ अपने माँगपत्र को ही सीमित नहीं किया, बल्कि मीडिया और सरकार द्वारा बनाई जा रही छवि और दुष्प्रचार का मुकाबला करने की बजाय उसे खाद-पानी देने लगे। और उन्हीं के फ्रेमवर्क में आन्दोलन की व्याख्याएँ करने लगे। माओवादी और आतंकवादी की नैरेटिव चलने से पहले भी इसी तरह के दबाव (खालिस्तानी) के बीच किसान नेता निशान साहिब उतरवाने और निहंग सिंहों को हटाने के लिए हामी भर बैठे थे।

बीकेयू (एकता उगराहाँ) द्वारा आयोजित कार्यक्रम को देश के जनवादी लोगों द्वारा जितना सराहा जा रहा था, उतना ही पंजाब के जनवादियों के बीच वह बहस का विषय बना हुआ था। बहस का बिन्दु राजनैतिक सवाल था, क्योंकि इस कार्यक्रम में जेलों में बन्द पंजाब के बाहर के बुद्धिजीवियों

और कार्यकर्ताओं के ही पोस्टर लगाए गए थे और उन्हीं की रिहाई की बात की गई थी, पंजाब की जेलों में बन्द पंथक व अन्य राजनैतिक कारणों से जेल गए राजनीतिक कैदियों के पोस्टर तो छोड़िए, उनका जिक्र तक नहीं किया गया था।

10 दिसम्बर को ही हरियाणा के किसान मुझे अपनी पुरानी महिंद्रा जीप में बैठाकर सोनीपत ले गए। यह जीप चल कम रही थी, हिल ज्यादा रही थी। हिलते-डुलते, किसी तरह रास्ता काटते-काटते पता चला कि किसान इस जीप को रफाल कहते हैं। करीब एक घंटे के सफर के बाद यह रफाल सोनीपत के रिलायंस मॉल के सामने जा रुकी। यहाँ, पहले से ही आसपास के गाँवों के बहुत-से किसान जमा थे। नारेबाजी और पुलिस के साथ बहसबाजी के बीच उस दिन रिलायंस मॉल बन्द करवाने में किसान सफल रहे। लेकिन जिस केन्द्रीय बिन्दु 'सिंघु बॉर्डर' से किसान यह काम करवाने पहुँचे थे, वहीं के किसान नेताओं ने इससे कन्नी काटना शुरू कर दिया। हरियाणा की बड़ी किसान यूनियन बीकेयू (चढ़ूनी) ने बयान देकर इन किसानों को शरारती तत्त्व घोषित कर दिया। ये किसान भारतीय किसान पंचायत से जुड़े हुए थे, जो इसी इलाके का संगठन था। इन किसानों ने यह मुद्दा संयुक्त किसान मोर्चा की मीटिंग में भी उठाया, जिसमें सभी किसान संगठनों ने गुरनाम सिंह चढ़ूनी के बयान को गलत ठहराया।

दरअसल इस पूरी रार के पीछे मुख्यत: दो कारण थे—पहला, भारतीय किसान पंचायत नाम का यह संगठन कुछ साल पहले बीकेयू (चढ़ूनी) से ही टूटकर बना था। इस वजह से भी चढ़ूनी इस संगठन के लोगों से खार खाते रहे हैं। इस घटना से पहले भी चढ़ूनी ने भारतीय किसान पंचायत के सचिव सचिन पुगथला के संयुक्त किसान मोर्चा की मीटिंग में बैठने पर एतराज जताया था और कहा था कि ये लोग माओवादी हैं। ये किस तरह की किताब बाँटते हैं, यह चेक किया जाना चाहिए। दूसरा, कई बड़े किसान नेता, कॉरपोरेट घेराबन्दी के पक्ष में नहीं थे और रिलायंस के शॉपिंग मॉल या जियो प्रोडक्ट के बहिष्कार को गैर-जरूरी मानते थे, लेकिन जनता में रिलायंस के शॉपिंग मॉल या जियो प्रोडक्ट के बहिष्कार को भारी समर्थन मिल रहा था। इशारा मिलने की देर थी कि लोगों ने जियो के कनेक्शन दूसरी कम्पनियों में पोर्ट करवाने शुरू कर दिये। यह इतने बड़े पैमाने पर हुआ कि जियो कम्पनी ने एयरटेल पर आरोप लगाया कि वह अनैतिक तरीके अपनाकर जियो के ग्राहकों को भ्रमित कर रही है।

पंजाब की कई किसान यूनियनों ने सरकारी घेराबन्दी के साथ-साथ कॉरपोरेट घेराबन्दी की भी अपील लोगों से की थी। इन किसान संगठनों में बीकेयू (एकता उगराहाँ) और बीकेयू (क्रान्तिकारी) आगे बढ़कर कॉरपोरेट घेराबन्दी के पक्ष में प्रचार कर रहे थे। इस प्रचार का असर यह हुआ कि पंजाब में 9000 जियो टावरों में से लगभग 1300 की बिजली काटने, टावरों की छतरी और टूल बॉक्स तोड़ने की घटनाएँ सामने आईं। टावर और इन्फ्रास्ट्रक्चर प्रोवाइडर एसोसिएशन (TAIPA) ने सरकार से जियो टावरों को सुरक्षा देने की अपील की, जिस पर पंजाब के मुख्यमंत्री ने किसान नेताओं को धमकी देते हुए कहा कि टावरों को नुकसान पहुँचाना बन्द करो वरना सरकार कानूनी कार्रवाई करेगी। पंजाब सरकार की धमकी के बाद किसान नेताओं ने किसानों से टावर को नुकसान न पहुँचाने की अपील इस तर्क के साथ की कि इससे बच्चों की ऑनलाइन पढ़ाई का नुकसान हो रहा है। उन्होंने कहा कि सिर्फ सिम ही बदले जाएँ। टावरों या बाकी इन्फ्रास्ट्रक्चर को कोई नुकसान न पहुँचाया जाए।

किसानों द्वारा 14 दिसम्बर, 2020 को मोर्चों पर भागीदारी बढ़ाने के लिए दिये गए 'दिल्ली चलो' के आह्वान पर पंजाब और हरियाणा की शहरी जनता काफी संख्या में दिल्ली मोर्चों पर आने-जाने लगी। मजदूर, कारीगर, मैकेनिक, हाईकोर्ट और बाकी अदालतों के वकील, सेवानिवृत्त फौजी, दुकानदार, स्कूल मास्टर, लेक्चरर और प्रोफेसर आदि लगभग सभी तबकों के लोग मोर्चों पर किसानों के बीच आने लगे और दिल्ली में लगे ये मोर्चे 'तीर्थ स्थल' जैसे बन गए। रोजाना आने-जाने वालों की संख्या इतनी बढ़ गई कि पंजाब-हरियाणा-दिल्ली के रास्ते में जगह-जगह लंगर लग गए। दिसम्बर और जनवरी महीने में हफ्ते के आखिरी दिनों शनिवार और रविवार को मोर्चों पर इतनी भीड़ होती थी कि पाँव रखने की जगह न रहती और किसानों द्वारा बसाए गए इन गाँवों में धक्का-मुक्की करते हुए आगे बढ़ना पड़ता था। पंजाब और हरियाणा में ऐसा माहौल हो गया था कि अगर किसी घर से कोई भी दिल्ली मोर्चे पर नहीं गया तो लोग उनको लानतें भेजने लगते थे। जी.टी. रोड पर चलने वाले वाहनों में से हर 10 वाहनों में दो मोर्चे में शिरकत के लिए जा रहे होते थे। उन पर

किसान यूनियन के झंडे लगे होते थे। हरियाणा और पंजाब में कारों पर किसान यूनियन के झंडे लगाना इज्जत-सम्मान का प्रतीक बन गया।

17 दिसम्बर, 2020 को कृषि मंत्री नरेन्द्र सिंह तोमर ने अवाम के नाम एक खुला पत्र लिखा। इस पत्र में उन्होंने खेती कानूनों के फायदे गिनवाते हुए किसानों से सरकार का पक्ष लेने की भावुक अपील की जिसका जवाब किसान नेता दर्शनपाल ने खुला पत्र लिखकर ही दिया। दर्शनपाल के जवाब के बाद 'जी न्यूज' ने एक कार्यक्रम चलाया जिसका टाइटल था 'किसान आन्दोलन का नक्सल दर्शन'।

सरकार को इस आन्दोलन की सबसे मजबूत कड़ी जो पंजाब-हरियाणा का भाईचारा था, उसकी नींव में सेंध लगाने की एक पुरानी तरकीब सूझी और हरियाणा के लोगों को बिदकाने के लिए एक मरा हुआ साँप गले में डाल लिया। हरियाणा के बीजेपी नेताओं ने दोनों राज्यों में फूट डालने के लिए सतलुज-यमुना नहर (SYL) के मुद्दे को हवा देने की कोशिश की और 19 दिसम्बर को पूरे हरियाणा में धरना-प्रदर्शन के कार्यक्रम रखे। हरियाणा के किसानों ने यमुनानगर, कैथल, फतेहाबाद आदि जिलों में धरना देने आए बीजेपी के कैडर को भगा दिया और उनके तम्बू उखाड़ दिये। हरियाणा के पत्रकारों ने उस दिन धरना देने आए लोगों से जो बातचीत की उससे यह साफ हो गया कि एसवाईएल (सतलुज-यमुना लिंक कैनाल) पर धरना देने आए लोग किसान नहीं बल्कि बीजेपी से जुड़े हुए लोग हैं।

दरअसल एसवाईएल पर बीजेपी नेताओं द्वारा धरना देने का यह कार्यक्रम सरकार के लिए गलत कदम साबित हुआ और किसानों ने इससे चिढ़कर हरियाणा में बीजेपी नेताओं का विरोध करना शुरू कर दिया। पंजाब में यह स्थिति पहले से ही थी। यहाँ भी किसान बीजेपी नेताओं को कोई सार्वजनिक कार्यक्रम नहीं करने दे रहे थे। बीजेपी नेताओं का घर से बाहर निकलना भी दूभर था। केन्द्रीय मंत्री सोमप्रकाश ने जब अपने गृह जिले में ही एक कार्यक्रम करना चाहा तो किसानों ने उनको होशियारपुर से भागने पर मजबूर कर दिया।

हरियाणा में बीजेपी नेताओं के बढ़ते विरोध के अलावा जेजेपी के 10 में से 7 विधायकों ने किसान आन्दोलन को समर्थन दे दिया था। इसके बाद हरियाणा की सरकार गिरने के आसार बनने लगे थे। हरियाणा के मुख्यमंत्री मनोहरलाल खट्टर व उपमुख्यमंत्री दुष्यंत चौटाला ने जनता में बीजेपी (जेजेपी) नेताओं के खिलाफ बढ़ते आक्रोश के मद्देनजर गृहमंत्री से मिलकर जल्दी ही

बातचीत दोबारा शुरू करने की अपील की। पंजाब के बीजेपी नेता भी किसान नेताओं से बातचीत कर मसले को निपटाए जाने की दरख्वास्त लेकर सरकार के दरबार में जा खड़े हुए।

लेकिन दिसम्बर महीने में घटनाक्रम बहुत तेजी से बदल रहा था। जो हो रहा था उसे एक पत्रकार तो छोड़िए, पूरे बड़े मीडिया हाउस के लिए कवर कर पाना भी बहुत मुश्किल था। मेरे एडिटर अभिषेक श्रीवास्तव का मानना था कि किसान नेताओं की बैठकों पर नजर रखना दूसरे सब कामों से ज्यादा जरूरी है, इसलिए मुझे नियमित तौर पर होने वाली संयुक्त किसान मोर्चा की बैठकों पर एक बराबर नजर रखनी थी। हर मीटिंग में लगभग हर किसान जत्थे से कोई-न-कोई जिम्मेदार इंसान रहता और मीटिंग में शामिल होने वाले नेताओं से ही मुझे मीटिंग में डिस्कस हुए एजेंडा और कार्यक्रम पता लगते। लेकिन 20 दिसम्बर को हुई 32 किसान संगठनों की मीटिंग में एक मजेदार बात यह रही कि मैं जिन भी किसान नेताओं के पास गया, उनको इस मीटिंग के होने के बारे में मुझसे पता लग रहा था। दरअसल इस मीटिंग में मात्र 9 किसान संगठनों के प्रतिनिधि पहुँचे थे और उन्होंने ही फैसले लेकर सीधे संयुक्त किसान मोर्चे की मीटिंग में रखे। इस मीटिंग में, मंच पर रोजाना विभिन्न संगठनों के 11 सदस्यों द्वारा भूख-हड़ताल किए जाने, 27-28 दिसम्बर को साहिबजादों का शहादत दिवस मनाने, 27 दिसम्बर को प्रधानमंत्री मोदी के मन की बात पर थाली बजाने, 26-27 दिसम्बर को विदेशों में भारतीय दूतावास पर रोष-प्रदर्शन करने के फैसले लिये गए। आन्दोलन को तेज करने का कार्यक्रम सिर्फ हरियाणा के लिए दिया गया था जिसमें तीन दिन यानी 25 से 27 दिसम्बर तक टोल प्लाजा फ्री करने और 26-27 दिसम्बर को बीजेपी और उसके सहयोगियों को चेतावनी पत्र देने जैसे फैसले लिए गए थे। इन फैसलों पर सवाल उठे, बल्कि मीटिंग पर भी सवाल उठने शुरू हो गए थे। मीटिंग में इतने कम सदस्यों के पहुँचने की वजह यह थी कि मीटिंग का वक्त जो 2 बजे दोपहर का था, उसे किसान नेता दर्शनपाल ने 32 संगठनों के व्हाट्सएप ग्रुप में वीडियो मैसेज डालकर मीटिंग का वक्त बदलकर 9 बजे कर दिया। हालाँकि मीटिंग का मैसेज लगाने की जिम्मेवारी किसान नेता हरजीत रवि को दी हुई थी। कई किसान नेताओं ने वीडियो मैसेज भेजकर मीटिंग के वक्त को बदलने की बात को सही नहीं माना, क्योंकि आम तौर पर लोग व्हाट्सएप पर भेजे गए वीडियो मैसेज को कम ही खोलते हैं। दूसरा कारण सिंघु पर इंटरनेट स्पीड कम होने की वजह से

वीडियो मैसेज खुल नहीं पा रहा था, इसलिए किसान नेताओं को इस मीटिंग का सन्देश ठीक ढंग से नहीं मिल सका। इसी वजह से बैठक में बहुत कम सदस्य पहुँचे, और कोरम पूरा न होने के बावजूद बैठक कर ली गई और हफ्ते-भर के लिए किसान आन्दोलन से सम्बन्धित फैसले भी ले लिये गए।

इस बैठक में लिये गए फैसलों में से भूख-हड़ताल और थाली बजाने जैसे फैसलों से कई किसान संगठन और सिंघु पर मौजूद युवा सहमत नहीं थे। युवा तो भूख-हड़ताल जैसे फैसलों को आन्दोलन को ठंडा करने के कार्यक्रम के बतौर देख रहे थे। आन्दोलन के इस पड़ाव पर भूख-हड़ताल जैसे तरीके अपनाए जाने के औचित्य पर सवाल खड़े कर रहे थे।

दरअसल सिंघु पर मौजूद युवा मुख्यत: तीन तरह के थे। पहले, छात्र राजनीति से निकलकर आए युवा। दूसरे, इस मोर्चे के दौरान सक्रिय हुए युवा और तीसरे, किसान या दूसरी जत्थेबन्दियों से जुड़े युवा। इन युवाओं में सबसे मजबूत टीम पंजाब विश्वविद्यालय के छात्र संगठन एसएफएस (स्टूडेंट फॉर सोसाइटी) की थी, जोकि किसान नेताओं की हर गतिविधि पर नजर रखे हुए थे और मोर्चे में शामिल दूसरे युवाओं के साथ तालमेल कर रहे थे। युवाओं की इन तीनों जमातों ने हल्के स्वर में भूख-हड़ताल के कार्यक्रम का विरोध करना शुरू कर दिया था। ये लोग सरकार पर दबाव बढ़ाने के नजरिये से कुंडली-मानेसर-पलवल औद्योगिक हाईवे (KMP रोड) को जाम करने का कार्यक्रम दिये जाने के लिए किसान नेताओं पर दबाव बना रहे थे। कई किसान संगठनों ने भी केएमपी रोड जाम करने के लिए जोर लगाया, परन्तु 32 संगठनों की बैठक में इसे खारिज कर दिया गया।

किसान नेताओं की केएमपी को जाम न करने की मंशा उस समय सामने आई जब 24 दिसम्बर को गोहाना के मोहम्मदपुर गाँव से आए किसानों ने अपने 10 ट्रैक्टर-ट्रॉली और अन्य वाहन लाकर सिंघु बार्डर के पास केएमपी रोड को जाम कर दिया। सिंघु बार्डर पर पहले से खड़े कुछ पंजाबी नौजवान भी इस जाम में उनका साथ देने के लिए पहुँच गए और उन्होंने सिंघु बार्डर पर नीचे खड़े अपने साथियों को ट्रैक्टर-ट्रॉलियाँ लेकर केएमपी रोड के ऊपर आने को कहा। एक ट्रॉली वहाँ गई भी, लेकिन जब ट्रॉली भेजने वाले नौजवान ने किसान नेता जगजीत सिंह डल्लेवाल को फोन करके कहा कि केएमपी रोड जाम करने के लिए हमें हरियाणा वाले लोगों की मदद करनी चाहिए, तो डल्लेवाल ने मना कर दिया और केएमपी रोड जाम में मदद करने गई ट्रॉली

भी वापस लाने को कहा। सिंघु मोर्चे पर डटी पंजाब की लीडरशिप से कोई मदद न मिलने पर हरियाणा के किसान करीब तीन घंटे केएमपी जाम करने के बाद वापस सिंघु बार्डर पर लौट आए।

अगले दिन यानी 25 दिसम्बर को 11 बजे सिंघु के टीडीआई मॉल पर नौजवानों की एक मीटिंग का मैसेज फैलना शुरू हो गया। यह मैसेज मुझे भी आया और मैं भी वहाँ पहुँच गया। वहाँ जाकर देखा कि यह मीटिंग उन्हीं लोगों द्वारा बुलाई गई थी जिन्हें किसान नेता जगजीत सिंह डल्लेवाल ने केएमपी रोड जाम करने के लिए हरियाणा के किसानों की मदद करने से रोका था। इन नौजवानों ने तय किया कि वे लोग मंच पर जाकर किसान नेताओं से पूछेंगे कि उन्होंने केएमपी रोड जाम करने में हरियाणा के किसानों की मदद क्यों नहीं की। इसके अलावा उनका एक सवाल यह भी था कि दिल्ली सरहद पर मोर्चा लगे लगभग 1 महीना हो गया है, फिर भी किसान नेता आन्दोलन को तेज क्यों नहीं कर रहे हैं!

करीब 50-60 नौजवान मंच की ओर बढ़ने लगे और ट्रॉली-दर-ट्रॉली जाकर लोगों को भी अपने साथ मंच पर चलने के लिए कहने लगे। एसएफएस के नौजवान भी इनमें शामिल हो गए। नौजवान अभी थोड़ी ही दूर चले थे, कि संयुक्त किसान मोर्चे के नेता जगजीत डल्लेवाल, राजिन्द्र सिंह, मंजीत राय आदि उनसे मिलने के लिए वहीं आ गए। नौजवानों ने तीखे लहजे में इन नेताओं से बात की और यह भी कहा कि अगर लीडरशिप ने दिल्ली जाने या केएमपी रोकने जैसा कोई तीखा कार्यक्रम नहीं दिया तो नौजवान खुद-ब-खुद दिल्ली जाने वाले बैरिकेड तोड़ देंगे। इन नौजवानों ने भूख-हड़ताल जैसे कार्यक्रमों पर भी सवाल उठाए।

पंजाब के इन नौजवानों के दबाव में 25 दिसम्बर को हुई 32 संगठनों की बैठक में केएमपी रोड रोकने का कार्यक्रम पास हो गया, लेकिन 26 दिसम्बर को हुई संयुक्त मोर्चा की बैठक में इसे ट्रैक्टर मार्च में तब्दील कर दिया गया और तर्क दिया गया कि सुप्रीम कोर्ट में किसान आन्दोलन की छवि अच्छी है। कोर्ट में सरकार ने स्वीकारा है कि उन्होंने ही आन्दोलनकारियों को सिंघु बार्डर से आगे दिल्ली के अन्दर नहीं आने दिया। अगर अब केएमपी रोड जाम करेंगे तो सुप्रीम कोर्ट के सामने आन्दोलन की छवि खराब हो जाएगी। अपनी छवि को बचाने के दबाव में संयुक्त किसान मोर्चा ने केएमपी रोड जाम करने के 32 संगठनों के फैसले को पलट दिया। सामान्यत: ऐसा बहुत कम होता था।

30 दिसम्बर को सरकार से छठे दौर की बातचीत की तारीख तय होने के कारण ट्रैक्टर मार्च का कार्यक्रम आगे बढ़ाकर 1 जनवरी का कर दिया गया। सरकार के साथ 30 दिसम्बर की बैठक सकारात्मक रही और अगली मीटिंग के लिए 4 जनवरी का दिन तय किया गया। इसी के अनुसार संयुक्त किसान मोर्चे ने ट्रैक्टर मार्च की तारीख को भी आगे बढ़ाकर 6 जनवरी, 2021 कर दिया और वजह यह बतलाई गई कि इससे 4 जनवरी की बातचीत के दौरान सरकार पर दबाव बना रहेगा।

यह शायद नेतृत्व की गलतफहमी थी क्योंकि ट्रैक्टर मार्च का प्रोग्राम भी प्रचारात्मक कार्यक्रम था, आन्दोलन को तेज करना इसका उद्देश्य नहीं था। मेरी राय में सरकार पर दबाव बढ़ाने के लिए यह प्रोग्राम नाकाफी था। शायद इसी वजह से 4 जनवरी को सरकार के साथ बैठक नाकाम रही। 6 जनवरी, 2021 को किया जाने वाला ट्रैक्टर मार्च खराब मौसम की वजह से 7 जनवरी, 2021 का कर दिया गया।

केएमपी रोड को जाम करने की जिद्द लिये बैठे नौजवानों से उस समय मेरी बात हुई थी। इन नौजवानों में से एक रमनप्रीत ने मुझे बताया, "केएमपी कोई आम रास्ता नहीं है। यह दिल्ली के चारों ओर बसी औद्योगिक इकाइयों को जोड़ता है जिनमें ट्रांसनेशनल-मल्टीनेशनल कम्पनियों और उनके साझेदारों की बड़ी-बड़ी कम्पनियों की फैक्ट्रियाँ व हेड ऑफिस हैं। केएमपी रोड को बन्द करने का मतलब है कॉरपोरेटों की छाती पर पैर धरना। अगर हम यह कर पाते हैं तो निश्चित रूप से सरकार पर दबाव बढ़ेगा।"

संयुक्त किसान मोर्चा से जुड़े किसान नेताओं को आप आन्दोलन से थोड़ा बाहर खड़े होकर देखेंगे तो पाएँगे कि सारे नेता एकता के साथ बड़े अच्छे से काम कर रहे हैं। मगर अन्दर डुबकी लगाकर एक-एक घटना, कथन और कृत्य को तौलने लगेंगे, तो जितनी बार तौलेंगे उतने घटते चले जाएँगे। इस तौलने-तुलवाने के चक्कर में पढ़े-लिखे नेता योगेन्द्र यादव फँस गए। 27 नवम्बर को उनसे उनके द्वारा लाई गई ट्रॉलियों की संख्या पूछे जाने के बाद से ही लगातार उन्हें अलग-अलग बातों पर तौला जाने लगा। 27 के

बाद हुई कई बैठकों में उनसे उनकी मातृभूमि अहिरवाल में आन्दोलन को तेज करने के लिए कहा जाने लगा। मुझे लगता है कि योगेन्द्र यादव को जिस आधार पर तौला जा रहा था वह गलत था। योगेन्द्र पिछले कई सालों से देश के किसान आन्दोलनों के लिए लगातार मीडिया में लिख-बोल रहे थे और उन्होंने देश के छोटे-छोटे किसान संगठनों को एक साझा मंच बनाकर एक साथ काम करने में अहम भूमिका भी निभाई थी, मगर उनको उनके इस काम की बजाय जमीन पर जाकर किसान जुटाने के पैमाने पर तौला जा रहा था। उनको इस तरह तौले जाने के पीछे एक कारण उनके द्वारा खुद को 'मास लीडर' दिखाने की कोशिश भी थी।

इस तौलने-तुलवाने के चक्कर में योगेन्द्र यादव से 12 दिसम्बर को राजस्थान और अहिरवाल के किसानों को जुटाकर सिंघु बार्डर की बजाय, हरियाणा-राजस्थान की सीमा शाहजहाँपुर बॉर्डर पर मोर्चा लगाने के लिए कहा गया, लेकिन उस दिन यह सम्भव नहीं हो सका जिसके बाद योगेन्द्र यादव ने एनएच-8 पर एक लाइव वीडियो करके 13 दिसम्बर को राजमार्ग जाम करने का एलान किया। यादव ने इससे पहले भी 2 दिसम्बर और 8 दिसम्बर को एनएच-8 बन्द करने का जिम्मा लिया था लेकिन विफल रहे थे। इस बीच आन्दोलन के नेतृत्व में उनकी पकड़ कम होती जा रही थी। उन्होंने 13 दिसम्बर का एलान तो कर दिया, लेकिन उनके पास कैडर नहीं था। उन्हें राजस्थान से आ रहे सीपीएम के किसान जत्थों पर भरोसा था। जब सीपीएम का जत्था 13 दिसम्बर को बहरोड पहुँचा, तो वह वहाँ उस जत्थे के साथ हो लिये और उस जत्थे ने हरियाणा-राजस्थान बॉर्डर पर रेवाड़ी पुलिस द्वारा लगाए गए बैरिकेडों के आगे अपना डेरा डाल दिया।

किसानों की संख्या कम होने की वजह से हाईवे की जयपुर से दिल्ली जाने वाली साइड ही बन्द हो गई। दूसरा हिस्सा यानी दिल्ली से जयपुर जाने वाली सड़क चालू रही। इस तरह उस दिन एनएच-8 आधा जाम कर दिया गया। दरअसल उस दिन राजस्थान से लगभग 300 किसानों का जत्था दिल्ली-जयपुर राजमार्ग पर दिल्ली की ओर कूच कर रहा था, लेकिन हरियाणा पुलिस द्वारा रोके जाने के बाद उन्होंने वहीं डेरा डाल दिया और एलान किया कि हमारी संख्या बढ़ने पर ही हम हरियाणा-दिल्ली बॉर्डर की ओर बढ़ेंगे।

इस मोर्चे पर किसानों की गिनती बढ़ाने के लिए राजस्थान के श्रीगंगापुर और हनुमानगढ़ जिले के पंजाबी किसानों से भी शामिल होने की अपील की

गई। इसलिए कुछ दिनों बाद रंजीत सिंह राजू के नेतृत्व में गंगानगर किसान समिति (GSK) से जुड़े किसान, जो टिकरी बॉर्डर पहुँचे हुए थे, वे अपनी ट्रॉलियाँ निकालकर इसी मोर्चे पर ले गए, जिससे यह मोर्चा भी मजबूत होने लगा और मोर्चे पर संख्या बढ़ने लगी। मोर्चे पर जमा हो रहे नौजवान बार-बार लीडरशिप से दिल्ली की ओर कूच करने के लिए कहने लगे, लेकिन नेताओं ने अपनी ही कॉल दरकिनार कर दी और एक कदम भी आगे नहीं बढ़ाया। इसकी वजह से नौजवानों और नेतृत्व में खटास आनी शुरू हो गई।

राजस्थान-हरियाणा बॉर्डर पर शाहजहाँपुर में जनता की भागीदारी बढ़ने के बाद वहाँ गए जीकेएस के नौजवान एआईकेएस के नेता अमराराम और योगेन्द्र यादव जैसे किसान नेताओं से लगातार हरियाणा-दिल्ली बॉर्डर की ओर कूच करने का आग्रह कर रहे थे, जिसका एलान वहाँ की लीडरशिप, सीपीएम और योगेन्द्र यादव ने 13 दिसम्बर को मोर्चा जमाते वक्त ही किया था। उन्होंने कहा था कि हमारे मोर्चे पर संख्या बढ़ने के बाद हम हरियाणा-दिल्ली बॉर्डर की ओर कूच करेंगे। संयुक्त किसान मोर्चे की 9 दिसम्बर की बैठक का फैसला भी दिल्ली की चारों तरफ से घेराबन्दी करने के नजरिये से जयपुर-दिल्ली हाईवे जाम करने का ही था।

राजस्थान-हरियाणा के शाहजहाँपुर बॉर्डर पर बैठे किसान 31 दिसम्बर को हरियाणा पुलिस के बैरिकेड तोड़कर दिल्ली की ओर चल पड़े। दोपहर 2 बजे की हल्की सर्द। लगभग 60 ट्रैक्टरों पर सवार कोई 500 किसानों ने भारी-भरकम बैरिकेडों को अपने ट्रैक्टरों से तोड़ दिया और भारी-भारी पत्थरों को हटाकर हरियाणा की सीमा में दाखिल हो दिल्ली की तरफ मार्च शुरू कर दिया। पुलिस ने उन किसानों को रोकने के लिए लाठीचार्ज किया और आँसू गैस के गोले छोड़े, लेकिन किसान नहीं रुके। लाठीचार्ज में 3 किसान घायल हो गए, जिनमें 1 किसान गुरजीत को गम्भीर चोटें आईं। वहाँ मौजूद शरणदीप सिंह ने मुझे बताया, "पुलिस ने हमें रोकने के लिए लाठीचार्ज किया। वाटर कैनन भी चलाने की कोशिश की, लेकिन किसान नहीं रुके। पुलिस हमारे आखिरी ट्रैक्टर के सवार किसानों को पीटने लगी और उनके ट्रैक्टर की हवा निकाल दी।"

शाहजहाँपुर बॉर्डर के किसानों के लिए 31 दिसम्बर की सुबह किसान नेताओं के साथ बातचीत से शुरू हुई थी। गंगानगर और हनुमानगढ़ के किसान शाहजहाँपुर बॉर्डर पर हरियाणा पुलिस द्वारा लगाए बैरिकेडों को तोड़कर दिल्ली

आने की चर्चा कर रहे थे। उन चर्चाओं में शामिल हनुमानगढ़ के गाँव रोमाना चक से आए पवनदीप सिंह ने मुझे बताया था, "हम किसानों ने 30 दिसम्बर की शाम को वहाँ पर किसान नेता बने बैठे योगेन्द्र यादव जी से दिल्ली चलने के लिए पूछा तो उन्होंने कहा कि वह आगे जाने के हक में नहीं हैं। हमने दोबारा पूछा कि अगर हम बैरिकेड तोड़कर आगे बढ़ें तो आप हमारे साथ आएँगे या नहीं, तब भी उन्होंने साफ मना कर दिया।"

अगली सुबह यानी 31 दिसम्बर, 2020 को गुरुद्वारे का लंगर छकने के बाद कुछ किसान दोबारा योगेन्द्र यादव के पास गए। उनमें पवनदीप भी थे। पवनदीप ने बताया : "हम दोबारा उनके पास यह बताने गए थे कि हम लोग बैरिकेड तोड़कर आगे जा रहे हैं। आगे जब हमारा मंच आएगा तो आप वहाँ मत आना।"

बैरिकेड तोड़कर आगे बढ़े इन किसानों के जत्थे में गंगानगर के गाँव घड़साना से आए किसान मनोहर शेरगिल के नीले फार्मट्रैक-60 ट्रैक्टर का आगे का बम्पर बैरिकेडों को तोड़ने के कारण मुड़ गया था। मनोहर ने मुझे बताया, "हम सभी किसानों ने दिल्ली कूच करने की ठान ली थी। योगेन्द्र यादव जैसे नेता, जो किसानों को सिंघु से बुराड़ी मैदान लेने गए थे, वही नेता हमें आगे दिल्ली कूच करने से भी रोक रहे थे। उन्होंने हमें रोकने की बहुत कोशिश की, लेकिन हम सब आगे बढ़ने की ठान चुके थे।"

किसानों ने हरियाणा के रेवाड़ी जिले के संगवारी चौक के पास पड़ाव डाल लिया था। वहाँ किसानों के साथ आए जगजोत सिंह ने बताया, "जब किसान बैरिकेड तोड़कर आगे बढ़ रहे थे तो वहाँ मौजूद किसान नेता माइक से यह बता रहे थे कि जो दिल्ली कूच कर रहे हैं वो किसान नहीं असामाजिक तत्त्व हैं। नेताओं के इतना कहने-भर के बाद ही पुलिस ने हमारे ऊपर लाठीचार्ज शुरू कर दिया और आँसू गैस के गोले छोड़ने शुरू कर दिये। अब बताइए वह कैसे नेता हुए हमारे, जो कहकर हमें पुलिस से पिटवा रहे हैं।"

जगजोत के पास खड़े किसान प्रभजोत सिंह एकदम से बोल पड़ते हैं, "जो वहाँ नेता बने बैठे हैं वो एक किसान भी लेकर नहीं आए हैं। शाहजहाँपुर मोर्चे पर बैठकर योगेन्द्र यादव जैसे नेता टीवी न्यूज वालों से ऐसे बातें करते हैं, जैसे सारे किसान उन्हीं के संगठन से हों। जबकि सच यह है कि उनके पास किसान तो दूर, खुद का ट्रैक्टर-ट्रॉली तक नहीं है। हमारी कौम को जितना

दुश्मनों से खतरा है, उतना ही ऐसे गद्दारों से भी खतरा है जो माइक पर किसानों को असामाजिक तत्त्व बोलकर पुलिस से पिटवा देते हैं।"

पुलिस द्वारा किए गए लाठीचार्ज में घायल हुए किसान सुखजीत सिंह ने मुझे बताया, "मेरे दाएँ पैर के घुटने में चोट आई है, लेकिन मुझे चिन्ता अपने उन साथियों की है जिनके सिर में गम्भीर चोटें आई हैं। मुझे उम्मीद है कि किसान साथी गुरजीत जल्दी स्वस्थ होकर हमारे बीच दोबारा संघर्ष में पहुँचेंगे और इन तीनों काले कानूनों को वापस करवाकर हमारे साथ घर जाएँगे।"

लाठीचार्ज, आँसू गैस और वाटर कैनन चलाने के सवाल पर रेवाड़ी जिले के डीएसपी राजेश कुमार ने मुझे बताया, "जब किसान बैरिकेड तोड़कर आगे बढ़ रहे थे तो हमने आँसू गैस और वाटर कैनन का इस्तेमाल जरूर किया था, लेकिन लाठीचार्ज नहीं किया। न ही हमने किसी किसान की गिरफ्तारी की और न ही कोई किसान या पुलिस का कोई जवान इसमें चोटिल हुआ है।"

दरअसल 31 दिसम्बर को हनुमानगढ़-गंगानगर के सिर्फ आधे किसान बैरिकेड तोड़ आगे बढ़ पाए थे। बहुतेरे किसान पीछे रह गए थे, क्योंकि इलाके के किसान संगठन जीकेएस के नेता रणजीत सिंह राजू ने भी दूसरे किसान नेताओं के दबाव में अपने ही संगठन के नौजवानों का साथ नहीं दिया था और शाहजहाँपुर मोर्चे पर ही रुके रहे। आगे बढ़े कारवाँ के साथ कोई नहीं आया था, इस वजह से वहाँ कोई नई सर्वमान्य लीडरशिप उभरी नहीं। पहले आगे आए नौजवान भी अभी एकमत नहीं हो पाए थे।

वहीं दूसरी ओर पीछे रह गए रणजीत सिंह राजू और उनके समर्थक किसानों का उनके गाँव के लोगों ने सोशल मीडिया पर विरोध करना शुरू कर दिया। लोग उन्हें फोन कर लगातार गालियाँ बके जा रहे थे और बैरिकेड तोड़ने वाले नौजवानों का साथ न देने के कारण गद्दार कह रहे थे। रणजीत सिंह राजू को भी आखिर में मजबूर होना पड़ा और तीन दिन बाद ही यानी 3 जनवरी, 2021 को अपने संगठन की बाकी बची ट्रॉलियों को लेकर वे भी बैरिकेड तोड़ आगे बढ़ गए।

रणजीत राजू ने मुझे बताया, "मैं शाहजहाँपुर बॉर्डर पर बनी किसान नेताओं की कमेटी के कारण आगे नहीं बढ़ा। मेरे ऊपर मेरे सहयोगी एआईकेएस के नेताओं और योगेन्द्र यादव जी का दबाव था, लेकिन मेरे इलाके के लोगों के दबाव के कारण मुझे 3 जनवरी को यह फैसला लेना पड़ा।"

3 जनवरी, 2021 को भी शाहजहाँपुर बॉर्डर पर डटे एआईकेएस के

एक किसान नेता ने स्टेज से यह एलान किया कि आगे बढ़ने वाले नौजवान शरारती तत्त्व हैं, और इनका हमारे आन्दोलन से कोई लेना-देना नहीं है। स्टेज से एलान होते ही हरियाणा पुलिस ने नौजवानों पर लाठीचार्ज कर दिया, पत्थर मारे और आँसू गैस के गोले फेंके। उनसे तीन दिन पहले करीब 15 किलोमीटर आगे जाकर बैठा जत्था भी उनके साथ मिल गया और वे सारे ट्रैक्टर मिलकर धारुहेड़ा की तरफ भागने लगे।

हरियाणा के धारुहेड़ा से पहले पड़ने वाले मसानी बैराज पर बने पुल पर खड़ी हरियाणा पुलिस ने इनका स्वागत आँसू गैस के गोले बरसाकर किया। उस दिन इन किसानों और पुलिस के बीच भयंकर टकराव हुआ, और मैं बतौर पत्रकार वहाँ से जनपथ की रिपोर्टिंग करने के लिए वहाँ पहुँचा हुआ था। पुल से बरस रहे आँसू गैस के गोलों से एक ट्रॉली में भी आग लग गई और करीब तीन घंटे तक चले इस संघर्ष में काफिला आगे न बढ़ सका और वहीं रुक गया। उन किसानों ने वहीं जाम लगा दिया। इस जत्थे के साथ एक दिक्कत यह थी कि नौजवान एक-दूसरे की बात सुनने और मानने को तैयार नहीं थे और उनमें एक-दूसरे के प्रति भारी अविश्वास था।

इस नाके को तोड़ने के लिए गंगानगर-हनुमानगढ़ के किसानों ने सिंघु पर बैठे अंबाला इलाके के किसानों की मदद ली थी। अंबाला की किसान यूनियन की टीम को बैरिकेड तोड़ने में महारत हासिल थी। इस टीम के मुखिया अमरजीत मोहड़ी शाहजहाँपुर बॉर्डर पर ही मौजूद थे, वह और उनकी टीम बैरिकेड तोड़ने के लिए साँकलें और बड़े-बड़े ट्रैक्टर लेकर वहाँ पहुँचे थे। इसी बॉर्डर पर एक दिन पहले पंजाब के लक्खा सिधाना भी भाषण देकर गए थे कि किसानों को शाहजहाँपुर के बैरिकेड तोड़कर दिल्ली बॉर्डर की तरफ बढ़ना चाहिए। लक्खा ने नौजवान किसानों के साथ बैठक भी की थी और उन्हें हर सम्भव मदद पहुँचाने की कोशिश भी की थी।

मसानी बैराज पर पहुँचे इन किसानों को एक हिसाब से लावारिस छोड़ दिया गया। इन किसानों का मुद्दा संयुक्त किसान मोर्चा की बैठक में उठा तो नेताओं के बहुमत का मानना था कि इन किसानों का साथ देने की बजाय उन्हें सबक सिखाया जाए और उन पर अनुशासनात्मक कार्रवाई की जाए। इन किसानों का साथ देने के लिए अंबाला के किसानों की टीम के अलावा पंजाब की बीकेयू (क्रान्तिकारी) की टीम भी गई थी।

धारुहेड़ा औद्योगिक नगरी है जहाँ बहुराष्ट्रीय (transnational) कम्पनियों

की मैन्युफैक्चरिंग यूनिट हैं। यादव-बहुल इस इलाके में बीजेपी का असर ज्यादा है, इस वजह से बीजेपी के क्षेत्रीय नेता इन किसानों को वहाँ से धरना हटाने की धमकी भी देने लगे थे।

हरियाणा में टोल प्लाजा फ्री करने के आह्वान पर 25 से 27 दिसम्बर तक लगभग सभी हिस्सों में पहले तीन दिन तक के टोल प्लाजा फ्री कर दिये गए। तीन दिन तक किसान ने टोल प्लाजों पर न केवल धरना दिया बल्कि वहीं पर चारपाइयाँ डाल सर्द रातों में तारों की छाँव में ही सोए। हरियाणा के किसानों द्वारा सिरे लगाए गए इस कार्यक्रम से खुश होकर उसी वक्त संयुक्त किसान मोर्चा ने इस मुहिम को टोल प्लाजा पक्के तौर पर फ्री करवाने के कार्यक्रम में तब्दील कर दिया। जनता ने इसे सिर-माथे लगाया और टोल प्लाजों के बाहर पक्के तम्बू गाड़ दिये और पंजाब की तरह हरियाणा में भी टोल प्लाजा किसानों के जमावड़े के केन्द्र बन उभरे। जो किसान दिल्ली मोर्चों पर नहीं जा पाते थे, वो इन टोल प्लाजों पर लगे पक्के धरनों में शिरकत करने लगे। इन धरनों की वजह से किसानों की सहूलियत में खासा इजाफा हुआ।

हरियाणा में राजनैतिक तौर पर भी दबाव बनाए जाने को लेकर किसानों ने अच्छी सक्रियता दिखाई। मोर्चे के आह्वान पर कई जगह बीजेपी और जेजेपी नेताओं के दफ्तरों और घरों के सामने धरने देकर चेतावनी दी गई। इन चेतावनियों का असर यह हुआ कि हरियाणा के 7 जेजेपी विधायकों को किसान आन्दोलन का समर्थन करना पड़ा। किसान नेताओं का भी यह मानना था कि हरियाणा में जेजेपी अगर बीजेपी सरकार से समर्थन वापस ले लेगी तो हरियाणा में भाजपा की सरकार गिर जाएगी और इस डर से मोदी सरकार तीन कानूनों को रद्द करने पर राजी भी हो सकती है।

गहराती ठंड के बीच दिसम्बर ढल रहा था। किसान इस भयंकर जाड़े में तगड़े बन डटे हुए थे। लेकिन मोर्चे पर डटे नौजवानों की ऊर्जा को सही दिशा में लगाने के लिए किसान नेता कोई ठोस रास्ता नहीं दिखा पा रहे थे। अभी तक ज्यादातर कार्यक्रम मोर्चे के मंच से सम्बन्धित थे, पुराने ढर्रे पर जयन्तियाँ मनाने और क्रमिक भूख-हड़ताल पर बैठ जाने तक सीमित थे। इस

मोर्चे का कैनवस बहुत विशाल था इसलिए हर किसी के लिए मंच पर जाना सम्भव नहीं था। आम तौर पर किसान खाली बैठे रहते और लाखों में से चंद हजार ही स्टेज पर कार्यक्रम सुनने जाते, बाकी लोग रोजमर्रा के कामकाज में लगे रहते थे, जैसे नहा-धोकर सुबह का खाना बनाना, फिर किसी के पास बैठकर बातें करना, दोपहर के खाने की तैयारी करना, खाना खाकर सो जाना, उठकर खाना बनाना और फिर रात का खाना खाने के बाद कुछ बातचीत करके सो जाना। किसानों के बीच रहते-रहते इनके रोजाना के इस रूटीन को मैं हर रोज देख रहा था।

कुछ नौजवान किसान, ट्रैक्टरों में जोशीले गाने बजाकर पूरा दिन सड़कों पर गेड्डी मारते रहते और कई अलग-अलग तरह के पोस्टर लेकर अलग-अलग जगहों पर खड़े हो जाते। कुछ लंगरों में सेवा करते, तो कुछ बैनर-पोस्टर लेकर सिंघु पर बसे इस गाँव में घूमते रहते। कई नौजवान पहरेदारी करते और मोर्चों को चोरी-चकारी से बचाते। इनमें से अधिकतर किसान संगठनों से नहीं जुड़े हुए थे। कई तो किसान यूनियनों पर विश्वास भी नहीं करते थे और कहते थे कि किसान यूनियनों के साथ काम करने के उनके पिछले तजुर्बे बहुत अच्छे नहीं रहे। मगर यह मसला बहुत सीरियस है, इसीलिए हम इस आन्दोलन में इनकी अगुवाई में आए हैं। कुछ नौजवान कहते थे कि बरगाड़ी मोर्चे की तरह यह नेतृत्व पीछे नहीं हटना चाहिए। हमको पता है कि ये नेतृत्व कमजोर है, मगर इनके अलावा हमारे पास कोई दूसरे नेता भी तो नहीं हैं। इसलिए इनको ही आगे-आगे लगाकर रखना होगा, मगर इनको पीछे भी नहीं हटने देना है। अगर कोई नेता पीछे हट गया या बिका तो उसको घग्गर में गाड़कर ही पंजाब वापस जाएँगे।

नेताओं के बिकने या पीछे हटने पर सबक सिखाने का प्रचार, मोर्चे पर हर किसान के कान और मुँह में था। इसी प्रचार का हवाला देते हुए बलबीर राजेवाल ने सरकार के साथ हुई बैठक में मंत्री को कहा था कि अगर हम कानून रद्द करवाने की माँग से पीछे हटे तो पंजाब के लोग किसान नेताओं को जिन्दा नहीं छोड़ेंगे और हमें पंजाब वापस नहीं लौटने देंगे।

जनता में जितना जोश था, उसके मुकाबले मोर्चों पर की जा रही ज्यादातर गतिविधियाँ प्रचारात्मक किस्म की थीं। सरकार से बातचीत भी टूट गई थी। सरकार माँगें मानने की बजाय आन्दोलन को खालिस्तानी/माओवादी करार देकर दमन को जायज ठहराने, बिचौलियों का आन्दोलन बताकर बदनाम

करने, एसवाईएल जैसे मुद्दे उठाकर जनता में फूट डालने और फर्जी किसान संगठनों से अपनी हिमायत में चिट्ठियाँ लिखवाकर भ्रम फैलाने, आन्दोलन को फैलने से रोकने और काबू करने की कोशिश कर रही थी।

इन हालात के बीच किसान रोजमर्रा की प्रचारात्मक गतिविधियों से तंग होने लगे थे और सरकार पर दबाव बढ़ाने के लिए आन्दोलन को तेज करने की माँग करने लगे थे। लेकिन बड़े किसान नेता ऐसा कुछ भी नहीं करना चाहते थे, जिससे सीधी टकराहट हो। वे कोई-न-कोई बहाना बनाकर इसे टाल रहे थे। इसी तरह के मेरे सवाल के जवाब में बलबीर राजेवाल ने मुझे बताया था कि देश-विदेश में आन्दोलन फैल रहा है, इससे सरकार पर दबाव बढ़ रहा है, इसलिए दिल्ली मोर्चों पर किसी भी किस्म के बड़े कार्यक्रम की जरूरत नहीं है। आन्दोलन के दबाव से ही केन्द्र सरकार पिछले दौर की बातचीत में कानूनों में कुछ संशोधन करने के लिए राजी हो गई थी।

कई किसान नेता और नौजवान किसान इन संशोधनों को 100 ग्राम जहर से दस ग्राम जहर कम कर देने जैसे बदलाव कह रहे थे। उनके हिसाब से इन संशोधनों में ठोस (substantial) बदलाव का एक भी नुक्ता नहीं था। इसी दौरान कई किसान संगठनों ने 26 जनवरी, 2021 को संसद मार्च पर चर्चा शुरू कर दी और इस प्रस्ताव को संयुक्त किसान मोर्चे में रखने की कोशिश करने लगे। इन संगठनों में बीकेयू (क्रान्तिकारी), बीकेयू (चढ़ूनी), पंथक दल, बिना संगठनों वाले नौजवान और छात्र जत्थेबन्दी एसएफएस मुख्य थे जिन्हें इस वक्त संसद मार्च के लिए लोगों को एकत्रित करना वाजिब लग रहा था। संयुक्त किसान मोर्चे से अलग किसान मजदूर संघर्ष कमेटी नाम का संगठन भी संसद मार्च के लिए तैयार था।

दिसम्बर के दूसरे पखवाड़े से ही सरकार पर दबाव बढ़ाने के लिए जनता और संगठनों में आन्दोलन को अगले चरण में ले जाने और दिल्ली मोर्चों पर आन्दोलन तेज करने के लिए नए प्रभावशाली कार्यक्रम (जो सिर्फ प्रचारात्मक किस्म के न हों) बनाने की चर्चाएँ चल रही थीं। केएमपी रोड जाम करने के दौरान किसान नेताओं और नौजवानों की बहस के बाद से यह छटपटाहट थोड़ी साफ होने लगी थी, लेकिन लगभग सभी मामलों में बड़े किसान नेताओं का रुझान जनता की भावनाओं-आकांक्षाओं के मुताबिक न होकर बचकर निकलने का रहा और सख्त कॉल देकर पैर पीछे खींचने वाला भी। नौजवानों द्वारा उठाए गए कदमों पर उन्होंने सिर्फ एतराज ही नहीं जताया, बल्कि उन

नौजवानों को सरेआम शरारती तत्त्व कहना भी शुरू कर दिया।

पंजाब के बाद हरियाणा में जनउभार और रफ्तार पकड़ते आन्दोलन के बीच केन्द्र सरकार के खेती-बाड़ी महकमे के मुख्य सचिव की ओर से 22 दिसम्बर को बातचीत का दोबारा न्योता आया, जो डॉ. दर्शनपाल के नाम सम्बोधित था। न्योते में किसान नेताओं से बातचीत के लिए कोई भी तारीख मुकर्रर करने के लिए कहा गया। बातचीत के प्रस्ताव पर संगठनों में एक बार नए सिरे से फिर चर्चा शुरू हुई और इस बार किसान नेताओं ने पिछली माँगों के अलावा एक माँग और जोड़ दी, वह थी एमएसपी पर खरीद की कानूनी गारंटी देना।

दरअसल यह माँग हरियाणा के किसान नेता गुरनाम सिंह चढ़ूनी के दबाव में उभरी थी, उनका तर्क था कि हरियाणा, पंजाब और पश्चिमी यूपी में केवल गेहूँ और चावल की खरीद ही एमएसपी पर होती है। बाकी फसलों की एमएसपी पर खरीद इन तीन जगहों पर भी नहीं होती और देश के दूसरे इलाकों में गेहूँ और चावल भी एमएसपी पर नहीं खरीदा जाता। व्यापारी या कम्पनियाँ अभी भी मनमर्जी के रेट पर फसल खरीदते हैं, इसलिए एमएसपी पर खरीद की कानूनी गारंटी की माँग मनवाने पर जोर देने से एक तो सारे देश के किसानों का मुद्दा इस किसान आन्दोलन के एजेंडे में आ जाएगा, जिससे देश-भर के किसानों के बड़े पैमाने पर आन्दोलन में शामिल होने की सम्भावनाएँ खुलेंगी। दूसरा, इन तीन कानूनों से होने वाला मुख्य नुकसान फसलों के पूरे दाम न मिलना ही है, अगर C2 + 50 प्रतिशत के फार्मूले से फसल की एमएसपी तय हो और इसी एमएसपी पर खरीद के लिए कानूनी गारंटी हो, तो उससे कम दाम पर खरीदने वाला कानूनन अपराधी होगा और इन तीन खेती कानूनों का किसानों पर पड़ने वाला बुरा असर भी बहुत कम हो जाएगा।

संयुक्त किसान मोर्चा ने एमएसपी पर खरीद की कानूनी गारंटी की माँग को मुख्य माँगों में शामिल करके सरकार के साथ होनेवाली बैठक के लिए चार एजेंडे रखे और बैठक की तारीख का भी एलान किया। ये एजेंडे थे—

1. तीन केन्द्रीय खेती कानूनों को निरस्त करने के लिए ली जाने वाली प्रक्रिया।
2. राष्ट्रीय किसान कमीशन द्वारा अनुमोदित लाभकारी MSP को सभी किसानों और सारे खेती के सामान के लिए कानूनी गारंटी अधिकार बनाने की अपनाई जाने वाली प्रक्रिया।

3. राष्ट्रीय राजधानी क्षेत्र और इसके सटे इलाकों में वायु क्वालिटी प्रबन्धन के लिए कमीशन अध्यादेश में से किसानों को सजा देने वाले प्रावधानों में संशोधन करना और उसे नोटिफाई करना।
4. किसानों के हितों की रक्षा करने के लिए मसौदा बिजली संशोधन बिल 2020 में बदलाव करना।

मोर्चे ने बातचीत के लिए 29 दिसम्बर का दिन चुना। बैठक से पहले ही सरकार का बयान आया कि आन्दोलन के बीच में MSP पर खरीद की लीगल गारंटी की माँग रखना जायज नहीं है। बातचीत तीन कानूनों के बारे में ही होनी चाहिए। वहीं दूसरी तरफ किसान नेता इन चारों माँगों पर ही बातचीत करने को लेकर अड़े रहे। सरकार पीछे हटी और 30 दिसम्बर को छठे दौर की बातचीत शुरू हुई, जिसमें 40 किसान नेताओं ने भाग लिया। यह बैठक सकारात्मक माहौल में शुरू हुई, जिसमें सरकार ने दो माँगें, राष्ट्रीय राजधानी क्षेत्र और इससे सटे इलाकों में वायु क्वालिटी प्रबन्धन के लिए कमीशन अध्यादेश में से किसानों को सजा देने वाले प्रावधानों में संशोधन करना और उसे नोटिफाई करना और किसानों के हितों की रक्षा करने के लिए मसौदा बिजली संशोधन बिल 2020 में बदलाव करना, मान ली। तीन खेती कानूनों को रद्द करने के बारे में सरकार ने किसान नुमाइंदों के सामने प्रस्ताव रखा कि वे निरस्त (repeal) शब्द की बजाय कोई दूसरा शब्द बरतें।

यह ऐसी बैठक थी जिसमें सरकारी मंत्रियों और अधिकारियों ने किसान नुमाइंदों का मँगवाया हुआ खाना भी खाया और चाय की चुस्की भी ली। अगली बैठक का एजेंडा तीन खेती कानूनों और MSP की लीगल गारंटी पर चर्चा रखा गया। खेती-बाड़ी मंत्री ने प्रेस में बयान दिया कि सरकार ने किसानों की 50 प्रतिशत माँगें मान ली हैं।

बैठक के तुरन्त बाद कुछ किसान नेताओं ने भी प्रेस में बयान दे दिये कि सरकार ने 50 प्रतिशत माँगें मान ली हैं। नेताओं के इस बयान पर किसानों के एक बड़े हिस्से ने एतराज जताया, क्योंकि आन्दोलन की मुख्य माँग अभी ज्यों-की-त्यों थी। इस बैठक में शामिल एक किसान नेता ने मुझे बताया, "बैठक के बीच में खाना खाते वक्त खेती-बाड़ी मंत्री नरेन्द्र सिंह तोमर ने जोगिन्द्र सिंह उगराहाँ को कहा कि आप बताएँ कि मामले को कैसे हल करें? जोगिन्द्र कुछ बोलते उससे पहले ही वहाँ खड़े राकेश टिकैत ने इन कानूनों को निलम्बित करने का सुझाव दे दिया।"

जनवरी का 'गरम' महीना

4 जनवरी, 2021 को सरकार के साथ किसान संगठनों की बातचीत प्रस्तावित थी और 5 जनवरी को सुप्रीम कोर्ट में किसान आन्दोलन के मामले में लगाई गई अर्जियों पर सुनवाई। लेकिन उससे पहले ही 2 जनवरी, 2021 की दोपहर संयुक्त किसान मोर्चा ने प्रेस कॉन्फ्रेंस करके जिस तरीके से 26 जनवरी तक के अपने कार्यक्रमों की घोषणा की, उससे समझ में आ रहा था कि दो दिन बाद होने वाली बातचीत में वे कोई ठोस हल निकलने की उम्मीद नहीं कर रहे थे। इस प्रेस कॉन्फ्रेंस में जो तीन मुख्य घोषणाएँ किसानों ने कीं, उनमें 26 जनवरी, 2021 को समानान्तर परेड करना भी शामिल था। साथ ही किसान नेताओं ने देश-भर के किसानों से ट्रैक्टर लेकर दिल्ली आने को कहा और नागरिकों को भी किसानों की परेड में आमंत्रित किया गया।

इस कॉन्फ्रेंस में किसान नेता डॉ. दर्शनपाल ने साफ कहा कि अगर 4 जनवरी की बातचीत विफल हो जाती है और 5 जनवरी को कोर्ट से राहत नहीं मिलती है, तो 6 जनवरी को कुंडली-पलवल-मानेसर (केएमपी) हाईवे पर ट्रैक्टर मार्च किया जाएगा। यह मार्च 26 जनवरी, 2021 की परेड का रिहर्सल होगा। इसके बाद 6 जनवरी से 20 जनवरी के बीच 15 दिन पूरे देश में भंडाफोड़ अभियान चलेगा और किसान दिल्ली की ओर मार्च करेंगे। दिल्ली के इर्द-गिर्द जितने भी शहर हैं, उन्हें 25 जनवरी तक दिल्ली आने का बुलावा दिया गया।

यह वह दिन था जब साल 2020 के 26 नवम्बर से दिल्ली बॉर्डरों पर शुरू हुए अपने आन्दोलन में पहली बार किसानों ने दिल्ली आकर प्रेस कॉन्फ्रेंस की थी। प्रेस कॉन्फ्रेंस में संयुक्त किसान मोर्चे की तालमेल कमेटी के 7 सदस्यों के अलावा किरती किसान यूनियन के नेता राजिन्दर सिंह भी बैठे थे।

इस प्रेस कॉन्फ्रेंस के बाद सिंघु पर किसानों में हलचल बढ़ गई, हर कोई खुश हो रहा था, जैसे बस इसी कार्यक्रम के इन्तजार में दिन काट रहा हो। पत्रकार भी उछल-उछलकर किसान नेताओं से किसान परेड के कार्यक्रम के लिए अधिक जानकारियाँ लेने की कोशिश कर रहे थे मगर नेताओं द्वारा किसान ट्रैक्टर परेड करने का एलान तो किया गया था लेकिन इसकी कोई रूपरेखा नहीं बताई। पत्रकारों के अलावा आम लोगों के जेहन में भी कई सवाल थे। सिंघु पर किसान एक-दूसरे से पूछ रहे थे कि सारा धरना उठकर

दिल्ली जाएगा, या सिर्फ ट्रैक्टर जाएँगे। क्या 26 जनवरी के बाद धरना दिल्ली में ही चलेगा? इन सब सवालों के बीच जवाब बस एक ही था, "अभी पूँछ निकली है, हाथी निकलना बाकी है।"

26 जनवरी, 2021 की किसान परेड के उत्साह, उमंग और सवालों के बीच ही सरकार के साथ 4 जनवरी को बैठक हुई। सरकार के मंत्रियों ने किसान नेताओं को फिर से कानूनों के फायदे समझाने की कोशिश की। किसान नेताओं ने फिर चुप्पी साध ली। नेताओं को मौन बैठा देखकर फिर मंत्री न्यूनतम समर्थन मूल्य (MSP) की कानूनी गारंटी करने की दिक्कतें गिनवाने लगे। जब मंत्री चुप हुए तो किसान नेताओं ने मंत्रियों से कहा, "सरकार कितनी जानें लेना चाहती है। सैकड़ों किसान आन्दोलन के दौरान शहीद हो चुके हैं, अगर किसानों की जान लेने से ही सरकार को शान्ति पड़ती है तो बैठक में आए किसान नेताओं को गोली मार दो। 40 तो बैठक हॉल में अन्दर बैठे हैं और 40 वेटिंग हॉल (प्रतीक्षा घर) में बैठे हैं।" इस बयान के जवाब में मंत्री को कुछ न सूझा और हल्की गरमाहट के बाद अगली बैठक में बातचीत करने का प्रस्ताव रख मंत्री जी चले गए। अगली बैठक 8 जनवरी, 2021 को तय हुई।

इसी बीच 5 जनवरी, 2021 को संयुक्त किसान मोर्चे ने एलान किया कि 26 जनवरी को होने जा रही किसान ट्रैक्टर परेड के लिए 6 जनवरी से जनजागरण अभियान चलाया जाएगा। इसके अलावा, 13 जनवरी को लोहड़ी की आग में तीन खेती बिल जलाने, 18 जनवरी को महिला किसान दिवस मनाने, 23 जनवरी को नेताजी सुभाषचन्द्र बोस के जन्म दिवस को 'आजाद किसान दिवस' के रूप में मनाने के फैसले लिये गए। इस दौरान अडानी-अम्बानी के सामान और सेवाओं का बहिष्कार करने, हरियाणा-पंजाब के टोल प्लाजों को खुला (टोल मुक्त) करने, बीजेपी और राष्ट्रीय लोकतांत्रिक गठबन्धन (NDA) और उनके सहयोगियों का पर्दाफाश करने, बहिष्कार करने और काले झंडे दिखाने और 20 जनवरी को गुरु गोबिन्द सिंह का प्रकाश पर्व मनाने के फैसले भी लिये गए।

इन सभी प्रचारात्मक कार्यक्रमों को पूरे देश में अलग-अलग तौर-तरीके से चलाया गया। ट्रैक्टर मार्च का असर बड़े पैमाने पर पड़ा। केएमपी रोड पर ट्रैक्टर मार्च करने का फैसला 7 जनवरी, 2021 को लागू हुआ और इस मार्च को 26 जनवरी, 2021 को होने वाली किसान परेड की रिहर्सल के रूप में प्रचारित किया गया। इस रिहर्सल परेड का खाका बनाते वक्त संयुक्त

किसान मोर्चा ने तय किया था कि सिंघु बॉर्डर से ट्रैक्टर केएमपी रोड चढ़कर खरखौदा के पिपली टोल प्लाजा तक जाएँगे और टिकरी बॉर्डर से भी ट्रैक्टर बहादुरगढ़ से केएमपी पर चढ़ेंगे और पिपली टोल प्लाजा तक आएँगे। पिपली टोल प्लाजा पर दो घंटे तक जनसभा चलेगी, उसके बाद सभी ट्रैक्टर जिस रास्ते से आए थे, उसी रास्ते से लौट जाएँगे। पूरा ट्रैक्टर मार्च केएमपी के 40 कि.मी. लम्बे रास्ते पर होना था और खरखौदा का पिपली टोल प्लाजा टिकरी और सिंघु बॉर्डर से लगभग आधी दूरी पर स्थित था।

किसानों ने बड़े चाव से इस रिहर्सल परेड में हिस्सा लिया। मोर्चों पर खड़े ट्रैक्टरों के अलावा दिल्ली के आसपास के इलाकों, सोनीपत, पानीपत, झज्झर, रोहतक यहाँ तक कि जींद से भी हजारों ट्रैक्टर केएमपी मार्च में हिस्सा लेने आए। इस ट्रैक्टर परेड में इतने बड़े स्तर पर किसानों की हिस्सेदारी हुई कि हजारों ट्रैक्टर केएमपी पर चढ़ ही नहीं पाए और जो चढ़ पाए वो कई घंटों के जाम के बाद केएमपी पर पहुँचे। ट्रैक्टरों का काफिला इतना लम्बा था कि जब पहला ट्रैक्टर टोल प्लाजा पर पहुँचा तो ट्रैक्टरों की रेल के डिब्बों जैसी लाइन, वहाँ तक लगी थी, जहाँ से यह मार्च शुरू हुआ था और उसके पीछे भी ट्रैक्टर निकलने के लिए तैयार खड़े थे, यानी करीब 20 किलोमीटर लम्बी ट्रैक्टरों की रेल केएमपी पर नई ब्याही दुल्हन की तरह ठहर-ठहर और ठुमक-ठुमक चल रही थी और यही हाल टिकरी बॉर्डर से चले ट्रैक्टरों के काफिले का था।

ट्रैक्टरों की इस रेल के पायलट किसान नेता बलबीर सिंह राजेवाल बने थे। जब ट्रैक्टर पिपली टोल प्लाजे पर पहुँचे तो उन्होंने वहाँ जनसभा नहीं होने दी, और वहाँ खड़े होकर ट्रैक्टरों के पहुँचते ही ट्रैक्टरों को वापस मुड़वाने लग गए। कई नौजवान तब उनके पास गए और तय कार्यक्रम के मुताबिक दो घंटे की जनसभा करने को कहा। नौजवान तर्क दिये जा रहे थे और राजेवाल उनकी एक नहीं सुन रहे थे। इसी दौरान उन्हें एक फोन आया, जिसके जवाब में उन्होंने बस इतना कहा, "हम सब वापसी कर रहे हैं और केएमपी को पक्के तौर पर जाम करने की हमारी कोई योजना नहीं है।"

उसी शाम सिंघु पर नौजवानों की एक बैठक हुई जिसमें यह चर्चा हुई कि राजेवाल ने वहाँ जनसभा शायद इसलिए नहीं होने दी कि कहीं एक बार रुकने के बाद जनता वहाँ से ट्रैक्टर वापस ही न उतारे और केएमपी को भी पक्के तौर जाम न कर दे। इसीलिए वह तयशुदा प्रोग्राम से पीछे हट गए।

पंजाब-हरियाणा के जो लोग केएमपी ट्रैक्टर मार्च में हिस्सा लेने नहीं

पहुँच सकते थे, उन्होंने अपने इलाके में ही ट्रैक्टर मार्च निकाले। ट्रैक्टर मार्च से किसानों के हौसलों को नए पंख मिले और हरियाणा-पंजाब के देहात में ट्रैक्टर मार्च निकालने का एक पूरा दौर ही शुरू हो गया। लगभग हर जिले में जिला स्तरीय, तहसील स्तरीय, ब्लाक स्तरीय, यहाँ तक कि गाँव स्तरीय ट्रैक्टर मार्च निकलने शुरू हो गए। हम पत्रकार जब इन ट्रैक्टर मार्चों को लेकर किसानों से पूछते तो वह एक ही जैसा जवाब देते कि वह 26 जनवरी, 2021 की किसान परेड की तैयारियों के लिए रिहर्सल कर रहे हैं। मार्च में किसान ट्रैक्टरों को सजा-धजाकर पहुँचते। कई नौजवान अपने ट्रैक्टरों से करतब भी दिखाते। 26 जनवरी के लिए किसानों ने ट्रैक्टरों की साजो-सज्जा का काम भी शुरू कर दिया था।

जनवरी की कड़क सर्दी में जनता के उत्साह का आलम यह था कि हरियाणा-पंजाब में बीजेपी नेताओं के घर का घेराव करना, और उनके प्रोग्राम न होने देना आम बात हो गई थी। हरियाणा में तो मुख्यमंत्री का कार्यक्रम तक किसानों ने नहीं होने दिया। किसान नेता गुरनाम चढ़ूनी के आह्वान पर हरियाणा के करनाल जिले में 10 जनवरी, 2021 को होने वाले मुख्यमंत्री के कार्यक्रम को भी नहीं होने दिया गया। दरअसल यह कार्यक्रम मनोहरलाल खट्टर ने किसानों को 'खेती कानूनों के फायदे' समझाने के लिए रखा था। लेकिन जिन्हें फायदे समझाए जाने थे उन्होंने कार्यक्रम के तम्बू उखाड़ दिये, कुर्सी-मेज पलट दी और हेलिकॉप्टर के हेलिपैड को तहस-नहस कर दिया। मुख्यमंत्री का हेलिकॉप्टर कार्यक्रम स्थल के ऊपर ही घूमता रहा, नीचे नहीं उतर पाया और मुख्यमंत्री को जनसभा रद्द करनी पड़ी। जनवरी में हो रही इन घटनाओं के बीच अमित शाह ने मजबूर होकर बीजेपी के नेताओं और कार्यकर्ताओं को सलाह दी कि हरियाणा में खेती कानूनों को समझाने के लिए कोई खुला कार्यक्रम न करें।

दिल्ली में ट्रैक्टर परेड के कार्यक्रम को लेकर कई उलझनें थीं। पिछले दस सालों से पंजाब और हरियाणा के आन्दोलनों को नजदीक से देखते हुए मेरी एक समझ विकसित हुई थी। 21वीं सदी की शुरुआत से ही पंजाब में हुए ज्यादातर

आन्दोलन, लम्बे और पक्के मोर्चे थे और हरियाणा में छोटे और लड़ाकू किस्म के। पंजाब के वामपंथी रुझान वाले ज्यादातर संगठन दीर्घकालीन डेमोक्रेटिक संघर्ष की थीसिस का हवाला देकर दिल्ली बॉर्डरों पर पक्का मोर्चा लगाकर बैठे रहना चाहते थे और वहीं से लम्बा संघर्ष चलाकर इस आन्दोलन को पूरे भारत में फैलाना चाहते थे। शायद उनका यह फैसला सूबे में पक्का मोर्चा लगाकर आन्दोलन चलाने की रवायत से प्रभावित था। वहीं पंजाब के नौजवानों का मानना था कि लम्बा और पक्का मोर्चा लगाने से मुद्दे का प्रचार-प्रसार करने, जनता को उठाने, लामबन्द करने और आन्दोलन को फैलाने में तो मदद मिलती है, लेकिन जब सरकार सुध नहीं लेती तो लोग थक जाते हैं और आन्दोलन खु-ब-खुद खत्म हो जाते हैं, इसलिए एक खास पड़ाव के बाद आन्दोलन को तेज करना जरूरी है। पंजाब में गुरुग्रंथ साहिब की बेअदबी के मामले में सजा दिलवाने के लिए पंथक जत्थेबन्दियों की अगुवाई में लगा बरगाड़ी मोर्चा और चिट्टी मक्खी के हमले में मुआवजे की माँग करने के लिए लगा बठिंडा मोर्चा आन्दोलन के लम्बे मोर्चे लगाने के उदाहरण हैं। यह पक्के मोर्चे आन्दोलन का माहौल बनाने और भारी संख्या में जनता को लामबन्द करने में कारगर साबित हुए थे। बठिंडा मोर्चे में भी किसान भारी पैमाने पर लामबन्द हुए और बरगाड़ी मोर्चे में तो कई बार 1 लाख लोगों से ज्यादा लोग जुटे। लेकिन मोर्चा लगाने के बाद लोग बैठे रहे और एक समय के बाद ये आन्दोलन खुद-ब-खुद खत्म हो गए। जनता में निराशा घर कर गई, आन्दोलन के नेताओं को गाली देते हुए जनता घरों को लौट गई और वह अपनी माँगों के हिसाब से उतना हासिल नहीं कर पाए, जितने की जरूरत थी।

बॉर्डरों पर लगे पक्के मोर्चों ने किसानों को लामबन्द करने में अहम भूमिका निभाई थी। अब नौजवान और कई किसान संगठन आन्दोलन को आगे ले जाने के लिए 26 जनवरी का संसद मार्च कार्यक्रम चाहते थे। पंजाब के किसान संगठनों के उलट गुरनाम चढ़ूनी और टिकैत दिल्ली के अन्दर जाने की बात कर रहे थे। गुरनाम चढ़ूनी तो 27 नवम्बर का मोर्चा लगने के चार-पाँच दिन बाद ही कहने लगे थे कि यहाँ से उठकर दिल्ली के अन्दर धरना लगाना चाहिए। चढ़ूनी शायद इसलिए जल्दबाजी कर रहे थे क्योंकि हरियाणा वालों को पक्का मोर्चा लगाकर बैठने की आदत नहीं थी, ना ही तजुर्बा था और न ही यह उनके मिजाज के अनुसार था। हालाँकि पक्के मोर्चे की अहमियत उन्हें धीरे-धीरे समझ आने लगी थी। 26 जनवरी की संसद मार्च के लिए सबसे

पहले जोर लगाने वालों में गुरनाम सिंह चढ़ूनी का नाम था। राकेश टिकैत ने भी 5 दिसम्बर, 2020 को मीडिया से बातचीत करते हुए ही कह दिया था कि किसान 26 जनवरी की परेड में शामिल होंगे।

26 जनवरी को होने वाली ट्रैक्टर परेड किसी के भी दिमाग की उपज रही हो, किसानों ने इसे सर-माथे लिया। हरियाणा-पंजाब के किसानों में अलग तरह का उत्साह था। किसान नेताओं ने भी किसान परेड को लेकर बढ़-चढ़कर बयान देने शुरू कर दिये। किसान नेता राकेश टिकैत ने कहा कि सरकार के टैंक के बराबर में किसानों के ट्रैक्टर चलेंगे। गुरनाम सिंह चढ़ूनी का बयान था कि किसान संसद में बिस्तर बिछाकर वहीं रहेंगे और संसद भी किसान चलाएँगे। क्रान्तिकारी किसान यूनियन के डॉ. दर्शनपाल ने बयान दिया कि 26 जनवरी को दिल्ली के अन्दर समानान्तर किसान परेड होगी। किरती किसान यूनियन के राजिन्द्र सिंह ने कहा कि किसान मोदी की छाती पर चढ़कर नाचेंगे।

किसान नेताओं की इस गर्म बयानबाजी के बीच इतिहास का एक किरदार 'बघेल सिंह' जिन्दा हो गया था। पंजाब के जंगी इतिहास में रणजीत सिंह को सबसे बड़े योद्धा के तौर पर देखा जाता है, लेकिन किसान परेड के एलान के बाद बघेल सिंह ने रणजीत सिंह को भी पीछे छोड़ दिया था। सिंघु की स्टेज पर भाषण देने के लिए जो भी चढ़ता, वही बघेल सिंह और सिक्खों द्वारा 18 बार दिल्ली जीतने का जिक्र करता और इस बार फिर दिल्ली को फतेह करने की बात कहता। किसानों को ऊर्जा देने के लिए उनके गौरवमयी इतिहास को याद करवाया जाता और दोबारा ऐसा ही इतिहास रचने के लिए उन्हें प्रेरित किया जाता।

किसानों में भी अपने महान इतिहास और दिल्ली फतेह करने के लिए एक अलग तरह का उत्साह उमड़ आया था और वे ट्रैक्टर परेड के लिए बढ़-चढ़कर तैयारियाँ करने लगे थे। किसान परेड में आने वाली उन सम्भावित दिक्कतों और अड़चनों को दूर करने के लिए ट्रैक्टरों में तब्दीलियाँ (modification) करवाने लगे थे जिनका सामना उन्होंने 26-27 नवम्बर, 2020 को दिल्ली की तरफ बढ़ते हुए किया था। आँसू गैस के गोलों से बचने के लिए बन्द केबिन, लाठियों से ट्रैक्टर और ड्राइवर का बचाव करने के लिए पिंजरानुमा जालियाँ लगवाने के अलावा किसान भारी-भरकम बैरिकेडों, भारी पत्थरों और मिट्टी के डम्फरों को रास्ते से हटाने के लिए ट्रैक्टरों के इंजन की ताकत बढ़वाने लगे। कई ने तो ट्रैक्टरों में ट्रक के इंजन भी फिट करवा लिये। जनवरी महीने

में पंजाब के दोआबा इलाके के ट्रैक्टर मिस्त्रियों के पास इतना काम था कि उन्होंने 10 जनवरी, 2021 के आसपास ही ट्रैक्टर तब्दील करने की नई शाही (पेशगी) पकड़नी बन्द कर दी थी।

किसान आन्दोलन से निपटने के लिए सुप्रीम कोर्ट ने अपने हिसाब से एक अलग मोर्चा खोला, और किसान संगठनों और सरकारी प्रतिनिधियों का एक साझा पैनल बनाने के लिए किसान नेताओं पर दबाव बनाने की कोशिश की। जबकि किसान संगठनों के नेताओं को इस अर्जी में पार्टी भी नहीं बनाया गया था। 16 दिसम्बर, 2020 की सुनवाई में कोर्ट ने कोविड का हवाला देकर किसानों का धरना उठवाने के लिए लगवाई गई अर्जियों पर सुनवाई करते हुए कहा कि किसानों का मुद्दा 'राष्ट्रीय मुद्दा' है। कोर्ट ने कहा कि केन्द्र सरकार की बातचीत 'काम नहीं करेगी और यह दोबारा असफल ही होगी'। इसी तर्क के साथ कोर्ट ने किसान संगठनों और सरकारी प्रतिनिधियों का एक पैनल बनाने का सुझाव दिया।

शीर्ष कोर्ट के प्रस्ताव जैसा ही मसौदा केन्द्र सरकार ने 1 दिसम्बर, 2020 को हुई तीसरे दौर की बातचीत में किसानों के नुमाइंदों के सामने रखा था। किसानों का विश्वास जीतने के लिए सुप्रीम कोर्ट ने सरकार से यह आश्वासन देने को कहा कि वह किसानों पर कोई प्रतिकूल कार्रवाई नहीं करेगी। संयुक्त किसान मोर्चा से जुड़े कई बड़े नेताओं ने इस कदम को सुप्रीम कोर्ट का सकारात्मक रुख बतलाया, तो कई अभी भी इस पर शक करते रहना चाहते थे।

इससे भी आगे बढ़कर सुप्रीम कोर्ट ने किसान नेताओं को केस में पार्टी बनाने का आदेश देकर किसान आन्दोलन को कोर्ट के दायरे में घसीटने की कोशिश की, जबकि किसान नेताओं ने सुप्रीम कोर्ट से ऐसा कोई अनुरोध नहीं किया था। इसके उलट हरमीत सिंह लक्खोवाल को तो सुप्रीम कोर्ट में तीन कानूनों के बारे में अर्जी लगाने के कारण 31 संगठनों के गठजोड़ से निलम्बित कर दिया था और उन्हें सुप्रीम कोर्ट से अर्जी वापस उठाने को कहा था। उनके अर्जी वापस लेने के बाद ही उनके संगठन को वापस बहाल किया गया लेकिन हरमीत सिंह लक्खोवाल के मीटिंग में आने पर पाबन्दी लगा दी गई।

सिंघु पर 32 किसान संगठनों की पंचायत बैठी तो उसने सुप्रीम कोर्ट की इस एंट्री का लब्बोलुआब यह निकाला कि कोर्ट मानवीय चेहरे की आड़ में सरकार की ही भाषा बोल रहा है इसलिए आन्दोलन से जुड़े लोगों को सुप्रीम कोर्ट के सामने पेश नहीं होना चाहिए।

सुप्रीम कोर्ट में सुनवाई के वक्त याचिकाकर्ता की तरफ से भारत के सबसे महँगे वकील हरीश साल्वे पेश हुए थे, जिनकी फीस देना अर्जी लगाने वाले के बूते से बाहर है। यह साफ था कि इसके पीछे कोई बड़ी शक्ति काम कर रही थी, क्योंकि भीमा-कोरेगाँव केस में भी शिकायतकर्ता की ओर से हरीश साल्वे ही पेश हुए थे। वह अन्तर्राष्ट्रीय कोर्ट में चल रहे कुलवंत जादव के अहम केस को बीच में छोड़कर इस केस के लिए यहाँ आए थे।

जनता का जोशीला मूड और किसान परेड की तैयारियाँ मोदी सरकार के लिए चिन्ता का सबब बन रही थीं। दिल्ली पुलिस ने सुप्रीम कोर्ट में 26 जनवरी, 2021 की किसान परेड पर रोक लगाने की दरख्वास्त लगाई। 11 जनवरी को सुनवाई के दौरान वकील हरीश साल्वे ने कहा कि किसान आन्दोलन में खालिस्तानी घुसपैठ कर गए हैं। वैन्कूवर, कनाडा की संस्था सिक्ख फॉर जस्टिस ने रोष-प्रदर्शन में शामिल होने वाले लोगों को 10 हजार रुपये देने का एलान किया है। भारत के अटॉर्नी जनरल के.के. वेणुगोपाल ने भी किसान आन्दोलन में खालिस्तानियों की घुसपैठ की बात कही।

उसके बाद सरकार ने आन्दोलन में मददगार लोगों को राष्ट्रीय जाँच एजेंसी (NIA) के जरिये पूछताछ के नोटिस भेजने शुरू कर दिये। हालाँकि सुप्रीम कोर्ट के बेंच ने सरकार के इस रुख पर ताज्जुब जताते हुए कहा कि सरकार खुद इन कानूनों को सस्पेंड कर दे, वरना वह इन कानूनों को सस्पेंड कर देगी। यह सरकार की पेशकश पर मोहर लगाने जैसा था। सरकार ने भी किसान नुमाइंदों के सामने 'निरस्त' करने के अलावा कोई और शब्द बरतने का प्रस्ताव रखा था और यह काम सुप्रीम कोर्ट ने ही कर दिया।

मजेदार बात यह कि 8 जनवरी को सरकार और किसानों की बैठक में ही खेती-बाड़ी मंत्री नरेन्द्र सिंह तोमर ने किसानों से कहा था कि इस मसले का सबसे अच्छा हल सुप्रीम कोर्ट करेगी और किसान नेताओं को अगली सुनवाई में पेश होना चाहिए। उन्होंने इस मामले को तेजी से हल करने के लिए रोजाना सुनवाई का सुझाव भी दिया था।

11 जनवरी, 2021 को सुप्रीम कोर्ट की सुनवाई के मद्देनजर सरकार

और किसानों की बातचीत की अगली बैठक सीधे 15 जनवरी को रखी गई। 12 जनवरी को सुप्रीम कोर्ट ने तीनों कानूनों पर अस्थायी तौर पर रोक लगा दी थी। कोर्ट ने कानूनों पर विभिन्न पक्षों से राय-मशविरा करने और उसकी बुनियाद पर सुप्रीम कोर्ट में एक रिपोर्ट पेश करने के लिए एक चार सदस्यीय कमेटी बना दी और आन्दोलनरत किसान संगठनों को भी इस कमेटी के सामने अपना पक्ष रखने को कहा।

कमेटी के चारों सदस्य इन तीन खेती कानूनों के पक्ष में रहे हैं। एक सदस्य ने तो इस कमेटी में नामित होने के बाद भी अखबार में इंटरव्यू दिया कि अगर ये कानून आज निरस्त किए गए तो अगले 50 साल में कोई भी सरकार इन कानूनों को दोबारा लाने की हिम्मत नहीं करेगी, जबकि खेती के विकास के लिए ये कानून जरूरी हैं। ज्यादा हल्ला-गुल्ला मचने पर इस कमेटी में पंजाब से लिये गए सदस्य भूपेन्द्र मान ने इस्तीफा दे दिया।

संयुक्त किसान मोर्चा ने इस कमेटी के सामने अपनी बात रखने से यह कहकर मना कर दिया कि हम इस मसले का हल सरकार से चाहते हैं, दूसरे इस कमेटी के सारे सदस्य इन तीनों कानूनों के पक्ष में हैं।

8 जनवरी, 2021 की बातचीत नाकाम होने के बाद संयुक्त किसान मोर्चे ने 11 जनवरी की सुनवाई के मामले में वकीलों से कानूनी सलाह लेने के लिए एक लीगल कमेटी बना दी और बलबीर सिंह राजेवाल, दर्शनपाल, प्रेम सिंह भंगू, राजिन्द्र सिंह, जगमोहन सिंह को यह जिम्मेवारी सौंपी। इस टीम ने दुष्यंत दवे, प्रशान्त भूषण, कोलिन गोंजाल्विस और एचएस फुल्का से कानूनी सलाह लेने के साथ-साथ उन्हें किसानों की ओर से सुप्रीम कोर्ट में पेश होने के लिए भी कह दिया, जबकि पहले संयुक्त किसान मोर्चे का फैसला था कि हम सुप्रीम कोर्ट में पेश नहीं होंगे।

किसानों की तरफ से पेश हुए इन वकीलों ने 11 जनवरी, 2021 को कानूनों को निलम्बित करवाकर विशेषज्ञों की कमेटी बनाने के सुप्रीम कोर्ट के मुँहजबानी सुझाव पर सकारात्मक रुख अपनाया। कई किसान संगठनों ने इस पर एतराज जताया और 32 संगठनों की बैठक में वकीलों को सुप्रीम कोर्ट में पेश होने से मना करने को कहा। उनका तर्क था कि किसानों और सरकार के बीच बातचीत चल रही है, और हम सुप्रीम कोर्ट में इस मामले को लेकर गए ही नहीं, इसलिए सुप्रीम कोर्ट का सुझाव भी हमें मान्य नहीं है। साथ ही

उन्होंने मंत्रियों के इस दावे का भी विरोध किया कि कानून रद्द करने के बारे में फैसला सुप्रीम कोर्ट ले। उनका कहना था कि लोकसभा भारत के लोगों द्वारा चुने गए नेताओं का सदन है। ये कानून संसद ने बनाए हैं और इनको रद्द भी संसद ही करे।

लीगल टीम को वकीलों ने सुप्रीम कोर्ट की कानून को सस्पेंड करने और विशेषज्ञ कमेटी बनाने की बात मानने की सलाह दी। इस पर लीगल टीम को किसान नेताओं ने समझाया कि वकील किसान आन्दोलन को गाइड न करें, उसकी मदद करें। वकील नाराज हो गए और लीगल टीम के साथ हो रही बैठक से उठकर चले गए। बाद में लीगल टीम ने प्रशान्त भूषण और एच.एस. फुल्का को मनाया और संयुक्त किसान मोर्चे की बैठक में प्रशान्त भूषण को वकीलों का पक्ष रखने के लिए बुलाया। प्रशान्त भूषण ने सुप्रीम कोर्ट द्वारा तीनों कानूनों को सस्पेंड करने के फैसले पर रजामंदी देने का स्टैंड ही दोहराया। उस वक्त किसान नेताओं का एक हिस्सा कानून सस्पेंड करवाने पर राजी था लेकिन चुप्पी मारे बैठा था। इस चुप्पी की परतें कुछ दिनों बाद जाकर खुलीं।

इसी तनातनी के बीच सरकार के साथ किसान संगठनों की बैठक की तारीख 19 जनवरी के बजाय 20 जनवरी हो गई। बैठक में सरकार ने किसान नेताओं के सामने तीनों कानूनों को डेढ़ साल के लिए सस्पेंड करने का प्रस्ताव रखा और कहा कि इस बाबत सरकार सुप्रीम कोर्ट में हलफनामा दे देगी। साथ ही तीनों कानूनों पर चर्चा करने के लिए सरकारी नुमाइंदों और किसान नुमाइंदों की संयुक्त कमेटी बनाने का प्रस्ताव भी दिया जिसमें MSP की गारंटी देने के लिए नया कानून लाने की माँग पर भी चर्चा की जानी थी। पहली बार किसान नेताओं ने तीनों कानूनों को निरस्त (रद्द) करने पर 'हाँ' या 'ना' में जवाब देने के अपने फैसले से पीछे हटते हुए कहा कि हम इस प्रस्ताव पर आपस में चर्चा करके जवाब देंगे। सरकार के साथ अगली बैठक 22 जनवरी, 2021 को होनी तय हुई। इसी बैठक में सरकार के प्रस्ताव पर किसान नेताओं द्वारा जवाब दिया जाना था। सरकार के इस प्रस्ताव पर पंजाब के 32 संगठनों की बैठक में काफी तीखी बहस हुई। 21 जनवरी को हुई इस बैठक में 17 किसान संगठनों ने कानूनों को निरस्त करवाने के हक में बहस की, जबकि 15 किसान संगठनों के नुमाइंदों ने डेढ़ साल के लिए कानून सस्पेंड करने के सरकारी प्रस्ताव पर अपनी रजामंदी दिखाई। कानून सस्पेंड करने के हक

में बात रखने वालों में बलबीर राजेवाल, डल्लेवाल, हरमीत कादियाँ, मंजीत राय, कुलवंत संधू, बलदेव सिरसा और बहरामके मुख्य थे। लेकिन प्रस्ताव पर वोटिंग के वक्त समीकरण बदल गए और 19 संगठनों ने सरकारी प्रस्ताव खारिज करने के हक में वोटिंग की, जबकि प्रस्ताव की हिमायत में मात्र 11 संगठनों ने वोट डाले। दो संगठनों ने वोट दिया ही नहीं।

समीकरण बदलने का एक कारण यह भी था कि कई किसान नेताओं को पता था, कि बाकी दिनों की तरह इस मीटिंग के मिनट्स भी लिखे जा रहे हैं, इसलिए जिस प्वाइंट के लिए बातचीत में सहमति दिखा रहे थे, वोटिंग में उससे पलट गए। कई अहम नेता ऐसे ही करते थे। माहौल कुछ और बनाते थे, पर जब अपना स्टैंड लिखवाने की बारी आती तो पॉलिटिकली करेक्ट स्टेटमेंट लिखवाने की कोशिश करते। जिन लोगों ने मीटिंग की मिनट्स में भी सरकार के प्रस्ताव पर सहमति दी, वे थे किरणजीत सेखों और कुलवंत संधू। किसान नेता गुरबख्स बरनाला, प्रेम सिंह भंगू, बलदेव सिरसा, बूटा सिंह, बलजीत लताला ने लिखवाया कि अगर सरकार इन कानूनों को 3 साल तक सस्पेंड कर दे तो वे सहमत हो जाएँगे। हरमीत कादियाँ और सतनाम बहरू कह रहे थे कि निलम्बन अगर 4 साल के लिए हो जाए तो वे भी सहमत हो जाएँगे।

मोर्चे की कुंजी बने 7 नेता दर्शनपाल, बलबीर सिंह राजेवाल, जगजीत सिंह डल्लेवाल, कुलवंत सिंह संधू, हरिंदर सिंह लक्खोवाल और बूटा सिंह ने कानून को सस्पेंड करवाने के हक में बहस की, लेकिन वोटिंग के वक्त डल्लेवाल और दर्शनपाल ने पलटी मारते हुए रद्द करने के हक में वोट कर दी। वहीं राजेवाल ने चालाकी दिखाते हुए वोटिंग से बचने के लिए बहाना बनाया कि मैं तो तुम्हारा प्रवक्ता हूँ, जहाँ कहोगे वहीं खड़ा हो जाऊँगा, गिनती आप मुहारे बहुत बढ़ रही है, जो आप कंट्रोल कर पाओ वो फैसला लो, मैं आपके साथ हो जाऊँगा। इस तरह मोर्चे के 7 अहम नेताओं में से 4 कानून सस्पेंड करवाने के हिमायती थे। यही सात नेता आन्दोलन के बड़े चेहरे भी बने। इनमें से 3 संयुक्त किसान मोर्चे की 7 सदस्यीय तालमेल कमेटी के सदस्य हैं और उनकी सहमति के बिना 32 किसान संगठनों के गठजोड़ और संयुक्त किसान मोर्चे में कोई फैसला नहीं हो सकता।

संयुक्त किसान मोर्चे की 7 सदस्यीय तालमेल कमेटी में भी निलम्बन के

प्रस्ताव पर सहमति जताने का ही रुझान हावी था। कमेटी के सदस्य गुरनाम सिंह चढ़ूनी ने मुझे बताया, "बलबीर सिंह राजेवाल, जगजीत सिंह डल्लेवाल के अलावा सीपीएम के नेतृत्व वाली अखिल भारतीय किसान सभा ने भी कानूनों के सस्पेंशन की हिमायत की है। राष्ट्रीय किसान महासंघ के नुमाइंदे डल्लेवाल ने भी कानून सस्पेंड करवाने के हक में बहस की है, और संयुक्त किसान मोर्चे में राष्ट्रीय किसान महासंघ के दूसरे नुमाइंदे शिवकुमार कक्का भी सहमत थे। दर्शनपाल ने कहा था कि हमें कृषि कानूनों को रद्द करवाने पर बहस करनी चाहिए, तभी इस प्रपोजल से ज्यादा भी कुछ हासिल हो सकता है।" जबकि चढ़ूनी की राय थी कि अगर सरकार MSP की कानूनी गारंटी करने का कानून बनाने पर राजी हो जाए तो तीन कानून सस्पेंड करने के सरकार के प्रस्ताव को माना जा सकता है।

जनवरी में किसानों का उत्साह सातवें आसमान पर था। किसान परेड में भाग लेने की जनता की तैयारियों के बीच ब्रिटेन के प्रधानमंत्री बोरिस जानसन ने 26 जनवरी को होने वाली भारत सरकार की परेड में शामिल होने से इनकार कर दिया। अपने मेहमान के इनकार से बौखलाई सरकार ने सुप्रीम कोर्ट में खालिस्तानी घुसपैठ की दलील देकर किसान परेड रुकवाने की कोशिश की। सरकार की इस दलील के बाद किसान नेता बलबीर सिंह राजेवाल को भी खालिस्तानियों की घुसपैठ की चिन्ता सताने लगी। उन्होंने 32 संगठनों की बैठक में कहा कि उनकी रातों की नींद उड़ गई है। जनता ट्रैक्टरों में छतरी, बम्पर वगैरह लगवाकर ऐसे तैयारियाँ कर रही है मानो बगावत करने आ रही हो और 26 जनवरी को ही आर-पार की लड़ाई करनी हो। इस गरम माहौल को हमें अपने भाषणों से ठंडा करना होगा। खालिस्तानियों का विरोध करना होगा। गरम भाषण देना बन्द करना होगा। अगर जनता इसी तरह जोशो-खरोश में रही तो 20 जनवरी के बाद आन्दोलन हम नेताओं के हाथ से निकल जाएगा।

राजेवाल ने 14 जनवरी को जनता को शान्त करने के लिए *पंजाबी ट्रिब्यून* में एक खुला खत भी लिखा और उसी दिन उनका एक और बयान भी छपा कि किसान परेड दिल्ली की सरहदों पर होगी। इस बयान के बाद किसानों में

रोष भर गया। सोशल मीडिया पर बलबीर राजेवाल से पूछा जाने लगा कि वे किसान परेड को सिर्फ बॉर्डरों पर क्यों करवाना चाहते हैं, दिल्ली के भीतर क्यों नहीं? जनता में बढ़ते रोष के कारण कुछ ही घंटों में किसान नेताओं ने *पंजाबी ट्रिब्यून* में छपी खबर को एडिट करवा दिया। उन दिनों राजेवाल के साथ रहने वाले उनके एक सहयोगी ने मुझे बताया, "यह खुला खत पंजाब के एक बड़े अफसर ने उनके पास बैठकर लिखवाया था, जिसका मकसद 26 के माहौल को ठंडा करना था।"

उसी दिन राजेवाल ने सिंघु के स्टेज से भाषण भी दिया। उन्होंने कहा, "हम यहाँ कोई बगावत करने नहीं आए हैं। हमने कोई लाल किले पर झंडा नहीं फहराना है और 26 जनवरी को कोई आर-पार की लड़ाई नहीं होने वाली। ट्रैक्टरों पर छतरियाँ, बम्फर लगवाना बन्द करो। यह आन्दोलन लम्बा चलेगा। हमें इस आन्दोलन को शान्तिमय रखना है। केवल शान्तिमय आन्दोलन ही सफल होते हैं। हम यहाँ सिर्फ तीन कानून रद्द करवाने आए हैं। जिसको खालिस्तान बनाना है वो अमेरिका में जाकर बनाए। हमने माताओं के पुत्र नहीं मरवाने।"

राजेवाल के इस भाषण और खुले खत से किसानों में रोष भर गया। किसान नेताओं का एक छोटा धड़ा भी राजेवाल से नाखुश था। इस धड़े में बीकेयू (क्रान्तिकारी) के प्रधान सुरजीत सिंह फूल का नाम भी था। उन्होंने राजेवाल के भाषण के जवाब में स्टेज से ही एक भाषण दिया। उनका कहना था कि जनता 26 नवम्बर, 2020 के तजुर्बों के आधार पर अपना बचाव करने के लिए ट्रैक्टरों में तब्दीलियाँ करवा रही है और किसान परेड दिल्ली के भीतर ही होगी, चाहे सूरज इधर से उधर हो जाए।

पंजाब के 32 संगठनों के ज्यादातर किसान नेता राजेवाल को मसीहा मानते थे और उनकी कही हर बात को बिना सवाल किए मान लेते थे। लेकिन सुरजीत फूल उन किसान नेताओं में से एक थे जो राजेवाल के हर बयान और एक्शन पर कठिन सवाल-जवाब करते थे। इन दोनों में आपस में कुछ तनातनी भी थी, जिसका कारण 27 नवम्बर, 2020 को बुराड़ी मैदान न जाने का फैसला था। दरअसल जब राजेवाल किसानों को बुराड़ी मैदान ले जाना चाहते थे तो सुरजीत फूल ने उनका विरोध करते हुए कहा था कि राजेवाल किसानों को सरकारी खुली जेल में कैद करना चाहते हैं। राजेवाल को जनता के फैसले

के सामने पीछे हटना पड़ा था। इन दोनों की तनातनी के बीच सुरजीत सिंह फूल पर राजेवाल की मुखालफत करने का आरोप लगाते हुए पंजाब के 32 संगठनों ने एक पाँच सदस्यीय जाँच कमेटी बना दी। इस कमेटी में प्रेम सिंह भंगू, निहालगढ़ आदि शामिल थे।

राजेवाल की आन्दोलन को ठंडा रखने की बात के बारे में हरियाणा के किसान नेता गुरनाम सिंह चढ़ूनी ने भी बयान दिया था। उन्होंने कहा था कि हमने ट्रैक्टर धूप दिखाने के लिए नहीं मँगाए हैं। उनके इस बयान के बाद उनकी नकेल कसने के लिए संयुक्त किसान मोर्चा की बैठक में राजेवाल ने अपने समर्थकों से उनकी खिंचाई करवाई थी।

सरकार के साथ 15 जनवरी, 2021 की बैठक भी बेनतीजा रही। किसान तीन कृषि कानूनों को रद्द करवाने की माँग करते रहे और सरकार के प्रतिनिधि इन कानूनों में संशोधन का प्रस्ताव देते रहे। अगली बैठक 19 जनवरी की तय हुई। बैठक के बाद दर्शनपाल ने मुझे बताया, "सरकार ने हमें 'छोटा ग्रुप बनाकर' बातचीत करने का प्रस्ताव दिया था, जोकि हमें मंजूर नहीं था।"

उसी दिन किसान नेता राकेश टिकैत ने 'आजतक' से अपनी बातचीत में कहा कि अगर सुप्रीम कोर्ट कहेगी तो हम 26 जनवरी को ट्रैक्टर रैली नहीं निकालेंगे।

उसी दिन संयुक्त किसान मोर्चा ने अपना प्रेसनोट जारी कर बताया कि "26 जनवरी की किसान गणतंत्र परेड के सम्बन्ध में अनेक भ्रांतियाँ फैल रही हैं। हम यह स्पष्ट कर रहे हैं कि किसानों की इस परेड से भारत सरकार की परेड को नुकसान पहुँचाने का हमारा कोई मकसद नहीं है। 17 जनवरी को किसान संगठनों की मीटिंग में और 18 जनवरी को सुप्रीम कोर्ट की सुनवाई के बाद ही इस परेड की विस्तृत योजना बताई जाएगी।"

उस दिन के प्रेसनोट में मोर्चे ने सिक्ख फॉर जस्टिस के उस बयान की कड़ी निन्दा की जिसमें लाल किले पर खालिस्तान का झंडा फहराने वाले को 2.5 मिलियन डॉलर इनाम देने का एलान किया गया था। संयुक्त किसान मोर्चे ने किसानों से अनुरोध किया कि 'इस तरह के संगठनों से सतर्क' रहें।

किसानों के उत्साह, गर्मजोशी और तैयारियों को देखकर किसान नेताओं को महसूस हो रहा था कि 26 जनवरी को वह हो सकता है जो भारत के इतिहास में आज तक नहीं हुआ। उन्हें बगावत की चिन्ता सताए जा रही थी। ज्यादातर इस बात से आशंकित थे कि 26 जनवरी को खून-खराबा न हो जाए। किसान

नेता कैसे भी करके इस गर्म माहौल को ठंडा करना चाहते थे। इसीलिए किसान नेताओं ने 18 जनवरी की सुनवाई से पहले सुप्रीम कोर्ट के सामने अपनी छवि बेहतर बनाने की कोशिश करते हुए 26 जनवरी की किसान परेड का नाम बदलकर 'किसान गणतंत्र दिवस परेड' कर दिया और एलान किया कि हम भी देश के जवानों के साथ गणतंत्र दिवस मनाना चाहते हैं। 17 जनवरी को जारी किए गए अपने प्रेसनोट में मोर्चे ने एलान किया कि 26 जनवरी, 2021 को देश के अन्नदाता देश के जवानों के साथ गणतंत्र दिवस मनाना चाहते हैं। एक अनुशासित परेड निकालकर देश के गर्व को बरकरार रखना चाहते हैं। किसी भी असामाजिक तत्त्व को इसमें घुसपैठ करने की अनुमति नहीं दी जाएगी। मोर्चे ने यह भी कहा कि परेड शान्ति से होगी, और आधिकारिक गणतंत्र दिवस परेड को बाधित नहीं करेगी। राष्ट्रीय विरासत स्थलों, या किसी अन्य साइट को कोई खतरा नहीं होगा। इसी एलान में किसान परेड की जगह भी 'आउटर रिंग रोड' घोषित की गई। मोर्चे ने स्पष्ट किया कि 'सभी किसान वाहनों पर भारत के राष्ट्रीय ध्वज को फहराएँगे और इसमें किसान संगठन के झंडे भी लगाए जाएँगे।'

इस तरह नेताओं ने किसानों की 'रोष परेड' को 'गणतंत्र दिवस परेड' में तब्दील कर दिया। यह केवल नाम की तब्दीली नहीं थी। इस तब्दीली के साथ किसान नेताओं ने दो निशाने एक साथ साधे थे। पहला, वह सुप्रीम कोर्ट को भारतीय राजसत्ता के प्रति अपनी वफादारी का सन्देश देने में कामयाब रहे थे और दूसरे उन्होंने इस आन्दोलन के जरिये क्रान्ति का सपना देखनेवाले लोगों से खुद को अलग कर लिया।

जो किसान नेता और नौजवान जनता में किसान परेड का बढ़-चढ़कर प्रचार कर रहे थे, उन्हें दूसरे किसान नेताओं का आन्तरिक विरोध झेलना पड़ रहा था। इस कड़ी में पहला नाम गुरनाम सिंह चढ़ूनी का था। गुरनाम हरियाणा के सबसे बड़े किसान नेता बनकर उभरे थे और उन्होंने ही किसान परेड के लिए सबसे अधिक जोर लगाया था। गुरनाम के पर कुतरने के लिए राष्ट्रीय किसान महासंघ के नेता शिवकुमार कक्का ने संयुक्त किसान मोर्चे में गुरनाम सिंह

चढ़ूनी पर एजेंडा लगवाया कि वो किसान संसद करने के नाम पर विपक्षी राजनैतिक पार्टियों के लीडरों से मिल रहे हैं और उनके साथ एक सभा करने वाले हैं। संयुक्त किसान मोर्चे ने गुरनाम सिंह चढ़ूनी के विपक्षी पार्टियों के नेताओं से बैठक करने पर रोक लगा दी। लेकिन गुरनाम सिंह चढ़ूनी इसके बावजूद यह कहकर इस बैठक में शामिल हुए कि बैठक पहले से तय थी, और आगे से वह किसी विपक्षी पार्टी के साथ बैठक नहीं करेंगे।

दरअसल प्रशान्त भूषण और कुछ बुद्धिजीवियों ने मिलकर किसान संसद नाम का एक कार्यक्रम आयोजित किया था, जिसमें विपक्षी राजनैतिक पार्टियों के संसद सदस्यों को भी बुलाया गया था। इसी सिलसिले में बुद्धिजीवियों ने विपक्षी राजनैतिक पार्टियों के साथ एक बैठक रखी थी, जिसमें गुरनाम सिंह चढ़ूनी को भी शामिल होना था।

शिवकुमार कक्का इसी बैठक पर एतराज जता रहे थे। संयुक्त किसान मोर्चे ने गुरनाम चढ़ूनी को निलम्बित कर दिया और मामले की जाँच के लिए 6 सदस्यीय एक कमेटी बना दी। साथ ही यह भी तय किया कि यह बात जनता और प्रेस में नहीं जानी चाहिए। इसके बावजूद शिवकुमार कक्का ने *दैनिक भास्कर* के एक रिपोर्टर को इस बारे में बता दिया और साथ में चढ़ूनी पर यह आरोप भी लगाया कि चढ़ूनी ने हरियाणा सरकार गिरवाने के लिए कांग्रेस से 10 करोड़ रुपये लिये हैं। अगले दिन यह *दैनिक भास्कर* की मुख्य सुर्खी थी। इसके बाद पूरे मोर्चे और किसानों के बीच यह एक बड़ा मुद्दा बन गया।

हरियाणा के किसानों ने सोशल मीडिया पर गुरनाम सिंह चढ़ूनी के हक में लिखना शुरू कर दिया और संयुक्त किसान मोर्चा पर आरएसएस में रहे किसान नेताओं से मिलीभगत कर हरियाणा के एकमात्र किसान नेता को हटाने का आरोप लगाया। हरियाणा के किसान इसे अपने साथ भेदभाव बता रहे थे और साथ ही चुनावी राजनैतिक दलों से सम्बन्धित स्वराज पार्टी के योगेन्द्र यादव और सीपीएम के पूर्व सांसद (लोकसभा) हन्नान मोल्ला के संयुक्त किसान मोर्चा की तालमेल कमेटी में होने पर भी सवाल उठाने शुरू कर दिये। यह मुहिम बड़े स्तर पर वायरल हुई।

मुहिम के दबाव में संयुक्त किसान मोर्चा के नेताओं ने पीछे हटते हुए गुरनाम सिंह चढ़ूनी को बहाल कर दिया। लेकिन गुरनाम सिंह चढ़ूनी और अन्य किसान नेताओं ने संयुक्त किसान मोर्चा की बैठक में शिवकुमार कक्का पर कार्रवाई की माँग करते हुए उन्हें संयुक्त किसान मोर्चा से हटाने की माँग

की। इस बाबत संयुक्त किसान मोर्चा ने एक जाँच कमेटी का गठन किया। लेकिन जगजीत सिंह डल्लेवाल, शिवकुमार कक्का पर किसी भी कार्रवाई के खिलाफ थे और अपना रोष जाहिर करते हुए बैठक से उठकर बाहर चले गए। एक भी कमेटी सदस्य ने उन्हें बाहर जाने से नहीं रोका।

26 जनवरी, 2021 की किसान परेड से पहले गोविंदाचार्य के संरक्षण में बने राष्ट्रीय किसान महासंघ के नेता जगजीत सिंह डल्लेवाल और शिवकुमार कक्का को मोर्चे में शक की नजर से देखा जाने लगा। मोर्चे में शामिल नौजवानों को काबू करने के लिए डल्लेवाल ने भी कई छात्र संगठनों और युवाओं पर आन्दोलन को खत्म करने के आरोप लगाए थे। इनमें एसएफएस नाम की छात्र जत्थेबन्दी का नाम प्रमुख था।

दरअसल एसएफएस पंजाब और हरियाणा की प्रतिष्ठित पंजाब यूनिवर्सिटी में सक्रिय एक वामपंथी रुझान वाला छात्र संगठन है, जिसमें पंजाब और हरियाणा के देहात से आनेवाले नौजवान बड़ी संख्या में जुड़े हैं। यह संगठन मोर्चों पर रह रहे नौजवानों को एकजुट कर संयुक्त किसान मोर्चे के नेताओं से सवाल-जवाब भी करता था और ट्रॉली-दर-ट्रॉली घूमकर पर्चे भी बाँटता था। दिल्ली मोर्चे की शुरुआत में ही आरएसएस से जुड़े रहे कुछ किसान संगठनों के नेताओं ने SFS की सदस्या व भूतपूर्व PUSC अध्यक्षा कनुप्रिया और अन्य लड़कियों को परेशान किया और कानून रद्द करने तक मोर्चों पर डटे रहने का आह्वान करनेवाले पर्चे बाँटने पर एतराज जताया था और उनका टेंट हटवाने की कोशिश की थी, लेकिन आसपास के किसानों ने इकट्ठा होकर टेंट हटवाने आए किसान नेताओं को दौड़ा लिया था।

इन सब कोशिशों के बावजूद चढ़ूनी और फूल दोनों ही अड़े रहे। किसान संगठनों के अलावा इस आन्दोलन में पंजाब के दो बड़े चेहरे भी सक्रिय थे, जिनके कहे को लोग अच्छे से सुन रहे थे और किसान आन्दोलन के मद्देनजर उन्हें सक्रिय कारकुन के नजरिये से भी देख रहे थे। इनमें एक नाम लक्खा सिधाना का था और दूसरा पंजाबी अभिनेता सिद्धू का। मोर्चे के नेताओं ने लक्खा और सिद्धू पर लगाम लगाने की कोशिशें की थीं। लक्खा सिधाना को संयुक्त किसान मोर्चे के स्टेज पर अपनी बात रखने की इजाजत नहीं थी, जिसके लिए सबसे ज्यादा जोर किरती किसान यूनियन ने लगाया था। राजेवाल और डल्लेवाल ने भी लक्खा सिधाना को अलग से बुलाकर नौजवानों को शान्त रखने के लिए कहा। सिंघु पर मौजूद कबड्डी क्लबों से जुड़े खिलाड़ी

और नौजवान 26 जनवरी के आह्वान को स्पष्ट करने के लिए जब पंजाब के 32 संगठनों की बैठक में गए तो उनकी बात पर गौर करने या उनकी सुनने की बजाय किसान नेता उसमें साजिश ढूँढ़ने लगे और उन नौजवानों को काबू करने के लिए तिकड़में करने लगे।

आन्दोलन के बड़े किसान नेता सरकार से किसी भी तरह का टकराव नहीं चाहते थे, इसलिए उस समय जो भी सरकार को घेरने या मोर्चे को तेज करने की बात करता, नेता उन लोगों या संगठनों को अनुशासित रहने का हवाला देकर उन पर अलग-अलग किस्म के प्रतिबंध या रोक लगा देते, जबकि अन्य किसान नेताओं की उसी तरह की 'गलतियों' पर कोई कार्रवाई नहीं की जाती। जिस किसान संसद को आयोजित करने के कारण गुरनाम चढ़ूनी को सस्पेंड किया गया और वापस बहाल करने से पहले किसान संसद में भागीदारी न करने की शर्त लगाई गई, उसी किसान संसद में योगेन्द्र यादव के जाने को कोई मुद्दा भी नहीं बनाया गया। सुरजीत सिंह फूल पर राजेवाल के शान्ति वाले भाषण पर खुलेआम कमेंट करने को बहाना बनाकर जाँच कमेटी बना दी गई, लेकिन राजेवाल द्वारा संयुक्त मोर्चे को बताए बगैर *ट्रिब्यून* अखबार में खुला पत्र लिखने पर किसी ने चूँ तक न की, उलटा उनकी हिमायत में खड़े हो गए।

बाहरी रिंग रोड पर चढ़कर दिल्ली के भीतर किसान परेड करने की लोगों की चाहत इतनी बलवती थी कि 23 जनवरी, 2021 की रात करीब 10 बजे सोशल मीडिया पर चढ़ा यह नक्शा 24 जनवरी, 2021 की सुबह तक वायरल हो चुका था और किसान परेड के लिए आउटर रिंग रोड नहीं दिया जाना आम जनता में चर्चा का विषय बन गया था। लोगों ने संयुक्त किसान मोर्चे के रूट बदलने के फैसले पर उँगली उठाना शुरू कर दिया था।

24 जनवरी, 2021 की सुबह जब मैं सिंघु बॉर्डर पर किसानों के इस गाँव में घूमने निकला तो पाया कि वहाँ किसानों की संख्या में बहुत ज्यादा इजाफा हुआ था। आनेवाले लोग यूनियनों से जुड़े हुए या किसी खास किसान संगठन द्वारा लामबन्द किए गए नहीं थे। ये सब खेती कानूनों को रद्द करवाने के लिए दिल्ली मोर्चों पर अपने आप चलकर आए थे। 24 जनवरी की

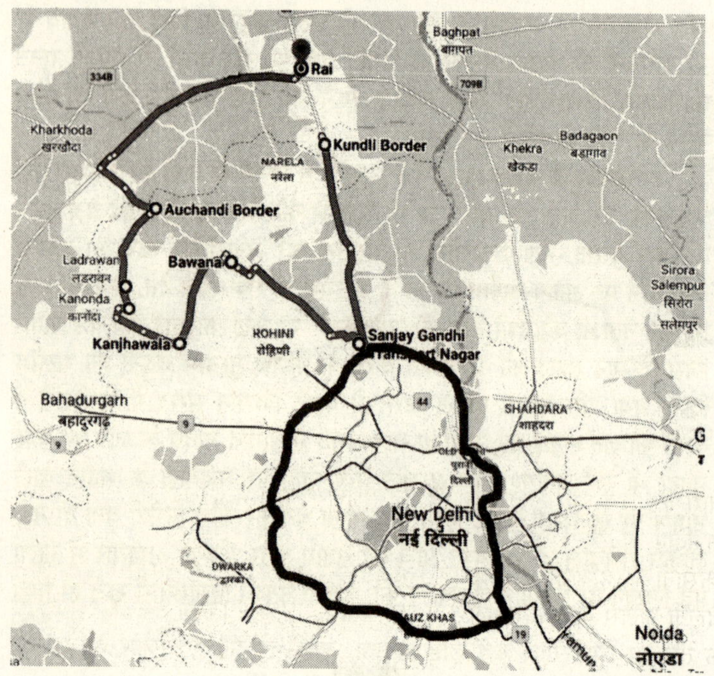

उस सर्द सुबह से पहले भी ऐसे लोगों की संख्या करीब 60 से 70 प्रतिशत थी, लेकिन उस दिन 80 प्रतिशत से भी ज्यादा जमावड़ा इन्हीं लोगों का था। इन लोगों में 71-72 क्रैक महकमा, लक्खा सिधाना, कबड्डी क्लब, खिलाड़ियों के संगठन, पंजाब-हरियाणा के विभिन्न छात्र संगठन, निहंग जत्थेबन्दियाँ, पंथक जत्थेबन्दियाँ, खालिस्तान समर्थक ग्रुप, विभिन्न डेरों के अनुयायी भी इन्हीं लोगों में शामिल थे।

24 जनवरी को किसानों की गिनती हजारों में नहीं, लाखों में थी। सिंघु पर ट्रैक्टरों की बाढ़-सी आई हुई थी और मुरथल तक किसान ही किसान और उनके लम्बे-चौड़े ट्रैक्टर फैले थे। टिकरी बॉर्डर पर भी करीब 20 किलोमीटर तक किसान और उनके ट्रैक्टर सड़क को घेरे हुए थे। शाहजहाँपुर और गाजीपुर बॉर्डर पर भी किसानों की संख्या दो दिन के भीतर ही तीन गुना से भी अधिक हो गई थी। दिल्ली-आगरा रोड पर भी ट्रैक्टरों के काफिले चले आ रहे थे। इस जनउभार से घबराई उत्तर प्रदेश सरकार ने तो ट्रैक्टर मालिकों को नोटिस

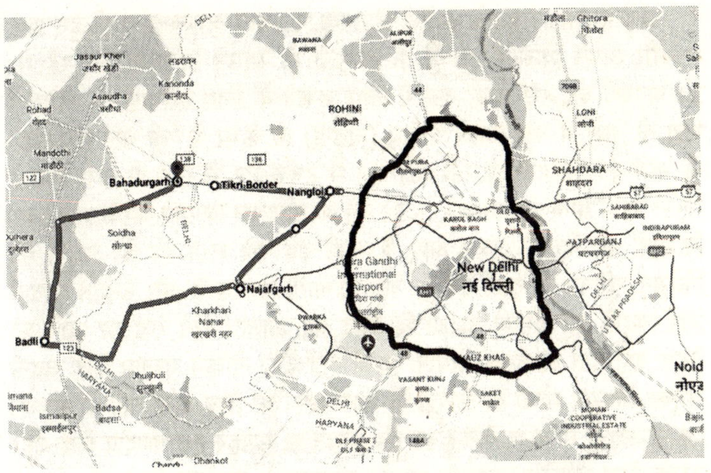

जारी कर दिये और ट्रैक्टरों का हिसाब स्थानीय थानों में देने को कहा। किसान के लिए तो ट्रैक्टर अब भी खेती करने का ही साधन था, परन्तु राज्य उसे किसानों के हथियार के तौर पर चिन्हित कर रहा था। 24 जनवरी की शाम दिल्ली पुलिस के एक डीएसपी ने मुझे बताया, "ट्रैक्टर किसी टैंक के किरदार के तौर पर सिर्फ गोले नहीं छोड़ सकता, बाकी तो वह टैंक जैसा हर काम कर सकता है। ट्रैक्टर किसानों के लिए एक मिनी टैंक साबित हो रहा है।"

किसान संगठनों का अपना समर्पित कैडर बहुत कम था, जो था उसका भी एक बड़ा हिस्सा इसी आन्दोलन के दौरान इन संगठनों के साथ जुड़ा था। इसलिए किसानों की भावनाओं-इच्छाओं के विपरीत फैसले लेकर लागू करना शेर को घास खाने के लिए मनाने जैसा था। लेकिन जनता के तमाम विरोध के बावजूद संयुक्त किसान मोर्चे का नेतृत्व अड़ियल रवैया अपनाए हुए थे और वे किसी भी सूरत में दिल्ली पुलिस द्वारा दिये गए रूट पर ही परेड करना चाहता था। किसान नेताओं के इस अड़ियल रवैये के जवाब में आम किसान रिंग रोड पर ही मार्च करने के लिए अड़े हुए थे और ऐसे रुझान सोशल मीडिया पर आने शुरू हो गए थे। संयुक्त किसान मोर्चा के पेज पर पुलिस द्वारा दिये गए किसान परेड के रूट का नक्शा डलते ही उसके नीचे तीखी प्रतिक्रियाएँ आने लगी थीं। लगभग सभी इस रूट का विरोध कर रहे थे। किसान नेताओं को गालियाँ दे रहे थे। इन प्रतिक्रियाओं में ज्यादातर किसान आउटर रिंग रोड पर परेड करने की माँग कर रहे थे।

बड़े किसान संगठनों के टेंटों में उनके नौजवान कार्यकर्ता बागी हुए खड़े थे और अपने किसान नेताओं के तम्बुओं के सामने नारेबाजी कर रहे थे। 24 जनवरी की उस सुबह जब मैं लंगर छकने के लिए हरियाणा के लंगर में गया तो बाजू में पड़ने वाले बीकेयू (चढ़ूनी) के कैम्प से 'वी वांट रिंग रोड' के नारों की आवाजें आ रही थीं। जब मैं उनके टेंट में गया तो पाया कि दो महीने पहले यानी 26 नवम्बर, 2020 को जो नौजवान किसान बैरिकेड तोड़कर किसानों को दिल्ली लेकर आए थे, वही यह नारे लगा रहे थे। चढ़ूनी की किसान यूनियन के दूसरे दर्जे के नेता भी बागी हो गए थे और उन्होंने गुरनाम सिंह चढ़ूनी को धमकी दी थी कि यदि वह आउटर रिंग रोड पर जाने को तैयार नहीं होते तो उनको प्रधान पद से हटा देंगे। लेकिन गुरनाम सिंह चढ़ूनी संयुक्त किसान मोर्चा के फैसले के उलट जाने के लिए राजी नहीं हो रहे थे। इन नौजवानों में वाटर कैनन का मुँह मोड़ने से मशहूर हुए नवदीप सिंह और उसके पिता जयसिंह जलबेड़ा भी थे। हरियाणा के सोनीपत जिले और दिल्ली देहात में सक्रिय किसान संगठन 'भारतीय किसान पंचायत' के नौजवान भी पुलिस द्वारा दिये गए रूट के खिलाफ हरियाणा के गाँवों से आई ट्रॉलियों में जा-जाकर यह प्रचार कर रहे थे कि यह तो हमारे गाँव-देहात का इलाका है, दिल्ली का नहीं। इस रूट के ज्यादातर हिस्से में हमारे अपने गाँव हैं। हम अपने ही गाँव में किसान परेड करके क्या करेंगे? हम तो दिल्ली के अन्दर परेड करके सरकार पर दबाव बनाने आए थे।

हरियाणा के नौजवानों के साथ-साथ पंजाब के नौजवान भी पंजाब से आईं ट्रॉलियों में जा-जाकर किसानों को पुलिस द्वारा दिये गए रूट के बारे में बता रहे थे। लक्खा सिधाना, SFS, क्रैक महकमा, पंथक जत्थेबन्दियाँ और आन्दोलन में सक्रिय भूमिका निभाने वाले दूसरे नौजवान पंजाब के किसानों को लामबन्द कर रहे थे।

24 जनवरी का दिन चढ़ा तो सुबह-सुबह एक वीडियो पंजाब के 32 किसान संगठनों के बीच आया। इसमें एक नौजवान लोगों को इकट्ठा करके भाषण दे रहा था। वह किसान नेताओं द्वारा पुलिस के रूट पर रजामंद होने को कमजोर फैसला बता रहा था और किसान नेताओं से परेड रूट के बारे में एक बार फिर से विचार करने की अपील कर रहा था। वीडियो में दिख रहे किसान भी किसान नेताओं को आउटर रिंग रोड पर परेड करने के लिए कह रहे थे। इस नौजवान का नाम था—हरमन और वह एसएफएस का सक्रिय कार्यकर्ता था।

इस वीडियो के बारे में पता चला कि यह कुछ देर पहले यानी आज सुबह की ही थी। नौजवान 24 की सुबह से ही मोर्चे पर छोटी-छोटी सभाएँ कर लोगों को लामबन्द कर रहे थे। इसी दौरान कुछ नौजवान मेरे टेंट में आए और मुझे बलबीर राजेवाल का इंटरव्यू करने के लिए कहने लगे। वह पुलिस की शर्तें मानने के पीछे की वजह जानना चाहते थे। मैंने उन नौजवानों को कहा कि मेरी इतनी हैसियत नहीं है कि मैं इतने तीखे सवाल इतने बड़े किसान नेता से सीधे पूछ पाऊँ और न ही मुझे इंटरव्यू करने का कोई तजुर्बा है। निराश होकर वे जाने लगे तो मैंने उन्हें रोककर आज शाम होने वाली प्रेस कॉन्फ्रेंस में शामिल रहने के लिए कहा—"मोर्चे को समझने वाले पत्रकारों को साफ-साफ समझ आ रहा है कि क्या हो रहा है। आज की प्रेस कॉन्फ्रेंस में हम कई पत्रकार ताजा हालात पर किसान नेताओं से सवाल जरूर पूछेंगे। आप लोग भी उनके जवाब सुनने वहाँ आ सकते हैं।"

सिंघु पर एक पता पड़ता है, 'कजारिया टाइल्स'। यह वह पता है जहाँ किसान नेता अपनी बैठकें भी करते थे और उसके बाद प्रेस कॉन्फ्रेंस भी। टाइल्स के इस शोरूम के खुले दालान में 24 की उस शाम जरूरत से ज्यादा लोगों की भीड़ थी। मोर्चे के वॉलंटियर गैर-पत्रकार लोगों को इस दालान के बन्द गेट से बाहर निकालने की असफल कोशिशें कर रहे थे। दरअसल भीड़ सिर्फ पत्रकारों की नहीं थी, मोर्चे पर सक्रिय नौजवान भी वहाँ पहुँचे हुए थे। इस प्रेस कॉन्फ्रेंस के केन्द्र में दिल्ली पुलिस द्वारा दिया गया रूट ही था। आज दिन में ही पंजाब के 32 संगठनों के गठजोड़ ने पुलिस द्वारा किसान परेड करने पर लगाई गई शर्तों के एक बॉन्ड पेपर पर दस्तखत किए थे, जिसकी सूचना मुझे बीकेयू (क्रान्तिकारी) के किसान नेता सुरजीत फूल और आजाद किसान कमेटी के अध्यक्ष हरपाल संघा से मिली। सुरजीत फूल ने बताया कि वह इस बॉन्ड पर दस्तखत नहीं करना चाहते थे, लेकिन मोर्चे द्वारा निकाले जाने की धमकी के कारण उन्होंने भी दस्तखत कर दिये। इस प्रेस कॉन्फ्रेंस में किसान नेताओं ने परेड के लिए जो हिदायतें किसानों को दीं, वही उस बॉन्ड पेपर में पुलिस ने शर्तों के रूप में लिखी थीं। लेकिन प्रेस कॉन्फ्रेंस में पत्रकारों ने बॉन्ड पेपर पर दस्तखत करने के बारे में पूछा तो नेताओं ने साफ इनकार कर दिया।

दिल्ली पुलिस की शर्तें इस प्रकार थीं—

1. किसान परेड में सिर्फ ट्रैक्टर जाएँगे, ट्रॉलियाँ नहीं। सिर्फ गणतंत्र

दिवस की झाँकियों वाली ट्रॉलियों को ही ले जाने की इजाजत दी जाएगी।

2. लाठी जैसा हथियार भी नहीं ले जा सकते।
3. उकसाने वाले या नकारात्मक नारे नहीं लगा सकते।
4. परेड का नेतृत्व किसान नेताओं की गाड़ियाँ करेंगी और कोई भी ट्रैक्टर इन गाड़ियों से आगे नहीं निकलेगा। पुलिस के साथ तय हुए परेड रूट पर ही मार्च होगा।
5. पुलिस और ट्रैफिक वालंटियर रास्ता बताएँगे, अगर कोई भी ट्रैक्टर रूट से भटक गया तो उसके खिलाफ कार्रवाई की जाएगी। कोई भी ट्रैक्टर बिना किसी वजह के कहीं पर नहीं रुकेगा और न ही वहाँ खड़ा रहेगा।
6. सारे ट्रैक्टर और वाहन परेड खत्म होने के बाद शुरुआत वाली जगह पर वापस लौटेंगे—दिल्ली में नहीं रुकेंगे। ट्रैक्टर पर ड्राइवर समेत सिर्फ पाँच लोग होंगे, कोई भी ट्रैक्टर के बोनट, बम्पर या छत पर नहीं बैठेगा, सभी ट्रैक्टर लाईन में चलेंगे और पूरी परेड के दौरान कोई भी एक-दूसरे के आगे नहीं निकलेगा। ट्रैक्टर पर कोई म्यूजिक नहीं बजेगा।
7. परेड के दौरान या पहले कोई भी नशा नहीं करेगा। कोई भी पुलिस वाले के साथ झगड़ा नहीं करेगा। रोड पर कोई कचरा नहीं फेंकना, राशन-पानी-ठंड का इन्तजाम खुद करना होगा।

पुलिस ने यह शर्त भी लगाई थी कि किसान परेड में 5000 से ज्यादा ट्रैक्टर नहीं जाएँगे, परेड तय वक्त-सीमा में खत्म करनी होगी और परेड का नेतृत्व सभी किसान नेता करेंगे। अगर किसान परेड के दौरान इन शर्तों का उल्लंघन हुआ तो किसान नेताओं पर कानूनी कार्रवाई की जाएगी।

24 का दिन सिंघु पर इस गहमागहमी के बीच अस्त हुआ था। गहराती रात में तीखी होती सर्दी के बीच सक्रिय नौजवानों की चाल-ढाल में कोई फर्क नहीं पड़ा और किसान कैंपों में रात भर बैठकों का दौर जारी रहा।

पुलिस द्वारा लगाई गई शर्तें अगले दिन यानी 25 जनवरी, 2021 की सुबह अखबारों की सुर्खियाँ बनकर तैर रही थीं। अखबारों में छपी इन शर्तों ने किसान, खासतौर पर नौजवान किसानों को बिदका दिया था। नौजवान

25 जनवरी की सुबह से ही अलग-अलग जत्थों में मोर्चे की स्टेज के सामने रिंग रोड पर परेड करने से पीछे हटने के फैसले के विरोध में नारेबाजी करने लगे थे। कइयों के हाथ में कुछ पोस्टर भी थे। इसी दिन मोर्चे में सबसे आगे बैठी किसान-मजदूर संघर्ष कमेटी ने दोपहर को प्रेस कॉन्फ्रेंस कर एलान कर दिया कि वह आउटर रिंग रोड पर ही परेड करेंगे।

मेरे लिए 25 जनवरी की सुबह की शुरुआत मेरे एडिटर अभिषेक श्रीवास्तव के फोन से हुई। अभिषेक ने पूछा, "हाँ भाई क्या हाल है। नौजवानों और किसान नेताओं के बीच कोई मामला निपटा?"

मेरा जवाब था, "26 को किसान परेड दिल्ली के भीतर ही होगी, चाहे दुनिया इधर से उधर हो जाए। लोग दिल्ली के भीतर जाकर परेड करने आए हैं, सरहदों और गाँव-देहात में नहीं। माहौल काफी गर्म है और किसान नेताओं की भी शायद मीटिंग चल रही है। शायद वे अपना फैसला बदल लें या कुछ दिन बाद शुरू होने जा रहे संसद सत्र के घेराव के लिए कोई तगड़ा कार्यक्रम दे ताकि नौजवान शान्त हो जाएँ।"

अभिषेक ने कहा, "नहीं सँभलेगा मामला फिर तो। चलो तुम वहाँ नजर रखो और 'कुछ हो' तो रिपोर्ट कर देना।"

सिंघु पर 'कुछ' नहीं बल्कि 'बहुत कुछ' हो रहा था, जिसको रिपोर्ट करने से पहले ही मेरे हाथ-पाँव फूल रहे थे। सिंघु पर काफी गर्म हालात के बीच सुबह हुई। संयुक्त किसान मोर्चा के नेताओं की बैठक ने लोगों को शान्त करने के लिए 1 फरवरी, 2021 को संसद कूच करने का फैसला लिया और 26 जनवरी की किसान परेड पुलिस द्वारा दिये गए रूट पर ही करने की बात कही। जब मुझे इस फैसले का पता लगा तो एकबारगी लगा कि अब किसान शान्त हो जाएँगे और उनका सारा ध्यान 1 फरवरी के संसद मार्च की तरफ चला जाएगा। लेकिन मेरी सोच के उलट संसद कूच के कार्यक्रम का किसानों पर कोई खास असर नहीं पड़ा क्योंकि किसानों के मन में दिल्ली परेड को लेकर एक रूमानियत-सी भरी हुई थी। वे दिल्ली के आउटर रिंग रोड पर जाकर परेड करने की चाहत और जज्बे के साथ यहाँ आए थे।

25 जनवरी, 2021 का दिन मेरे लिए ट्रैक्टरों की बाढ़ में खो जाने का था। लेकिन मोर्चे के सक्रिय नौजवान आज भी इन ट्रैक्टरों को चीरते हुए एक-दूसरे के साथ बैठकें कर रहे थे और बड़े किसान नेताओं को मनाने की कोशिश

कर रहे थे। वह दिन शाम को होने जा रही किसान नेताओं की प्रेस कॉन्फ्रेंस के इन्तजार में ढल गया। मेरे पास नेताओं से पूछने के लिए एक ही सवाल था, "लोग रिंग रोड की एस्पीरेशन्स लेकर आ रहे हैं। वे सोशल मीडिया पर मोर्चे के ऑफिशियल पेज पर भी लोगों के खासे नेगेटिव कमेंट आ रहे हैं और दिल्ली पुलिस द्वारा दिये गए रूट से सहमत नहीं हैं।" कई पत्रकारों के छोटे-बड़े सवालों के बीच मैंने भी अपना यह सवाल पूछा, जिसका जवाब दर्शनपाल ने दिया कि 'सोशल मीडिया और असल जिन्दगी में फर्क है और किसान पुलिस द्वारा दिये गए रूट पर ही जाएँगे।'

प्रेस कॉन्फ्रेंस खत्म होने के बाद मैं दौड़कर दर्शनपाल के पास गया, लेकिन उनसे ठीक से बात नहीं हो पाई। शाम गहरा रही थी, दिन की रोशनी के लोप के जवाब में सिंघु लाइटों से जगमग करने लगा था। प्रेस कॉन्फ्रेंस में दूसरे पत्रकारों की अज्ञानता का मखौल उड़ाते हुए मैं और स्वतंत्र पत्रकार प्रभजीत सिंह लंगर छकने के लिए हरियाणा के तम्बू की तरफ जा रहे थे। लंगर छकते हुए लाउडस्पीकरों पर चल रहा शब्द कीर्तन मन में एक अजीब-सी शान्ति भरा रहा था। एकाएक लाउडस्पीकरों पर चल रहा शबद कीर्तन बन्द हो गया और 'परेड रोड रिंग रोड' की आवाजें आने लगीं। मैं और प्रभजीत स्टेज की तरफ भागे। वहाँ पहुँचे तो पाया कि कुछ नौजवान स्टेज पर चढ़ गए हैं और लगातार 'किसान परेड रिंग रोड' पर करने की माँग कर रहे हैं। चंद मिनटों में सारा पंडाल नौजवानों से खचाखच भर गया। मानो कोई तेज भूचाल आया हो, और एकदम से सिंघु के सारे नौजवान पंडाल में आ गिरे हों। सारे नौजवान एक सुर में रिंग रोड पर जाने के नारे लगाने लगे—'परेड रोड, रिंग रोड'। स्टेज पर चढ़े नौजवान बार-बार किसान नेताओं से स्टेज पर आने की धमकीनुमा विनती कर रहे थे। लगभग हर दिन स्टेज पर रहने वाले एक सरदार कार्यकर्ता बीमार गाय जैसी शक्ल बनाकर बार-बार नौजवानों से माइक लेने की कोशिश कर रहे थे। जब नौजवान माइक देने की बजाय उन्हें किसान नेताओं को स्टेज पर बुलाने के लिए कहते तो वह जवाब देते, "फोन कर दिया गया है। वे जल्दी ही आ रहे हैं।" लेकिन कोई भी नेता वहाँ नहीं पहुँचा। इस बीच वह एक बार एक नौजवान से माइक लेने में सफल हो गए और लगातार 'वाहे गुरु, वाहे गुरु' का जाप शुरू कर दिया। जाप सुन सारी भीड़ शान्त पड़ गई और पंजाब के नौजवान भी 'वाहे गुरु वाहे गुरु' करने लगे। कुछ देर तक जब यह लय नहीं टूटी तो हरियाणा के नौजवान ने उससे

माइक छीना और दोबारा परेड रूट पर बातचीत शुरू कर दी।

लगभग एक घंटे के बाद पंजाब के युवाओं में मशहूर लक्खा सिधाना स्टेज पर आए। करीब एक महीने बाद लक्खा सिधाना ने मुझे बताया, "मुझे किसान नेता जगजीत डल्लेवाल ने नौजवानों को शान्त करने के लिए स्टेज पर भेजा था।" किसान नेताओं द्वारा लक्खा सिधाना को स्टेज पर भेजे जाने की चर्चा पंजाब के 32 संगठनों के वाट्सअप ग्रुप में भी शुरू हो गई। कई किसान नेता लक्खा सिधाना को स्टेज पर भेजे जाने को लेकर सवाल उठा रहे थे। मेरे लिए भी यह हैरान करने वाली बात थी कि जिस लक्खा सिधाना को किसान नेता स्टेज पर बोलने तक नहीं देते थे, उसी को स्टेज पर यह कहकर भेजा गया कि वह नौजवानों को शान्त करवाए।

लक्खा सिधाना ने नौजवानों से वापस लौटने की अपील की, लेकिन नौजवानों ने शोर मचाना शुरू कर दिया। जिसके जवाब में उसने कहा, "सुन तो लो मेरे भाइयो! मैं जानता हूँ तुम्हारे दिल में क्या है। जिसने रिंग रोड पर जाना है वो पंधेर के साथ चला जाए और जिसको संयुक्त मोर्चे के रूट पर जाना है वो सवेरे उनके साथ चला जाए। यह सुनकर जमावड़े का एक हिस्सा अलग हो गया, लेकिन नौजवानों का एक बड़ा हिस्सा वहीं खड़ा रहा और लगातार किसान नेताओं को स्टेज पर बुलाने की माँग करता रहा।

थोड़ी देर बाद ही करीब साढ़े नौ बजे लोग स्टेज के सामने दोबारा इकट्ठा होने लगे। इस बार स्टेज पर मौजूद सुखप्रीत सिंह उद्दोके, भाई मंधीर सिंह जैसे पंथक, निहंग सिंह जत्थेबन्दियों के नेता, कलाकार बीर सिंह समेत कई लोगों को मैं पहचान पा रहा था। भाई मंधीर सिंह और उद्दोके का स्टेज पर जाना भी संयुक्त किसान मोर्चे के नेता बलदेव सिंह सिरसा की जानकारी में था। इस गहमागहमी के बीच पंजाबी एक्टर सिद्धू भी स्टेज के पास पहुँच गया। उन्होंने नौजवानों की आवाज किसान नेताओं तक पहुँचाने के लिए पाँच सदस्यीय कमेटी बनाई और स्टेज से इसका एलान भी किया, इसमें चार-पाँच बिन्दु तय किए गए। ये पाँच लोग व्हाइट हाउस होटल में गए, जहाँ 32 संगठनों के नेताओं की बैठक हो रही थी।

इस बैठक में मौजूद किसान नेताओं ने नौजवानों की तरफ से गई कमेटी से बातचीत करने की बजाय उन्हें बाहर से ही चलता कर दिया। नौजवान स्टेज के सामने डटे रहे, लेकिन कोई भी बड़ा नेता स्टेज पर उनसे बात करने नहीं आया। इसी दौरान सिद्धू ने स्टेज से खालिस्तान सम्बन्धी टिप्पणियाँ भी

कीं, जो उस समय चल रही घटना के सन्दर्भ में प्रासंगिक नहीं थीं। नौजवान वहाँ खालिस्तान की माँग करने नहीं, रिंग रोड पर किसान परेड की माँग के लिए इकट्ठा हुए थे। दीप सिद्धू की बयानबाजी के कुछ देर बाद नौजवान वहाँ से तितर-बितर हो गए।

सिंघु पर मौजूद किसानों के इस प्रदर्शन पर संयुक्त किसान मोर्चे का नेतृत्व ठीक उसी तरह आँखें मूँदे रहा, जैसे सरकार ने किसान नेताओं की तरफ से मूँद रखी थीं। उस रात किसान नेताओं की बैठक में किसानों की माँग पर विचार करने की बजाय 'किसानों को किसने भड़काया' पर बात होती रही और रात के करीब 2 बजे तक चली बैठक को यह कहकर निपटाया गया कि सुबह 5 बजे स्टेज पर जाकर किसानों को समझा देंगे।

देर रात जब मैं अपने कैंप में पहुँचा तो देखा कि किसानों की एक वीडियो सोशल मीडिया पर तैर रही है। इस वीडियो में किसान दिल्ली में घुस गए थे और ट्रैक्टरों की एक लम्बी कतार गाने बजाकर आगे बढ़ती जा रही थी। वीडियो में ट्रैक्टरों के पार मेट्रो के पिलर दिखाई दे रहे थे, जिससे समझ आ रहा था कि किसान दिल्ली में घुस गए हैं। किसानों के सर पर लगी टोपियों और ट्रैक्टरों के पीछे जुड़ी बग्घियों को देखकर मुझे अन्दाजा लग गया कि ये उत्तर प्रदेश के किसान हैं। मैंने झटपट गाजीपुर बॉर्डर पर मौजूद अभिषेक लाकड़ा को फोन लगाकर पूछा। उसने बताया, "यह किसान पश्चिमी उत्तर प्रदेश के हैं और मेरे गाँव व आसपास के ही हैं। रात 9 बजे ये बैरिकेड तोड़कर दिल्ली में घुस गए थे। अभी गाजीपुर से कुछ लोग इन्हें वापस लाने गए हैं, अगर यह नहीं रुके तो आधे घंटे में कश्मीरी गेट पर होंगे। हालाँकि कुछ देर में गाजीपुर के कई किसान नेता वहाँ पहुँच गए और उनको वापस गाजीपुर बॉर्डर ले गए।

भारी हलचल के बीच यह रात भागती जा रही थी। दोबारा अभिषेक श्रीवास्तव का फोन आया। पूछा, "क्या स्थिति है?" मैंने जवाब दिया, "आउट ऑफ सलेबस।"

वह समझ गए और कहा, "आराम करो और सावधानी से रिपोर्ट करना।"

इंकलाब की आहट

लाल किले पर 'निशान'

25 जनवरी, 2021 की रात को सिंघु पर बसे किसानों के उस गाँव में ऐसा माहौल था कि दूर से देख रहे तारे भी शायद न सोए हों। मैं भी पूरी रात नींद की असफल कोशिश करता रहा। जो सबसे पहले सोए होंगे, वो सबसे पहले उठकर खड़े हो गए थे और जिनको नींद नहीं आई होगी वे भी 26 जनवरी की उस सुबह बुजुर्ग किसानों के साथ नहाने-धोने में पीछे नहीं रहना चाहते थे। बहुतेरे किसान रजाई-कम्बल लपेटे ट्रैक्टरों की सीट पर सोए हुए थे। ट्रॉलियों और तम्बुओं से गुरु का नाम संगीत के साथ जब कानों तक पहुँचा तो वे भी रजाई-कम्बल के बीच से हाथ निकाल अँगड़ाइयाँ तोड़ने लगे। कुछ ही देर में चहल-पहल इतनी बढ़ गई कि किसी के भी लिए सोना मुमकिन नहीं रहा।

किसान नेताओं का कार्यक्रम सुबह पाँच बजे स्टेज पर पहुँचने का था। सुबह से ही इसकी रिपोर्टिंग करने के लिए मैं ट्रैक्टरों के उस हड़ को चीरते हुए स्टेज की तरफ बढ़ गया था। स्टेज के इर्द-गिर्द किसानों-ही-किसानों का रेला था, कोई नेता दिखाई नहीं दिया। उसी समय मेरे सहयोगी पत्रकार गौरव का फोन आया। उसने बताया कि वह पीछे जाम में फँसा हुआ है। आज की रिपोर्टिंग के लिए क्या योजना है। जवाब में मैंने कहा, "तुम किसानों की परेड को पीछे और बीच से कवर करना, मैं परेड के अगले हिस्से की तरफ जा रहा हूँ। वह हिस्सा मैं कवर कर लूँगा।"

सूरज की पहली पौ फट चुकी थी। ताजा उजाले के बीच लोगों ने अपने ट्रैक्टर स्टार्ट कर लिए थे। मैं संयुक्त किसान मोर्चा के स्टेज से आगे बढ़कर किसान मजदूर संघर्ष कमेटी के स्टेज की तरफ चला गया। बैरिकेड तोड़ने के मसले पर असमंजस में फँसी किसान मजदूर संघर्ष कमेटी के नेता अभी बैठकें ही करने में व्यस्त थे कि उनके ट्रैक्टरों के आगे लगे ट्रैक्टर सुबह 8 बजे ही दिल्ली की तरफ रवाना होने शुरू हो गए। मजबूरन संगठन के

किसान नेता एक चौड़े टायरों वाली जीप में सवार हो किसानों की अगुवाई करने की कोशिश करने लगे। जीप पर जरूरत से ज्यादा सवार लोगों के बीच नाटे कद के पन्नू लगातार माइक पर किसानों को अनुशासित रहने और उनकी जीप से पीछे रहने की घोषणाएँ कर रहे थे। किसान उत्साह में नारे लगा रहे थे। उनके ट्रैक्टरों में बज रहे किसानी गानों से माहौल ऐसा हो गया था, जैसे वे दुश्मनों पर चढ़ाई करने जा रहे हों। तय वक्त से पहले ही सुबह करीब 8 बजे किसान मजदूर संघर्ष कमेटी के स्टेज के पास खड़ा ट्रैक्टरों का जमावड़ा दिल्ली की तरफ दौड़ने लगा।

दिल्ली की तरफ रवाना हुए जत्थे में तीसरे नम्बर पर चल रही पंजाब के नौजवानों की एक बोलेरो गाड़ी की खिड़की के बाहर मैं भी टँग लिया था। किसान मजदूर संघर्ष कमेटी की स्टेज के उस पार संयुक्त किसान मोर्चे के स्टेज के पास खड़े किसानों ने भी इन दोनों स्टेजों के बीच दिल्ली पुलिस द्वारा लगाए गए बैरिकेड हटाकर दिल्ली की तरफ ट्रैक्टर निकालने शुरू कर दिये थे। उसी दौरान संयुक्त किसान मोर्चा के स्टेज से कुछ किसान नेताओं के भाषण शुरू हुए, लेकिन किसान भाषणों पर गौर करने की बजाय परेड में जाने के लिए चमक उठे थे।

सुबह के शायद 9 बज रहे होंगे, जब सिंघु मोर्चे से ट्रैक्टरों और गाड़ियों का सैलाब संयुक्त किसान मोर्चा के मुख्य स्टेज से बैरिकेड हटाकर दिल्ली की तरफ बढ़ निकला था और किसान मजदूर संघर्ष कमेटी के काफिले में जा मिला था। रास्ते में कई जगह दिल्ली के लोग फूल लिये खड़े थे और ट्रैक्टरों का फूलों से स्वागत कर रहे थे। दिल्ली की तरफ भाग रहे ये ट्रैक्टर करीब दस किलोमीटर का सफर तय करने के बाद दिल्ली पुलिस द्वारा करनाल बाईपास पर लगाए गए पहले बैरिकेड के सामने जा रुके। बैरिकेड के उस पार खड़ी पुलिस के अफसर बार-बार माइक पर पुलिस द्वारा दिये गए रूट पर जाने के लिए उलटे हाथ की तरफ मुड़ने के लिए कह रहे थे, लेकिन किसान उनको अनसुना कर रिंग रोड पर परेड करने के लिए उतावले और बैरिकेड तोड़ने को तैयार थे। वहाँ मौजूद किसान नेता पन्नू ने किसानों को शान्त कर पुलिस के अधिकारियों को बैरिकेड खोलने की अपील की। पुलिस अधिकारियों ने अपने ऊपर बैठे अधिकारियों का हवाला देकर थोड़ा समय माँगा। जवाब में किसानों ने अपने माइक से पुलिस को धमकी दी कि अगर उन्होंने साढ़े दस बजे तक बैरिकेड नहीं खोले तो किसान बैरिकेड तोड़कर अपने आप आगे

चले जाएँगे। अन्ततः पुलिस ने बैरिकेड नहीं खोले और करीब 10:30 बजे किसानों ने बैरिकेड तोड़ने शुरू कर दिये। पुलिस ने बैरिकेडों के नजदीक जा रहे किसानों पर आँसू गैस के गोले फेंकने शुरू कर दिये। करीब आधे घंटे तक चली इस जद्दोजहद में किसान बैरिकेड तोड़ने में सफल हो गए।

हुआ यूँ कि किसानों ने दिल्ली पुलिस द्वारा बैरिकेड लगाने के लिए मँगाई गई दो हाइड्रो (जेसीबी जैसी मशीन) को अपने कब्जे में ले लिया था। इसमें उन्होंने चंद मिनटों में सारे बैरिकेडों को बिखेर दिया। दिल्ली पुलिस ने लाठीचार्ज करने की कोशिश भी की, लेकिन किसानों की संख्या कई सौ गुणा होने के कारण लाठीचार्ज करने आए पुलिसकर्मी भाग खड़े हुए। इसी बीच हजारों की संख्या में किसान और ट्रैक्टर टूटे बैरिकेडों को पार कर 'आउटर रिंग रोड' की तरफ आगे बढ़ने लगे। करीब 12 बजे के आसपास संयुक्त किसान मोर्चा के कुछ नेता वहाँ आए। उन्होंने वहाँ किसानों को पुलिस द्वारा दिये गए रूट पर ले जाने की असफल कोशिश की। लेकिन किसान किसी की भी सुनने के लिए तैयार नहीं थे और सारे ट्रैक्टरों के मुँह रिंग रोड की तरफ मुड़ चुके थे।

किसानों के बीच उस समय इतना उत्साह था कि बहुतेरे किसान ट्रैक्टरों के साथ पैदल ही निकल पड़े थे। सड़क के जिस भी तरफ नजर घुमाओ, किसान ही किसान नजर आ रहे थे। एकाएक देखा कि किसानों को रोकने के लिए दिल्ली पुलिस द्वारा रोड पर खड़े किए गए मिट्टी से भरे ट्रकों को कुछ जुगाड़ी किसानों ने बिना चाबी के ही स्टार्ट कर लिया और खाली करके उनको अपने साथ ले लिया।

बैरिकेड तोड़ आगे निकल रहे किसानों के सर पर सूरज चढ़ आया था। इसी दौरान जब मैंने सिंघु पर खड़े मेरे सहयोगी गौरव को फोन किया तो उसने बताया, "संयुक्त किसान मोर्चा ने अभी अपनी किसान परेड शुरू की है और ट्रैक्टरों का दूसरा काफिला अभी निकलना शुरू हुआ है। सिंघु पर अभी भी हजारों ट्रैक्टर खड़े हैं।"

सिंघु से रवाना हुए दूसरे काफिले में सबसे आगे पालकी साहिब की ट्रॉली चल रही थी और कई किसान नेता इस जत्थे की अगुवाई कर रहे थे। करनाल बाईपास के पास पहुँचकर यह काफिला संजय गांधी ट्रांसपोर्ट नगर से दाईं ओर (यानी पुलिस के साथ तय किए रूट की ओर) मुड़ने लगा। लेकिन पीछे आ रहे ट्रैक्टर इस जत्थे के साथ नहीं मुड़े और रिंग रोड की तरफ चले गए और अपने ट्रैक्टर पहले काफिले के पीछे ही लगा दिये।

सिर्फ 50 के करीब ट्रैक्टर ही दाईं तरफ मुड़े थे। उनमें से भी कई ट्रैक्टर उसी वक्त वापस रिंग रोड पर आ गए। किसान नेता पुलिस द्वारा दिये गए रूट पर ही खड़े रहे, लेकिन किसान रिंग रोड के लिए निकल गए। वे थोड़ा आगे बढ़े ही थे कि मुकरबा चौक पर भी पुलिस ने भारी-भरकम बैरिकेड खड़े कर रखे थे और बैरिकेडों से पहले डीटीसी की कई बसें भी। यहाँ भी पुलिस ने आँसू गैस के बहुतेरे गोले छोड़े लेकिन किसानों ने अपने ट्रैक्टरों से पुलिस द्वारा लगाए गए बैरिकेडों को साँकलें डालकर खींचना शुरू कर दिया। लेकिन यहाँ पुलिस द्वारा खड़े किए गए टिप्परों और डीटीसी की बसों को हटाने में काफी समय लगा। यहाँ पर भी हाइड्रो की मदद से बैरिकेड हटाए गए और जुगाड़ी किसानों ने यहाँ भी खड़े किए ट्रकों को स्टार्ट कर अपने साथ ले लिया। किसान जब दूसरा नाका तोड़कर आगे बढ़े तो दिल्ली नम्बर-प्लेट की अनेक मोटरसाइकिलें भी किसानों के जत्थे के साथ आ मिलीं।

किसान संगठनों ने ट्रैक्टर रैली की बड़ी सावधानी से तैयारी की थी लेकिन उनकी तैयारियाँ धरी की धरी रह गईं। सरकार को जरूर यह पता था कि किसान आन्दोलन की वैचारिक जड़ें कितनी गहरी हैं। मुझे उस पुलिस अफसर की बात याद आ रही थी, जिसने ट्रैक्टरों को मिनी टैंक कहा था। इन मिनी टैंकों ने रास्ते में लगे बैरिकेडों को मक्की के दानों की तरह हवा में उड़ा दिया था। सत्ता की ताकत से की गई उस भयंकर बैरिकेडिंग को एक न एक दिन टूटना ही था। कई वर्गों और समुदायों की असफल कोशिशों के बाद आज किसानों ने न सिर्फ सत्ता की ताकतवर बैरिकेडिंग को टक्कर मारी थी, बल्कि पुलिस-प्रशासन को भी यह सिखाया था कि वह लोगों को रोकने के लिए बनी कोई सर्वोच्च सत्ता नहीं है। बैरिकेड हों या कोई नियम-कानून, तभी तक टिके रहते हैं, जब तक लोग उन्हें ललकारते नहीं।

इस गणतंत्र दिवस राजधानी में दो परेड हो रही थीं। एक गण (किसान) की और दूसरी तंत्र की। मैं पहली परेड का हिस्सा था। आउटर रिंग रोड पर हो रही इस किसान परेड की फोटुएँ खींचने के लिए आए पत्रकारों की तरफ किसान विजय चिन्ह और नारे लगाकर अपना उत्साह जाहिर कर रहे थे। सतनाम पन्नू

की जीप अभी भी किसानों के जत्थे की अगुवाई कर रही थी। पन्नू किसानों को गुरुद्वारा मजनू का टीला साहिब पर जाकर रोकना चाहते थे और अरदास कर वापस सिंघु बॉर्डर वापस ले जाना चाहते थे। गुरुद्वारा साहिब से कुछ दूर पहले ही पन्नू की जीप के इर्द-गिर्द भाग रहीं मोटरसाइकिलों को जब दिल्ली पुलिस के कुछ जवानों ने हल्का-सा बैरिकेड लगाकर रोकने की कोशिश की तो उन पर सवार निहंग सिख दिल्ली पुलिस के जवानों को तितर-बितर करने के लिए तलवार लेकर उनके पीछे भागे। निहंगों से डरकर भाग रहा एक पुलिसवाला गिर गया और उसे दो निहंगों ने घेर लिया। जब एक निहंग उस पर तलवार उठाई तो एक अधेड़ उम्र के सरदार जी ने पुलिसवाले को बचाने के लिए उसे अपनी बुक्कल में ले लिया और निहंग के सामने हाथ जोड़ने लगा। मैं भी भागकर वहाँ गया तो देखा, वह सरदार कोई और नहीं बल्कि हमारे पत्रकार साथी प्रभजीत सिंह थे। प्रभजीत की समझदारी और दिलेरी से पुलिसवाले को चोट लगते-लगते बची। इस अफरा-तफरी के बीच कुछ ही देर में कश्मीरी गेट से पहले पड़ने वाले मजनू का टीला का गुरुद्वारा आ गया। पन्नू की जीप गुरुद्वारा साहिब के पास रुक गई और रोड पर खड़े होकर उन्होंने पूरे जत्थे को रुकवा दिया। कई किसान गुरुद्वारा साहिब में अरदास करने के लिए गए। लेकिन अरदास के बाद जब पन्नू ने वापस सिंघु की ओर चलने के लिए कहा तो किसान बिदक गए। दिल्ली नम्बर वाली मोटरसाइकिलें स्टार्ट होकर लाल किले की तरफ जाने वाली सड़क की ओर दौड़ निकलीं। दिल्ली पुलिस के कई जवानों ने भी स्टार्ट खड़े ट्रैक्टरों को सीधे जाने का इशारा किया। एकबारगी ताज्जुब हुआ, 'अभी तक तो दिल्ली पुलिस किसानों को आउटर रिंग रोड पर चढ़ने के लिए रोक रही थी और अब रास्ता बता रही है' लेकिन उसी वक्त मुझे लगा कि शायद पुलिस को किसानों की परेड पूरी करवाने के लिए ऊपर से आदेश मिल गए होंगे।

खैर, कश्मीरी गेट की तरफ बढ़ रहे किसानों के जत्थे के साथ उनकी वीडियो बनाते हुए और फोटो खींचते हुए मैं भी उनके साथ हो लिया। कश्मीरी गेट का बस अड्डा पार किया, तो मेरे पास हरियाणा के लेखक अमित ओहलाण का फोन आया और उन्होंने मुझे बताया कि किसान लाल किले पर पहुँच गए हैं। मैंने उसको यह कहकर मना कर दिया कि 'मैं सबसे आगे चल रहे जत्थे के साथ चल रहा हूँ। किसान रिंग रोड पर ही परेड कर वापस जाएँगे।' लेकिन कुछ दूर चलने के बाद देखा कि हमारी विपरीत दिशा से आ रहे ट्रैक्टर लाल

किले जाने वाले रास्ते की ओर मुड़ रहे थे। यह ट्रैक्टर सिंघु मोर्चे के ट्रैक्टरों से अलग थे। इनके ऊपर तिरंगे झंडे लगे थे और किसानों ने सर पर चरणसिंह जैसी टोपियाँ पहन रखी थीं, जिसे देखकर समझ आ रहा था कि ये पश्चिमी उत्तर प्रदेश के किसान हैं। ट्रैक्टरों का जत्था रेल के डिब्बों की तरह लयबद्ध तरीके से लाल किला जाने वाली सड़क की तरफ मुड़ रहा था। उन किसानों ने सिंघु से आ रहे इस जत्थे का किसान एकता के नारे लगाकर स्वागत किया और हाथों से इशारा कर अपने साथ आने के लिए कहा। ज्यादातर किसान उनके उस जत्थे के साथ लाल किले वाली सड़क की तरफ निकल लिये। मगर सतनाम पन्नू अपने कैडर के साथ अलग रोड पर चढ़ गए और सिंघु वापस चले आए।

चंद मिनटों के बाद लाल किला सामने था, उसके सामने दालान में ट्रैक्टर सुस्ता रहे थे। बहुतेरे किसान अपने ट्रैक्टरों के बोनट पर खड़े हो स्पीकरों में बज रहे गानों की लय में झंडे झुला रहे थे। मैंने समय देखा तो करीब दोपहर का 1 बज रहा था। अभिषेक का फोन आया तो उन्होंने स्थिति के बारे में पूछा। मैंने कहा, "किसान लाल किले पर पहुँच गए हैं और मजेदार बात यह है कि पंजाब-हरियाणा के किसानों से पहले पश्चिमी यूपी के किसान यहाँ पहुँचे हैं।"

सर उठाकर देखा तो लाल किले पर किसानों की भीड़ बढ़ती ही जा रही थी। अचानक कुछ निहंगों ने करीब 1.30 बजे लाल किले के ऊपर वाले प्रांगण में जाने वाला गेट तोड़ दिया। भगदड़ में करीब दो सौ नौजवान लाल किले के ऊपर वाले दालान में चढ़ गए जहाँ से भारत के प्रधानमंत्री भाषण देते हैं और 15 अगस्त को तिरंगा फहराते हैं।

किसान ऊपर चढ़कर नाच रहे थे, गा रहे थे और झंडे लहरा रहे थे। इसी उमंग, उल्लास और उत्साह के बीच अचानक एक नौजवान निहंग सिख, निशान साहिब का झंडा लेकर वहाँ खड़े एक खाली पोल पर चढ़ने की कोशिश करने लगा, लेकिन थोड़ा ऊपर चढ़ने के बाद ही वह नीचे रपट गया। करीब 20 फुट ऊँचे उस पोल पर पहले कोई झंडा नहीं झूल रहा था। उस निहंग की असफल कोशिश के बाद कई और लोगों ने भी यह कोशिश की, लेकिन वे भी पोल पर नहीं चढ़ पाए। कुछ देर तक मशक्कत करने के बाद एक नौजवान इस पोल पर चढ़ने में कामयाब हो गया और इस नौजवान ने बड़े इत्मीनान से पहले निशान साहिब का झंडा चढ़ाया और उसके बाद किसान यूनियन का।

निशान साहिब और किसान संगठन का झंडा झूलने के बाद तालियाँ बजने लगीं और नारे लगने लगे। मैं दालान में नीचे खड़ा हो इस घटना की वीडियो बना रहा था। अचानक मेरे नजदीक ही कुछ किसानों ने एक रिपोर्टर से कैमरा छीन लिया और तोड़ दिया। झंडा चढ़ाने के दौरान कई लोगों ने इस नौजवान को कई तरह के झंडे पकड़ाने की कोशिश की ताकि उन्हें भी फहराया जा सके। लेकिन उसने सारे झंडे वापस लौटा दिये। इनमें से एक तिरंगा झंडा भी था। इस घटना की वीडियो काटकर सोशल मीडिया पर यह कहकर वायरल किया जाने लगा कि किसानों और सिक्खों ने तिरंगे का अपमान किया है।

झंडा चढ़ाने में सफल हुए उस नौजवान का नाम जुगराज सिंह था और यह पहले भी अपने गाँव के आसपास निशान साहिब चढ़ाता रहा था। जुगराज द्वारा दिये गए सबसे पहले वीडियो इंटरव्यू में उसने कहा कि मेरे लिए निशान साहिब भी प्यारा है और तिरंगा भी।

झंडा चढ़ते समय वहाँ मौजूद किसान खुशी से झूमने लगे थे और झंडे सिर्फ खाली पोल पर ही नहीं झूले। बल्कि नौजवान किसानों ने लाल किले के गुंबदों पर भी कई किसान यूनियनों के झंडे झुला दिये। इनमें किरती किसान यूनियन, चढ़ूनी, राजेवाल आदि की यूनियनों के, भगत सिंह के फोटो वाले, दाँती-हथौड़े वाले झंडे थे।

झंडा चढ़ाने की घटना को पंजाबी अभिनेता सिद्धू ने यह कहकर पेश करने की कोशिश की कि झंडा उसने चढ़ाया है, जबकि झंडा चढ़ाने की शुरुआती कोशिशों के वक्त दीप सिद्धू पोल के पास नहीं था। जब जुगराज सिंह झंडा चढ़ाने के लिए पोल पर चढ़ा, तभी सिद्धू वहाँ अवतरित हुआ और निशान साहिब चढ़ाते वक्त बोले जाने वाले दोहे बोलने लगा। सिद्धू वहाँ 2.30 बजे के आसपास ऊपर वाले पोल के पास ही दिखलाई दिया।

इस घटना की खबर मीडिया में तैरने लगी। राजेवाल के साथ उस समय मौजूद अमरजीत राड़ा ने मुझे बताया, "झंडा चढ़ने की खबर से पहले राजेवाल के पास अमित शाह और राजनाथ के फोन आ रहे थे। फोन के उस पार से राजेवाल को दिल्ली से किसानों को वापस बुलाने के लिए बार-बार कहा जा रहा था। राजेवाल ने कुछ किसानों को रोकने की कोशिश भी की थी, लेकिन नौजवानों ने उनको गालियाँ देकर पीछे धकेल दिया था।"

जब झंडा चढ़ने की खबर वायरल हुई तो राजेवाल के पास कई पत्रकारों के फोन भी आने लगे। राजेवाल सभी को एक ही बात दोहरा रहे थे, "जो

हुआ बहुत गलत हुआ है और जिन्होंने ये किया है उनका किसान आन्दोलन से कोई सम्बन्ध नहीं है।"

उस दिन सिर्फ सिंघु ही नहीं, दूसरे बॉर्डरों पर डटे किसानों ने भी दिल्ली परेड करने के लिए बैरिकेड तोड़े थे। दिल्ली परेड करने आने वाले किसानों में सिंघु के बाद सबसे अधिक किसान गाजीपुर मोर्चे से आए थे। गाजीपुर बॉर्डर के बैरिकेड तोड़कर निकले ट्रैक्टर आईटीओ तक तो बिना किसी बड़ी परेशानी के आ गए थे, लेकिन दिल्ली पुलिस ने इंडिया गेट जाने वाले रास्ते पर सख्त बैरिकेडिंग की थी। पुलिस की भारी मौजूदगी के बीच जब किसानों ने वहाँ से आगे बढ़ने की कोशिश की तो पुलिस ने उन्हें वहीं रोक लिया और आगे इंडिया गेट की तरफ नहीं बढ़ने दिया। जबकि इसके उलट सिंघु बॉर्डर से निकले जत्थे को मजनू का टीला से लाल किला जाने वाले रास्ते पर आगे न तो अधिक पुलिस मिली और न ही कोई बैरिकेड और न ही उन्हें रोकने की कोशिश की गई।

इसी तरह टिकरी बॉर्डर से भी 12 बजे शुरू हुई किसान परेड में किसानों के जत्थे 1 घंटे बाद जब नांगलोई पहुँचे तो, वहाँ भी किसानों ने आउटर रिंग रोड की तरफ जाने वाले रास्ते पर लगे बैरिकेड तोड़ने शुरू कर दिये। उस बॉर्डर के किसान भी गाजीपुर और सिंघु की तरह लाल किला जाना चाहते थे। वहाँ पर भी पुलिस ने किसानों पर भारी संख्या में आँसू गैस के गोले छोड़े, लेकिन किसान डटे रहे और बैरिकेड तोड़कर आगे बढ़ने लगे। इसी जत्थे में शामिल होकर लाल किला आए हरियाणा के नौजवान सुमित ने मुझे बताया, "जब किसान बैरिकेड तोड़ आगे बढ़ने लगे तो हरियाणा और पंजाब के कुछ संगठनों के नेता किसानों को रिंग रोड पर जाने से रोकने के लिए हमारे आगे खड़े हो गए। लेकिन किसानों और नौजवानों ने उन्हें पीछे धकेल दिया और हम आउटर रिंग रोड से होतें हुए लाल किले की तरफ आ गए। नांगलोई तक गए सारे किसान भी आउटर रिंग रोड पर ही चढ़े हैं और लाल किले तक आए हैं।"

टिकरी पर सबसे आगे हरियाणा और पंजाब के 32 संगठनों के कैडर और किसान थे। आन्दोलन की सबसे बड़ी यूनियन बीकेयू (उगराहाँ) उनके पीछे थी। जैसे ही बीकेयू (उगराहाँ) को नांगलोई में आँसू गैस और टकराव होने की खबर मिली, उनके नेता टकराव का हवाला देकर अपनी यूनियन के किसानों को नांगलोई की तरफ न ले जाकर पुलिस द्वारा दिये गए बिलकुल शुरुआती रास्ते यानी नजफगढ़ की ओर ले गए। इस परेड में शामिल हुशियार सिंह ने

मुझे बताया, "परेड नजफगढ़ रोड पर बढ़ने लगी, लेकिन कुछ दूर चलने के बाद यूनियन से जुड़े नौजवान बिदक गए और अपने ट्रैक्टरों को ब्रेक लगाकर वहीं खड़े हो गए। उनको कई किसान नेताओं ने समझाने की कोशिश की। लेकिन नौजवान नहीं माने। कहने लगे कि यह तो गाँव का रास्ता है, दिल्ली तो दूर-दूर तक कहीं नहीं दिखाई दे रही। इस बीच यूनियन के कई कार्यकर्ता और किसान आपस में उलझ गए और नजफगढ़ वाले रास्ते पर भी जाम की स्थिति बन गई। जब यह घटना हुई तो बीकेयू (उगराहाँ) ने अपनी यूनियन के बाकी ट्रैक्टरों को टिकरी से ही निकलने पर रोक लगा दी।

झूल रहे झंडों के उल्लास के बीच मेरे पास अभिषेक श्रीवास्तव ने दोबारा फोन कर जो खबर दी वह सुनकर मैं एकदम हिल गया। अभिषेक ने बताया, "आईटीओ पर एक किसान की मौत हो गई है। प्रत्यक्षदर्शी किसान कह रहे हैं कि पुलिस की गोली से हुई है मौत। अपना खयाल रखना और थोड़ा सँभलकर रहना।"

लाल किले में उस वक्त बड़ी संख्या में सुरक्षा बल और पुलिस तैनात थी, लेकिन पुलिस महज मूकदर्शक बनी रही। जैसे-जैसे दिन ढलता गया, वैसे-वैसे पुलिस हरकत में आती गई और शाम होते-होते लाल किले में मौजूद किसानों पर पुलिस ने लाठीचार्ज करना शुरू कर दिया। लाठी चार्ज के जवाब में वहाँ मौजूद निहंग सिक्खों ने अपनी तलवारें निकाल लीं और पुलिस के साथ मुकाबला करने लगे। यह लाठीचार्ज लाल किले के ऊपर के हिस्से से शुरू हुआ, जहाँ पर मुख्य तिरंगा झंडा फहरा रहा था। हालाँकि इस झंडे तक पहुँचने का वहाँ से कोई रास्ता न था, लेकिन पुलिस ने जनता को लाल किले से बाहर खदेड़ना शुरू कर दिया।

किसानों के साथ-साथ कई पुलिसवालों को भी चोटें आईं। दोनों तरफ से एक-दूसरे पर हुए हमले बहुत सन्तुलित थे। एकाएक लाल किले के ऊपर कुछ पुलिसकर्मियों को निहंग सिक्खों ने घेर लिया, अपना बचाव करने के लिए कई पुलिसकर्मी लाल किले की एक ऊँची दीवार से कूदने लगे, जिसके कारण कई पुलिस वाले घायल हो गए। कई किसान भागकर कूदने के कारण घायल हुए पुलिसकर्मियों के पास गए और उन्हें एम्बुलेंस तक पहुँचाने में जुट गए। यह दृश्य देखकर बहुतेरे किसान ऊपर गए और निहंगों के आगे हाथ जोड़कर खड़े हो गए। किसान उनसे बार-बार किसी पुलिसवाले पर हमला न करने के लिए कह रहे थे। पुलिस ने भी उस वक्त अपने सिर पर रूमाल रख

लिया और हाथ जोड़ लिये। निहंगों और पुलिस के बीच चला संघर्ष समाप्त हुआ और निहंग सिक्ख भी पीछे हट गए।

देर रात तक किसानों के ट्रैक्टर लाल किले के सामने से चक्कर लगाकर वापस लौटने लगे थे। वहाँ मौजूद किसान हरिन्द्र ने मुझे बताया कि "निहंग सिक्खों ने लाल किले पर एक लकीर खींच दी कि जो लड़ना नहीं चाहते वो लकीर के पार चले जाएँ, लेकिन किसानों ने निहंगों के आगे हाथ-पाँव जोड़कर शान्त कर दिया। शाम 7 बजे के आसपास दिल्ली पुलिस ने लाल किले की बिजली काट दी और दरवाजे भी बन्द कर दिये। इसके कारण अनेकों किसान अन्दर ही रह गए। पुलिस ने अन्दर फँसे किसानों के साथ मारपीट कर उन्हें गिरफ्तार कर लिया।"

लाल किले से करीब तीन किलोमीटर दूर आईटीओ चौक पर दोपहर करीब एक बजे के आसपास जिस किसान की मौत हुई, उसका नाम नवरीत सिंह था। उत्तर प्रदेश के उस 25 वर्षीय नौजवान के शव को किसानों ने आईटीओ चौराहे पर लाकर रख दिया। उस समय घटनास्थल पर मौजूद प्रत्यक्षदर्शी, हरमनजीत सिंह और बलविंदर सिंह ने *कारवाँ* को बताया कि वे गाजीपुर सीमा पर चल रहे धरने से नवरीत मध्य दिल्ली के आईटीओ आए थे। नवरीत अपने ट्रैक्टर को राजधानी में दीनदयाल उपाध्याय मार्ग पर चला रहा था जब पुलिस ने उस पर गोली चलाई जिससे उसकी तुरन्त मौत हो गई और ट्रैक्टर पलट गया। जिस स्थान पर नवरीत की मौत हुई उसके बगल की इमारत की बाउंड्री वॉल के साथ लगी ग्रिल्स की ओर इशारा करते हुए उन्होंने कहा, "कुछ पुलिस वाले उस तरफ से आए थे, उनमें से तीन या चार लोग यहाँ थे, उन्होंने गोली चला दी।" हरमनजीत ने भी पुलिस पर नवरीत की हत्या का आरोप लगाया। शाम साढ़े पाँच बजे के करीब नवरीत के शव को एक ट्रॉली में रखकर किसान वहाँ से लेकर चले गए।

नवरीत सिंह भी उस कारवाँ का हिस्सा था जो गाजीपुर से चला था और निजामुद्दीन से आउटर रिंग रोड पर किसान परेड करते हुए आईटीओ तक आया था। यहाँ किसानों पर पुलिस ने भारी मात्रा में आँसू गैस के गोले फेंके

और लाठीचार्ज किया था। इसी दौरान नवरीत सिंह की मौत हुई।

प्रत्यक्षदर्शी किसान दावा कर रहे थे कि नवरीत सिंह की मौत दिल्ली पुलिस की गोली लगने से हुई है। दिल्ली पुलिस ने मौत की वजह दुर्घटना बतलाई। नवरीत की मौत के कुछ ही घंटों के भीतर मीडिया संगठनों ने एक छोटी क्लिप चलानी शुरू कर दी, जो कथित तौर पर दीनदयाल उपाध्याय मार्ग पर लगे सीसीटीवी फुटेज से ली गई थी। क्लिप को एक डिवाइस की स्क्रीन से रिकॉर्ड किया गया था, जिसमें घटनास्थल से कुछ ही दूरी पर एक ट्रैक्टर पुलिस बैरिकेड से टकराता और पलटता दिखाया गया है।

कारवाँ ने अपनी रिपोर्ट में बताया कि, वीडियो के शुरू में ट्रैक्टर पलटने से पहले क्लिप कुछ सेकेंड जल्दी से आगे बढ़ जाती है। विभिन्न पत्रकारों और समाचार रिपोर्टों ने इस वीडियो के आधार पर निष्कर्ष निकाला कि नवरीत की मृत्यु ट्रैक्टर दुर्घटना के परिणामस्वरूप हुई लेकिन वीडियो यह निर्धारित नहीं करता कि गोली नहीं चलाई गई थी। वास्तव में, वीडियो की गति बढ़ाई गई है जो स्पष्ट रूप से दिखाता है कि प्रसारित करने से पहले इसे सम्पादित किया गया है। कई समाचार संगठनों ने कहा कि दिल्ली पुलिस ने मौत को एक दुर्घटना बताया है और सीसीटीवी फुटेज में सम्पादन के लिए दिल्ली पुलिस को जिम्मेदार ठहराया। लेकिन पुलिस ने खुद वीडियो जारी करने की पुष्टि नहीं की, न ही सीसीटीवी फुटेज की प्रामाणिकता की पुष्टि की। वीडियो प्राप्त करने वाले एक पत्रकार ने हमें बताया कि उसे यह आयुक्त कार्यालय द्वारा भेजा गया था और इसके बारे में नहीं बताने के लिए कहा गया था। "उन्होंने कहा कि मैं इसे केवल सामान्य रूप से दिल्ली पुलिस के हवाले से दिखा सकता हूँ।" वीडियो के बारे में पुलिस से पूछे गए सवालों का *कारवाँ* को कोई जवाब नहीं मिला।

नवरीत की शहादत की खबर उनके दादा हरदीप सिंह डिबडिबा तक पहुँची तो उन्होंने कहा कि नवरीत किसान आन्दोलन का शहीद है और अब किसान नेताओं को तय करना है कि उसका क्या करना है? उत्तराखंड के किसान दो घंटे तक नवरीत के शव को लेकर वहाँ बैठे रहे और किसान नेताओं से वहाँ आने की अपील करते रहे। लेकिन एक भी किसान नेता वहाँ नहीं पहुँचा। संयुक्त किसान मोर्चा ने भी उसकी शहादत को अपनाने से कन्नी काट ली। उस दिन गिरफ्तार हुए किसानों पर संयुक्त किसान मोर्चा के नेतृत्व ने एक शब्द भी नहीं बोला। इसके उलट आउटर रिंग रोड और लाल किले

जाने वाले किसानों को शरारती तत्त्व घोषित कर अपना पल्ला झाड़ने में लग गए। दरअसल मीडिया ने इस घटना से जुड़े कुछ तथ्यों को प्रमुखता से छापा था कुछ को छुपा लिया था। किसान नेताओं को लाल किले पर हुई घटनाओं की खबर इसी मीडिया से मिल रही थी। मीडिया किसान नेताओं के मुँह में शब्द डालने की कोशिश में लगी हुई थी और कुछ हद तक सफल भी हुई।

न्यूज चैनलों पर पूरा दिन एक वीडियो क्लिप लगातार दिखाई गई, जिसमें ध्वजारोही तिरंगा फेंककर निशान साहिब लेकर ऊपर चढ़ते हुए दिखाया गया। इससे लोगों को यह बताने की कोशिश की गई कि किसानों ने तिरंगा उतारकर फेंक दिया और खालिस्तान का झंडा चढ़ा दिया, जबकि मुख्य पोल पर लहर रहे तिरंगे झंडे के साथ किसी किसान ने कोई छेड़खानी नहीं की थी और न ही किसानों ने कोई खालिस्तानी झंडा फहराया था। किसानों ने खाली पोल पर निशान साहिब और किसान यूनियन का झंडा लहराया था और लाल किले की छतरियों के गुंबदों पर कीरती किसान यूनियन, उगराहाँ, राजेवाल चढ़ूनी, किसान मजदूर संघर्ष कमेटी आदि यूनियनों के अलावा भगत सिंह दाँती-हथौड़े के झंडे चढ़ाए थे। लेकिन मीडिया के एक बड़े हिस्से ने इस घटना के बाद किसान आन्दोलन को हिंसक बताते हुए इसके खिलाफ खुलकर बोलना शुरू कर दिया।

इस प्रचार के दबाव में किसान नेताओं ने भी हताशा में लाल किला जाने वाले किसानों की मुखालफत करनी शुरू कर दी, उन्हें गद्दार कहना शुरू कर दिया। खाली पोल पर निशान साहिब चढ़ते ही संयुक्त किसान मोर्चा के नेता बलबीर सिंह राजेवाल, योगेन्द्र यादव और प्रेम सिंह भंगू इत्यादि ने तुरन्त इसकी निन्दा करनी शुरू कर दी थी।

किसान नेता उस दिन अपने ही लोगों को अपना मानने के लिए तैयार न थे। फरवरी के पहले सप्ताह में जब एक रोज मैं दर्शनपाल से बात करने गया तो उन्होंने मुझसे कहा कि मुट्ठी भर लोग ही लाल किला गए थे। "एह साड्डे नहीं" सुन-सुनकर मेरा विवेक जवाब देने लगा था। मुझसे रहा न गया और दर्शनपाल से मैंने कहा, "पिछले दो महीने से जब ये किसान सिंघु, गाजीपुर और टिकरी पर लगे मोर्चों पर बैठे थे, तब तक ये आपके अपने थे। जब ये आगे चले गए और अपनी मनमर्जी मुताबिक कोई काम कर आए तो आप कह रहे हैं कि ये आपके अपने नहीं हैं। बाल सफेद हो गए हैं प्रधान। क्या कभी सोचा था कि ऐसे दो नावों में सवार होकर भी यात्रा करोगे!"

दर्शनपाल के पास बैठे बीकेयू (डकोंदा) के नेता जगमोहन बिदक गए और कहने लगे, "सिर्फ 1-2 प्रतिशत किसान ही दिल्ली गए थे। बाकी तो हमारे साथ सरकारी रूट पर गए थे।"

मेरा जवाब था, "वैसे तो 50 फीसदी के आसपास किसान मोर्चों पर ही फँसे रहे। लेकिन, जो किसान परेड के लिए उस दिन मोर्चों से निकले, उनमें से 80 प्रतिशत किसान आउटर रिंग रोड पर भी चढ़े हैं और अधिकतर लाल किले भी गए हैं।"

उस दिन शाम को मेरी कई पत्रकारों से जो बातचीत हुई उसके अनुसार टिकरी बॉर्डर से कुल ट्रैक्टरों का मात्र 30 प्रतिशत किसान ही परेड में शामिल हो पाया था। इनमें आधे आउटर रिंग रोड पर चढ़े और आधे बीकेयू (उगराहाँ) के कारवाँ में पुलिस के साथ तय किए गए रूट पर चले गए। बाकी ट्रैक्टर नेतृत्व द्वारा रोके जाने के कारण जहाँ के तहाँ ही खड़े रह गए।

दिन ढल गया था, रात गहरा रही थी। फोन में इंटरनेट बन्द हो चुका था। मैं भी मेरे अपने गाँव खुड़न से आए अपने किसान भाइयों के साथ उनके ट्रैक्टर पर बैठ वापस सिंघु लौट आया था। रास्ते-भर अपने गाँव के किसानों से बातचीत कर मुझे यह लगने लगा कि हरियाणा के किसान इस घटना के मायने सही तरह से समझ नहीं रहे हैं। मेरे गाँव के अमित पुनिया ने खुश होकर कहा, "जिन्दा कौमों के झंडे तो झूलते ही हैं। तुम मीडिया वाले इतना हल्ला क्यों कर रहे हो। क्या किसान अपना झंडा लाल किले पर भी नहीं फहरा सकते।"

अमित की बात सुन एकबारगी मुझे भी लगा कि इतना सरल खयाल लोग क्यों नहीं समझ रहे हैं। लेकिन नहीं, अमित वह नहीं सोच पा रहा था, जो मेरे दिमाग में चल रहा था। मेरे लिए पहला सवाल यही था कि क्या सरकार किसानों की इस परेड को हमारी नजर से देखेगी! या मीडिया द्वारा चलाया जा रहा खालिस्तान वाला प्रोपेगैंडा चल निकलेगा और गैर-सिक्ख जनता को बिदकाने में सरकार कामयाब हो जाएगी? सत्तापक्ष के लोग इस परेड को आतंकी या देशविरोधी गतिविधि बताकर इसके उलट किसी और किस्म का आन्दोलन तो नहीं खड़ा कर देंगे?

दिल्ली से सिंघु की तरफ लौट रहे ट्रैक्टरों का रेला वहाँ जाने के लिए बेचैन दिखाई पड़ रहा था, जहाँ वह पहुँचना चाहते थे। मैं भी सिंघु पहुँचने के लिए बेचैन था। पहुँचा तो दौड़कर संयुक्त किसान मोर्चा के स्टेज पर गया और स्टेज के पास खड़ा होकर वापस लौट रही इस कतार को निहारता रहा।

दिल्ली से वापस लौट रहे ट्रैक्टरों का सिलसिला रात बारह बजे तक चलता रहा। सिंघु से किसान परेड में न जा सके किसानों के चेहरे उतरे हुए थे और नेताओं द्वारा परेड में जाने से रोकने के कारण गुस्से में लाल हुए जा रहे थे। यही हाल उस वक्त टिकरी बॉर्डर का भी था। नाराज किसानों की एक बड़ी गिनती उस वक्त बॉर्डरों पर जहाँ खड़ी थी, वहीं से वापस अपने गाँव-घर के लिए लौटना शुरू हो गई।

गहराते अँधेरे के बीच पसरे छिटपुट चाँदनी में सिंघु बॉर्डर के स्टेज से कुछ किसान नेता भाषण शुरू कर चुके थे। एक नेता ने लाल किले पर निशान साहिब चढ़ाने की निन्दा करने की कोशिश की, तो एक बुजुर्ग ने फौरन उसके हाथ से माइक छीन लिया और डाँटकर धक्का दे दिया।

रिंग रोड पर परेड करने गए नौजवानों में एक हिस्सा ऐसा भी था, जो सिंघु वापस नहीं जाना चाहता था। लेकिन मीडिया में चलाए जा रहे नैरेटिव और खुद किसान नेताओं द्वारा गद्दार कहे जाने के दबाव में दिल्ली रात तक खाली हो गई। बस वही किसान बचे रह गए जिन्हें पुलिस ने गिरफ्तार कर लिया था। नेताओं ने गिरफ्तार किए गए किसानों के हक में बोलने की बजाय इनसे दूरी बनाकर उन्हें बदनाम करने का रास्ता चुना। इंटरनेट बन्द हो चुका था, फिर भी संयुक्त किसान मोर्चा के फेसबुक पेज से एक वीडियो जारी किया गया, जिसमें किसान नेता राजिन्द्र दीप सिंहवाला ने दिल्ली जाने वाले किसानों पर आन्दोलन के बिखराव के लिए इल्जाम लगाए और आउटर रिंग रोड पर जाने की घटना के लिए किसान मजदूर संघर्ष कमेटी, सिद्धू, लक्खा सिधाना, SFS और कई दूसरे नौजवानों को सरकार की साजिश का हिस्सा बताकर गद्दार घोषित कर दिया।

रात के करीब 12 बजे होंगे, जब सिंघु से वापस अपने गाँव निकल रहे ट्रैक्टर-ट्रॉलियों की कतार के किनारे कुछ महिलाएँ चूड़ियाँ लेकर खड़ी थीं। वे महिलाएँ वापस जा रहे किसानों को चूड़ियाँ दिखा रही थीं। मैं भागकर उनके पास गया और पूछा कि वह ऐसा क्यों कर रही हैं। उनमें से एक ने बताया कि वे वापस गाँव जा रहे किसानों को चूड़ियाँ दिखाकर उन्हें बुजदिल साबित कर रही हैं। इसी बीच एक ट्रैक्टर रुका और उसमें से एक नौजवान उतरकर उन महिलाओं के पास आया और बोला, "किसान नेता हमें गद्दार कह रहे हैं और आप भगोड़े, हमारी गलती बताओ क्या है?"

इस घटनाक्रम के बाद हर कोई किसानों को अपनी विचारधारा के तवे पर

चढ़ाकर सेंक देना चाहता था। अगर किसी ने मुझसे पूछा होता कि ये किसान कौन थे? तो मैं बेझिझक कहता, 'ये किसान निश्चित ही संघर्षशील लोगों के प्रतिनिधि किसान थे, जिनके संघर्ष को कई तरह के पायजामे पहनाने के लिए सत्ता और सत्तापक्ष के इर्द-गिर्द रहने वाले लोग दौड़-भाग कर रहे थे।'

अभिषेक का फोन बजा। उन्होंने मुझसे सारी घटना सुनी और कुछ उसमें जोड़ा। फिर एक लम्बी गहरी साँस ले अपना आकलन बताया, "आज के बाद किसान आन्दोलन अगर जारी रहता है तो वो बेशक पॉलिटिकली करेक्ट रहेगा, लेकिन उसकी ऊर्जा, मासूमियत और ताकत पहले जैसी नहीं रहेगी। उसमें वो निश्छलता नहीं रहेगी जो किसानों की सहज पहचान होती है। उस त्वरा से ये आन्दोलन महरूम हो जाएगा जो केवल युवा शक्ति में पाई जाती है। इस घटना से जितना दुख नेतृत्व को हुआ है, उससे सौ गुना ज्यादा दुख तमाम कार्यकर्ताओं को हुआ है। दुख की बात ये है कि इस दुख को समझने और सम्बोधित करने वाला कोई नहीं है। उस घर में भी नहीं, जहाँ अन्ततः इन्हें लौट जाना है। आगे नाथ न पीछे पगहा वाली हालत हो गई है। तुम तो सिंघु बॉर्डर से लौटते उदास ट्रैक्टर-ट्रॉलों में यह छवियाँ देख ही रहे हो।"

किसानों के लौटने की बहुतेरी वजहें रही होंगी, पर मुझे मुख्यतः दो-चार ही समझ आईं। एक, कुछ लोग सिर्फ 26 जनवरी, 2021 की किसान परेड में शामिल होने के लिए ही आए थे, और उनको किसान परेड के बाद वापस लौटना ही था। दूसरी, बहुतेरे किसान परेड के कारण मोर्चे पर काफी दिनों से रुके हुए थे और उनका इरादा था कि परेड खत्म होने के बाद कुछ दिन के लिए विश्राम करने अपने घर जाएँगे। तीसरी, मुझे संयुक्त किसान मोर्चा के किसान नेताओं की भाषणबाजी और खुद को सही साबित करने के लिए किसानों को कोसने की नीति लगी। किसान नेता, जनता की हिम्मत बढ़ाने की बजाय, उन्हें शरारती तत्त्व बता रहे थे और पुलिस से माँग कर रहे थे कि इन तत्त्वों को तुरन्त गिरफ्तार करो। नेताओं के इस रुख से नाराज होकर नौजवान किसानों का एक बड़ा हिस्सा मोर्चे से वापस लौट गया। इन नौजवानों के लौटने से मोर्चे की रौनक भी कम हो रही थी, मगर नेता लोग मंच से मायूसी पसारने से बाज नहीं आ रहे थे। इस मायूसी को पसारने में एक तरह की भूमिका हम पत्रकारों की भी थी, जो लगातार ऐसी खबरें भेज रहे थे जो घरों में बैठे इन किसानों के परिवारजनों को चिन्ता में डाल रही थीं। इसलिए परिवारवाले भी

किसानों को फोन कर वापस लौटने का दबाव डाल रहे थे।

दिन-भर पल्ला झाड़ने के बाद किसान नेता मंथन में जुट गए कि अब आगे क्या किया जाए। पंजाब के 32 संगठनों की बैठक में जगजीत डल्लेवाल ने शुरू में ही वह कहा जो राजेवाल को दिन-भर देश के मंत्रियों ने समझाया था। डल्लेवाल बैठक में खड़े हुए और गांधी के चौरा-चौरी कांड के बाद आन्दोलन वापस लेने का जिक्र करते हुए आन्दोलन को सस्पेंड करने का एजेंडा रखा। अभी डल्लेवाल के मुँह से एजेंडा पूरा निकला भी नहीं था, उससे पहले ही, "यह नहीं होना। यह नहीं होना" ध्वनि मत से खारिज हो गया।

सरकार किसान नेताओं को गांधी का चश्मा पहनाना चाहती थी, वह भी इस घटना के लिए जिसमें खुद किसानों ने नवरीत सिंह को खोया था। न तो किसानों ने कोई पुलिस स्टेशन जलाया था और न ही किसी की जान ली थी। मेरी आँखों ने पिछले दो महीने से जो देखा था, उसके लिए गांधी का चश्मा सरकार को पहनाया जाना चाहिए था, किसानों को नहीं। दिल्ली बॉर्डरों पर डटे किसान पुलिस की लाठियाँ और आँसू गैस के गोले खाकर यहाँ तक पहुँचे थे। सार्वजनिक सम्पत्ति के नुकसान को भी देखें तो प्रशासन ने ही सड़कें खोदीं, पेड़ काटे, लोहे और सीमेंट के अनगिनत बैरिकेड लगाए। मेरे एडिटर ने मेरी आँखों-देखी को गठरी में बाँधते हुए उस रात कहा, "यह सब जो हुआ है, उसकी जिम्मेवार सरकार है न कि किसान।"

अगली सुबह दिल्ली की सड़कें खाली हो चुकी थीं। कई किसान जेल तक पहुँच गए, कइयों के ट्रैक्टर दिल्ली में यहाँ-वहाँ छूट गए। सड़कों पर लाठियों-हथियारों से लैस सुरक्षाबल और पुलिस मार्च कर रहे थे। एक गणतंत्र दिवस और दो परेड बीते दिनों की बात लग रही थी।

26 जनवरी, 2021 की उस स्याह रात वापस लौट रहे ट्रैक्टरों के शोर के बीच सोना इतना आसान नहीं था। बड़े नेताओं द्वारा किसान परेड में शामिल हुए किसानों को गद्दार कहने से फैली मायूसी से कैसे बचा जाए, मुझे समझ नहीं आ रहा था। जिन सवालों का जवाब नहीं सूझ रहा था, उनकी बुक्कल मार मैं भी अपने तम्बू के एक कोने में पसर गया।

27 जनवरी की सुबह निकला तो सबसे पहले मेरी नजर उन ट्रैक्टरों की तरफ गई, जो अपने घरों की तरफ लौट रहे थे। मायूस रात के बाद नया सवेरा भी उतना ही मायूस। तड़के-तड़के ही मैं स्टेज की तरफ चला। लोगों के उदास चेहरों और बुझी आँखों में झाँकना मुश्किल था। स्टेज के पास पहुँचा तो वहाँ पंडाल में बैठे किसानों में भी वैसी ही मायूसी। स्टेज पर पंजाब के किसान नेताओं का झुंड कुछ कहनेवाला था। वहाँ हर कोई यह जानने के लिए आतुर कि वे क्या कहेंगे?

पोटली खुली और कार्रवाई शुरू हुई। एक-के-बाद-एक, लगभग सारे किसान नेताओं ने लाल किले की घटना का हवाला देकर दिल्ली परेड करने गए किसानों को गरियाने का सिलसिला शुरू किया। राजेवाल ने किसान मजदूर संघर्ष कमेटी के पन्नू और सिद्धू को सरकार के साथ मिलकर साजिश करने का आरोप लगाते हुए कहा कि गद्दार पहचान में आ गए हैं। नाम लिये बगैर लक्खा सिधाना पर हमला किया। साथ ही SFS पर निशाना साधते हुए कहा कि खुद को पंजाब यूनिवर्सिटी के छात्र कहने वाले लोग भी इसमें शामिल थे, वो ट्रॉली-दर-ट्रॉली जाते थे और किसान नेताओं को कमजोर, बिकाऊ और एक जैसे बतलाते थे। उनकी बातें नहीं सुननीं, लेकिन उनको कुछ कहना भी नहीं है। उनकी बात नहीं सुनोगे तो वो खुद ही तीन-चार दिन में ही यहाँ से भाग जाएँगे।

राजेवाल ने हरियाणा के गुरनाम सिंह चढ़ूनी को भी लपेटा। कहा कि 26-27 नवम्बर, 2020 को दिल्ली चलो की तैयारी बैठक में हरियाणा के किसान संगठन शामिल थे। मुझे इस बैठक की अध्यक्षता करने के लिए कहा गया। मैंने कहा कि हरियाणा के बच्चे उनके कंट्रोल में नहीं हैं। जाट आरक्षण के वक्त उन्होंने गलत काम किए थे। उस संगठन ने विश्वास दिलवाया कि आगे ऐसा नहीं होगा। आज लाल किले से हमारे पंजाब के बच्चे तो हमारे कहने से वापस भी आ गए, लेकिन हरियाणा वाले अभी भी वहीं घूम रहे हैं। इस घटना ने हमें आन्दोलन से गन्द निकालने का मौका दिया है ताकि आन्दोलन को शान्तिपूर्ण रखा जा सके।

राजेवाल के बाद किरती किसान यूनियन के राजिन्द्र सिंह ने जो भाषण दिया उसके बाद वहाँ अशान्ति फैल गई। अपनी पैनी और ऊँची आवाज में जोश भरकर उन्होंने कहा कि झंडा सरदारों ने नहीं, गद्दारों ने चढ़ाया है और किसान मजदूर संघर्ष कमेटी, सिद्धू और लक्खा सिधाना ने सरकार के साथ

मिलकर आन्दोलन की पीठ में छुरा मारा है। उन्होंने लक्खा सिधाना और सिद्धू को एजेंसियों का यार बताते हुए उनके खिलाफ नारे लगवाए। SFS और DSO पर भी आरोप लगाए और कहा कि SFS और DSO वाले बताएँ कि लाल किले पर झंडा चढ़वाने के लिए गुरपतवंत सिंह पन्नू एक (खालिस्तानी समर्थक) ने कितने पैसे दिये हैं।

वक्ताओं ने किसान परेड से दबाव में आई सरकार पर हमला बोलने की बजाय सत्ता से बचने और अपने पक्ष को सही साबित करने के लिए दिल्ली गए किसानों से पल्ला झाड़ लिया। राजेवाल के हमले के बाद गुरनाम सिंह चढ़ूनी का भी चेहरा उतर गया था। दिल्ली के भीतर परेड करने का हिमायती होने के बावजूद वह राजेवाल का दबाव महसूस कर रहे थे। उन्होंने किसी का नाम लिये बिना ही कहा कि झंडा चढ़ाने वाला गद्दार था, लेकिन हमें सोचना चाहिए कि 'शायद हमारे फैसले से जनता राजी नहीं थी। इस सारे फसाद के लिए केन्द्र सरकार और प्रशासन भी जिम्मेदार है।'

भाषणों के दौरान ही किसान पंडाल से उठकर अपने तम्बुओं और ट्रॉलियों में वापस जाने लगे। यह देखकर मैं अन्दर-ही-अन्दर कुलबला रहा था। सवालों का बवंडर अन्दर झोंका मार रहा था, लेकिन उसे शाम को होने वाली मोर्चे की प्रेस कॉन्फ्रेंस के लिए बचाकर रखना था।

भाषणों के बाद 27 जनवरी, 2021 को ही 32 संगठनों की बैठक हुई, जिसमें दिल्ली परेड में जाने वाला मामला फिर से उठाया गया। पंजाब के दो किसान संगठनों को आउटर रिंग रोड पर हुई परेड में शामिल होने का आरोप लगाते हुए बैठक में शामिल होने और स्टेज पर अपनी बात रखने से वंचित कर दिया गया। इस मामले की जाँच करने के लिए तीन सदस्यीय जाँच कमेटी बना दी गई। दो में से एक आजाद किसान कमेटी के प्रधान हरपाल संघा ने पूछा कि मेरे साथ दूसरे किसान संगठनों के प्रधान भी आउटर रिंग रोड पर गए थे। मेरे ऊपर ही कार्रवाई क्यों की जा रही है? राजेवाल और उनकी हाँ में हाँ मिलाने वाले बाकी संगठनों ने जवाब दिया कि बाकी लोगों को तो रूट नहीं पता था इसलिए वे गलती से आउटर रिंग रोड पर चढ़ गए थे और उन्होंने इसके लिए माफी भी माँग ली है।

प्रतिबन्ध का शिकार हुए दूसरे किसान संगठन का नाम बीकेयू (क्रान्तिकारी) था, जिसके प्रधान सुरजीत सिंह फूल पर भी आउटर रिंग रोड पर जाने का

आरोप था। फूल ने कहा कि वह तो संयुक्त किसान मोर्चा के साथ दोपहर बारह बजे ही किसान परेड के लिए निकले थे और गुरनाम सिंह चढ़ूनी की गाड़ी में थे। जब किसान परेड वाला रूट बन्द मिला और गड़बड़ की खबर मिली तो वह चढ़ूनी के साथ जनता और अपने कैडर को वापस लाने गए थे। उन्हें जवाब मिला कि सुरजीत सिंह फूल चालाकी से गुरनाम सिंह चढ़ूनी को भी अपने साथ आउटर रिंग रोड पर ले गए थे।

दरअसल इन दो किसान संगठनों के खिलाफ कार्रवाई करने का फैसला पिछली रात यानी 26 जनवरी की रात को बलबीर सिंह राजेवाल की गाड़ी में ही हो चुका था, बैठक में तो इसे सिर्फ पारित किया गया। बैठक में यह भी फैसला लिया गया कि इसे अभी सार्वजनिक नहीं किया जाएगा। लेकिन कई किसान संगठनों के नेताओं ने खुद ही इसे मोर्चे पर मौजूद कई पत्रकारों को बता दिया, जिनमें मेरे अलावा *पंजाबी ट्रिब्यून* के रिपोर्टर भी थे।

इसी तरह सोनीपत और आसपास के इलाके में सक्रिय संगठन भारतीय किसान पंचायत को भी संयुक्त किसान मोर्चा से बाहर करने की कोशिश की गई। राजेवाल हरियाणा के संगठनों को भी संयुक्त किसान मोर्चे से बाहर करना चाहते थे। 27 जनवरी को ही हरियाणा के कैथल जिले में राजेवाल का पुतला भी फूँका गया और उनके द्वारा हरियाणा वालों के बारे में दिये गए भाषण की चौतरफा निन्दा होने लगी। उसके बाद राजेवाल पीछे हट गए और हरियाणा के किसान संगठनों को बाहर निकालना तो दूर, बल्कि 27 जनवरी को ही उन्हें हरियाणा वालों से माफी माँगनी पड़ी।

राजेवाल के लिए हरियाणा के किसान दरअसल इसलिए भी सरदर्द बने हुए थे कि वे किसान नेताओं के फैसलों पर सवाल-जवाब करते थे। सरकार के साथ कोई समझौते की बात चलती तो हरियाणा के किसान तीखी प्रतिक्रियाएँ देते थे।

वैसे भी यह प्रतिक्रियाओं का ही दौर था। सोशल मीडिया पर भी आन्दोलन के खिलाफ लगातार तीखी बातें लिखी जा रही थीं। इंटरनेट बन्द होने की वजह से मोर्चे पर डटे किसानों के लिए इन बातों का जवाब देना मुश्किल हो रहा था। मोर्चे में उभर रहे विरोधाभास तेज होते-होते दो धड़ों में बँट गए थे। एक धड़ा दिल्ली पुलिस द्वारा दिये गए परेड रूट के हिमायतियों का था, तो दूसरा दिल्ली में परेड करने गए लोगों का। पहले धड़े का सारा जोर किसान

नेताओं को सही ठहराने और दिल्ली गए किसानों को गद्दार बताने पर था। इस धड़े से जुड़े कई किसान संगठन दिल्ली परेड करने गए किसानों को दिल्ली पुलिस द्वारा गिरफ्तार कराने की कोशिशें कर रहे थे। 27 की शाम को ही दिल्ली पुलिस के एक अफसर ने मुझे 13 नौजवानों की एक लिस्ट दिखाई जिसे पंजाब के ही एक किसान संगठन के किसान नेता ने उन्हें दिया था। इस लिस्ट में 25 जनवरी की शाम को मंच पर जाने वाले लक्खा सिधाना, सिद्धू, मंधीर सिंह, सुखप्रीत सिंह उद्दोके, SFS के रमन, हरियाणा के नवदीप सिंह (वाटर कैनन बॉय) और अमरजीत मोहड़ी के भी नाम थे।

27 जनवरी, 2021 की शाम जो प्रेस कॉन्फ्रेंस हुई उसमें बहुत भीड़ थी। राजेवाल ने कहा कि देश की भावनाएँ आहत हुई है। और हमारी भी हुई हैं। योगेन्द्र यादव ने एक कदम आगे बढ़कर कहा कि लाल किले पर तिरंगे के अलावा कोई भी झंडा चढ़ाना बेअदबी है। उन्होंने सिद्धू के सामाजिक बहिष्कार की बात भी कही। प्रेस कॉन्फ्रेंस में जब मैंने पहला सवाल पूछा तो उसे टाल दिया गया। थोड़ी देर बाद ही वॉलंटियर आए और मुझे प्रेस कॉन्फ्रेंस से बाहर जाने को कहा लेकिन साथ में खड़े हरियाणा-पंजाब के पत्रकारों के विरोध के कारण वे लौट गए।

प्रेस कॉन्फ्रेंस शुरू होने से पहले जो प्रेसनोट मिला उसका सार था कि लाल किले पर थोड़े से ही लोग गए थे। वे शरारती तत्त्व थे। इस नोट में लाल किले पर झंडा चढ़ाने की निन्दा की गई थी और झंडा चढ़ाने की घटना का बहाना बनाकर उन सभी लोगों पर निशाना साधा गया था जो परेड करने के लिए दिल्ली गए थे। परेड को सरकार की साजिश करार देते हुए कहा गया कि किसान आन्दोलन को बदनाम करने के लिए सरकार ने अपने एजेंटों के जरिये यह सब करवाया है और लाल किले जाने वाले थोड़े से लोगों का संयुक्त किसान मोर्चे से कोई रिश्ता नहीं है। इन थोड़े से लोगों को पुलिस ने खुला रास्ता दिया जबकि पुलिस के साथ तय रूट पर बैरिकेड लगा दिये। इन्हीं की वजह से अब हमें संसद मार्च को रद्द करना पड़ रहा है। प्रेसनोट में किसान नेताओं को बेकसूर बताते हुए उन पर की गई एफआईआर की निन्दा

की गई थी। लाल किले की घटना को शरारती तत्त्वों का काम बताते हुए उन्हें ढूँढ़-ढूँढ़ कर खत्म करने की बात कही गई थी।

मैं और मेरे पत्रकार दोस्त प्रभजीत यह प्रेसनोट साथ ही पढ़ रहे थे। प्रभजीत घबरा-से गए और हकलाती-सी जुबान में बोले, "किसान नेता जो बयानबाजी कर रहे हैं, उससे पंजाब-हरियाणा के नौजवानों की गिरफ्तारी के रास्ते खुल रहे हैं।" उस समय तो प्रभजीत की बात मुझे समझ नहीं आई, मगर जब नौजवानों की गिरफ्तारी का सिलसिला चला तो समझ आया कि वह ऐसा क्यों कह रहे थे।

27 की रात थकान के कारण मैं गहरी नींद में था जो टेंट के बाहर से गुजर रहे तिरंगा मार्च में लग रहे 'वंदे मातरम्', 'भारत माता की जय' जैसे नारों से टूटी। इस पूरे आन्दोलन में यह नारे मैंने कभी नहीं सुने थे। तम्बू से बाहर निकलकर देखा तो संयुक्त किसान मोर्चे के नेता ट्रैक्टरों और पिकअप गाड़ियों पर तिरंगे निकालकर मार्च कर रहे थे। मार्च में सिर्फ तिरंगे ही दिखाई दे रहे थे। न किसान यूनियन के झंडे थे और न ही निशान साहिब के। डल्लेवाल से मैंने इसके बारे में पूछा तो उन्होंने बताया कि हम लोग तिरंगा सद्भावना मार्च निकाल रहे हैं। उनका कहना था कि हम देशभक्त और राष्ट्रवादी लोग हैं।

मोर्चे पर पहली बार ही मैंने भारत माता की वह तस्वीर भी देखी, जिसे आरएसएस के मंचों पर आम तौर पर देखा जाता है। खुद को बड़ा राष्ट्रवादी दिखाने की जुगत में लगे इन किसान नेताओं में मुझे बलबीर सिंह राजेवाल, जगजीत सिंह डल्लेवाल, दर्शनपाल, गुरनाम सिंह चढ़ूनी, जगमोहन सिंह और राजिन्द्र सिंह नजर आए। ऐसा ही मार्च टिकरी बॉर्डर पर भी निकला। इस मार्च से सम्बन्धित प्रेसनोट में संयुक्त किसान मोर्चा ने कहा कि 'यह मार्च आन्दोलनकारी किसानों को धार्मिक और राज्य के आधार पर बाँटने की कोशिश करने वाली विभाजनकारी ताकतों के खिलाफ है और किसानों में दोबारा एकता की भावना भरने के लिए है। ऊँचे लहराते तिरंगों के बीच साथ यात्रा की गई और किसान नेताओं ने कहा कि देशभक्ति और राष्ट्रवाद पर कुछ ही लोगों का कब्जा नहीं है। वे बोले कि किसानों के घरों से ही भारत के नौजवान पैदा होते हैं और राष्ट्र की सुरक्षा करते हैं, और किसान भी उतने ही देशभक्त हैं।'

साल 2011 की बात है, जब अरुंधति रॉय ने अन्ना आन्दोलन में इस्तेमाल हो रहे प्रतीक और चिन्हों की तरफ इशारा कर पर्दे के पीछे रहकर काम कर रही

राजनीतिक ताकतों की ओर इशारा किया। जाहिर है कि आन्दोलन में इस्तेमाल होने वाले प्रतीकों और चिह्नों से यह तो समझ आ ही जाता है कि आन्दोलन की वैचारिक लड़ी कहाँ बँधी हुई हैं।

इस प्रेसनोट को देखने के बाद मैंने राजिन्दर सिंह से सवाल किया कि धर्म के नाम पर राज्य बनाने की कोई भी माँग किसानी मोर्चों के अन्दर कब उठी? राजिन्दर सिंह ने मेरी तरफ देखा और जवाब दिया, "तुम शायद खालिस्तानियों के पत्रकार हो।" उनका जवाब सुन मुझे समझ आने लगा कि लाल किले पर फहराए गए अनेकों झंडों में मीडिया ने सिर्फ निशान साहिब को ही मुद्दा बनाया और उसे ही खालिस्तानी झंडे के तौर पर पेश किया। यह एक बड़ा प्रोपेगैंडा था। संयुक्त किसान मोर्चा के नेता मीडिया के इस प्रोपेगैंडा के इस कदर शिकार हुए कि उन पर खालिस्तान का भूत सवार हो गया और सवाल पूछते ही मुझे खालिस्तानी की उपाधि से नवाज दिया।

तिरंगा यात्रा करके देशभक्त बनने के रिवाज को निभाने में जुटे किसान नेता जब यह मार्च निकाल रहे थे, उसी समय पुलिस संयुक्त किसान मोर्चा और किसान मजदूर संघर्ष कमेटी के मंचों के बीच आने-जाने का रास्ता बन्द करने के लिए सीमेंट की पक्की बैरिकेडिंग कर रही थी। बैरिकेडिंग हो जाने के कारण किसान मजदूर संघर्ष कमेटी का जत्था, जोकि सिंघु पर दिल्ली की तरफ मुँह किए सबसे आगे बैठा था, वह संयुक्त किसान मोर्चा के स्टेज और बाकी किसानों से कट गया। संयुक्त किसान मोर्चा के नेता न सिर्फ इस बैरिकेडिंग पर चुप रहे बल्कि जो आम किसान इन बैरिकेडों के पास जाकर रास्ता बन्द किए जाने का विरोध कर रहे थे, उनको वहाँ तैनात वॉलंटियरों ने वापस अपनी ट्रॉलियों में जाने को कहा। उन वॉलंटियरों को एसकेएम के नेताओं ने भेजा था। लेकिन किसान नहीं माने और वहीं खड़े रहे।

किसानों की तिरंगा यात्रा के दौरान ही दिल्ली से चलकर एक भीड़ आई, जिसके हाथ में भी तिरंगे और लाठी-डंडे थे। वह किसानों को गालियाँ दे रही थी। देशभक्ति के नारे लगा रही वह भीड़ किसानों को मोर्चे से उठाकर उनके घर भेजना चाहती थी और उन्हें सबक सिखाने की बात कर रही थी। भीड़ जो नारा लगा रही थी, वह था : "दिल्ली पुलिस तुम लट्ठ बजाओ, हम तुम्हारे साथ हैं।"

सिंघु बॉर्डर पर अलग-थलग पड़े किसान मजदूर संघर्ष कमेटी से जुड़े किसानों ने अपनी ट्रॉलियों की गोल-गोल घेराबन्दी कर ली और इन ट्रॉलियों

के बीच आकर इकट्ठा हो गए। इन ट्रॉलियों से थोड़ा ही आगे लगे बैरिकेडों के पार दिल्ली पुलिस और भीड़ खड़ी थी, जो बार-बार किसानों को सिंघु छोड़कर जाने की चेतावनी दे रही थी। इस भीड़ की खबर जब नौजवानों के पास पहुँची, तो नौजवान नई बैरिकेडिंग को फाँदकर पुलिस और भीड़ से घिरे किसानों की मदद करने के लिए वहाँ आ पहुँचे। नौजवानों की बढ़ती संख्या देखकर दिल्ली से आई भीड़ बैरंग लौट गई। नौजवान किसानों ने बैठक कर फैसला किया कि जब तक माझे से आए इन किसानों के सर से खतरा टल नहीं जाता, वे इधर ही पहरा देंगे।

दरअसल 26 की घटना का सिरा पकड़कर मीडिया किसान नेताओं को झंडे के मुद्दे में उलझाए हुए थी और सरकार इसी मुद्दे के चलते किसान नेताओं पर दबाव डालकर मोर्चा खाली करवाने के चक्कर में थी। घटना के बाद राजनाथ सिंह और अमित शाह ने राजेवाल और डल्लेवाल को फोन करके कहा था कि लाल किले पर झंडा चढ़ना देश के लिए बहुत अपमानजनक बात है और इसकी निन्दा करते हुए संयुक्त किसान मोर्चा को हिंसा के बाद गांधी द्वारा आन्दोलन वापस लेने का हवाला देकर दिल्ली के सभी मोर्चों को खाली कर देना चाहिए। दिल्ली के चारों तरफ लगे मोर्चों पर पुलिस और सुरक्षाबलों के अलावा भारतीय जनता पार्टी से जुड़े लोग भी किसानों की घर वापसी के लिए जोर मार रहे थे। यानी सरकार मीडिया, प्रशासन, पुलिस और अपने कार्यकर्ताओं के साथ एक पूरी योजना के साथ तैयार थी।

पहला हमला पलवल में लगे मोर्चे पर हुआ। 26 जनवरी को ही पलवल और फरीदाबाद के किसान पुलिस के भयंकर लाठीचार्ज के शिकार हुए। उस मोर्चे की बागडोर किसान महासंघ के शिवकुमार कक्का के पास थी और वह वहाँ से मोर्चा छोड़कर चले गए थे। पुलिस के कहने पर शिवकुमार कक्का ने अभिमन्यु कोहाड़ को गिरफ्तारी देने को कहा। लेकिन अभिमन्यु नहीं माना और मोर्चा छोड़कर सिंघु आ गया। कक्का और कोहाड़ के मोर्चा छोड़कर चले जाने के कारण नेतृत्वविहीन जनता में से कुछ लोग अन्य मोर्चों पर चले गए और कुछ अपने घर। धारुहेड़ा के पास मसानी बैराज का मोर्चा आसपास के गाँव से आए बीजेपी के कार्यकर्ताओं ने खाली करवा लिया। बीजेपी के कार्यकर्ताओं और हरियाणा पुलिस के दबाव में गंगानगर-हनुमानगढ़ के किसान वापस शाहजहाँपुर बॉर्डर पर चले गए। 26 जनवरी की शाम को पहले से ही दो किसान नेताओं ने मोर्चा छोड़कर जाने का एलान कर दिया था। वीएम सिंह

और ठाकुर भानुप्रताप (चिल्ला बॉर्डर) आन्दोलन छोड़कर वहाँ से चले गए। वीएम सिंह गाजीपुर बॉर्डर पर बैठे थे और उनको लगा कि वह वापस जाएँगे तो उनके साथ उत्तराखंड और यूपी के तराई इलाके के सिक्ख किसान भी वापस चले जाएँगे। लेकिन ऐसा नहीं हुआ। उनकी यूनियन का पक्का कैडर भी उनके साथ नहीं गया।

पलवल और मसानी बैराज धारूहेड़ा के मोर्चे खाली करवाने में सरकार सफल रही थी और उसका अगला लक्ष्य सिंघु, गाजीपुर और टिकरी मोर्चे खाली करवाना था। शुरुआत गाजीपुर से हुई। 27 जनवरी को सरकार ने मोर्चे की बिजली काट दी और पानी की सप्लाई बन्द कर दी। मीडिया के नैरेटिव के दबाव में राकेश टिकैत भी थे और इसी दबाव में ही उन्होंने बयान दे दिया कि जो लोग बैरिकेड तोड़कर लाल किले गए हैं वो मोर्चे पर न आएँ। उन्होंने लाल किले की घटना में आरोपी बताकर कुछ लोगों को दिल्ली पुलिस को मोर्चे के बीच से पकड़ने दिया था। इसलिए नौजवान और किसान भारी संख्या में मोर्चा छोड़कर चले गए थे। इतना ही नहीं, राकेश टिकैत खुद गिरफ्तारी देने के लिए तैयार हो गए थे, जिसकी सूचना दिल्ली पुलिस के अलावा टिकैत का मीडिया सँभालने वाली टीम ने खुद पत्रकारों को दी थी।

आन्दोलन में किसानों का जो सैलाब पहले दिखाई पड़ता था, 28 जनवरी को वह उतर गया था और जो रुके रह गए थे, उनमें भी मायूसी पसरी हुई थी। गाजीपुर बॉर्डर पर केवल 150-200 आन्दोलनकारी रह गए थे। उनमें से भी ज्यादातर उत्तराखंड और तराई इलाके के सिक्ख थे। उस दिन पुलिस ने मोर्चे पर आकर किसानों के तम्बुओं पर नोटिस चिपका दिये और भारी संख्या में मौजूद पुलिसकर्मियों ने एक डरावना फ्लैग मार्च किया, जिसे सारा मीडिया दिखा रहा था। टिकैत द्वारा गिरफ्तारी देने की खबर मीडिया में चल चुकी थी। आन्दोलन के विरुद्ध सरकार की बोली बोलने वाले पत्रकार ट्विटर पर चस्के ले रहे थे। मीडिया, सरकार और पुलिस ने मिलकर ऐसा मानसिक दबाव बना दिया था कि सभी किसानों के दिल हिचकोले खा रहे थे।

दिल्ली पुलिस के नोटिस के बाद बीकेयू (अ) की बैठक हुई, जिसमें यूनियन के बड़े पदाधिकारियों ने भी राकेश टिकैत की गिरफ्तारी के लिए सहमति दे दी और कहा कि किसानों को मंच से सम्बोधित करने के बाद वह गिरफ्तार हो जाएँगे। टिकैत ने बैठक के बाद मंच से एक धन्यवाद भाषण दिया और इशारों में अपनी गिरफ्तारी की बात कही, 'मैं आन्दोलन सफल बनाने के लिए

धन्यवाद देता हूँ। किसान आन्दोलन जारी रहेगा लेकिन हो सकता है कि अब बड़े नेता इस आन्दोलन के साथ न रहें।'

उनके भाषण के बाद बीकेयू (अ) के एक बड़े पदाधिकारी ने पुलिस को मंच के पास आने को कहा। पुलिस उन्हे पकड़ने के लिए मंच पर भी पहुँच चुकी थी। तभी तराई और उत्तराखंड के सिक्ख किसान बात करने के लिए टिकैत को अपने साथ लेकर गए और बताया कि बीजेपी का MLA नन्द किशोर गुर्जर बीजेपी-आरएसएस के कार्यकर्ताओं के साथ आन्दोलन से थोड़ी दूरी पर ही खड़ा है। उसके साथ आए लोग आपके गिरफ्तार हो जाने के बाद किसानों पर हमला कर देंगे।

यह सूचना बिलकुल सही थी। मोर्चे से थोड़ी ही दूर पर भाजपा के कार्यकर्ताओं के हाथों में डंडे थे और वे चिल्ला रहे थे कि पुलिस तुम लट्ठ बरसाओ, हम तुम्हारे साथ हैं।

इस जानकारी के बाद टिकैत ने पुलिस के आला अधिकारियों के साथ सम्पर्क साधा और अपनी गिरफ्तारी के बाद किसानों की सुरक्षा की गारंटी चाही। लेकिन गाजियाबाद के एसपी सिटी और पुलिस के कई अधिकारियों ने जो जवाब दिए वे भरोसे लायक नहीं थे। इसके कारण टिकैत बिदक गए।

दरअसल टिकैत किसी खास विचारधारा में ढले हुए नेता नहीं हैं, लेकिन जमीनी और पंचायती अनुभव में पगे हुए हैं। वह हमेशा जनता में ही रहते हैं इसलिए जनता की सुरक्षा उनके लिए उस समय बड़ी चिन्ता का विषय बन गई थी। वीएम सिंह भाग गया था। कक्का और कोहाड़ भी अपना मोर्चा छोड़ आए थे। लेकिन गिरफ्तारी देकर मोर्चे को अनाथ छोड़ देना, उनको रास नहीं आ रहा था।

टिकैत का भाषण फिर शुरू हुआ। जो टिकैत कुछ देर पहले अपने आपको शान्तिपूर्वक पुलिस के हवाले करने के पक्षधर थे, वह अब अपने किसानों की बोली बोल रहे थे। उन्होंने साफ-साफ भाजपा के विधायकों और कार्यकर्ताओं पर किसानों पर हमला करने के आरोप लगाए। कहा कि अगर आन्दोलन खत्म होता है और किसान वापस जाते हैं तो रास्ते में ये लोग उन पर हमला करेंगे। टिकैत किसानों की सुरक्षा के चलते वहाँ गिरफ्तारी नहीं देना चाहते थे। उन्होंने भावुक होकर कहा कि "अगर यहाँ से हटाने की कोशिश की जाएगी तो मैं फाँसी लगा लूँगा। मैं पानी तभी पीऊँगा जब गाँव से पानी आएगा। पुलिस हमारे साथ धोखा कर रही है।"

इसी बीच पत्रकारों ने राकेश टिकैत के मुँह में माइक ठूँस दिये और पूछने लगे, आप रो क्यों रहे हैं? टिकैत बोले—'ये साजिश कर रहे। किसानों को मारने की कोशिश की जा रही है...' सवाल आया : आप खाली कब करेंगे? जवाब मिला, "नी खैल्ली करणे का, नी खैल्ली करणे का।" मतलब खाली नहीं करूँगा।

वहाँ मौजूद ज्यादातर लोगों को समझ आ गया कि मामला पलट गया है। एक तरफ बिजली-पानी काटकर मोर्चा उठाने की हर मुमकिन कोशिश में लगी सरकार, पुलिस की भारी-भरकम तैनाती और बीजेपी-आरएसएस के लाठी लिये गुंडों से घिरा गाजीपुर का मोर्चा। इसी तरह मोर्चे पर मुट्ठी-भर किसान, उनमें भी ज्यादातर सिक्ख। अपने इन किसानों को इस घेराबन्दी से बचाने के लिए टिकैत टिक गए थे, लेकिन इतने बड़े तंत्र का सामना कर पाना व्यावहारिक नहीं था। अपने लोगों की सुरक्षा का वचन मन में भरे टिकैत को जब मीडियावालों ने टटोला, तो बेबसी के इस आलम में इंटरव्यू देते वक्त टिकैत भावुक हो गए और उनकी आँखों की कोर से आँसू लुढ़ककर उनके चेहरे पर आन पसरे।

भाषण से पहले ही अधिकारियों को टिकैत ने जो जवाब दिया था, उसे सुनकर सारे तितर-बितर हो चुके थे। लेकिन मीडिया वहीं बनी हुई थी और गाजीपुर मोर्चे को खाली करवाने और टिकैत की गिरफ्तारी की खबर प्रमुखता से चला रही थी। हरियाणा के कई जिलों में इंटरनेट बन्द होने के कारण देहाती लोग टीवी के सामने ही बैठे थे और गाजीपुर मोर्चे को उठाने की सरकारी कार्रवाई का सीधा प्रसारण देख रहे थे। देहातियों ने देखा कि उनका चौधरी घिर गया है और सरकार किसानों के खिलाफ कोई बड़ी साजिश रच रही है, फिर तो मानो करिश्मा हुआ और टेलीविजन के सामने जो बैठे थे वे उठ खड़े हुए।

हरियाणा और पश्चिमी यूपी के किसानों को लगा कि सरकार ने अब उनकी पगड़ी पर हाथ डाल दिया है। मीडिया जिस तरह चटखारे लेकर यह सब परोस रहा था वह अनेक लोगों को भारी अपमानजनक महसूस हो रहा था। खुद मुझे ऐसा लग रहा था जैसे जबरदस्ती मेरी जमीन छीनी जा रही हो और घर के सरदार के साथ बदतमीजी कर पुलिस पूरे कबीले को ही बाहर निकाल रही हो। पर मैं एक नियम में बँधा था। देखने और रोने के अलावा कुछ नहीं कर सकता था। मेरे गाँव से फोन आया, "निकल लिए हैं, दो घंटे में गाजीपुर

होंगे। अगर कोई गड़बड़ हुई तो माइक फेंककर बीच में कूद जाना। बेशक मर जाइए। बेइज्जती नहीं होने देनी।" फोन के उस पार मेरे गाँव का नौजवान किसान था, जो उम्र में मुझसे भी छोटा था। हरियाणा और पश्चिमी यूपी में ऐसे असंख्य नौजवान थे जो टिकैत के आँसू गिरते ही गाँव से निकल लिए थे।

हरियाणा के खांडासेरी गाँव का एक नौजवान रात को ही अपने बीवी-बच्चों के साथ यह कहते हुए घर से गाजीपुर मोर्चे की तरफ निकल पड़ा, "मैं अपने बीवी-बच्चों के साथ कुर्बानी देने जा रहा हूँ।" उसके पीछे-पीछे उसका पूरा गाँव ही उसी वक्त गाजीपुर के लिए चल पड़ा। गाजीपुर के आसपास के गाँवों के किसान-नौजवान पैदल ही पानी लेकर मोर्चे की ओर भागना शुरू हो गए। क्या जाट, क्या मुस्लिम, क्या गुर्जर, सभी किसानों का रुख गाजीपुर की तरफ हो चुका था। मोर्चे पर जाने से रोक रही पुलिस का मुकाबला करते, उसे आँख दिखाते, उसको कड़वाहट से झाँकते हुए जनता मोर्चे पर पहुँचने लगी। अभी घड़ी की सुई ने घंटे भर का पलटा ही मारा होगा कि मोर्चे पर देहातियों के ट्रैक्टरों की आमद शुरू हो चुकी थी। हजारों किसान पानी लेकर वहाँ पहुँच चुके थे, ये लोग सिर्फ पानी पिलाने नहीं आए थे बल्कि मोर्चे को बचाने के लिए आए थे, सरकार, पुलिस और गुंडों का मुकाबला करने आए थे। टिकैत के गाँव सिसौली में उसी दौरान किसानों की पंचायत शुरू हो गई और हजारों की तादाद में वहाँ इकट्ठा हुए किसान पानी लेकर उसी रात गाजीपुर के लिए चल पड़े। हरियाणा के कंडेला गाँव में रात 9 बजे ही जाम लगा दिया। यह वही कंडेला गाँव था, जिसने साल 2001 में हुए किसान आन्दोलन में उस वक्त के अड़ियल मुख्यमंत्री ओमप्रकाश चौटाला के घुटने टिकवा दिये थे। जिन गाँवों ने कभी भी किसी किसान अन्दोलन में हिस्सा लिया था, वह सारे गाँव उस वक्त पूरे-के-पूरे उठ खड़े हुए और गाजीपुर की तरफ बढ़ने लगे। उसी शाम गुर्जरों की पंचायत ने भी किसान आन्दोलन का समर्थन करते हुए नंदकिशोर गुर्जर को जाति से बेदखल कर दिया।

रोहतक, हरियाणा, सोनीपत, हिसार, जींद, झज्झर आदि जिलों में उसी रात गाँव-गाँव में पंचायतें होने लगीं, रात को 10 बजे ही जनता उझाना, छातर

जैसे खापों के चबूतरों पर इकट्ठी होने लगी। फैसले होने लगे कि जिसके पास तुरन्त जाने का साधन तैयार है, वह अभी मोर्चों के लिए रवाना हो जाए। बाकी साधनों को सुबह तक तैयार कर लो, हर घर से एक आदमी मोर्चे पर जाएगा। अगर कोई नहीं जाएगा तो उस पर जुर्माना लगेगा। हर घर उसकी जमीन के मुताबिक खर्चे के लिए पैसे देगा और जिनके पास जमीन नहीं है वो हर घर के हिसाब से पैसे देगा।

उस समय सिर्फ गाजीपुर पर ही खतरा नहीं था, टिकरी और सिंघु मोर्चे पर भी सरकार पूरा जोर मार रही थी। सारे किसान गाजीपुर ही न पहुँच जाएँ, इसलिए सभी मोर्चों पर किसानों की संख्या बढ़ाने के प्रस्ताव पंचायतों ने पास किए। उस रात सबसे अधिक किसान गाजीपुर पहुँचे। सिंघु पर भी 60 से ज्यादा ट्रॉलियाँ हरियाणा के गाँवों से आईं। टिकरी मोर्चे पर पहुँची ट्रॉलियों का तो हिसाब लगाना भी मुश्किल था। जनता सरकारी बलों का मुकाबला करने और किसी भी सूरत में मोर्चों को बचाने आई थी। इनमें से कई तो ऐसे थे जिन्होंने 26 जनवरी से लौटने के बाद ट्रॉलियों से तिरपाल भी नहीं हटाए थे, वो रातोरात दोबारा मोर्चे पर आ गए थे।

गाजीपुर आबाद हो चुका था। अब वहाँ सरकार चाहकर भी कुछ नहीं कर सकती थी। लेकिन उसी समय अभिषेक का फोन आया। उनके पास सिंघु पर हमला होने की खबर थी। इसके अलावा भी मेरे पास भी कई स्रोतों से खबर आ गई थी कि आज की रात गाजीपुर के धरने को उठवाने के बाद सरकार सिंघु मोर्च पर हमला करेगी। स्रोतों के अनुसार, सरकार का मानना है कि अगर मोर्चों को एक हफ्ते के भीतर खाली नहीं करवाया जा सका तो फिर किसानों को हटाना टेढ़ी खीर हो जाएगी। इसलिए 28 जनवरी की शाम सरकार गाजीपुर मोर्चे को खाली करवाने के लिए पूरा जोर लगा रही थी। लेकिन बड़ी संख्या में देहातियों की आमद देखकर सरकार पीछे हटने लगी और रात 11 बजते-बजते पुलिस गाजीपुर मोर्चे के मंच से उतर गई और 12 बजे तक मोर्चे से भी वापस हटना शुरू हो गई। हालाँकि तनाव का माहौल फिर भी बना रहा।

इसी करिश्माई रात को हरियाणा की जनता ने टोल प्लाजा दोबारा खोलने शुरू कर दिये, जिन्हें 26 जनवरी के बाद संयुक्त किसान मोर्चा के नेताओं के निराशाजनक भाषण सुनकर जनता ने पुलिस के दबाव में खाली कर दिया था। हिसार, करनाल, पानीपत, पंचकूला, सभी जगह किसानों ने दोबारा मोर्चे जमा दिये।

तड़के-तड़के जब सूर्यदेव भी नहीं जगे थे, हरियाणा के देहातियों से भरे ट्रैक्टरों-ट्रॉलियों और गाड़ियों के जत्थे मोर्चों पर पहुँच चुके थे। सिंघु मोर्चे के किसानों को सुबह की पहली राम-राम और सत श्री अकाल एकदम पास के गाँव की आंतिल खाप के लोगों ने बुलाई थी।

इन्हीं जत्थों में शामिल ट्रैक्टर पर बैठे एक किसान से मैंने पूछा कि आप इतनी सुबह क्यों आए हैं। उन्होंने बड़ी तल्खी से जवाब दिया, "हम सरकार, आरएसएस, बीजेपी का मुकाबला करने आए हैं, जितने दिन लगेंगे उतने दिन यहाँ रुकेंगे। हफ्ता लगे या दस दिन।"

गाजीपुर में भी खेल सुबह तक पूरा पलट चुका था। गेंद वापस किसानों के पाले में थी। लेकिन, सिंघु मोर्चे पर अभी भी तनाव का माहौल था। रात-भर किसानों की गाड़ियाँ घूम-घूमकर कह रही थीं, "जागते रहो, ट्रॉलियों के बाहर ठीकरी पहरे दो।" भयंकर ठंड में नौजवान लाठी-डंडे लिये मुस्तैदी से घूम-घूमकर पहरा दे रहे थे। जनता ने ट्रॉलियों के बाहर अलाव जला लिये। पूरी रात जनता सोई नहीं। आग तापते हुए ही सारी रात निकाल दी। 29 जनवरी सुबह दिल्ली पुलिस के एक जाट अफसर से मुझे खबर मिली कि आज दिन में सिंघु पर किसान मजदूर संघर्ष कमेटी के जत्थे को कैसे भी करके उठाया जाएगा और दिन में अगर उन्हें यह कामयाबी मिल गई तो रात को हरियाणा पुलिस के साथ मिलकर संयुक्त किसान मोर्चा के मंच से किसानों को खदेड़ना शुरू करेंगे, और रात में ही बॉर्डर खाली करवा लेंगे। दिल्ली पुलिस के इस अफसर से मिली जानकारी की तस्दीक मैंने सोनीपत पुलिस के अपने एक जानकार अधिकारी से की तो उसने भी हामी भरी।

जिस तरह गाजीपुर बॉर्डर पर 28 की रात डरावनी थी, उसी तरह 29 जनवरी का यह दिन सिंघु के लिए डरावना था। खबर मिलने के बाद मैंने किसान मजदूर संघर्ष कमेटी के नेता सरवण पंधेर से बात की तो उन्होंने बताया, "मेरे पास भी पुलिस अधिकारियों का फोन आया है। उन्होंने शान्तिपूर्वक मोर्चा खाली कर गिरफ्तारी देने के लिए कहा है। हमने किसानों से राय-मशविरा कर बॉर्डर खाली करने से मना कर दिया है।"

सुबह के अभी दस भी नहीं बजे थे कि दिल्ली की तरफ से तिरंगे, लाठी और डंडे पकड़े एक भीड़ फिर आन पहुँची थी। दिल्ली पुलिस के आला अफसरों ने भीड़ को कुछ देर के लिए रोका और कुछ समझाने लगे। कुछ देर बाद एक अफसर ने भीड़ को रास्ता दिखाते हुए हाथ से इशारा किया कि इस

तरफ से जाना। एक दूसरे अफसर ने भीड़ को सड़क बनाने के लिए इस्तेमाल की जाने वाली पत्थरों की ढेरी दिखाई। यह ढेरी आज सुबह ही मँगवाई गई थी। इशारा मिलते ही भीड़ ने ढेरी से पत्थर उठाकर किसान मजदूर संघर्ष कमेटी की ट्रॉलियों से बने गोल चक्कर की तरफ चलाने शुरू कर दिये।

देखते-देखते सिंघु पर सक्रिय सभी नौजवानों में यह खबर फैल गई और सारे नौजवान कमेटी के किसानों द्वारा खड़ी की गई ट्रैक्टर-ट्रॉलियों की किलेबन्दी में जमा होने लगे। पुलिस ने जनता को उस तरफ जाने से रोकने के लिए गलियों के रास्तों को बन्द करने की कोशिश की। संयुक्त किसान मोर्चा के वालंटियरों ने भी इन नौजवानों को रोकने की कोशिश की, लेकिन वे नहीं माने और रास्ता खुलवाकर वहाँ पहुँच गए।

जिस समय नौजवान कमेटी के स्टेज की ओर जा रहे थे, उसी दौरान किरती किसान यूनियन के नेता रमिन्द्र पोपी संयुक्त किसान मोर्चा के स्टेज से यह एलान कर रहे थे, "अगली स्टेज, सरकारी स्टेज है, और मोदी तय करेगा कि उस स्टेज का क्या करना है। जो कोई भी किसान-नौजवान उस स्टेज की मदद करने जाएगा, वह उसी तरह गुमराह होगा जैसे 26 जनवरी को हुआ था। इसलिए वालंटियरों की बात मानो और उस स्टेज पर हो रहे हमले को रोकने मत जाओ।"

परन्तु नौजवानों ने उनकी एक न सुनी और किसान आन्दोलन के बचाव के लिए बीजेपी और पुलिस का मुकाबला करने के लिए वहाँ जा पहुँचे। इनमें अम्बाला के नौजवान और पंजाब-हरियाणा की छात्र जत्थेबन्दियों के युवा थे। भीड़ के हमले का जवाब देने से पहले नौजवानों की एक फौरी बैठक हुई। इस बैठक में वाटर कैनन बॉय नवदीप के साथ रहने वाले एक मजदूर समुदाय के नौजवान पाला ने बताया कि भीड़ में 100-150 से ज्यादा लोग नहीं हैं। वह खुद देखकर आया है। बैठक की अध्यक्षता कर रहे एसएफएस के रमन ने कहा कि घबराने की कोई बात नहीं है, जो भी हो डटे रहेंगे। उनके साथ सीधे जाकर मारपीट करने की जरूरत फिलहाल नहीं है, उनको सिर्फ रोककर रखना है। अगर हम हमला करेंगे तो पुलिस को किसानों पर लाठीचार्ज करने का बहाना मिल जाएगा।"

लेकिन भीड़ जब किसानों पर पत्थर मार रही थी, तो नौजवान भी पीछे नहीं रहे। उन्होंने पलटकर कुछ पत्थर वापस भी मारे। लेकिन, किसान मजदूर संघर्ष कमेटी ने सूझ-बूझ दिखाई और थोड़ा-बहुत सामान तोड़ने के बावजूद

सीधे टकराव में नहीं गए ताकि पुलिस हालात काबू में करने के नाम पर उन्हीं पर हमला न कर दे।

पत्थरबाजी के बीच एकाएक एक पेट्रोल बम महिला किसानों के तम्बू पर आकर गिरा। किसी को चोट तो नहीं आई, लेकिन थोड़ी-सी आग जरूर लगी, जिस पर जल्दी ही काबू पा लिया गया। पुलिस मूकदर्शक बनी यह सब देख रही थी। महिलाओं के टेंट के पास खड़े एक नौजवान रणजीत सिंह ने भीड़ को रोकने के लिए पुलिस से कहा। लेकिन पुलिस ने उसे गालियाँ देनी शुरू कर दीं। इसी दौरान वहाँ खड़े एक अफसर ने उन्हें अपनी ओर खींचा, तो रणजीत ने जो तलवार पकड़ी हुई थी, उससे अपना हाथ जख्मी करवा बैठा। पुलिस के बाकी जवानों ने तुरन्त उसे अन्दर खींच लिया और रणजीत पर बुरी तरह लाठीचार्ज शुरू कर दिया। न सिर्फ पुलिस वाले उसको पीट रहे थे बल्कि दिल्ली से आई भीड़ भी हमला कर रही थी। इस भयावह लाठीचार्ज में रणजीत का सिक्ख स्वरूप उतर गया। उनके कपड़े भी फाड़ दिये गए। रणजीत जब गिरा, तो एक सिपाही उसके मुँह को अपने जूतों से कुचलने लगा। इस अमानवीय कृत्य के कुछ देर बाद बिलकुल रौंदते-घसीटते हुए रणजीत को गिरफ्तार करके ले गई। रणजीत की गिरफ्तारी के दो घंटे बाद मैंने यह जानने की कोशिश की कि उसे कहाँ लेकर गए हैं, लेकिन कोई पता नहीं चल सका।

29 की इस सर्द दोपहर को जो हो रहा था, उसकी पटकथा बहुत ताजा थी, और इतनी कच्ची थी कि रह-रहकर वह ढह जा रही थी। पटकथा के छोटे किरदार अपनी बोली-बानी से कुछ देसी मालूम हो रहे थे। 29 की सुबह, जब सिंघु बॉर्डर के आसपास के गाँवों के लोगों की एक बैठक हो रही थी, तो इन भोले-भाले देहातियों को शायद नहीं पता था कि कुछ ही देर बाद उन्हें किसानों को भगाने की सरकारी योजना में झोंक दिया जाएगा। उसी समय मोर्चे पर भी एक बैठक चल रही थी, जिसमें पंजाब यूनिवर्सिटी का छात्र रमन सिर्फ साल भर पहले हुए नागरिकता संशोधन कानून विरोधी आन्दोलन के तजुर्बे बता रहा था। उसने चेहरे को चकोटकर कहा कि सरकार यह हथकंडा पहले भी अपना चुकी है। सीलमपुर में कपिल मिश्रा ने रोड जाम खुलवाने के नाम पर स्थानीय लोगों को आन्दोलनकारियों के खिलाफ एक ऐसे चक्रव्यूह में फँसा दिया था, जो दंगे की आग के बाद ही टूटा। आन्दोलन का नुकसान तो हुआ ही, स्थानीय लोगों के हाथ भी कुछ न लगा। जो हाथ लगा, वह थी आग की लपटें, जली हुई काली दीवारें और फर्श पर बिखरे अवशेष।

आन्दोलन में शामिल इस इलाके के किसानों को रमन की यह बात अच्छी तरह समझ आ गई थी। देर होती उससे पहले ही उन्होंने बैठक में शामिल हुए राजपूत-बहुल 12 गाँवों के लोगों को अपना सन्देश भेज दिया। पहले ही सन्देश का इतना असर हुआ कि किसानों का जवाब आया कि वह ऐसा कुछ नहीं करने जा रहे हैं, जिससे आन्दोलन का नुकसान हो। पहला सन्देश काम कर गया था। दूसरा सन्देश दूसरी तरफ से ही आया। बड़खालसा गाँव के नौजवानों ने मोर्चे पर आकर खुद बताया कि उन्होंने आरएसएस के कार्यकर्ता विरेन्द्र चोटीवाला को गाँव से भगा दिया है जो आसपास के गाँवों को आन्दोलन के खिलाफ संगठित कर रहा था। अगले सन्देश में किसानों ने इन नौजवानों को बुलावा भेजा। जवाब में उसी हफ्ते सिंघु मोर्चे से एकदम सटे और आरएसएस के प्रभाव वाले बड़खालसा व नांगल चौधरी गाँव के लोग भी भारी संख्या में आन्दोलन में ढोल बजाते हुए किसानों से मिलने आए।

सिंघु मोर्चे से सटे मुरथल इलाके की आंतिल खाप अब मोर्चे के समर्थन में उतर आई थी। खाप का प्रभाव सिर्फ जाति विशेष पर ही था। लेकिन डर उस जाति से नहीं था। दरअसल स्थानीय दलित बस्तियों में एक प्रचार चल रहा था, जिसमें कहा जा रहा था कि सरकार किसानों से जमीन छीनकर दलितों को ही देगी, इसलिए इन किसानों को यहाँ से भगाना जरूरी है। मोर्चे के नौजवानों को इसकी खबर हुई तो इससे पार पाने के लिए उन्होंने एक बैठक बुलाई। लेकिन बैठक होने से पहले ही कुछ दलित नौजवान आए और उन्होंने बताया कि 26 जनवरी के बाद से ही 70 के लगभग स्थानीय दलित नौजवान सिंघु के आसपास के गाँवों में दलित-मजदूरों की बस्तियों में यह प्रचार कर रहे हैं कि किसी के उकसाने पर आन्दोलन के खिलाफ खड़ा नहीं होना है। यह आन्दोलन हमारे हक में है, इसलिए हमें भड़काऊ प्रचार से सचेत रहना है। जब वे नौजवान अपने इस टोले के बारे में बता रहे थे तो सामने खड़े किसानों की आँखें डबडबा उठी थीं। इन आँसुओं का मोल या तो किसान जानते थे, या उनके दलित हितैषियों का यह टोला।

29 की शाम को हमले में चोट खाए किसान पट्टियाँ बँधवाकर किसान मजदूर संघर्ष कमेटी की प्रेस कॉन्फ्रेंस में शामिल हुए। इसमें सरवण पंधेर ने पत्रकारों को हमले के बारे में बताया। मैं भी इस प्रेस कॉन्फ्रेंस को सुनने पहुँचा था। प्रेस कॉन्फ्रेंस खत्म हुई तो प्रभजीत ने मुझे फोन कर संयुक्त किसान मोर्चा की प्रेस कॉन्फ्रेंस के लिए बुलाया। प्रभजीत भन्नाए हुए थे। उनको देखकर

समझ आ रहा था कि वह सामने बैठे बड़े किसान नेताओं पर सवालों की बारिश करने वाले हैं। शाम 7 बजे के करीब कजारिया टाइल्स में शुरू हुई इस प्रेस कॉन्फ्रेंस में नेताओं के चेहरे से आत्मविश्वास गायब था। सफेद दाढ़ियों से भरे उनके पोपले चेहरे धँसे हुए थे और आँखें पत्रकारों को कह रही थीं कि हमारी कोई गलती नहीं है।

मैंने जब संयुक्त किसान मोर्चा के नेता द्वारा जनता को दूसरी स्टेज पर जाने से रोकने के बारे में पूछा तो डल्लेवाल ने लपककर कहा कि जिस वक्त दूसरी स्टेज पर हमला हो रहा था, उसी समय युद्धवीर सिंह ने अमित शाह से और फिर राजनाथ सिंह से बातचीत की थी। राजनाथ सिंह ने कहा था कि तुम इस स्टेज की तरफ वाले लोगों को दूसरी तरफ मत जाने दो, हम उस स्टेज को देखते हैं। पास बैठे युद्धवीर समझ गए थे कि डल्लेवाल ने जो बताया है वह इस नौजवान ने कैसे आत्मसात् किया है। प्रेस कॉन्फ्रेंस खत्म होने के बाद वह मेरे पास आए और मुझे हल्का करने के लिए कंधे पर हाथ रखकर चेहरे पर मंद मुस्कान लाकर कहा, "मैंने उनको कहा कि यह कोई तरीका नहीं है किसी के साथ डील करने का। इसे फौरन रुकवाइए। उसके कुछ देर बाद ही वह रुक गया।" बात सँभालकर युद्धवीर आगे बढ़ गए थे, लेकिन प्रभजीत अभी भी तमतमा रहे थे।

29 जनवरी, 2021 को ही मैंने यह पता लगा लिया था कि सिंघु पर जो लोग पत्थर चलाने आए थे, वे कौन लोग थे। मैं अपने एडिटर हरतोष बल से उन पर एक स्टोरी की परमिशन ले चुका था। जब मैं अपनी स्टोरी के सिलसिले में अगले दिन यानी 30 जनवरी, 2021 को सिंघु गया तो मुझे गिरफ्तार कर लिया गया।

रिहाई

तारीख बदलकर 31 जनवरी, 2021 हो चुकी थी, लेकिन सुबह होने में कुछ घंटे बाकी थे। इन कुछ घंटों की तपस्या तब भंग हुई जब मैंने हवालात के फाटक के उस पार खड़ी अपनी पत्नी लीलाश्री गोदारा को देखा जो मुस्कराते हुए मुझ पर व्यंग्य कर रही थी। उसके पास खड़े मेरे पत्रकार दोस्त

विनय सुल्तान भी हँस रहे थे। इन दोनों की यह मुस्कराहट पूरे 12 घंटे बाद लौटी थी, जब पुलिस ने उन्हें यह बता दिया था कि मनदीप इस हवालात में बन्द है।

मुलाकात बहुत छोटी थी। मलिक साब ने आकर उन दोनों को वहाँ से जाने को कहा। जाते-जाते लीला ने उसके हाथ में जो कपड़े थे वो मलिक साब को ही पकड़ा दिये और उनसे पूछा कि जेल कब लेकर जाएँगे। मलिक साब ने 2 बजे ले जाने की बात कही। लॉकअप का ताला खोलते हुए उन्होंने मुझे कपड़े बदल लेने के लिए कहा। कपड़े बदलने के बाद मुझे उन्होंने साथ चलने को कहा। मैं मलिक साब के साथ हो लिया। जैसे ही थाने से बाहर दालान में पहुँचा तो सामने मेरे अपने दोस्त खड़े थे। मुझे देखकर उनके रात-भर से मुरझाए हुए चेहरे मुस्कान फेंकने लगे। जब वह मुझसे मिलने को आगे बढ़े तो मलिक साब ने उन्हें रोक दिया। मेरे दोस्त जसमिंदर ने कहा, "सर नहीं मिलने देंगे क्या।" मलिक ने अटपटे मन से कहा, "मिलवा दूँगा रै मेरे यार। सब्र कर। इतना जाटपना तो मेरे भित्तर भी जिन्दा है।"

मलिक ने मुझे एक सफेद जिप्सी में अपने छोटे भाई की तरह बैठने को कहा।

जिप्सी अपनी गति से थाने के दालान से छूट गई। रास्ते में मलिक ने मेरे लिए मास्क खरीदा और जिप्सी में रखे सन्तरे भी खाने को दिये। बड़े बहके-बहके मन से सन्तरे खाने में जुटे मलिक साब ने मुझसे जो कहा, शायद वह उनकी सालों की नौकरी का तजुर्बा था। "देख छोटे भाई। हम हैं नौकरी-पेशे वाले आदमी। और यह नौकरी साली ऐसी है कि इसमें एक ही मशीन है जिसमें सभी को एक ही खाँचे में तौलने का हुकम हमें मिलता है। अब हुकम ना बजावें तो नौकरी चली जावैगी। नौकरी गई तो बालक भूखे मरेंगे। अर आप भी नहीं चाहते होगे कि माहरे बालक भूखे मरैं।" उनकी बात सुनकर पता नहीं क्यों मन हल्का महसूस हो रहा था। मैंने बड़े हल्के से कहा, "साब मैं समझा नहीं।"

मुझ नासमझ का यह छोटा-सा सवाल सुन मलिक ने संतरे खाने बन्द कर दिये और मुँह मेरी तरफ घुमाकर कहा, "देख भाई पुनिए। मैं तेरी मदद करना चाहता हूँ, लेकिन चाहकर भी नहीं कर सकता। इसलिए मन्नै माफ कर दिये।" इतना कहकर उन्होंने अपना मुँह आगे की तरफ किया और शीशे के बाहर सीधे देखते हुए अपना गोल चश्मा आँखों पर चढ़ा लिया, मैं भी दिल्ली के ट्रैफिक

को घूरने लगा। हर गाड़ी, दूसरी को फाँदकर पहले पहुँच जाना चाहती थी। इस कूद-फाँद को देखते-देखते ही पता ही नहीं चला कि कब तिहाड़ आ गई थी, जो अगले तीन दिन के लिए मेरा ठिकाना बनने वाली थी।

जिप्सी रुकी तो नौजवान वकील कामरान दौड़कर हमारे पास आए और मलिक साब से पूछा, "सर कितने बजे पेश करेंगे।" मलिक ने दो बजे का कहा। मलिक साब जहाँ छोड़ने आए थे, उसी परिसर में बैठे जजों के सामने मुझे पेश किया जाना था। 31 जनवरी का यह दिन इतवार को पड़ा था और इतवार को अदालतें बन्द रहती हैं। जेल परिसर में ही बैठे जज साहब के हाथ में ही मेरे नए ठिकाने की चाबी थी।

उस हल्की सर्द दोपहर में सर के ऊपर खड़े सूरज की सीधी किरणों में दूर मेरी पत्नी के सफेद बाल चमक रहे थे। कुछ देर बाद सफेद बालों वाला वह सर पास आकर चुटकुले कहने में लग गया। आम दिनों के अलावा लीला का हास्यबोध आज बेहतर था। मैं उसकी पूरी कचर-पचर सुन पाता उससे पहले ही मलिक साब हाथ पकड़कर मुझे तिहाड़ के अन्दर एक भवन में ले गए। वहाँ बरामदे की बगल में ही लकड़ी की मेजें डाले मेरे हमउम्र नौजवान अपने पेन से रजिस्टरों को लिख-लिखकर जैसे पूरा भर देने के लिए आतुर थे। मेरे सामने वाली दीवार की तरफ पीठ किए हुए उस नौजवान, जोकि कानून की भाषा में आज मेरा 'माई लार्ड' था, के सर पर जो घड़ा टँगा हुआ था, उसमें अभी डेढ़ ही बजा था। मैं कुछ समझ पाता उससे पहले ही मलिक साहब ने जजों से कहा, "जी चौदह दिन।" जज ने मुझसे पूछा, "तुम्हारा वकील कहाँ है?" मैंने कहा कि वह आ रहे हैं, उन्हें पुलिस ने कहा है कि मुझे 2 बजे पेश किया जाएगा।

मैं आगे कुछ बोलता उससे पहले ही मलिक साब ने मेरा हाथ पकड़कर कुछ दूर खड़ा कर दिया और मुझसे कहा, "हो गया।" उसी भवन के बरामदे में मुझे छोड़कर मलिक दोबारा जज साहब के पास चले गए। जज साहब पहले की तरह ही कागज घिसे जा रहे थे। कुछ ही देर बाद उन्होंने एक कागज मलिक को दिया। कागज को गोल कर नलकी बना मलिक ने अपनी मुट्ठी में फँसा लिया और दूसरे हाथ से मेरा हाथ पकड़ जेल में बनी उस अदालत के भवन से बाहर ले आए। एडवोकेट सारिम नावेद और कामरान बाहर ही खड़े थे। उन दोनों को देखकर मलिक ने कहा, "हो गया। हो गया। आप जाइए।"

सारिम ने एकदम चिल्लाकर कहा, "आपने दो बजे पेश करने के लिए कहा था। अभी तो पौने दो हुए हैं। यह गलत है।" सारिम लगातार मलिक पर चिल्ला रहे थे, लेकिन मलिक मेरा हाथ पकड़े आगे बढ़ते जा रहे थे, जैसे उन्हें कुछ सुनाई ही न दे रहा हो। दोबारा जिप्सी में बैठाया और तिहाड़ की जेल के गेट पर ले गए। फिर अन्दर जेल के एक मुलाजिम को मुझे सौंपते हुए कहा, "अच्छा पुनिया साब मैं चलता हूँ। मेरी ड्यूटी यहीं तक थी। ये ड्यूटी बहुत कमीनी चीज है, पर क्या करें निभानी पड़ती है। आप समझदार आदमी हैं। हो सके तो माफ कर देना।"

मिठबोले मलिक ने जो ड्यूटी निभाई थी, वह कुछ देर पहले खत्म हुई मेरी पहली पेशी के दौरान ही मुझे समझ आ गई थी। शक्ल देखे बिना ही जज ने मुझे 14 दिन की न्यायिक हिरासत में भेज दिया था। कई सारी सिर खपाऊ औपचारिकताओं के बाद जेल अधिकारियों ने मुझे एक नम्बरदार साहब के हवाले कर दिया, जो मुझे जेल में कैदियों की सम्प्रभुता पर पकने वाले नैतिक मूल्यों का पाठ पढ़ा रहे थे।

अभी मैं उस जेल के वार्ड नं. 6 की उस 8 फुट लम्बी और साढ़े चार फुट चौड़ी चक्की तक पहुँचा भी नहीं था, जो मेरी कैद के लिए जेल वार्डन के रजिस्टर में चढ़ाई गई थी, कि एक नौजवान भागा हुआ आया और कोई सिक्ख नाम लेकर कह गया कि 'भाईसाब ने आपको समर्थन भेजा है। आराम से रहना जेल में कोई दिक्कत नहीं होने देंगे।' फिर एक और आया, वह भी समर्थन देकर चला गया। नम्बरदार ने मेरी तरफ देखा और कहा, "अभी तो चक्की तक नहीं पहुँचे हो, उससे पहले ही इतने लोग भागे आ रहे हैं। भाईसाब कहाँ के डॉन हो।" मैंने मजाक में कहा, "सिंघु का।" उसको कुछ समझ आता उससे पहले मेरी चक्की आ गई। वहाँ लोहे के फाटक के पार वह तीन लोग झाँक रहे थे, जिनके साथ मेरी अगली कुछ सर्द रातें बीतने वाली थीं। लोहे के इस मजबूत फाटक को खोलने के लिए नम्बरदार ने चाबियों का भारी गुच्छा अपने पाजामे से निकाला, और फाटक के एक बिलांध बगल में बने मोगले में घुसाकर आधी ईंट जितना ताला खोल दिया। फाटक खुला, तो उस तंग चक्की में पहले से मौजूद 3 लोगों ने मेरे लिए जगह बनाई। बैठा ही था कि नाम-गाम पूछना शुरू हुआ। जान-पहचान की औपचारिकता निभाने के बाद वे चक्की के आखिर में बने पाखाने के बारे में समझाने लगे जिसे रस्सी की बिलंगनी पर चद्दर डालकर सोने की जगह

से अलग किया गया था। मैं बगलें झाँकने लगा।

जब मैं जेल की इस चक्की में अपना कोना खोज रहा था, उसी समय मेरे पत्रकार साथियों ने दिल्ली पुलिस का मुख्यालय घेर लिया था। जेल में दाखिल होते वक्त गेट पर विदा कर लीला भी उस प्रदर्शन में हिस्सा लेने चली गई थी। काफी लोग जमा हो गए थे। मेरे तीनों एडिटर हरतोष, अभिषेक और अतुल चौरसिया, अपना सारा काम छोड़, मेरी रिहाई की कोशिश में जुट गए थे। डिफेंस के लिए हरतोष, पत्रकारों के बीच अतुल और जनता के साथ अभिषेक कोऑर्डिनेट करने में लगे हुए थे।

अगले दिन यानी 1 फरवरी को ही मेरे वकील सारिम नावेद और कामरान ने रोहिणी कोर्ट में जमानत याचिका दायर कर दी। लेकिन सुनवाई करते हुए अदालत ने अपना फैसला सुरक्षित रख लिया। मेरे लिए आईपीसी की धारा 186 (सरकारी कर्मचारी के काम में जानबूझकर बाधा उत्पन्न करना), 353 (ड्यूटी कर रहे सरकारी कर्मचारी को पीटना या उसके खिलाफ बल प्रयोग) और 332 (ड्यूटी कर रहे सरकारी कर्मचारी को जानबूझकर चोट पहुँचाना) के तहत प्राथमिकी दर्ज की गई थी। सुनवाई के वक्त दिल्ली पुलिस ने जमानत का विरोध करते हुए कहा कि मनदीप प्रदर्शनकारियों को उकसा सकता है और विभिन्न लोगों के समूह के साथ विरोध स्थल पर उपद्रव कर सकता है, जाँच में बाधा उत्पन्न कर सकता है। सारिम बड़े इत्मीनान से दिल्ली पुलिस और उनके वकील के इन तर्कों को सुन रहे थे। उन्होंने जवाब में कहा कि मनदीप "केवल अपने पत्रकार कर्तव्यों को पूरा कर रहे थे और एक दूसरे पत्रकार को भी हिरासत में लिया गया था, लेकिन उन्हें आधी रात (शनिवार को) के आसपास छोड़ दिया गया।"

मेरी जमानत याचिका की सुनवाई करते वक्त मुख्य मेट्रोपोलिटन मजिस्ट्रेट सतबीर सिंह लाम्बा ने भी कुछ महसूस किया होगा। अगले दिन 2 फरवरी, 2021 मुझे जमानत देते हुए उन्होंने कहा, "यह उल्लेख करना उचित है कि वर्तमान मामले की कथित हाथापाई की घटना शाम लगभग 6.30 बजे की है। हालाँकि, एफआईआर अगले दिन लगभग 1.21 बजे दर्ज की गई। शिकायतकर्ता, पीड़ित और गवाह केवल पुलिसकर्मी हैं। इसलिए, इस बात की कोई सम्भावना नहीं है कि आरोपी/आवेदक किसी भी पुलिस अधिकारी को प्रभावित करने में सक्षम हो सकता है। जाहिर है, आरोपी एक स्वतंत्र पत्रकार है। अधिक से अधिक, कोई भी बरामदगी आरोपी व्यक्ति से प्रभावित नहीं होगी। इसलिए

आरोपी को न्यायिक हिरासत में रखना उचित नहीं है। यह कानून का सिद्धान्त है कि 'जमानत एक नियम है और जेल एक अपवाद है।' इसलिए, वर्तमान मामले के तथ्यों, दोनों पक्षों की ओर से प्रस्तुतियों और परिस्थितियों की समग्रता को देखते हुए न्यायिक अभिरक्षा में अभियुक्तों को हिरासत में रखने की अवधि को ध्यान में रखते हुए, उसे 25,000 रुपये की राशि में जमानत बांड प्रस्तुत करने पर उसकी जमानत को स्वीकार किया जाता है।"

2 फरवरी, 2021 को मुझे जमानत मिली। लेकिन जेल से ही मुझे एक सवाल परेशान कर रहा था कि क्या मेरी गिरफ्तारी होनी चाहिए थी? मैं खुद को यह समझाने में लगा हुआ था कि पत्रकारिता का पेशा, कोई ग्लैमरस पेशा नहीं है। मुश्किल काम है और इसी के चलते यह चक्की मुझे नसीब हुई है। लेकिन पत्रकारिता के इस आदर्श विचार के बार-बार दिमाग में गोते लगाने का एक कारण था। पुलिस से पिटने के बाद 30 जनवरी, 2021 की उस रात जब हवालात में पुलिस पूछताछ कर रही थी, तो एक अधिकारी बार-बार मुझे कह रहा था, "तन्ने बनावैंगे पत्रकार। तेरे जैसे पत्रकार हमने कई रगड़े हैं। इब तिहाड़ से करना पत्रकारी अपनी।" उसका वह ताना मुझे बार-बार परेशान कर रहा था, जैसे ये कहने की जरूरत क्यों पड़ रही थी!

29 जनवरी, 2021 की बात है, जब देश के प्रधानमंत्री नरेन्द्र मोदी ने सर्वदलीय बैठक में कहा कि सरकार किसानों से बात करने के लिए हमेशा तैयार है। किसानों को 22 जनवरी, 2021 को जो प्रस्ताव दिया गया था, वह अब भी बरकरार है। कोई भी हल बातचीत से ही निकलना चाहिए। यह मीटिंग वीडियो कॉन्फ्रेंसिंग के जरिये की गई थी, जिसमें पीएम ने कहा, "मैं कृषि मंत्री नरेन्द्र सिंह तोमर की ओर से किसानों से कही गई बातों को दोहराना चाहता हूँ। उन्होंने कहा था कि हम सहमति (नए कृषि कानूनों पर) तक नहीं पहुँचे हैं, लेकिन हम आपको प्रस्ताव दे रहे हैं। मैं आपसे सिर्फ एक फोन कॉल दूर हैं। जब भी आप फोन करेंगे, मैं बातचीत के लिए तैयार हूँ।"

वह एक फोन कॉल जिनको करनी थी, वे 1 फरवरी की दोपहर को कजारिया टाइल्स में जमा हो रहे थे। टाइल्स की यह दुकान, जो अपने बगल

में छोटा-सा बगड़ दबाए जमीन से कुछ तीन फुट ऊपर जँची हुई थी, पिछले दो महीनों से किसान नेताओं के जमा होने का ठिकाना थी। इसकी दीवारों से उन नेताओं की आवाजें टकराती थीं जो किसान आन्दोलन को रणनीतिक दिशा देते थे। संयुक्त किसान मोर्चा की औपचारिक बैठकों के लिए यह जगह सुरक्षित थी, मोर्चे की बैठक शुरू होने के बाद इसके बगड़ में पत्रकार जमा होने लगते थे।

26 जनवरी के बाद मोर्चे की यह पहली औपचारिक बैठक थी, जिसकी अध्यक्षता बलबीर सिंह राजेवाल कर रहे थे। हरियाणा के किसान नेता विकास सीसर को बैठक का वह दिन अब तक याद था, जब पंजाब के किसान नेताओं के चेहरे उतरे हुए थे और वे बार-बार झंडा चढ़ाए जाने के लिए सफाई दे रहे थे, उसे साजिश बतला रहे थे। विकास ने मुझे बताया, "पंजाब के कई किसान नेता बार-बार कह रहे थे कि दिल्ली जाने वाले किसान हमारे नहीं हैं। उनके लिए झंडा चढ़ना बहुत बड़ा मुद्दा था, लेकिन हरियाणा वालों (नेताओं) के लिए यह कोई मुद्दा नहीं था।"

हरियाणा वाले बार-बार यह दबाव बना रहे थे कि 'मोर्चे को गिरफ्तार किसानों की रिहाई की माँग भी करनी पड़ेगी और थानों में बन्द पड़े उनके ट्रैक्टरों और गाड़ियों को छुड़वाने की कोशिश भी करनी पड़ेगी।' लेकिन सब कुछ इतना सहज नहीं था। गिरफ्तार किसानों की बात आई तो पंजाब के कई नेता उखड़ गए। वे उस पर बात करने के लिए तैयार नहीं थे। बैठक में शामिल हरियाणा के नौजवान किसान राहुल दादू याद करते हैं, "मैंने खड़े होकर पंजाब के किसान नेताओं को हरियाणा में साल 2016 के जाट आन्दोलन की ओर इशारा कर बताया कि हरियाणा के कितने नौजवानों को उस आन्दोलन में दो-दो, तीन-तीन साल जेल काटनी पड़ी थी। कारण चाहे जो भी रहे हों, जो किसान दिल्ली परेड करने गए उनसे हमें मुँह नहीं मोड़ना चाहिए, वरना सरकार आन्दोलन को दो फाड़ करने में कामयाब हो जाएगी और बुजदिली दिखाकर तो आप लोग भी गाँव में नहीं घुस सकोगे।"

हरियाणा के किसान नेताओं के लगातार अनुरोध के बावजूद, पंजाब के अधिकांश नेताओं का 26 की घटना के बाद गिरफ्तार हुए किसानों की रिहाई के लिए आवाज तेज करने का कोई इरादा नहीं था। औपचारिक बैठक में यह भी तय नहीं हो पा रहा था कि गिरफ्तार किसानों को अपनाना है या नहीं। उधर टिकैत ने सभी किसानों को अपना बताते हुए इसकी जिम्मेदारी तक उठा

ली थी, जिस वजह से किसानों का मन टिकैत की तरफ बह निकला था। बैठक के अध्यक्ष बलबीर सिंह राजेवाल ने सरकार से बातचीत करने के बारे में अपनी बात अभी पूरी भी नहीं की थी, उससे पहले ही बैठक में रौला पड़ गया। पश्चिमी उत्तर प्रदेश से आए एक किसान नेता ने उठकर कहा, "सरकार मोर्चों को टारगेट कर रही है और आपको उनसे बातचीत करने की पड़ी है।" जवाब में राजेवाल ने इतना ही कहा, "भाइयो मेरे कहने का वह मतलब नहीं था।" उनके ढीला पड़ते ही सारे नेताओं की आम सहमति बन गई कि जब तक पुलिस और प्रशासन द्वारा किसानों के खिलाफ विभिन्न प्रकार के उत्पीड़न को सरकार नहीं रोक देती, तब तक कोई औपचारिक बातचीत नहीं होगी। बैठक के बाद मोर्चे ने सरकार से तमाम तरह के उत्पीड़न को रोकने का आह्वान किया जिसमें सड़कों पर गड्ढे खोदने, कँटीले तारों की बाड़ लगाने, रास्ते बन्द करने, इंटरनेट बन्द करने, बीजेपी-आरएसएस कार्यकर्ताओं द्वारा होनेवाले हमलों, ट्रेनों के रूट बदलने और पत्रकारों के गिरफ्तारी को रोकने का अनुरोध शामिल था।

मोर्चे ने सैकड़ों लोगों के लापता होने की खबर पर भी चिन्ता जाहिर की और सरकार पर आरोप लगाया कि सरकार हिंसा की छवियाँ पेश करके मनगढ़ंत आरोपों और किसानों की गिरफ्तारियों के माध्यम से आन्दोलन पर नकेल कसना चाहती है ताकि लोग इस आन्दोलन से दूर हो जाएँ। इस तरह पंजाब के किसान नेता गिरफ्तारियों की निन्दा तो करने लगे थे, लेकिन घुमा-फिराकर। वह कहते कि असली अपराधी बिना किसी गिरफ्तारी या कठोर कार्रवाई के बाहर हैं, जिनको पकड़ रखा है उनको छोड़ दिया जाना चाहिए। किसान नेताओं ने यह भी स्पष्ट किया कि सरकार की ओर से बातचीत का कोई औपचारिक प्रस्ताव नहीं आया है, लेकिन तब तक कोई वार्ता सरकार के साथ नहीं होगी, जब तक सब किसानों की बिना शर्त रिहाई नहीं हो जाती, जो अवैध रूप से पुलिस हिरासत में हैं। दिल्ली पुलिस ने 122 आन्दोलनकारियों की गिरफ्तारी की सूची जारी की थी, मोर्चा ने उनकी तत्काल रिहाई की माँग की।

किसान नेताओं ने प्रधानमंत्री का मखौल उड़ाते हुए कहा कि एक तरफ, प्रधानमंत्री कहते हैं कि समाधान केवल एक कॉल दूर है, दूसरी तरफ सरकार मोर्चों को तोड़ने, सुविधाओं में कटौती करने और जनता को असुविधा पहुँचाने की पूरी कोशिश कर रही है। बैठक में जो रौला पड़ा, उसने नेताओं को न सिर्फ

निन्दा प्रस्ताव पढ़ने के लिए मजबूर किया बल्कि किसानों को रिहा करवाने के लिए अलग-अलग राज्यों के विभिन्न संगठनों के प्रतिनिधियों के साथ एक कानूनी टीम का गठन करने के लिए भी मजबूर किया, जिसका नेतृत्व पेशे से वकील किसान नेता प्रेम सिंह भंगू कर रहे थे। इस कमेटी का काम लापता किसानों, गिरफ्तार प्रदर्शनकारियों और जब्त वाहनों को छुड़वाना था। सारे विरोधाभासों के बावजूद, इस बैठक ने आन्दोलन को एक ठहराव से उभरने का मौका दिया और पिछले छह दिनों में पहली बार किसान नेताओं ने सरकार के हमलों का विरोध करते हुए 6 फरवरी, 2021 को देश के सभी राजमार्गों पर दोपहर 12 बजे से लेकर 3 बजे तक चक्का जाम करने की घोषणा की।

26 के बाद सरकार हर उस चीज पर रोक लगा देना चाहती थी, जो किसान आन्दोलन के लिए रत्ती-भर भी मददगार साबित हो रही थी। दिल्ली की तरफ से आने वाले खाने-पीने के सामान पर भी रोक लगा दी गई। मोर्चे पर ट्रैक्टरों को काबू करने के लिए सड़कों पर कीलें गाड़ दी गईं और दिल्ली की सरहदों पर 7 लेयर की बैरिकेडिंग कर दी गई। भारी मात्रा में पुलिस और सुरक्षाबलों की टुकड़ियाँ तैनात कर दी गईं। सड़कों पर सीमेंट से पक्की बैरिकेडिंग कर दी गईं, कँटीली तारें लगा दी गईं और सड़कों पर खाइयाँ खोद दी गईं। मोर्चें की तरफ आने वाली अन्दरूनी गलियों तक में रुकावटें खड़ी कर दी गईं। यहाँ तक कि पंजाब से दिल्ली मोर्चे के नजदीक के स्टेशनों पर आने वाली ट्रेनों को पहले ही मुड़वाकर कहीं और ले जाया गया। सोशल मीडिया पर इसका विरोध हुआ। इसकी तुलना देश के बॉर्डर से की जाने लगी। उसी वक्त सरकार ने चीन से बातचीत करके लाइन ऑफ एक्चुअल कंट्रोल पर फौजियों की तैनाती के मामले पर समझौता किया था, इसलिए सवाल उठाया गया कि चीन से तो बातचीत के जरिये मामले हल किए जा रहे हैं जबकि देश के किसान के लिए अपने ही देश में बॉर्डर बना दिया गया है, उसके साथ सरकार कोई बातचीत नहीं कर रही।

इसी घेराबन्दी के दौरान हॉलीवुड की बड़ी गायिका और स्टार रिहान्ना ने भारत के किसान आन्दोलन की हिमायत में एक ट्वीट किया जिसके बाद सोशल मीडिया पर तहलका मच गया। दुनिया की बड़ी-बड़ी हस्तियों ने किसान आन्दोलन के पक्ष में ट्वीट करने शुरू कर दिये। 3 फरवरी को अमेरिका की नवनिर्वाचित उपराष्ट्रपति की भतीजी मीना हैरिस के साथ-साथ पर्यावरण कार्यकर्ता ग्रेटा थुनबर्ग के ट्वीट के बाद तो सोशल मीडिया पूरी तरह गरमा

गया। सरकार और बीजेपी के आईटी सेल ने इसे भारत के अन्दरूनी मामलों में दखल बताया और इसे भारत को बदनाम करने की साजिश बताते हुए टूलकिट मामले के नाम से एक एफआईआर दर्ज कर दी।

किसानों पर हो रहे सत्ता के दमन के बारे में दुनियाभर में बातें हो रही थीं, लेकिन हमारा मीडिया टूलकिट को लेकर सत्तापक्ष के नैरेटिव को ढो रहा था। अपने बुनियादी ढाँचे और अपने अर्थतंत्र के कारण मीडिया अकसर एक रूलिंग क्लास टूल रहा है, जो सत्ता के दमन को न सिर्फ छुपाने में मदद करता है बल्कि सरकार द्वारा दमन को छुपाने के लिए चलाए जा रहे नैरेटिव को भी आगे बढ़ाता है। इसलिए मीडिया का कोई भी दौर स्वर्णिम नहीं रहा है, लेकिन हर बुरे-से-बुरे दौर में भी मीडिया में ऐसे पत्रकार रहे हैं जो अपना काम ईमानदारी से कर रहे होते हैं। फिर भी सत्ता के पास ताकत होती है, जिसके दम पर वह ऐसे पत्रकारों के काम में खलल डालती है। 26 के बाद किसान मोर्चों को उजाड़ने की कोशिश कर रही सरकार ने पत्रकारों पर रोक लगा दी थी। जो संस्थान और पत्रकार ईमानदारी से मोर्चों पर कवरेज कर रहे थे, उनको सरकार रोकने लगी। इंटरनेट बन्द कर दिया गया ताकि न्यू मीडिया के पत्रकार भी कोई लाइव अपडेट्स अपने चैनलों पर न दिखा पाएँ।

3 फरवरी, 2021 को रात दस बजे तिहाड़ का फाटक खुला और मैं जेल से बाहर आया। आजाद हवा में साँस लेते हुए मैं अपने उन पत्रकार साथियों से घिर गया, जो मेरी गिरफ्तारी के वक्त से ही सक्रिय थे, प्रदर्शन कर रहे थे और खबरें लिख रहे थे।

मैं अपने जिन साथियों के साथ खबरें लिखता था, आज उनके सामने ही एक खबर बनकर खड़ा था। वे पुलिस की लाठियों के कारण चिंतित थे। लेकिन मैं शरीर पर पड़ी लाठियों को झेल गया था। जो घाव उभरे थे, उनको दस-पन्द्रह दिनों तक भर ही जाना था। मैंने उन्हें कहा, "शारीरिक चोट से ज्यादा पुलिसवाले का वह ताना मुझे बार-बार कचोटता है, जो कह रहा था कि तेरे जैसे पत्रकार बहुत रगड़े हैं। अब तिहाड़ में करना पत्रकारिता।"

एक ने कहा, "फिर?"

"फिर क्या। जवाब देना तो बनता ही था।" कहकर मैंने अपने औले पैर से पाजामा खींचते हुए अपना पैर दिखाया, जिस पर मैं नोट्स लिखकर लाया था।

पत्रकार का काम वैसे भी रिपोर्ट लिखना होता है। मुझे गिरफ्तार किया गया, तो मेरी रिपोर्टिंग बाधित हुई। पहला, उस अफसर का ताना। दूसरा, पत्रकार को रिपोर्ट करने से रोकना। तीसरा, जिनका आन्दोलन मैं शुरू दिन से कवर कर रहा हूँ, उनमें से भी बहुतेरे लोग तिहाड़ में बन्द थे। उन पर भी पुलिस ने अत्याचार किया था। उनका पक्ष भी जनता तक पहुँचना जरूरी था, खासकर तब जब सरकार चाहती है कि कोई सच सामने न आए। ये तीन ऐसे कारण थे जिनकी वजह से मैंने फैसला लिया था कि मैं तिहाड़ में भी रिपोर्टिंग का अपना पेशा जारी रखूँगा। अगर मैं रिहा हो जाता हूँ, तो यह कहानी जनता तक पहुँचाऊँगा, जेल को गलैमराइज करने के लिए नहीं, बल्कि हमारे पेशे को डुबोने पर आमादा सत्तातंत्र से लड़ने के लिए।

तिहाड़ को मैंने बीट माना क्योंकि पुलिस ने मुझे जो शारीरिक और मानसिक घाव दिये थे, उन्हें ठीक करने का एकमात्र तरीका रिपोर्ट लिखना ही था। इसलिए, जब मैंने अपने घावों पर अपनी कलम चलाई, तो मुझे शान्ति मिली। वे जिस चीज पर हमला करते हैं वह हमारी कलम ही है। टाँगों को भूल जाइए—वे आपकी कलम को लिखने से रोक रहे हैं। जो पत्रकार रिपोर्टिंग के लिए ग्राउंड-जीरो पर जाते हैं, उन्हें अनेक दिक्कतों का सामना करना पड़ता है। कई पत्रकारों को गिरफ्तार किया गया है। पत्रकार कप्पन सिद्दीकी, जो रिपोर्ट करने के लिए हाथरस गए थे, उन्हें गिरफ्तार कर लिया गया। पुलिस ने 55 पत्रकारों पर कोरोना वायरस महामारी [और लॉकडाउन] पर रिपोर्टिंग करने के लिए मामले दर्ज किए थे। दरअसल वे वही रिपोर्ट कर रहे थे जो सरकार छुपाना चाहती है।

किसान आन्दोलन के दौरान भी केवल मैं ही ऐसा पत्रकार नहीं था जिस पर एफआईआर दर्ज हुई हो, मुझसे पहले 26 जनवरी, 2021 की घटना को लेकर दिल्ली और उत्तर प्रदेश पुलिस ने कई पत्रकारों पर आपराधिक मामले दर्ज किए थे, जिनमें *इंडिया टुडे* के पत्रकार राजदीप सरदेसाई, *नेशनल हेराल्ड* की वरिष्ठ सलाहकार संपादक मृणाल पांडे, *कौमी आवाज* के संपादक जफर आगा, द *कारवाँ* पत्रिका के संपादक और संस्थापक परेश नाथ, द *कारवाँ* के संपादक अनंत नाथ और इसके कार्यकारी संपादक विनोद के. जोस थे। इन पर राजद्रोह के तहत मामला दर्ज किया गया था।

21 फरवरी, 2021 को दिल्ली के कुछ पत्रकार सोशल साइंस बिल्डिंग में जमा थे, जहाँ लगभग 4 घंटे तक पत्रकारों पर हो रहे हमलों पर बातचीत हुई, तो पत्रकारों के खिलाफ आपराधिक मामले दर्ज किए जाने का एक पूरा सिलसिला ही चल निकला है, जिसमें पुलिस बेहद कमजोर दलील देकर सरकारी काम में बाधा पहुँचाने जैसी धाराओं के तहत मुकदमे दर्ज कर लेती है।

मैं पहले दिन से किसान आन्दोलन की रिपोर्टिंग कर रहा था। जिस तरह सत्तापक्ष की गोद में बैठा मीडिया इस आन्दोलन को बदनाम करने पर तुला था, उससे बहुत दुखी था। एक पत्रकार के रूप में मेरी जिम्मेदारी यह थी कि मैं इस आन्दोलन को सच्चाई और ईमानदारी से रिपोर्ट करूँ। वही करने की मैं कोशिश कर रहा था। मैं कोशिश कर रहा था कि आन्दोलन स्थल पर किसानों पर हमला करने में शामिल लोगों के चेहरे सामने आएँ। गिरफ्तारी से मेरा काम बाधित हुआ। मेरा कीमती समय खराब हुआ। मुझे लगता है कि मेरे साथ गलत हुआ। पुलिस ने मुझे मेरा काम करने से रोका। इसी का अफसोस है। उस हिंसा का नहीं जिसका मैंने सामना किया। लेकिन इस घटना ने रिपोर्टिंग करने के मेरे संकल्प को मजबूत किया। ग्राउंड जीरो से रिपोर्टिंग करना सबसे जोखिम-भरा, लेकिन पत्रकारिता का सबसे जरूरी हिस्सा होता है।

तिहाड़, जो तीन दिन के लिए मेरी बीट बनी, वहाँ से बाहर आकर मैंने यह रिपोर्ट लिखी—

> 29 जनवरी, 2021 को दिल्ली पुलिस द्वारा गिरफ्तार किए गए पंजाब के पेरों गाँव के 43 वर्षीय किसान जसमिंदर सिंह गीली आँखों से मेरी तरफ झाँकते हैं और कहते हैं, "सरकार को क्या लगता है! वह हमें जेल में डालकर हमारे हौसले तोड़ देगी। वह बड़ी गलतफहमी में है। शायद उसने हमारा इतिहास नहीं पढ़ा। हम तब तक वापस नहीं हटेंगे, जब तक यह तीनों कृषि कानून वापस नहीं हो जाते।"
>
> इस गुस्से-भरी आवाज के शान्त होने के बाद तिहाड़ जेल की छोटी-सी चक्की (सेल) में लगे रोशनदान से आ रही रोशनी को जसमिंदर एकटक देखने लगते हैं। एक लम्बी शान्ति के बाद वो कहते हैं, "29 जनवरी को हम कई किसान नरेला मार्केट कुछ सामान लेने गए थे। जब वापस आ रहे थे तो पुलिस ने हम निहत्थों पर लाठी-डंडों से हमला कर दिया।"
>
> गुस्से में भरे जसमिंदर अपना पाजामा हटाकर अपने पैरों पर

चोट के निशान दिखाते हुए कहते हैं, "ये देख पुलिस ने कितनी बुरी तरह से मारा है।"

जसमिंदर एक-एक करके अपने शरीर पर लगी चोटों के निशान मुझे दिखाते हैं। उनके गेहुँए शरीर पर नीले रंग के बड़े-बड़े निशान इस बात की पुष्टि कर रहे थे कि उन्हें बुरी तरह से पीटा गया है।

जसमिंदर ने बताया कि वो करीब 30 लोग थे। पुलिस उनके ऊपर लाठीचार्ज करने के बाद एक हरे रंग की बस में भरकर किसी थाने में ले गई। फिर उनका मेडिकल टेस्ट करवाकर तिहाड़ जेल में बन्द कर दिया।

जसमिंदर की तरह ही हरियाणा की टोहाना तहसील के हिम्मतपुरा गाँव के 47 वर्षीय किसान मलकीत सिंह भी उन्हीं किसानों में शामिल थे, जिन्हें पुलिस ने लाठीचार्ज कर 29 जनवरी को गिरफ्तार किया था। मलकीत सिंह के चेहरे पर डर और आत्मविश्वास के अस्पष्ट-से भाव थे। उनके इन अस्पष्ट भावों के बारे में पूछने पर उन्होंने मुझे बताया, "डर तो कुछ नहीं है, बस चिन्ता लगी रहती है। हमें तो यह भी नहीं पता है कि हमारे ऊपर धाराएँ कौन सी लगाई गई हैं, क्यों लगाई हैं।"

मलकीत सिंह के साथ उनकी सेल में बन्द पंजाब के संगरूर जिले के देहला गाँव के दो नौजवान किसान जगसीर और जस्सी लगातार सारे किसानों की हिम्मत बढ़ाने के लिए पंजाबी में छोटी-छोटी लोक कहावतें सुनाते हैं। जस्सी ने मुझे बताया, "मैं पिछले कई साल से बीकेयू (उगराहाँ) के साथ काम कर रहा हूँ और किसानों पर होने वाले सत्ता के दमन का पहले भी गवाह रहा हूँ। हमारी सारी किसान यूनियनों ने एलान कर दिया है कि जब तक जेलों में बन्द किसानों को नहीं छोड़ा जाता, तब तक सरकार से किसी भी तरह की बातचीत नहीं की जाएगी। सरकार को पता होना चाहिए कि किसान गिरफ्तारियों से डरने वाले नहीं हैं। हमारे हौसले पहाड़ों से भी बड़े हैं, इसे तोड़ पाना इस सरकार के बस की बात नहीं। पंजाब की किसान लहर मजबूती से संघर्ष करने के लिए जानी जाती है और इसी संघर्षशील किसान लहर के वारिस हैं हम सभी।"

तिहाड़ जेल में लगभग 120 के करीब किसानों के बन्द होने

की खबर दिल्ली पुलिस ने खुद स्वीकार की है। मैं जेल के जिस वार्ड में बन्द था उनमें जे, के, एल और एम अक्षरों के नाम वाले बन्दियों को रखा गया था। इसी वार्ड में मेरी मुलाकात 70 वर्षीय बाबा जीत सिंह से हुई। बाबा जीत सिंह की कहानी बहुत दिलचस्प है। वो हरियाणा के मुख्यमंत्री मनोहरलाल खट्टर के गाँव बनियानी के गुरुद्वारे में ग्रंथी हैं। बाबा जीत सिंह किसान आन्दोलन में बुराड़ी ग्राउंड में बैठे किसानों को लंगर खिलाते थे। सफेद दाढ़ी-मूँछों के बीच छुपे उनके चेहरे पर पड़ी झुर्रियों के बीच पसरी उनकी हँसी सत्ता पर तंज करती दिखती है। उन्होंने अपनी ठेठ पंजाबी में हमें बताया, "मैं तो सरकार द्वारा बताए गए बुराड़ी ग्राउंड में बैठे किसानों के लिए लंगर की व्यवस्था कर रहा था। हमारे ऊपर लाठीचार्ज करके हमें उठा लाए।"

बाबा जीतसिंह ने मुझे उनके साथ बन्द हरियाणा के रोहतक जिले के रिठाला गाँव के 60 वर्षीय किसान जगबीर सिंह से मिलवाया। जगबीर सिंह ने मुझे बताया, "मुझे पीरागढ़ी के मेट्रो स्टेशन के पास से पुलिस ने गिरफ्तार किया। मैं राजेन्द्र प्लेस अपने भाई के घर पर जा रहा था, लेकिन मुझे रास्ते में ही यह कहकर उठाया कि सिर्फ आधार कार्ड देखकर छोड़ देंगे। इन्होंने छोड़ने के लिए थोड़ी न उठाया था। बल्कि तिहाड़ में डालने के लिए उठाया था। मेरे साथ जींद के एक नौजवान किसान को भी तिहाड़ में बन्द कर दिया है।"

जगबीर सिंह यह सब बताते हुए अपने पास खड़े नौजवान नरेन्द्र गुप्ता की तरफ इशारा करते हैं, "यह देखिए इस लड़के को। यह तो किसान भी नहीं है। फिर भी इसको किसान आन्दोलन के नाम पर बन्द कर दिया।"

मैंने जब नरेन्द्र गुप्ता से उनका पक्ष पूछा तो उन्होंने मुझे बताया, "मैं तो दिल्ली का रहने वाला हूँ और किसान भी नहीं हूँ। मैं अपने घर लौट रहा था। अचानक पुलिस ने मुझे उठा लिया। मैंने पुलिस को बताया भी कि मैं किसान नहीं हूँ लेकिन उन्होंने मेरी एक नहीं सुनी। हालाँकि अब मुझे बाहर निकालने की प्रक्रिया की जा रही है। उम्मीद है जल्द ही मैं घर वापस चला जाऊँ।"

जेल की जिस सेल में मैं कैद था उससे अगली सेल में पंजाब

के गुरदासपुर जिले के डेरा बाबा नानक के कुछ नौजवान किसान भी कैद थे। वे दिन में कई बार ऊँची आवाज में किसान लहर से जुड़े पंजाबी लोकगीत गाते थे। उनके बोल थे—'केन्द्र दी सरकार रही सदा किसाना लई गद्दार, हो जट्टा तगड़ा होजा। आजा सड़क ते धरने मार, लड़ाई छिड़ पई आर या पार, हो जट्टा तगड़ा होजा।' गाने गुनगुनाने के बाद वे लोग किसान एकता जिन्दाबाद के नारे लगाते तो जेल में कैद दूसरे बन्दी भी उनके नारों का जवाब जिन्दाबाद से देते।

अभी जेल से बाहर आया हूँ। तब भी वे गीत मेरे कानों में गूँजते रहते हैं। उन गीतों को रिकॉर्ड करने के लिए जेल में शायद कोई यंत्र न हो, लेकिन वे गीत जिनके भी कानों में पड़े हैं, उनके जहन में हमेशा के लिए रच-बस गए होंगे।

2 फरवरी, 2021 की शाम जब जेल के नम्बरदार ने मुझे मेरी जमानत की खबर आकर बताई, तो मेरे साथ चक्की में बन्द किसान जसमिंदर सिंह कहने लगे, "बाहर जा रहे हो, तो इस आन्दोलन में बाकी लोग बन्द हैं, उनके लिए भी आवाज उठाना।" जसमिंदर की बात मेरे दिमाग में बैठी रह गई। कितने ही किसानों की रिहाई अभी बाकी थी।

मेरी रिहाई मुझे उत्साहित करने की बजाय, एक अजीब-सी निराशा की तरफ धकेल रही थी। बाहर आकर पता चला कि जिन लोगों को मुझसे पहले गिरफ्तार किया गया था, वे अब भी बन्द थे। कई तो ऐसे थे, जिनको मेरे सामने गिरफ्तार किया गया था, लेकिन उनके लिए खुद किसान मोर्चा भी उतने तेज स्वर में आवाज नहीं उठा रहा था। रिहाई के बाद मैंने मेरी पत्नी लीलाश्री के कई वीडियो इंटरव्यू देखे, जो उन्होंने उस समय दिये थे, जब मैं जेल में था। वह बार-बार 129 किसानों और मजदूर नेता नौदीप कौर की रिहाई की बात कर रही थीं।

गिरफ्तार किए गए किसानों पर तो बात होने लगी थी, लेकिन मजदूर नेता नौदीप कौर की गिरफ्तारी पर उतनी बात नहीं हो रही थी, जिसे 12 जनवरी

को सिंघु बॉर्डर से ही गिरफ्तार किया गया था। नौदीप की गिरफ्तारी के दिन मैं सिंघु बॉर्डर पर ही था। उसकी गिरफ्तारी की खबर मुझे उसके संगठन के ही एक कार्यकर्ता ने दी थी। हम कुंडली पुलिस थाने में पहुँचे तो वहाँ डीएसपी राव वीरेंद्र सिंह नौदीप कौर को अवैध वसूली करने वाली लड़की बता रहे थे। उसकी वीडियो बना रहे पत्रकारों ने बिना सवाल किए और मजदूरों का पक्ष जाने बगैर उस वीडियो को ऐसे के ऐसे ही चला दिया।

मैं नौदीप कौर को उस समय से जानता था, जब उनके संगठन 'मजदूर अधिकार संगठन' ने 2 दिसम्बर, 2020 को कुंडली बॉर्डर के मजदूरों को अपना काम बन्द रखने और किसानों के साथ आन्दोलन में शामिल होने का फैसला लिया था। 2 दिसम्बर को करीब 1500 मजदूरों ने इकट्ठा होकर किसानों के स्टेज तक मार्च किया था और किसानों को समर्थन दिया था। किसानों के स्टेज पर कुछ मजदूरों ने अपनी बात भी रखी थी। उनके संगठन ने भोपाल गैस त्रासदी में मारे गए मजदूरों की याद में 3 दिसम्बर की शाम को मशाल जुलूस निकाला था, जिसमें किसान भी शामिल हुए थे।

नौदीप की गिरफ्तारी 12 जनवरी, 2021 को उस समय हुई थी, जब कुंडली इलाके के मजदूर नौदीप कौर की अगुवाई में फैक्ट्रियों से मजदूरों की बकाया तनख्वाह की रकम लेने जुलूस की शक्ल में गए थे। उनके इस जुलूस में भी किसान शामिल थे। एक फैक्ट्री के बाहर यह प्रदर्शन काफी देर चला, तभी कुंडली इंडस्ट्रियल एरिया के प्राइवेट बाउंसर और पुलिस वहाँ आ गए। बाउंसर तो एक तरफ खड़े हो गए, लेकिन पुलिस ने धरनास्थल पर पहुँचते ही आव देखा न ताव, भाषण दे रहे वक्ता का गला पकड़ लिया और ले जाने लगे। तभी महिला मजदूरों में से एक ने पुलिस को रोकने के लिए लाठी चलाई। इसके बाद पुलिस वालों ने फायरिंग करनी शुरू कर दी और 7-8 राउंड हवाई फायर किए। उन्होंने पास के थाने से और पुलिस फोर्स बुला ली। फायरिंग के कारण सभी मजदूर और किसान वहाँ से भागकर मोर्चे में वापस आ गए, लेकिन नौदीप कौर को पुलिस ने गिरफ्तार कर लिया।

नौदीप को उस रात पुलिस लॉकअप में रखा गया और खूब पिटाई की गई। हरियाणा पुलिस ने उनके खिलाफ दो अलग-अलग एफआईआर दर्ज कराई (एफआइआर संख्या 25/2021 और 26/2021), जिनमें उन पर हत्या के प्रयास (307), सशस्त्र हथियार के साथ दंगा करने, लोकसेवक को अपने कर्तव्य के निर्वहन से रोकने के लिए आपराधिक हमला करने (धारा 332)

जैसी गम्भीर धाराएँ लगाकर जेल में डाल दिया गया।

नौदीप कौर की गिरफ्तारी के बाद मजदूरों ने किसान संगठनों से मदद की गुहार लगाई। एक महिला मजदूर ने जब स्टेज पर भाषण देकर सारा मामला बताया तो मजदूरों के उस समूह को बीकेयू (क्रान्तिकारी) से जुड़े कार्यकर्ताओं ने 32 संगठनों की बैठक में जाकर बात रखने को कहा। उन्होंने वहाँ जाकर अपनी बात रखी। किसान नेताओं ने कहा कि हम अगली बैठक में जाँच-पड़ताल करके तय करेंगे और मामले की खोजबीन करने के लिए एक टीम गठित करेंगे।

32 संगठनों की उससे अगली बैठक में मजदूर संगठन के कार्यकर्ता एक बार फिर उनसे मिलने गए। उन्होंने एनसीएचआरओ की फैक्ट फाइंडिग रिपोर्ट भी जमा करवाई। फिर भी किसान नेताओं ने नौदीप कौर की हिमायत में एक प्रेस बयान तक जारी नहीं किया। नौदीप कौर की गिरफ्तारी को लेकर किसान नेताओं पर भी उँगली उठाई जाने लगी। मजदूर अधिकार संगठन के साहिल ने मुझे बताया, "यह सवाल हम लगातार उठा रहे थे कि संयुक्त किसान मोर्चा की लीडरशिप ने नौदीप के हक में आवाज क्यों नहीं उठाई? बहुतेरे किसान नेताओं से हमने पूछा कि नौदीप कौर तो 26 जनवरी को लाल किले भी नहीं गई थी, फिर आपने उसका केस क्यों नहीं उठाया? जबकि वह आन्दोलन की शुरुआत से ही किसान आन्दोलन की हिमायत कर रही थी। यही नहीं, उसने कुंडली इंडस्ट्रियल एरिया से भारी संख्या में मजदूरों को किसान आन्दोलन की हिमायत में सड़क पर उतारा था। किसान नेताओं के पास इसका कोई जवाब न था। उन्हें नौदीप कौर के हक में बोलना तो क्या था, इसके उलट उन्होंने संयुक्त किसान मोर्चा की मीटिंग के दौरान पुलिस के बयान सुनकर ही फैसला कर लिया था कि मजदूर अधिकार संगठन से बात करके उनका टेंट किसान आन्दोलन के बीच से हटवाया जाएगा। किसान-मजदूर एकता का नारा देने वाले इन बड़े किसान नेताओं ने हमारे मजदूर संगठन का पक्ष भी सुनने की जरा कोशिश नहीं की। एक किसान नेता ने मजदूर संगठन का पक्ष सुनने के लिए कहा था, लेकिन उसकी बात अनसुनी कर दी गई और फैसला सुना दिया।"

नौदीप कौर के मामले में सक्रिय रहीं उनकी बहन राजबीर कौर ने मुझे बताया, "मेरी बहन की गिरफ्तारी के मामले में किसान नेताओं को क्या बोलना, ये लोग मजदूर अधिकार संगठन का टेंट हटवाने के लिए आए थे। सीपीआई (एमएल) (एनडी) के नेतृत्व वाली किरती किसान यूनियन के लोगों ने आकर

हमसे कहा कि यह टेंट यहाँ से हटा लो। लेकिन हमने उनसे साफ कहा कि हम अपना टेंट नहीं हटाएँगे और न ही उसे छुपाएँगे। अगर आपसे हट सकता है तो हटा लें। इसके बाद आसपास के कई किसान इकट्ठा हो गए और उन्होंने किरती किसान यूनियन के नेताओं को बैरंग लौटा दिया।

इस मुद्दे पर 23 जनवरी, 2021 को दिल्ली के प्रेस क्लब में बीकेयू (क्रान्तिकारी), बीकेयू (उगराहाँ) और भारतीय किसान पंचायत ने प्रेस कॉन्फ्रेंस भी की, लेकिन मीडिया ने इसे ऐसा जरूरी मुद्दा नहीं समझा कि खबर दिखाई जाए। इस मामले ने तूल उस समय पकड़ा जब अमेरिकी उपराष्ट्रपति कमला हैरिस की भतीजी मीना हैरिस ने किसान आन्दोलन के समर्थन में ट्वीट करने के कारण उनको ट्रोल कर रहे लोगों के लिए 5 फरवरी को ट्वीट किया। इसमें उन्होंने नौदीप कौर का जिक्र करते हुए लिखा—

> आपकी तस्वीर को कोई कट्टरपंथी भीड़ जलाए, ये देखना बड़ा अजीब होता है। सोचिए अगर हम भारत में रह रहे होते तो यह लोग क्या करते। मैं बताती हूँ—23 साल की लेबर कार्यकर्ता नौदीप कौर को गिरफ्तार किया गया और पुलिस हिरासत में यौन हमला किया गया। टॉर्चर किया गया। बिना जमानत के पिछले 20 दिन से पुलिस की हिरासत में है।

मीना हैरिस के इस ट्वीट के बाद नौदीप कौर के केस पर सोशल मीडिया में चर्चा होना शुरू हो गई। नौदीप कौर के मामले ने ही संयुक्त किसान मोर्चा के नेताओं की भूमिका पर सवाल खड़े किए और किसान नेताओं के हाई मोरल ग्राउंड (high moral ground) पर खड़े होकर बात करने और उनकी बेदाग छवि को चुनौती दी। मामला उछलने के बाद संयुक्त किसान मोर्चा इस मामले में भी स्टैंड लेने पर मजबूर हुआ। हालाँकि इस सबके बाद भी भारत की मार्क्सवादी कम्यूनिस्ट पार्टी ऑफ इंडिया (MCPI) के नेतृत्व वाले किसान संगठन, अखिल भारतीय किसान फेडरेशन के नेता और संयुक्त किसान मोर्चा के गिरफ्तार लोगों के मामलों की देखरेख करने के लिए बनाई गई टीम के इंचार्ज प्रेम सिंह भंगू से जब पूछा गया कि संयुक्त किसान मोर्चा ने पहले नौदीप कौर का केस क्यों नहीं लिया? तो उन्होंने जवाब दिया, “हमारे पास किसानों के केस देखने से ही फुरसत नहीं है, हम मजदूरों के केस कैसे देखें?” इस बयान की भी चारों तरफ निन्दा हुई।

मजदूर अधिकार संगठन के कार्यकर्ताओं को दूसरा झटका उस समय लगा, जब पता चला कि उनके अध्यक्ष शिवकुमार भी पुलिस की गिरफ्त में हैं। शिवकुमार के पिता राजवीर सिंह ने 9 फरवरी, 2021 को मुझे बताया, "पुलिस ने शिवा को सिंघु बॉर्डर से 16 जनवरी, 2021 को उठाया था। लेकिन हमें पुलिस ने 23 जनवरी को बताया कि शिवा को गिरफ्तार किया गया है। हरियाणा पुलिस ने शिवकुमार को गैरकानूनी तरीके से एक सप्ताह तक कैद करके रखा और अब तक हमें उससे मिलने भी नहीं दिया गया। पुलिसवालों ने हमसे एक सादे कागज पर अँगूठा लगवा लिया, ताकि यह साबित किया जा सके कि उसे 23 जनवरी को गिरफ्तार किया है।"

इस सबसे मुझे शक हुआ कि पुलिस ने जरूर उसके साथ मारपीट की है। शिवकुमार के बारे में जानने के लिए मैंने 13 फरवरी को सोनीपत जेल के एक कर्मचारी से सम्पर्क किया। उसने मुझसे कहा, "हो सके तो उस लड़के को सँभाल लो, वरना तो वह बिलकुल पागल हो जाएगा। उसकी आच्छी देही तोड़ रखी है।" इस स्टेटमेंट के आधार पर खबर छापने से पहले मैंने अपने वकील दोस्त अंकित ग्रेवाल से सम्पर्क किया। अंकित ने मुझे बताया, "अगर खबर छप जाती है तो पुलिस लीपापोती करने में पूरा जोर लगा देगी। तुम अभी खबर रोक लो और यहाँ चंडीगढ़ आकर नौदीप कौर के वकील आर. एस. चीमा से मिलो। शायद शिवकुमार की गिरफ्तारी भी उसी केस में की गई है, जिसमें नौदीप कौर की हुई है।"

नौदीप कौर के केस की पैरवी दिल्ली शिरोमणी गुरुद्वारा प्रबन्धक कमेटी के वकील कर रहे थे, जिन्हें मशहूर वकील आर. एस. चीमा लीड कर रहे थे। अगले दिन ही मैं चंडीगढ़ पहुँच गया और शिवकुमार के दोस्त जसगिंदर टिंकू और वकील अंकित ग्रेवाल के साथ आर. एस. चीमा से मुलाकात की। उन्होंने मेरी बात ध्यान से सुनी और डिस्ट्रिक्ट कोर्ट में शिवकुमार की मेडिकल जाँच के लिए याचिका लगाने की बात कही। इस पर मैंने कहा कि डिस्ट्रिक्ट लेवल पर तो सब मैनेज पहले ही हो रहा है, हमें हाईकोर्ट में याचिका लगानी चाहिए। थोड़ी बहस के बाद आर. एस. चीमा राजी हो गए। उन्होंने 19 फरवरी को शिवकुमार की मेडिकल जाँच करवाने के लिए पंजाब एंड हरियाणा हाईकोर्ट में याचिका दायर की। कोर्ट ने याचिका पर संज्ञान लेते हुए मेडिकल जाँच के आदेश दे दिये।

पंजाब गवर्नमेंट मेडिकल कॉलेज एंड हॉस्पिटल ने 24 फरवरी को

शिवकुमार की मेडिकल रिपोर्ट पंजाब और हरियाणा कोर्ट में दायर की। इस रिपोर्ट में शरीर में कई जगह चोट के निशान और दो फ्रैक्चर होने का खुलासा हुआ। मेडिकल रिपोर्ट में शिवकुमार के पैर में सूजन, टूटे हुए नाखून, फ्रैक्चर और पोस्ट ट्रॉमैटिक डिसऑर्डर के बारे में बताया गया। इस रिपोर्ट के बाद पुलिस द्वारा बनवाई मेडिकल रिपोर्ट, जिसमें कहा गया था कि शिवकुमार के शरीर पर कोई चोट नहीं है, झूठी साबित हो गई।

पंजाब और हरियाणा हाईकोर्ट ने 26 फरवरी, 2021 को नौदीप कौर को जमानत दे दी। नौदीप कौर जेल से बाहर आईं तो उनके साथियों ने नारा लगाया, "जेल के ताले टूटे, संघर्षशील मजदूर छूटे।" नौदीप कौर की जमानत के बाद 3 मार्च, 2021 को शिवकुमार को भी सोनीपत जिले (हरियाणा) की स्थानीय अदालत से जमानत मिल गई और 4 मार्च को जेल से रिहा होकर वे फिर अपने मजदूर साथियों के साथ अपने टेंट पर चले गए।

एक कदम आगे, दो कदम पीछे

मुद्दई चुस्त गवाह सुस्त

वामपंथी ही नहीं, दक्षिणपंथी रुझान की किसान यूनियनों में भी 28 जनवरी के बाद आन्दोलन में बढ़ रही परम्परागत पंचायतों की भागीदारी से एक हल्की घबराहट थी। किसान नेता, परम्परागत पंचायतों की दखलन्दाजी के खिलाफ किसी बड़े वैचारिक अन्तर के कारण नहीं थे, उन्हें सहज ही यह बोध हो गया था कि जो जनता अभी तक आन्दोलन में किसान यूनियन के झंडे के साथ शिरकत कर रही थी, वह 28 जनवरी की रात की घटना के बाद अपने गाँव, इलाके या खाप के बैनर टाँगकर हम्बले मार रही है। हरियाणा में पहले हुए किसान आन्दोलनों में भी खाप पंचायतें महती भूमिका में रही हैं और इस तरह के फैसले सुनाती रही हैं कि आन्दोलन में हर घर से एक आदमी लाजिमी तौर पर भाग लेगा। उल्लंघन करने पर जुर्माना लगाया जाता है।

नेताओं को चिन्ता सिर्फ हरियाणा को लेकर नहीं थी। पंजाब में भी गाँव की पंचायतों ने आन्दोलन में भागीदारी सुनिश्चित करने के लिए कई तरह के फैसले लिये थे। इनमें बारी-बारी दिल्ली मोर्चे पर रहना तय किया गया। गाँव के हर घर से एक आदमी के लिए अपने परिवार की बारी आने पर दिल्ली मोर्चे पर जाना लाजिमी होता। अगर अपनी बारी आने पर वह परिवार मुकर जाता तो पंचायत उससे जुर्माना वसूलती। दिल्ली मोर्चों पर गाँव के हिसाब से तंबू लगने लगे, जिनका खर्च गाँव की पंचायत भरतीं। खर्चे-पानी के लिए पंचायत हर परिवार से जमीन की मिल्कियत के मुताबिक पैसे इकट्ठा करती।

यूनियनों के तम्बुओं के समानान्तर में देहात की परम्परागत पंचायतों के तम्बू बढ़ने से यूनियनों को काफी चिन्ता हुई थी। किसी को चंदे की फिक्र थी, तो किसी को झंडे की। लेकिन, चुनाव न लड़ने वाले वामपंथ से जुड़ी किसान यूनियनों की अपनी एक अलहदा किस्म की चिन्ता थी। गाँव में जुर्माना लगाकर जनता को भेजने के लिए मजबूर करने का मतलब है परम्परागत पंचायतों के

दबदबे में बढ़ोतरी। इन पंचायतों पर आम तौर पर गाँव के धनाढ्य चौधरियों का कब्जा होता है, जिसके कारण यह कदम आखिर में गाँव के मजदूरों के खिलाफ ही साबित होगा।

लेकिन इससे भी ज्यादा उन्हें खुद इस बात की चिन्ता होनी चाहिए थी कि वह मजदूरों को इस आन्दोलन से क्यों नहीं जोड़ पाए, और किसान-मजदूर की खाई क्यों नहीं पाट पाए। जिस ग्रामीण गरीब के लिए वह चिन्तित दिख रहे थे, उनका प्रतिनिधित्व किसान यूनियनों में खुद भी नहीं था। गाँव के खेतिहर मजदूर जोकि आम तौर पर दलित हैं, किसान आन्दोलनों की परिधि में उनकी बहुत कम लामबन्दी हुई है। इस आन्दोलन में भी भले वे सिर्फ संगठनों के तौर पर मौजूद थे, लेकिन उनकी अपनी हिस्सेदारी न के बराबर थी। इस लड़ाई में ग्रामीण गरीबों को लामबन्द करने के लिए किसान यूनियनों ने भी कोई खास दिलचस्पी नहीं दिखाई थी। मूलतः इस आन्दोलन के अपने सीमित मकसद थे, इसलिए अधिकतर गैर-चुनावी वामपंथियों ने इस कारण परम्परागत पंचायतों की भागीदारी का विरोध नहीं किया कि गाँव में अगर कोई दबंगई करके मजदूरों भूमिहीन किसानों को शोषण या जात-पाँत के नाम पर उन पर जुल्म करता है तो उनके संगठन पीड़ित जनता के साथ खड़े होकर उत्पीड़कों की मुखालफत करेंगे।

किसान नेताओं को पहले नौजवानों से डर लगा कि वे उनके हाथ से नेतृत्व छीन लेंगे। उनकी लीडरशिप छीन लेने वाले नजर आए फिर पंथकों से और अब पंचायतें आ गई थीं। पंचायतों के बढ़ते दखल से सुलट भी लेते, मगर जो मुख्य चिन्ता किसान नेताओं के सामने मुँह बाए खड़ी थी, वह अब भी बरकरार थी। वह यह कि जैसा प्रधानमंत्री ने कहा था, उसे देखते हुए अगर उस एक फोन कॉल की दूरी को खत्म कर दिया जाए और सरकार से दोबारा बातचीत शुरू की जाए, तो बातचीत की शुरुआत कहाँ से हो। फरवरी के पहले हफ्ते के आखिरी दिनों में इस दूरी को खत्म करने के लिहाज से एक अहम घटनाक्रम हुआ। यह वह दिन था, जब पंजाब के 32 संगठनों के गठजोड़ के भीतर शामिल दो धड़ों ने अलग-अलग बैठक की।

पहली बैठक AIKSCC की पंजाब राज्य इकाई के 10 संगठनों ने की। इनमें शामिल दस 'वामपंथी' संगठनों के अलावा चार अन्य 'वामपंथी' किसान संगठनों को भी बुलाया गया था। कुल 14 किसान संगठनों ने यह बैठक की। दूसरी बैठक में राष्ट्रीय किसान महासंघ से जुड़े 13 किसान संगठनों के साथ-

साथ, अन्य तीन 'दक्षिणपंथी' संगठन शामिल हुए। इन दो बैठकों में 32 में से 30 संगठन शामिल हुए। बाकी दो किसान संगठनों, बीकेयू (क्रान्तिकारी) और आजाद किसान कमेटी को पाबन्दी के बहाने इन बैठकों में शामिल नहीं किया गया। दोनों बैठकों का एक ही एजेंडा था—तीन खेती कानूनों को तीन साल तक के लिए निलम्बित (सस्पेंड) करवाने के प्रस्ताव पर सहमति बनाना।

यह दूसरी बार हो रहा था, जब थोड़े बदले स्वरूप में बड़े किसान नेताओं ने इस प्रस्ताव को अपने साथी किसान संगठनों के सामने पेश किया था। इन दो बैठकों से ठीक दो हफ्ते पहले यानी 20 जनवरी, 2021 को सरकार के तीनों कानूनों को डेढ़ साल के लिए निलम्बित करने के प्रस्ताव पर भी 32 संगठनों के बीच बहस हो चुकी थी। उस समय 17 संगठनों ने इस प्रस्ताव के खिलाफ राय दी थी, जबकि 11 संगठनों के नुमाइंदों ने इस पर रजामंदी जाहिर की थी। लगभग सभी बड़े किसान नेता इस प्रस्ताव के हक में थे।

लेकिन बड़े नेताओं ने इस बार इस प्रस्ताव को थोड़ा संशोधित कर सीधे 32 संगठनों की बैठक में रखने की बजाय दो वैचारिक धड़ों के संगठनों की दो बैठकों में पेश किया। बतौर पत्रकार मुझे यह थोड़ा अजीब लगा। उस वक्त आन्दोलन दोबारा अपने उभार पर था और सरकार वापस बैकफुट पर आ गई थी। फरवरी महीने की पहली तारीख से ही जगह-जगह किसान महापंचायतें किए जाने की घोषणाएँ हो चुकी थीं। हम पत्रकारों के सामने संयुक्त किसान मोर्चा खुद यह कहता रहा था कि किसान आन्दोलन दिन-पर-दिन मजबूत होता जा रहा है। उत्तर प्रदेश में किसान महापंचायतों से आन्दोलन को भारी समर्थन मिलने के बाद, किसानों ने मध्य प्रदेश के डबरा और फूलबाग, राजस्थान के मेहँदीपुर और हरियाणा के जींद में महापंचायतें आयोजित की थीं। दिनों-दिन भारी तादाद में किसान अपनी रसद लेकर दिल्ली मोर्चों पर पहुँच रहे थे। किसानों की बढ़ती भागीदारी के कारण 26 जनवरी के बाद एक हफ्ते के भीतर मोर्चा खाली करवाने में जुटी सरकार को पैर पीछे खींचने पड़े थे और आन्दोलन में रोज नया उफान आ रहा था। लेकिन बड़े किसान नेता सरकार से समझौता कर वापसी के लिए उसी पुराने घायल प्रस्ताव को मरहम-पट्टी करवाकर वापस ले आए थे।

यह पुराना प्रस्ताव थोड़ी सुधरी हुई शक्ल में पंजाब के उन्हीं चार अफसरों के पास से आया था, जिन्होंने 8 दिसम्बर को अमित शाह के साथ किसान नेताओं की बैठक करवाई थी। कुंडली पर एक पता पड़ता है सुधीर होटल।

इसी होटल में इन चारों अफसरों ने दर्शनपाल, राजेवाल और डल्लेवाल के सामने यह प्रस्ताव रखा था। ये तीनों ही इसे बाकी किसान संगठनों के पास ले गए थे। इन अफसरों के साथ सिंघु पर हुई इस गुपचुप बैठक की खबर पंजाब के कई सक्रिय पत्रकारों के अलावा मेरे पास भी थी। पंजाब के कई पत्रकारों ने यह खबर चला भी दी थी, लेकिन मैंने इस खबर को रोकना वाजिब समझा था। अफसरों ने पेशकश की थी कि अगर सरकार तीनों कानूनों को 3 साल के लिए निलम्बित कर दे या एक कानून रद्द करके (प्राइवेट मंडी वाले कानून को रद्द करने की पेशकश) बाकी दो कानूनों को दो साल के लिए सस्पेंड कर दे तो किसान वापस घर चले जाएँगे।

यह प्रस्ताव जब केन्द्र सरकार की तरफ से पंजाब के अफसरों से वाया राजेवाल, डल्लेवाल और दर्शनपाल होते हुए इन दोनों बैठकों में पहुँचा, तो इस पर काफी बहस हुई। 10 किसान संगठनों को छोड़कर बाकी सारे 'वामपंथी' और 'दक्षिणपंथी' किसान संगठन 3 साल तक कानून निलम्बित करवाने के प्रस्ताव पर राजी हो गए थे और एकलय में वापसी का राग अलापने लगे थे। 'दक्षिणपंथियों' में जगजीत सिंह डल्लेवाल के साथ-साथ 9 छोटे-छोटे दक्षिणपंथी किसान संगठन ही कानून रद्द करवाने तक लड़ाई जारी रखने के हक में रह गए थे। वामपंथी संगठन इन 'परम्परागत दक्षिणपंथी किसान संगठनों' से भी एकदम पीछे निकले जिनकी लीडरशिप आम तौर पर धनी किसानों के हाथ में है। वामपंथी संगठनों की बैठक में सिर्फ किरती किसान यूनियन ही कानून रद्द करवाने के हक में खड़ी रही। इन बैठकों का हिस्सा नहीं रहे तीन किसान संगठन बीकेयू (क्रान्तिकारी), आजाद किसान कमेटी और किसान मजदूर संघर्ष कमेटी, जिनका रुझान वामपंथी ही है, वे भी कानूनों को रद्द करवाने तक संघर्ष करने के हक में खड़े थे।

दक्षिणपंथियों ने जो जड़ें गड़ाई थीं उसके पीछे दो कारण थे—पहला, वैचारिक और दूसरा अपने हिमायतियों का डर। दक्षिणपंथी किसान संगठनों की वैचारिक डोर बनारस की उस जगह बँधी हुई है, जहाँ करीब 20 साल से गोविंदाचार्य आरएसएस से अध्ययन अवकाश पर बैठकर देश के आन्दोलनों की राजनीति में दक्षिणपंथियों को जगह बनाने को प्रेरित कर रहे हैं। दक्षिणपंथी किसान संगठनों का व्यापक मंच राष्ट्रीय किसान महासंघ भी गोविंदाचार्य के दिमाग की ही उपज थी, जिसकी बागडोर उनके दो भरोसेमंद साथियों शिवकुमार कक्का और जगजीत सिंह डल्लेवाल के हाथ में थी। गोविंदाचार्य का साफ

मानना था कि ग्रामीण गरीबी खेती-बाड़ी में लाए जा रहे बाजारवाद से नहीं घटेगी, बल्कि जटिल समस्याएँ पैदा कर देगी। इसलिए डल्लेवाल और उनके मित्र किसान संगठन, महासंघ के विचार-पुरुष की लाइन पर ही किसी तरह के संशोधनों के हक में न जाकर कानूनों को रद्द करवाने के हक में खड़े थे। दूसरा कारण यह था कि इनमें ज्यादातर किसान संगठन दोआबा इलाके से थे और इनमें एक दबाव यह भी काम कर रहा था कि दोआबा इलाके का NRI तबका 26 जनवरी, 2021 की लाल किले की घटना पर संयुक्त किसान मोर्चा द्वारा लिये गए स्टैंड के कारण लगातार लानतें भेज रहा था। दोआबा इलाके के इसी NRI तबके ने मोर्चे के लिए हर तरह की मदद की थी।

वामपंथियों की बैठक में शामिल रहे संगठनों में सिर्फ किरती किसान यूनियन, जोकि अखिल भारतीय किसान मजदूर संगठन का घटक है, ही कानूनों की वापसी तक संघर्ष करने को तैयार थी। इस संगठन ने 4 फरवरी को ही प्रेस बयान जारी कर दिया जिसमें उन्होंने साफ कहा कि 'पहले होगी कानून वापसी, तभी होगी घर वापसी' और 'एमएसपी का कानून बनाओ'। बैठक का हिस्सा नहीं रहने वाले मजदूर किसान संघर्ष कमेटी, बीकेयू (क्रान्तिकारी) और आजाद किसान कमेटी के नेताओं को जब इन बैठकों की भनक लगी, तो उन्होंने भी अपना रुख साफ करते हुए कहा कि वे कानूनों की वापसी तक संघर्ष करेंगे।

मोर्चों में मदद कर रहे पंथक दल भी ज्यादातर किसान संगठनों की तरह ही सोचते थे। सिक्खी की बुनियाद पर बनी जत्थेबन्दियाँ भी तीन साल के लिए कानून निलम्बित करने की पेशकश पर रजामंद थीं। पंथक जत्थेबन्दियों में सिर्फ सिक्ख सियासत ही कानूनों को रद्द करवाने के पक्ष में थी।

अलग-अलग समूहों में बहुमत बन जाने के बावजूद किसान नेताओं ने इस प्रस्ताव को सीधे 32 संगठनों की इकट्ठा बैठक में नहीं रखा और न ही इस पर कोई सार्वजनिक बयान दिया। इन बैठकों में यह भी कहा गया कि इस प्रस्ताव को अपने-अपने संगठनों की कमेटियों में लेकर जाइए। संगठनों की अपनी आन्तरिक कमेटियों में जो सुझाव या गिले-शिकवे आएँगे, उनके आधार पर एक बार फिर बातचीत करके कोई फैसला लेंगे। प्रस्ताव पर सहमत किसान संगठन कृषि कानूनों को तीन साल के लिए निलम्बित करने की इस पेशकश को अपने-अपने संगठनों की कमेटियों में ले गए। लगभग हर संगठन की आन्तरिक कमेटी में रौला पड़ गया। बड़े किसान संगठनों की बात करें,

तो बीकेयू (डकौंदा) की कमेटियों ने यह प्रस्ताव खारिज कर दिया। बीकेयू (सिद्धूपुर) और बीकेयू (राजेवाल) के कैडर में इस पर चर्चा हुई, लेकिन कोई सहमति नहीं बन पाई। आन्दोलन की सबसे बड़ी किसान यूनियन मानी जाने वाली बीकेयू (उगराहाँ), जोकि वामपंथी है, वह भी इन दोनों बैठकों में शामिल नहीं थी। यह प्रस्ताव उन तक पहुँचाया गया। वे भी इस प्रस्ताव पर सहमत थे। राज्य कमेटी में झंडा सिंह झेठूके ने तो इस पर अपनी रजामंदी दे दी, हालाँकि इस बात को खुले में कहने पर पाबन्दी लगा दी गई थी। इस तरह बीकेयू (उगराहाँ) की राज्य कमेटी में तो यह प्रस्ताव पास हो गया था, लेकिन जिला स्तर की कमेटियों में जाते ही यह धराशायी हो गया।

आन्दोलन के अग्रणी नेताओं में से एक डॉ. दर्शनपाल ने भी अपने संगठन क्रान्तिकारी किसान यूनियन की राज्य कमेटी में यह प्रस्ताव रखा। कमेटी के एक हिस्से ने इसका तीखा विरोध किया और प्रस्ताव पर सहमति नहीं बनी। तीखी बहस के दौरान ही दर्शनपाल वहाँ से उठकर चले गए। दर्शनपाल के संगठन में उनके उप-प्रधान बुट्टर भी इस पर सहमत नहीं हुए।

कृषि कानूनों के तीन साल तक के लिए सस्पेंशन के प्रस्ताव पर 32 संगठनों में सहमति हो जाने के बावजूद जनता को, यहाँ तक कि किसान संगठनों के कैडर को भी, इस पर रजामंद करा पाना आसान न था। बाकी मोर्चे के सक्रिय नौजवान भी नहीं इसे मानने वाले थे। SFS, DSO, PSF, CEM जैसे कई छात्र संगठनों ने तो "शोधन-सुधन नहीं मंजूर, तीनों कानून चकनाचूर" नाम से पैम्फलेट छपवाकर किसानों में बाँटने भी शुरू कर दिये थे। बहुत साफ था, कि किसान नेता भले ही इस प्रस्ताव पर सहमत हो गए हों, लेकिन मोर्चों पर बैठे किसान और यूनियनों का कैडर किसी भी सूरत में इसे मानने वाला नहीं था।

तारीख 16 फरवरी, 2021 रोहतक के साँपला शहर के छोटूराम स्मारक स्थल पर जो किसान महापंचायत आयोजित हुई थी, वह खत्म हो चुकी थी। राकेश टिकैत हमेशा की तरह आज भी पत्रकारों के सवालों का चटखारे ले-लेकर जवाब दे रहे थे। उनकी बगल में बैठे राजेवाल अपने मुँह पर हल्की-सी

मुस्कान धरे पत्रकारों को अपनी बूढ़ी नजरों से ताक रहे थे। एक पत्रकार ने टिकैत से पूछा कि बार-बार सिंघु का नाम लेकर यह क्यों कहा जाता है कि मंच वही रहेगा। क्या किसी तरह का दबाव है आपके ऊपर? सवाल पूरा होने से पहले ही टिकैत बोले, "अरै लोग यूँही कहते रहवै हैं कि पंच बदलेंगे, मंच बदलेंगे। हमारे पंच भी वही हैं और मंच भी वही हैं। अधिकारी भी कहते हैं कि हमें आपका ऑफिस मिल नहीं रहा। मैं कहता हूँ कि हमें बेवकूफ मत बनाओ, हमारा ऑफिस भी वहीं है।" राजेवाल की तरफ गर्दन से हल्का-सा इशारा करके टिकैत ने कहा कि राजेवाल जी, उगराहाँ जी, ये सब हमारे नेता हैं। जैसे पहले इनसे सम्पर्क करते थे, अब भी वैसे ही करो। पहले भी वही नेता थे, अब भी वही 40 नेता हैं।

पत्रकार ने जो आधा-अधूरा सवाल पूछा था, वह फरवरी महीने में आन्दोलन में सक्रिय लगभग सभी किसानों की जुबान पर था। इस सवाल का सिरा टिकैत के उभार से जुड़ा था। फरवरी महीने की शुरुआत से ही हरियाणा, पंजाब और यूपी में जिन बड़ी-बड़ी किसान महापंचायतों की शुरुआत हुई थी, उनमें सबसे ज्यादा चर्चा राकेश टिकैत की ही थी। वह अपनी काली एसयूवी में बैठकर किसान महापंचायतों में पूरे काफिले के साथ जाते। और ज्यों ही गाड़ी से उतरकर मंच की ओर बढ़ते, नौजवानों का रेला उनके साथ सेल्फी खिंचाने के लिए उनके इर्द-गिर्द घुमड़ पड़ता। वह दो गनमैन, जो यूपी सरकार ने टिकैत की सुरक्षा के लिए तैनात किए थे, टिकैत को तब तक मंच पर नहीं पहुँचा पाते, जब तक उनको घेरे लड़के सेल्फियाँ न बटोर लेते। वह महापंचायतों में मुख्य वक्ता की हैसियत से सबसे आखिर में अपना भाषण देते। प्राइम टाइम पर बड़े न्यूज चैनलों के एंकरों के लिए टिकैत मुख्य मेहमान होते। जो टिकैत के इर्द-गिर्द इतना सब हो रहा था कि आन्दोलन में सक्रिय सभी लोगों को लगने लगा था कि इस आन्दोलन का मुख्य चेहरा अब राकेश टिकैत ही हैं।

टिकैत के बारे में एक थ्योरी जिसे मोर्चे पर सक्रिय कई लोग खूब प्रचारित करते थे, उसमें उनके उभार के पीछे बीजेपी का हाथ ढूँढ़ा जाता था। लोग कंडेला में आयोजित पहली महापंचायत करवाने वाले रेहडू खाप के मुखिया और एक बीजेपी कार्यकर्ता टेकराम कंडेला से कड़ी की शुरुआत करते और अमित शाह को गृहमंत्री के पद से हटवाने तक ले जाते। राजनैतिक लिहाज से भारत 'कॉन्सिपिरेसी थ्योरी' प्रधान देश है। मोर्चे पर मेरा समय भी इसी तरह की बातों को सुनकर कटता। लोग कहते, "टिकैत राजनाथ सिंह के नजदीक

है और राजनाथ सिंह इस आन्दोलन का फायदा उठाकर अमित शाह को इस सरकार में नम्बर दो के पद से हटाना चाहते हैं। उन्हीं के नजदीक के बीजेपी कार्यकर्ता आन्दोलन को हवा देने के लिए और टिकैत को नेता बनाने के लिए ऐसा कर रहे हैं, ताकि मौका पड़ने पर उनका इस्तेमाल करना बीजेपी के लिए आसान हो।" कई बार इस थ्योरी पर मेरा भी यकीन करने का मन करता, क्योंकि उन्हीं दिनों राकेश टिकैत के बड़े भाई नरेश टिकैत ने यह बयान भी दिया था कि राजनाथ सिंह पिंजरे में कैद हैं, अगर उनको आजाद कर दिया जाए तो किसान आन्दोलन का तुरन्त समाधान निकल आएगा। लेकिन तभी दूसरा कोई कहता, "राजनाथ सिंह की योजना टिकैत के जरिये दिल्ली में एक बार और किसानों को घुसवाने की है और उसके बाद वह अमित शाह के कद को नीचा करेंगे और गृहमंत्री पद से उन्हें हटवाने की कोशिश करेंगे।" किस पर यकीन करता मैं!

मोर्चे में शामिल कुछ किसान संगठन ही नहीं, कई पत्रकार भी टिकैत के इस उभार को सन्देह की नजर से देखने लगे थे। मेरे सहयोगी पत्रकार प्रभजीत ने तो टिकैत के उभार पर द *कारवां* में एक स्टोरी भी छापी। प्रभजीत ने इस पर काफी रिसर्च किया। जब उन्होंने स्टोरी पूरी कर ली, तो मैंने उनसे पूछा कि टिकैत के उभार के क्या कारण हैं, क्या पाया आपने? उन्होंने बताया, "28 की उस करिश्माई रात को टिकैत ने आँसू बहाकर आन्दोलन को जिस तरह से टूटने से बचाया, वह तो है ही। एक दूसरा कारण भी है। एसकेएम ने 26 जनवरी की घटना की जिम्मेदारी न उठाते हुए बड़े भौंड़े तरीके से सिर्फ अपना बचाव किया। वे मोर्चे के नौजवानों और दिल्ली परेड करने वालों को शरारती तत्त्व कहते रहे। लेकिन टिकैत समझ गए थे कि हरियाणा-पंजाब और यूपी के देहात में दिल्ली परेड के लिए बिलकुल अलग भावना है, और वह सम्मानजनक भावना है। इसलिए टिकैत ने हर जगह दिल्ली परेड के लिए जिम्मेदारी लेनी शुरू कर दी। इसी वजह से हरित इलाके का देहात टिकैत पर मर मिटा और अपने-अपने इलाकों की महापंचायतों में उन्हें मुख्य वक्ता बनाकर बुलाने लगा। इन महापंचायतों से भी टिकैत मुख्य केन्द्र में आन उभरे हैं।"

फरवरी महीने में किसान महापंचायतों की झड़ी-सी लग गई। शुरुआत हरियाणा के कंडेला गाँव की महापंचायत से हुई जिसमें हजारों देहातियों ने अपनी हिम्मत का नारा बुलंद किया था। यह पंचायत 26 जनवरी के बाद संयुक्त किसान मोर्चा के नेताओं द्वारा फैलाई गई मायूसी को दूर करने में कारगर

साबित हुई थी। इसके बाद शामली के भैंसवाल में भी पचासियों हजार देहाती आन्दोलन में समर्थन में जुटे थे। फिर तो हरियाणा और पश्चिम उत्तर प्रदेश में महापंचायतों का जो सैलाब आया, उस पर अलग एक किताब लिखी जा सकती है। उत्तर प्रदेश के बागपत, बिजनौर, मुजफ्फरनगर, अमरोहा, मथुरा, सहारनपुर, खुर्जा, अलीगढ़, हरियाणा के सिरसा, करनाल, हिसार, रुद्रपुर, गुमथला, चरखी दादरी, मेवात, खटकड़, शम्भू, पलवल, उत्तराखंड के रुद्रपुर, रुड़की, राजस्थान के जैसौरा, बहज, श्रीगंगानगर, करौली, भरतपुर, दौसा, मध्य प्रदेश के सनावद, ग्वालियर, फूलबाग, डबरा में एक-के-बाद एक किसान महापंचायत हुई जिनमें हजारों-लाखों की संख्या में जनता ने जोशो-खरोश से शिरकत की। उत्तर प्रदेश में किसान महापंचायतों का जिम्मा राष्ट्रीय लोकदल के नेता जयंत चौधरी ने उठा रखा था। उन्होंने प्रदेश भर में 50 से ज्यादा महापंचायतें कीं। वहीं कांग्रेस, आम आदमी पार्टी और समाजवादी सरीखे राजनैतिक दलों ने भी अपने-अपने दलों की किसान महापंचायतें कीं। लेकिन इनमें किसान आन्दोलन के नेता शिरकत नहीं करते थे।

दिल्ली मोर्चों पर एक दिक्कत यह भी होने लगी थी कि इन पंचायतों में बड़े किसान नेता वक्ता के तौर पर बुला लिये जाते थे, इसलिए सिंघु पर होने वाली बैठकों से वह गैरहाजिर रहने लगे थे। टिकैत के बाद गुरनाम सिंह चढ़ूनी अपने लड़ाकू अन्दाज के कारण वक्ताओं की सूची में पसन्दीदा चेहरा थे। राजेवाल, दर्शनपाल, उगराहाँ और डल्लेवाल जैसे बड़े किसान नेताओं को भी कुछ महापंचायतों में वक्ता के तौर पर बुलाया जाता। लेकिन टिकैत अपने बयानों और नए-नए विवादों के कारण भी मशहूर हो गए थे। 15 फरवरी, 2021 को करनाल जिले के इंद्री में अपने भाषण में उन्होंने फसल सरकार को न देकर खेत में ही रौंद देने और 40 लाख ट्रैक्टर लेकर संसद जाने की बात कह दी। इसके बाद हरियाणा के कई किसानों ने अपनी खड़ी फसलों को तबाह कर दिया था। उनको अपने इस वक्तव्य को वापस लेना पड़ा और किसानों से ऐसा न करने की अपील करनी पड़ी।

इन महापंचायतों में पंजाब के बड़े किसान नेता महसूस करने लगे थे कि उनकी अहमियत घटने लगी है। इसी वजह से उन्होंने पंजाब में भी महापंचायतें करने की ठानी। इस कड़ी में राजेवाल के कहने पर पहली महापंचायत जगराओं की आढ़ती यूनियन ने 11 फरवरी को शहर की दाना मंडी में आयोजित करवाई। 11 फरवरी की उस हल्की सर्द सुबह राजेवाल अपनी गहरी फिरोजिया रंग

की पग पहने अपनी इनोवा गाड़ी में पंजाब की पहली महापंचायत में जा रहे थे तो उनके पास पंजाब के उसी अफसर का फोन आया, जो सरकार और किसानों के बीच मध्यस्थता करने वालों में से एक था। हल्की-सी मुस्कान भर राजेवाल ने फोन उठाकर कहा, "हाँ हरदयाल मान जी कहिए।" हरदयाल मान ने उन्हें पंजाब सरकार द्वारा सिक्योरिटी दिये जाने की बात कही, जिसके लिए राजेवाल ने उनका शुक्रिया कहा और फोन रख दिया। महापंचायत पहुँचने से पहले ही उनकी गाड़ी को पंजाब पुलिस की जिप्सी एस्कॉर्ट करने लगी थी। इस महापंचायत में राजेवाल और दर्शनपाल को मुख्य वक्ता बनाया गया था। हजारों देहातियों की सहूलियत वाली इस पंचायत में जोगेन्द्र सिंह उगराहाँ ने भी भाषण दिया जिससे एक नया गठजोड़ तैयार होने वाला था। इससे पहले 32 संगठनों वाले गठजोड़ के नेता और बीकेयू (उगराहाँ) एक-दूसरे के स्टेज से नहीं बोलते थे। उगराहाँ और पंजाब के 32 किसान संगठन अब मंच साझा करने लगे थे। पंजाब में कई महापंचायतों के क्रम में सबसे बड़ी बीकेयू (उगराहाँ) ने 21 फरवरी को बरनाला में आयोजित की थी, जिसमें पीली चुँदरी ओढ़े हजारों महिलाएँ भी शामिल हुई थीं। इस महापंचायत में एक लाख से ऊपर किसानों की भागीदारी का दावा किया गया। अन्तर्राष्ट्रीय स्तर पर चर्चित इस महापंचायत में उगराहाँ के अलावा राजेवाल भी बोले थे।

हिन्दी भाषी क्षेत्रों में जिस तरह टिकैत मुख्य वक्ता के तौर पर उभरे थे, उसी तरह पंजाब में राजेवाल का सिक्का चल निकला था। राजेवाल का यह दौर ज्यादा देर जारी रहता, उससे पहले ही पंजाब के 32 संगठनों ने 16 फरवरी, 2021 को सिंघु पर बैठक कर महापंचायतों पर रोक लगाने वाला एक प्रस्ताव पारित कर उनके पर कुतर दिये। इस बैठक में फैसला लिया गया कि आगे से पंजाब में संयुक्त किसान मोर्चा के नाम पर कोई भी किसान महापंचायत या रैली नहीं की जाएगी क्योंकि महापंचायतों का मकसद जनता को जागरूक करना है जबकि पंजाब की जनता तो इन कानूनों को लेकर पहले से ही पर्याप्त जागृत है। इन पंचायतों में जिन किसान नेताओं को कम अहमियत मिलती वह इनके उलटे असर गिनवाने लगे थे। इनमें एक बड़े हिस्से का यह मानना था कि इन पंचायतों की वजह से दिल्ली मोर्चों पर किसानों की भागीदारी घट जाती है। यहाँ तक कि किसान संगठनों का अपना कैडर भी इन पंचायतों को सफल करवाने के लिए दिल्ली मोर्चों से चला जाता है।

हालाँकि इस फैसले के एलान के अगले ही दिन सीपीआई (एमएल)

लिबरेशन की पंजाब किसान यूनियन ने पंजाब और चंडीगढ़ में पंचायतों का आयोजन किया था। मैंने जब पंजाब किसान यूनियन के नेता रुल्दू मानसा से पूछा कि क्या वह इन पंचायतों को रद्द करेंगे, तो उनका कहना था कि कोई भी बड़ा किसान नेता इन पंचायतों को रोकने के हक में नहीं है, इसलिए वह भी पंचायतों में बतौर वक्ता शामिल होंगे और बाद में मोर्चे से माफी माँग लेंगे। रुल्दू का बड़े नेताओं से मतलब राजेवाल, डल्लेवाल और दर्शनपाल से था क्योंकि बैठक में दर्शनपाल ने किसान महापंचायतों की हिमायत की थी। इस तरह संयुक्त किसान मोर्चे के फैसले के बावजूद पंजाब में महापंचायतों का आयोजन होता रहा।

मोर्चे की मुश्किल यह थी कि उन दिनों उनके पास प्रचारात्मक कार्यक्रमों के अलावा कोई ठोस कार्यक्रम नहीं था। पंजाब में महापंचायतें न करने का तर्क जो नेता यह दे रहे थे कि वहाँ जनता जागृत है, वे खुद मोर्चों पर रहकर भी प्रचारात्मक कार्यक्रमों के अलावा कुछ नहीं कर रहे थे। इन कार्यक्रमों में किसानों का एक हिस्सा भागीदारी भी करता। 30 जनवरी को मोर्चे पर महात्मा गांधी की पुण्यतिथि पर किसानों ने 26 की घटना के लिए प्रायश्चित्त किया। काश सरकार और प्रशासन भी ऐसा कर पाता। प्रायश्चित्त तो छोड़िए, 26 के बाद सरकार और प्रशासन जिस तरह से आन्दोलन को उजाड़ने के लिए जबर-जुल्म पर उतारू थे, उसके खिलाफ रोष जाहिर करने के लिए किसानों को 6 फरवरी, 2021 को पूरे भारत में 3 घंटे के लिए रोड जाम करनी पड़ी। लेकिन 4 फरवरी को राकेश टिकैत ने संयुक्त किसान मोर्चे में बात किए बगैर ही घोषणा कर दी कि उत्तर प्रदेश, उत्तराखंड और यूपी से सटे दिल्ली में चक्का जाम का कोई कार्यक्रम नहीं किया जाएगा। उन्होंने यह भी एलान किया कि आन्दोलन 2 अक्टूबर तक चलेगा। टिकैत के इस बयान पर जनता ने एतराज जताया कि आन्दोलन को चलाने को इतना लम्बा खींचने का एलान क्यों किया जा रहा है। खैर, 6 फरवरी को देश के काफी हिस्सों में किसानों ने 3 घंटे के लिए चक्का जाम किया।

फरवरी महीने में किसान महापंचायतें तो सफल हो रही थीं, लेकिन जो कार्यक्रम संयुक्त किसान मोर्चा देता, उन पर न तो जनता ही गौर करती और न ही खुद मोर्चे के नेता। 10 फरवरी को राजस्थान के टोल प्लाजे फ्री करने की जो घोषणा मोर्चे ने की थी, उसका कोई असर नहीं पड़ा। एक-दो जगह छोड़ दें तो राजस्थान से इसको किसानों द्वारा लागू किए जाने की खबरें नहीं

आईं। 14 फरवरी को मोर्चे पर पुलवामा शहीदों की याद में मशाल जुलूस निकाला गया, जिसमें हरियाणा के किसान संगठन ज्यादा सक्रिय दिखे। इस मार्च पर कुछ विवाद भी थे, लेकिन किसान संगठनों ने पुलवामा में हुई घटना को चुनावों में फायदा उठाने के लिए सरकार द्वारा की गई साजिश करार दिया। 'जय जवान जय किसान' के नारों के बीच उस सर्द साँझ में मशाल जुलूस निकाला गया।

16 फरवरी को चौधरी छोटूराम की जयंती मनाई गई, जिसमें स्टेज से बोलने वालों की मुख्य टेक यही थी कि जिन मंडियों को तोड़ने की साजिश मोदी सरकार कर रही है उन्हें छोटूराम ने ही शुरू करवाया था। इसी टेक से जुड़ा एक लेख *इंडियन एक्सप्रेस* के रूरल एडिटर हरीश दामोदरन ने भी लिखा था, जिसमें उन्होंने बताया कि पंजाब प्रोविंशियल असेम्बली में छोटूराम ने कानून बनवाकर मंडियाँ विकसित करने के रास्ते खोले थे, जहाँ किसान अपनी फसलें ज्यादा पारदर्शी तरीकों से बेच सकते थे। हरियाणा के किसानों में छोटूराम के प्रति जो सहज आस्था है, उसकी वजह से उस दिन हरियाणा में कई जगहों पर उनके नाम पर जनसभाओं का आयोजन किया गया। छोटूराम हरियाणा के किसानों के तम्बुओं पर, ट्रॉलियों पर लगे बैनरों पर अपने उस वक्तव्य के साथ सहज ही मुस्कराते रहते, जिसमें उन्होंने कहा था, "जब कोई और वर्ग नाराज होता है तो वह सिर्फ कानून तोड़ता है। लेकिन जब किसान नाराज होता है, तब वह कानून ही नहीं तोड़ता, बल्कि सरकार की कमर भी तोड़ देता है।"

उनकी जयंती के दो दिन बाद 18 फरवरी, 2021 को चार घंटे रेल रोकने का जो फैसला मोर्चे ने लिया था, उसका भी देशव्यापी असर देखने को मिला। हरियाणा-पंजाब के जिन गाँवों से रेल पटरियाँ गुजरती थीं, वे उस दिन उन पटरियों पर थे। देश-भर में अनेकों राज्यों जैसे तेलंगाना, आंध्र प्रदेश, ओडिशा, बिहार, यूपी आदि राज्यों में जनता पटरियों पर उतरी। टिकरी बॉर्डर पर बैठे किसानों ने बहादुरगढ़ रेलवे स्टेशन पर जाकर रेल रोकी, पर सिंघु के किसान नेता कहीं नहीं गए।

इन कार्यक्रमों के प्रति जो ठंडापन दिख रहा था उसके पीछे नौजवानों की कई नाराजगियाँ छुपी थीं, जिसके कारण बहुतेरे तो मोर्चों पर अपना संद खड़ा कर वापस घर चले गए थे, और जो रह गए थे वे इन कार्यक्रमों में खपने की बजाय मोर्चे में अन्दरखाते अपने किसान नेताओं की ही एक अलग तरह की

घेराबन्दी करने में लगे थे। लेकिन ये कोई रहस्यमयी योजना नहीं थी जिसके तहत वे नेताओं को घेरने में लगे हुए थे। 26 जनवरी, 2021 के बाद उन्होंने मोर्चे में रहकर जो देखा था, उससे उन्हें यह सहज बोध हो गया था कि पंजाब के बड़े किसान नेता 26 जनवरी की घटना पर सरकार की बोली बोल रहे हैं। उस दिन पुलिस की गोली से मरे नवरीत सिंह को किसान आन्दोलन के शहीद का दर्जा न दिया जाना भी उनकी नाराजगी का कारण था। नेताओं ने शहीद के लिए एक शोक सभा तक नहीं बुलाई थी। श्रद्धांजलि समागम भी नहीं किया।

नौजवानों की मुश्किल यह भी थी कि वे घर वापस नहीं जा सकते थे। दिल्ली पुलिस हरियाणा-पंजाब के नौजवानों को लाल किले की घटना की जाँच-पड़ताल के नाम पर रोजाना नोटिस भेज रही थी। पुलिस के अलावा जब आरएसएस-बीजेपी से जुड़े लोग किसान मजदूर संघर्ष कमेटी के स्टेज पर हमला करने आए तो मोर्चे के नेताओं ने उन नौजवानों को भी रोकने की कोशिश की थी जो बचाव करने के लिए जा रहे थे। उसी दौरान जलतोप का मुँह मोड़ने वाले नवदीप ने बड़ी कटुता के साथ मुझे बताया, "पूरे देश के किसान हम नौजवानों को हीरो समझते हैं, लेकिन ये लोग हमें अपना दुश्मन।"

नौजवानों के मन में एक सवाल यह भी कौंध रहा था कि जिन लोगों ने किसान मोर्चे का साथ दिया, नाजुक वक्त आने पर मोर्चे ने उनका साथ क्यों छोड़ दिया। जिनके बारे में वह फिक्रमंद थे उनमें लक्खा सिधाना, सिद्धू, रणजीत सिंह, नौदीप कौर और शिवकुमार जैसे लोग थे। मजदूर नेता नौदीप कौर और शिवकुमार गिरफ्तार कर लिये गए थे। लक्खा सिधाना और सिद्धू पर दिल्ली पुलिस ने एक लाख रुपये का इनाम रख दिया था। शुरू में दोनों अंडरग्राउंड थे। लेकिन अपने एनकाउंटर के खतरे का हवाला देकर 9 फरवरी, 2021 को सिद्धू ने अपने राजनीतिक सम्पर्कों के जरिये दिल्ली पुलिस को गिरफ्तारी दे दी। मोर्चे के इन नौजवानों के अलावा पंजाब में भी दीप और लक्खा सिधाना पुलिस दमन के खिलाफ मुहिम चलने लगी। लेकिन संयुक्त किसान मोर्चे की लीडरशिप ने एक बयान भी जारी नहीं किया, उलटे इन्हें ही शरारती तत्त्व कहकर इनकी गिरफ्तारी की अपील करती रही। लक्खा सिधाना को 25 जनवरी की रात सिंघु के स्टेज पर डल्लेवाल ने ही नौजवानों को शान्त करवाने के लिए भेजा था। डल्लेवाल ने यह बात एक इंटरव्यू में टेढ़े-मेढ़े तरीके से कबूल भी कर ली थी। 32 संगठनों के वॉट्सअप ग्रुप में भी 25 जनवरी की शाम को ही पोस्ट डाली गई थी कि लक्खे को नौजवानों को शान्त करने के लिए क्यों

भेजा। किसान नेताओं को खुद जाकर उन्हें शान्त करना चाहिए था।

सिर्फ लक्खा, सिद्धू या नौदीप कौर का ही मामला नहीं था, बल्कि दिल्ली पुलिस की टीमें मोर्चे में शामिल नौजवानों की गिरफ्तारियाँ करने कई गाँवों तक गई। फिर भी संयुक्त किसान मोर्चा इस मामले में कोई मजबूत कदम नहीं उठा रहा था। ये नौजवान अपनी कमेटियाँ बनाकर हरेक किसान नेता से मिले, दिल्ली पुलिस के मुद्दे पर खुलकर उनका साथ या तो हरियाणा के किसान नेताओं ने दिया, या फिर उन दो किसान नेताओं, सुरजीत फूल और हरपाल संघा ने, जिन्हें पंजाब के 32 किसान संगठनों ने निलम्बित कर रखा था। गुरनाम सिंह चढ़ूनी समेत हरियाणा के कई किसान नेताओं ने इन नौजवानों के हक में बयान देते हुए यह कहा कि जो भी दिल्ली पुलिस का अधिकारी या मुलाजिम गिरफ्तार करने गाँव में आए तो उसको पकड़कर बैठा लो, रोटी-पानी खिलाओ और तभी जाने दो, जब वे अगली बार न आने का वचन दे दें।

नौजवान जब सभी किसान नेताओं से मुलाकातें कर रहे थे, तभी उन्हें यह भी पता लगा कि उनके साथ खड़े बीकेयू (क्रान्तिकारी) और आजाद किसान कमेटी को 26 जनवरी, 2021 के बाद निलम्बित कर दिया गया था। बड़े किसान नेता इन दोनों संगठनों को न तो 32 संगठनों के अन्दर लाना चाहते थे और न ही उन्हें बाहर करके मनमर्जी से काम करने के लिए खुली छूट देना चाहते थे। उनकी नीति इन संगठनों को लटकाकर रखने की थी। तय यह हुआ था कि इन संगठनों पर पाबन्दी लगाने वाली बात 32 संगठनों के दायरे से बाहर नहीं जाएगी, लेकिन 32 में से कम-से-कम 7-8 किसान नेताओं ने मुझे और मोर्चे पर रहने वाले कई दूसरे पत्रकारों को इस बारे में बताया, जिसपर *ट्रिब्यून* समेत पंजाब के कई चैनलों ने यह खबर चला भी दी थी। यह दोनों संगठन वामपंथी रुझान वाले किसान संगठन हैं, और 32 में शामिल दूसरे वामपंथी संगठन ही इनका विरोध कर रहे थे। लेकिन 4 फरवरी को तीनों कानून रद्द करने तक लड़ने के हक में खड़े दोआबा के परम्परागत किसान संगठनों ने इन दोनों यूनियनों से पाबन्दी हटवाने के लिए कोशिशें शुरू कर दीं। इसका एक कारण यह भी था कि कानून रद्द करवाने के स्टैंड पर ये दोनों संगठन सबसे मजबूती से खड़े थे। इन संगठनों के 32 में वापस आ जाने से कानून रद्द करवाने तक लड़ने वाले किसान संगठनों की गिनती बढ़ जाती।

इन संगठनों के लिए बढ़ती हमदर्दी को देखकर 10 फरवरी को 32 संगठनों की बैठक में आजाद किसान कमेटी के ऊपर से सारी पाबन्दियाँ हटा

ली गईं, लेकिन दूसरे किसान संगठन बीकेयू (क्रान्तिकारी) पर सस्पेंशन का फैसला यह कहकर बरकरार रखा गया, कि बैठक में बड़े लीडर मौजूद नहीं हैं। उनकी मौजूदगी में ही इस पर फैसला लिया जाए, तो बेहतर। 19 फरवरी की बैठक में बीकेयू (क्रान्तिकारी) के मामले पर भी विचार हुआ। बैठक शुरू होते ही एआईकेएससीसी से जुड़े वामपंथी किसान संगठनों और किरती किसान यूनियन ने इस संगठन का विरोध शुरू कर दिया, जिसमें बीच-बचाव करते हुए डल्लेवाल ने बहुत अहम और फैसलाकुन बात कही। वे बोले, "हमें इससे भी पाबन्दियाँ हटा लेनी चाहिए, क्योंकि यह मुमकिन है कि 26 जनवरी के बाद संयुक्त किसान मोर्चे के जितने विरोधी बने हैं, वे इसके इर्द-गिर्द इकट्ठा हो जाएँ और वह संयुक्त किसान मोर्चा के समानान्तर एक दूसरा केन्द्र बनकर उभर आए। इसलिए हमें इस संगठन को अन्दर ले लेना चाहिए।" इस तरह दूसरे बचे किसान संगठन को भी वापस ले लिया गया।

संयुक्त किसान मोर्चा के नेताओं की यह चिन्ता तो कम हुई, लेकिन अब नई चिन्ता दो नौजवानों के वह दो भाषण थे, जिन्हें किसानों ने खूब पसन्द किया था। एक भाषण जलतोप का मुँह मोड़ने वाले नवदीप सिंह ने दिया था और दूसरा सिंघु के नौजवानों की कमेटी के महत्त्वपूर्ण सदस्य एसएफएस के रमन ने। यह 17 फरवरी, 2021 की हल्की सर्द दोपहर थी, जब काली स्वेटशर्ट पहने नवदीप सिंह संयुक्त किसान मोर्चा के स्टेज पर गए और फतेह बुलाकर अपनी बात रखनी शुरू की। अपनी उपवादी (पंजाबी-हरियाणवी का मिश्रण) जुबान में नवदीप ने संयुक्त किसान मोर्चा की लीडरशिप को सख्त फैसले लेने को कहा। उसने 26 की घटना का सारा ठीकरा नौजवानों के सर फोड़ने पर गहरी नाराजगी जाहिर की। उसने कहा, "26 जनवरी की किसान परेड के लिए पुलिस के पास जाने की क्या जरूरत थी, क्या हम पुलिस से पूछकर घर से यहाँ तक आए हैं।" संयुक्त किसान मोर्चा के स्टेज से लीडरशिप की भूमिका पर उँगली उठाने वाला यह पहला भाषण था। दूसरा भाषण एसएफएस के रमन का था, जिसमें उसने दिल्ली पुलिस द्वारा गिरफ्तार किए गए सारे किसानों और नौजवानों की रिहाई की माँग की थी। यहाँ तक कि मोर्चे में विवादित रहे

सिद्धू की गिरफ्तारी का भी विरोध रमन ने किया। उसने बड़े ठहराव भरे स्वर में कहा, "मोर्चे में शामिल एक भी नौजवान या किसान की गिरफ्तारी पुलिस के लिए दूसरे नौजवानों पर जुल्म करने का रास्ता खोलती है। इसलिए हमें हरेक गिरफ्तारी का विरोध करना चाहिए।" रमन का यह भाषण पंजाब के सक्रिय लोगों में खूब वायरल हुआ।

सिंघु पर ये दोनों नौजवान हरियाणा-पंजाब की अलग-अलग यूनिवर्सिटियों में पढ़ने वाले नौजवानों से लेकर हर उस नौजवान से तालमेल करने लगे थे, जो आन्दोलन के पुलिसिया दमन पर गोल-गोल बात कर रहे बड़े किसान नेताओं के रवैये से दुखी था। सिंघु पर जो काम संयुक्त किसान मोर्चा करने से कतरा रहा था, वह इन नौजवानों ने करने की ठानी। उन्होंने आन्दोलन में शहीद हुए नवरीत सिंह को संयुक्त किसान मोर्चा के स्टेज से शहीद घोषित करते हुए श्रद्धांजलि करने, लक्खा सिधाना सहित नौजवानों पर बने केस रद्द करवाने, गिरफ्तार आन्दोलनकारियों को रिहा करवाने, दिल्ली पुलिस द्वारा भेजे जा रहे नोटिसों पर रोक लगवाने, किसान मजदूर संघर्ष कमेटी और संयुक्त किसान मोर्चा के स्टेज के बीच में की गई बैरिकेडिंग को हटवाने की माँग करने के लिए नौजवानों को गोलबन्द करना शुरू कर दिया। नौजवानों के इस ग्रुप में पंजाब की छात्र जत्थेबन्दियों में पूसू, डीएसओ, एसएफएस, सैफी, सिक्ख सियासत, पंथक जत्थेबन्दियाँ और स्वतःस्फूर्त आन्दोलन में शामिल हुए सक्रिय नौजवान थे। हरियाणा से नवदीप सिंह के साथ वाली अंबाला की किसान टीम, जेएसओ, सीईएम, पीएसएफ और अलग-अलग तरह की विचारधाराओं के लोग भी इसमें शामिल थे। हरियाणा के नौजवान गिरफ्तारियों पर जब भी बात शुरू करते, 2016 में हुए जाट आन्दोलन के दौरान हुई गिरफ्तारियों का उदाहरण जरूर देते।

आपस में बातचीत कर इन नौजवानों ने 20 फरवरी, 2021 को सिंघु मोर्चे पर नौजवानों का एक मार्च निकालने का कार्यक्रम तय किया, जिसमें मृतक नवरीत सिंह को किसान आन्दोलन का शहीद घोषित करने के अलावा संयुक्त किसान मोर्चा को अपना एक सुझाव पत्र देना था। नौजवानों ने अपने इस मार्च को सोशल मीडिया पर खूब प्रचारित किया, जिसका असर यह हुआ कि हरियाणा-पंजाब के दूसरे वर्गों से भी उन्हें समर्थन मिला। इन्होंने ट्रॉलियों में जा-जाकर किसानों को मार्च में शामिल होने का न्योता दिया। मार्च की तैयारियों की खबर जब डल्लेवाल को लगी, तो उन्होंने बलदेव सिंह सिरसा

को आयोजकों के बारे में पता करने के लिए भेजा। बलदेव सिंह सिरसा ने कई पत्रकारों से भी इस बारे में पूछताछ की। सिरसा जब इन नौजवानों से बात करने गए तो समझ आया कि इन नौजवानों में तो सिंघु के लगभग सभी नौजवान सक्रिय हैं। फिर उन्होंने भी उसी वक्त नौजवानों से कह दिया कि, "इस काम में मैं भी तुम्हारे साथ हूँ।"

20 फरवरी की सर्द सुबह ये नौजवान सिंघु पर बसे किसानों के इस गाँव के आखिरी छोर पर पड़ने वाले टीडीआई मॉल से संयुक्त किसान मोर्चा के मंच की ओर चले। बहुतेरे नौजवानों ने सर पर पगड़ियाँ बाँधी हुई थीं, कइयों ने सर परने से ढका हुआ था। करीब 500 नौजवानों के इस मार्च में शहीद नवरीत सिंह का बैनर सबसे आगे था। जैसे-जैसे यह मार्च आगे बढ़ता गया, बुजुर्ग किसान भी इन नौजवानों को देखकर इनके साथ हो लिये। नौजवान एक जुगाड़ू माइक पर नवरीत सिंह के नाम पर नारे लगाकर, अपनी माँगें बताते हुए स्टेज पर पहुँच गए। उनके साथ आए बुजुर्ग स्टेज के सामने पंडाल में बैठ गए। नौजवानों को देखकर स्टेज संचालक ने मंच उनके हवाले कर दिया। बलदेव सिंह सिरसा पहले से वहाँ पहुँचे हुए थे। नौजवानों ने स्टेज से नवरीत सिंह को किसान आन्दोलन का शहीद घोषित किया और अपने सुझाव किसानों के सामने रखे। उनके सुझाव सुनकर पंडाल में बैठे किसानों ने दोनों हाथ खड़े कर अपनी सहमति दी। निहंग सिंह जत्थेबन्दियों के नेता बाबा राजाराम भी इन नौजवानों के समर्थन में स्टेज पर आए। इस मार्च के बाद ही शहीद नवरीत सिंह का फोटो संयुक्त किसान मोर्चा के मंच पर लगाया गया।

बलदेव सिंह सिरसा ने नौजवानों का सुझाव पत्र लिया और कहा कि उनकी बात संयुक्त किसान मोर्चे में रखी जाएगी और उनकी सुनवाई जरूर होगी। इसके बाद यह मार्च किसान मजदूर संघर्ष कमेटी के स्टेज पर गया और वहाँ भी अपना समर्थन जताया। बलदेव सिंह सिरसा ने इन नौजवानों के सुझाव जब 32 संगठनों की बैठक में रखे, तो किरती किसान यूनियन ने बलदेव सिंह सिरसा पर ही अनुशासनात्मक कार्रवाई की माँग यह कहकर कर डाली कि वे नौजवानों को भड़का रहे हैं। लेकिन इस मार्च का नेताओं पर जबरदस्त प्रभाव पड़ा था, जो 21 फरवरी को संयुक्त किसान मोर्चा की बैठक में पास हुए कार्यक्रमों में दिखा। मोर्चे ने बरसी कार्यक्रमों के अलावा 24 फरवरी को 'दमन विरोधी दिवस' मनाने का कार्यक्रम रखा। उस दिन हर जिला और तहसील स्तर पर रोष-प्रदर्शन करके राष्ट्रपति को ज्ञापन भेजा जाना

था, जिसमें जेलों में बन्द किसानों को रिहा करने, किसानों के खिलाफ दर्ज मुकदमे वापस लेने, किसान नेताओं को नोटिस भेजना बन्द करने और मोर्चों से बैरिकेडिंग हटाने की माँग शामिल थी। 26 फरवरी को युवा किसान दिवस मनाने का कार्यक्रम दिया गया। जयंती कार्यक्रमों में 23 फरवरी को 'पगड़ी सँभाल जट्टा दिवस' पर भगत सिंह के चाचा अजीत सिंह के नेतृत्व में हुए किसान आन्दोलन की वर्षगाँठ मनाने और 27 फरवरी को गुरु रविदास का प्रकाश पर्व किसान-मजदूर दिवस के रूप में मनाने का फैसला लिया। इसी दिन चंद्रशेखर आजाद का शहादत दिवस भी मनाया जाना था।

23 फरवरी के कार्यक्रम में सभी लोगों को पगड़ी बाँधकर शामिल होने को कहा गया और भगत सिंह के परिवार के लोगों को सिंघु मोर्चे पर बुलाकर सम्मानित भी किया गया। इसी कार्यक्रम में भगत सिंह के भतीजे ने यह घोषणा की कि यदि सरकार ने 23 मार्च तक कानून वापस न लिये तो वह भूख-हड़ताल शुरू करेंगे। 27 फरवरी को गुरु रविदास के प्रकाश पर्व पर सिंघु मोर्चे पर झाँकी निकाली गई। इस दिन पंजाब और हरियाणा से आए दलितों और मजदूरों ने मंच का संचालन किया।

बड़े किसान नेताओं का सरदर्द सिंघु पर घूमने वाले ये नौजवान ही नहीं थे, बल्कि दिल्ली पुलिस ने 26 जनवरी की घटना में जिस लक्खा सिधाना पर 1 लाख का इनाम रखा था, उससे भी नेता उतने ही घबराए हुए थे। उसका एक कारण यह था कि उसने बठिंडा के गाँव महराज की दाना मंडी में किसान सहयोग जत्थे के नाम पर 23 फरवरी को एक रैली रखी, जिसका मुख्य मकसद दिल्ली पुलिस द्वारा की जा रही नौजवानों और किसानों की गिरफ्तारी का विरोध करना था। यह एक महत्त्वपूर्ण रैली साबित होने वाली थी। इस रैली को कवर करने के लिए मैं और मेरे सहयोगी गौरव 22 फरवरी की रात को ही बठिंडा पहुँच गए।

बठिंडा पहुँचकर समझ आया कि यह रैली उस इलाके में सक्रिय बाबा हरदीप सिंह की अगुवाई में बुलाई गई थी। पंजाब की सिक्खी बुनियाद पर राजनीति करने वाली जत्थेबन्दियाँ भी इसकी हिमायत कर रही थीं। बठिंडा से बरनाला की ओर चलने पर करीब 25 किलोमीटर बाद मुख्य सड़क से महराज गाँव के लिए एक छोटी सड़क खुलती है, जिस पर कुछ देर बाद पंजाब के बड़े गाँवों में से एक महराज आ जाता है। हम 9 बजे ही वहाँ पहुँच गए थे। गाँव की अनाज मंडी में एक टीन शेड के नीचे रैली का स्टेज लगाया गया था।

9 एकड़ में फैली यह मंडी उस समय खाली थी, लेकिन दो घंटे बाद ही यह पंजाब के युवाओं से खचाखच भर गई थी। पंजाब पुलिस की भारी बैरिकेडिंग और रैली स्थल से 1 किलोमीटर पीछे ही लोगों को रोके जाने के कारण पोस्टर में दिये गए समय सुबह 10 बजे के बजाय दो घंटे देरी से रैली शुरू हुई।

26 जनवरी को लाल किले में हुई हिंसा के लिए दिल्ली पुलिस द्वारा मुख्य आरोपी बनाए गए लक्खा सिधाना, दाना मंडी में हो रही रोष रैली में दोपहर के 1 बजकर 35 मिनट पर पहुँचते हैं। गैंगस्टर से सोशल एक्टिविस्ट बने लक्खा सिधाना जब स्टेज पर पहुँचे तो रैली में आए सारे युवा, महिला और किसान खड़े हो जाते हैं और लक्खा के नाम पर अनेकों नारे गूँजने लगते हैं। वह इस रैली में मुख्य वक्ता के तौर पर पहुँचे थे।

महराज गाँव के युवा किसान सोनी धालीवाल ने हमें बताया, "इस रोष रैली का आयोजन महराज गाँव के युवाओं की कमेटी और बाबा हरदीप सिंह ने किया था, जिसमें आसपास के गाँवों के युवा भी शामिल थे। रैली के लिए 16 फरवरी को युवाओं ने बैठक कर फैसला लिया था और रैली का मकसद किसानों की गिरफ्तारी पर रोष प्रकट करने और युवाओं पर दर्ज झूठे मुकदमों को खारिज करवाने के लिए सरकार पर दबाव बनाना है।" इस रैली में 26 जनवरी को जान गँवाने वाले युवा किसान नवरीत सिंह के अलावा लक्खा सिधाना, सिद्धू और गिरफ्तार किए गए किसानों के पोस्टर सब तरफ दिख रहे थे। मंडी के आसपास घरों की छतों पर चढ़कर भी लोग वक्ताओं को सुन रहे थे। पंजाब-हरियाणा के युवाओं के भाषण से शुरू हुई इस रैली में कई महिला किसानों ने भी भाषण दिया। लक्खा सिधाना ने सबसे अन्त में भाषण दिया।

अपने भाषण में लक्खा सिधाना ने संयुक्त किसान मोर्चा से अपील करते हुए कहा कि "संयुक्त किसान मोर्चा को किसी बड़े कार्यक्रम की कॉल देनी चाहिए। अगर संयुक्त किसान मोर्चा किसी बड़े कार्यक्रम का एलान करता है तो लाखों की संख्या में पंजाब के युवा और किसान दिल्ली कूच करने के लिए तैयार हैं। महराज में यह रैली दिल्ली मोर्चे को मजबूत करने के लिए बुलाई गई है। हम यहाँ से कोई भी ऐसा सन्देश नहीं देना चाहते जिससे लगे कि यह रैली दिल्ली मोर्चे से अलग है।" लक्खा सिधाना ने संयुक्त किसान मोर्चे के नेता बलबीर सिंह राजेवाल पर टिप्पणी करते हुए कहा, "राजेवाल साहब जब मीडिया आपसे मेरी और सिद्धू की गिरफ्तारी के बारे में पूछती है तो आप कह देते हैं, 'नो कमेंट्स'। राजेवाल साहब, आपको ये बात याद रखनी चाहिए कि

पंजाब के किसान नेताओं पर भी पुलिस ने पर्चे दर्ज किए हैं। लेकिन कल को अगर दिल्ली पुलिस आप लोगों को गिरफ्तार करने के लिए आती है तो हम सब आपके साथ खड़े होंगे।"

स्टेज से लक्खा ने मीडिया पर तंज कसते हुए कहा, "मीडिया मेरी गिरफ्तारी को लेकर कहती है कि लक्खे की गिरफ्तारी के लिए पंजाब में दिल्ली पुलिस की टीमें जा चुकी हैं। ये होगा, वो होगा।। मेरी फोटो लगाकर खबर चलाती है कि लक्खा भाग गया। बताओ मैं कहाँ भाग गया। लक्खा तो यहाँ अपने लोगों में खड़ा है।" उसने किसान नेताओं से जेल में बन्द किसानों की रिहाई की माँग उठाने की अपील की और दिल्ली पुलिस को चेतावनी देते हुए कहा, "दिल्ली पुलिस अगर पंजाब में किसी भी गाँव में गिरफ्तारी करने आएगी तो किसान डटकर विरोध करेंगे और दिल्ली पुलिस को पकड़कर गाँव में ही बैठा लेंगे। अगर पंजाब में किसानों की गिरफ्तारी करवाने में पंजाब पुलिस, दिल्ली पुलिस का साथ देगी तो इसके लिए सूबे के मुख्यमंत्री कैप्टन अमरिंदर सिंह जिम्मेदार होंगे। उन्हें पंजाब की जनता को इसका जवाब देना पड़ेगा।"

सिधाना ने संयुक्त किसान मोर्चा द्वारा 26 फरवरी को युवा किसान दिवस कार्यक्रम मनाए जाने का समर्थन करते हुए युवाओं से बड़ी संख्या में 26 फरवरी को दिल्ली पहुँचने की अपील की और जोर देते हुए कहा, "यह हमारे अस्तित्व की लड़ाई है। इतिहास उन लोगों का लिखा जाता है जो अपने अधिकारों के लिए लड़ते हैं। हमारी लड़ाई केवल फस्ल (फसल) की ही नहीं, नस्ल (पीढ़ियों) की भी है। इस ऐतिहासिक रोष रैली से केन्द्र सरकार को समझना चाहिए कि बेशक हमारे खिलाफ मामले दर्ज करो, हमें गिरफ्तार करो और हमें मारो-पीटो, लेकिन हम इस लड़ाई को जीतेंगे। हमें कृषि कानूनों में किसी भी तरह के संशोधन मंजूर नहीं हैं, तीनों कानून रद्द होने चाहिए।"

रैली में शहीद नवरीत सिंह के दादा हरदीप सिंह डिबडिबा भी शामिल हुए। वह कुछ नरम-से दिख रहे थे। उन्होंने सहज भाव से अपने भाषण में कहा, "किसान आन्दोलन का केन्द्र नौजवान हैं और इस आन्दोलन को जीत में कैसे बदलना है यह नौजवानों की जिम्मेवारी है। किसान नेताओं के साथ हमारी नाराजगी हो सकती है लेकिन इसका मतलब ये नहीं कि हम कुछ ऐसा करें जिससे आन्दोलन कमजोर हो जाए।" उन्होंने संयुक्त किसान मोर्चे से

सिद्धू और लक्खा सिधाना के साथ खड़े होने और जेल में बन्द किसानों की रिहाई की माँग उठाने की अपील की। हरदीप सिंह के अलावा हरियाणा के युवाओं के प्रतिनिधि के तौर पर 26 नवम्बर को वाटर कैनन का मुँह मोड़ने वाले नवदीप सिंह ने भी स्टेज से रैली को सम्बोधित किया।

लक्खा सिधाना के सर पर दिल्ली पुलिस ने 1 लाख रुपये का इनाम घोषित किया था, लेकिन कुछ दिन पहले ही लक्खा ने फेसबुक पर अपनी वीडियो में यह कहा था कि वह युवा रोष रैली में शामिल होंगे। अगर पुलिस उन्हें गिरफ्तार करना चाहती है तो 23 फरवरी को महराज में रैली स्थल पर आकर गिरफ्तार कर ले। रैली खत्म होने के बाद लक्खा, बिना हेलमेट लगाए एक मोटरसाइकिल पर सवार हो वहाँ से निकल गया।

किसान संगठनों का एक बड़ा हिस्सा सिंघु पर सक्रिय नौजवानों द्वारा निकाले गए मार्च और लक्खा सिधाना द्वारा की गई इस रैली के बाद इन दोनों को प्रतिद्वंद्वी के रूप में देखने लगा था। शायद इसी वजह से 32 संगठनों ने 26 फरवरी को नौजवान किसान दिवस के आयोजन में कुछ ऐसा किया, जिससे नौजवानों के दो फाड़ होने के रास्ते खुल गए। उस दिन स्टेज संचालन का जिम्मा नौजवानों के सर ही था, लेकिन ये सारे नौजवान वे थे जो किसी-न-किसी किसान संगठन से सीधे जुड़े हुए थे। स्टेज पर भी उसे ही बोलने दिया गया जो किसी किसान संगठन से जुड़ा हुआ हो या किसी किसान संगठन की सिफारिश से आया हो। सभी नौजवान बहुत चाव से बोलने के लिए पहुँचे थे। लक्खा सिधाना ने भी महराज में हुई रैली के स्टेज से एलान किया था कि संयुक्त किसान मोर्चे ने नौजवान किसान दिवस मनाने का कार्यक्रम रखा है, उस दिन सभी नौजवान ज्यादा-से-ज्यादा संख्या में दिल्ली पहुँचे। लेकिन बोलने का मौका सिर्फ संयुक्त किसान मोर्चे से जुड़े संगठनों के नौजवानों को ही दिया गया। आजाद तौर पर मोर्चे में शामिल नौजवानों को स्टेज पर नहीं बोलने दिया गया। यहाँ तक कि साँझी सत्थ जैसे संगठन, जो प्रमुख नेताओं के तगड़े हिमायती थे, को भी स्टेज पर नहीं चढ़ने दिया गया। नौजवान किसान दिवस पर नौजवानों को जोड़ा नहीं बल्कि तोड़ा जा रहा था।

उसी दिन बड़े नेताओं ने मोर्चे के शुरू से स्टेज पर वालंटियर का काम सँभालने वाले कबड्डी खिलाड़ियों को अचानक, कोई कारण बताए बिना ही वालंटियर ड्यूटी से हटा दिया। यही नहीं बल्कि मंच के पीछे उठने-बैठने के लिए इस्तेमाल की जाने वाली गुरदीप सिंह की ट्रॉली को भी हटवा दिया गया। यह वही ट्रॉली थी जिसे सिंघु मोर्चे पर पहुँचने के बाद सबसे पहले स्टेज के बतौर इस्तेमाल किया गया था। नौजवानों का यह ग्रुप भी नेताओं से नाराज हो गया।

फरवरी अपनी तरह का अलग महोना था, और पुराने विरोधाभासों को खत्म किए बगैर ही मार्च महीने में ढलने के लिए तैयार था। लेकिन कुछ विरोधाभासों का हल निकल भी रहा था। इससे नौजवान किसानों को कुछ राहत मिली थी। मोर्चे पर शहीद नवरीत का श्रद्धांजलि समागम करने में नौजवान सफल रहे थे, पंजाब-भर में लक्खा सिधाना से लेकर नौदीप कौर तक की गिरफ्तारी के खिलाफ आवाजें उठने लगी थीं। और जिन प्रमुख नेताओं ने 26 के बाद सरकार की बोली बोलनी शुरू की थी, उनकी भद्द पिटने लगी थी। प्रमुख नेताओं की घटती अहमियत ने कानून रद्द करवाने तक लड़ने को तैयार किसान नेताओं की गिनती में इजाफा कर दिया था, जिसका असर 28 फरवरी को हुई मोर्चे की बैठक में भी दिखा। इस बैठक में दर्शनपाल ने एक बार फिर एजेंडा खोला कि 2 कानून रद्द और एक कानून निलम्बित करने की पेशकश सरकार करे तो हमारी क्या राय है? 15 किसान नेताओं ने दर्शन पाल के इस प्रस्ताव की खुले तौर पर मुखालफत की। प्रस्ताव की हिमायत में सिर्फ 6 बड़े किसान नेता ही बोले। बाकी 11 नेता चुप रहे। इस तरह फरवरी की शीत लहर के बीच नौजवानों की ऊर्जा के कारण कानून रद्द करने पर कायम धड़ों की संख्या में इजाफा हुआ। कानून रद्द होने तक लड़ने वाले किसान संगठनों की गिनती 10 से बढ़कर 15 हो गई। यही वह बैठक थी, जिसमें मोर्चे पर कानून रद्द करने तक लड़ने वालों का पक्ष मजबूत हो गया। हालाँकि प्रमुख नेताओं ने 32 किसान संगठनों को उस बात पर राजी कर लिया, जिसका प्रस्ताव 8 दिसम्बर को हुई अमित शाह के साथ बैठक से पहले पंजाब के सरकारी अफसरों की तरफ से आया था। पंजाब के उन अफसरों ने किसान नेताओं को सरकार से बातचीत करने के लिए छोटी कमेटी बनाने की सलाह दी थी। करीब तीन महीने बाद यह एजेंडा 28 फरवरी की उसी बैठक में जिन्दा हुआ और प्रमुख किसान नेताओं ने सरकार से प्रस्ताव लेने के लिए एक छोटी कमेटी बनाने का प्रस्ताव सामने रखा। एजेंडे पर थोड़ी तीखी चर्चा

हुई, मगर 9 किसान नेताओं की छोटी कमेटी बनाने पर सहमति बन गई। इस कमेटी में संयुक्त किसान मोर्चा की तालमेल कमेटी के 7 सदस्यों योगेन्द्र यादव, दर्शनपाल, हन्नान मोल्ला, राजेवाल, डल्लेवाल, शिवकुमार कक्का, गुरनाम सिंह चढ़ूनी के अलावा जोगिन्दर उगराहाँ और युद्धवीर सिंह शामिल किए गए। संगठनों ने कमेटी पर सहमति जरूर दी, मगर इसकी डोर अपने हाथों में इस शर्त पर सुरक्षित रख ली कि इस कमेटी को सिर्फ सरकार से बातचीत करने का अधिकार है। सरकार से जो प्रस्ताव आएगा, उस पर फैसला लेने का अधिकार सभी 32 संगठनों के पास ही रहेगा।

लेकिन पंजाब के कई किसान नेताओं को यह बात पची नहीं, और छोटी कमेटी बनाने के इस फैसले को बैठक खत्म होने से पहले ही हम पत्रकारों तक पहुँचा दिया। पंजाब के कई पत्रकारों ने इसे मुख्य खबर बनाकर चलाया और बड़े किसान नेताओं के लिए एक अजीब-सा माहौल बना दिया। इसके कारण बड़े किसान नेताओं ने प्रेस कॉन्फ्रेंस में सफाई दी कि ऐसी कोई कमेटी नहीं बनाई गई है। और यह कि संयुक्त किसान मोर्चा की 7 सदस्यों की तालमेल कमेटी में आमंत्रित सदस्यों के बतौर बैठे दो अन्य संगठनों के नेताओं, जोगिन्दर सिंह उगराहाँ और युद्धवीर सिंह, को तालमेल कमेटी का पक्का सदस्य बनाया गया है। इसी बैठक में 6 घंटे केएमपी जाम करने, 8 मार्च को महिला दिवस मनाने और 15 मार्च को ट्रेड यूनियनों के साथ मिलकर निजीकरण के खिलाफ प्रदर्शन करने के कार्यक्रमों की घोषणा भी की गई।

32 संगठनों की बैठक के बाद संयुक्त किसान मोर्चा की आम बैठक होती थी, जिसमें आन्दोलन में शामिल सभी किसान संगठन भाग ले सकते थे। इस बैठक में वही एजेंडा रखे जाते थे, जो पंजाब के 32 संगठनों की बैठक में पास होते थे। सिंघु पर ही कजारिया टाइल्स के दफ्तर पर 2 मार्च को हुई इस बैठक में एक अनोखी बात हुई। इस बैठक में 32 किसान संगठनों ने जो एजेंडा पास किए थे उन पर हरियाणा के किसान संगठन नाराज हो गए। दरअसल हरियाणा के किसान संगठनों का मानना था कि क्योंकि सरकार बातचीत करने नहीं आ रही। इसलिए हमें सरकार पर दबाव बढ़ाने के लिए संसद मार्च का कार्यक्रम देना चाहिए। हरियाणा के किसान संगठनों के प्रतिनिधि के तौर पर गुरनाम सिंह चढ़ूनी ने प्रस्ताव रखा कि हमें संसद सत्र के दौरान संसद मार्च की कॉल देनी चाहिए, हरियाणा के बाकी संगठन और पंजाब के एकाध संगठन भी इस प्रस्ताव के हक में बोले। लेकिन पंजाब के बड़े किसान नेताओं ने इसे

अनसुना कर दिया। चढ़ूनी हरियाणा वालों की अनदेखी पर थोड़ा गुस्सा हुए और भरे गले से बोले, "हमने यहाँ जन्मदिन मनाने के लिए मोर्चा नहीं लगाया है, हम यहाँ कानून रद्द करवाने और फसल के एमएसपी की लीगल गारंटी करवाने आए हैं। इसलिए सरकार पर दबाव बढ़ाने के लिए हमें संसद मार्च की कॉल देनी चाहिए।"

लेकिन पंजाब के बड़े किसान नेताओं ने इस बैठक में भी वही प्रस्ताव पास कर दिये, जो 3 दिन पहले 32 संगठनों की बैठक में पास किए थे। पंजाबी नेताओं के इस रवैये से नाराज होकर हरियाणा के किसान नेता उनको यह कहकर बैठक से उठकर जाने लगे कि "जब आपने हमारी कोई बात ही नहीं सुननी और अपनी मनमर्जी ही चलानी है तो इस मीटिंग में बैठने का क्या फायदा?" बैठक में हल्ला हो गया। गुरनाम सिंह चढ़ूनी को डर हुआ कि उनके सर पर हरियाणा के किसान नेताओं को भड़काने का ठीकरा फूटेगा, इसलिए उन्होंने कोशिश कर सभी को वहाँ वापस बैठा लिया। इतने रौले के बाद तय हुआ कि अगली बैठक में इस पर खुलकर चर्चा करेंगे। लेकिन इसके बाद हुई 10 मार्च की बैठक में भी संसद मार्च का कार्यक्रम पास न हो सका, बस 26 मार्च को आन्दोलन के चार महीने पूरे होने पर भारत बन्द का कार्यक्रम दिया गया।

मार्च माह में पंजाब के बड़े किसान नेता सरकार के खिलाफ कोई बड़ी कॉल देने से इसलिए बच रहे थे क्योंकि वह संगठनों के भीतर, और उनके जरिये जनता में, सरकार द्वारा भेजे गए एक प्रस्ताव पर सहमति बनाने की कोशिशें कर रहे थे। मार्च के पहले सप्ताह में जब मैं डॉ. दर्शनपाल से मिलने सिंघु पर उनके कमरे पर गया तो उन्होंने मुझे बताया, "उधर से दो कानून रद्द और एक निलम्बित करने का ऑफर आया है, जोकि बुरा नहीं है। इससे ज्यादा तो मिलना भी मुश्किल है। लेकिन ये तुम्हारे हरियाणा के नेता एमएसपी पर बड़ा पेच फँसाकर बैठे हैं यार।" मैंने दर्शनपाल से नेता का नाम पूछा तो उन्होंने बताया, "यार ये चढ़ूनी साहब।" कुछ देर एमएसपी पर उलझी-उलझी सी बातें करने के बाद दर्शनपाल ने मुझसे पूछा, "यार ये चढ़ूनी जी कौन सी विचारधारा के आदमी हैं। कौन है जिसकी ये थोड़ी-बहुत सुन लेते हैं।" मैंने कहा, जहाँ तक मुझे पता है, चढ़ूनी किसी विचारधारा के आदमी नहीं हैं, मगर रमनदीप मान का उन पर काफी प्रभाव है और वह रमनदीप की बातें जरूर सुनते हैं।" दर्शनपाल को रमनदीप का नम्बर पकड़ाकर मैं वहाँ से आ गया।

इसी शुरुआती सप्ताह सिंघु पर बड़े किसान नेता इस प्रस्ताव पर लोगों की राय ले रहे थे, तो टिकरी पर बूटासिंह बुर्जगिल भी इसी काम में लगे हुए थे। पंजाब के 32 संगठनों में शामिल नहीं रहने वाली बीकेयू उगराहाँ न सिर्फ इस प्रस्ताव से सहमत थी, बल्कि एक कदम आगे जाकर अपने काडर में भी सहमति बनाने में जुटी हुई थी बल्कि एक कदम आगे जाकर अपने कैडर में भी सहमति बनाने में जुटी हुई थी। उगराहाँ ने तो न्यूजक्लिक को 9 मार्च, 2021 को दिये अपने इंटरव्यू में भी यह बात सबके सामने रखी। उन्होंने तीनों कानून रद्द करवाने की माँग से पीछे हटते हुए कहा, "अगर सरकार एक कानून रद्द व दो कानून निलम्बित या दो कानून रद्द व एक निलम्बित करने को राजी हो जाती है तो हम जनता को समझाएँगे कि हमें 80 प्रतिशत जीत हासिल हो गई है, जोकि छोटी बात नहीं होती और 100 प्रतिशत तो कभी नहीं मिलता। उनका कहना था कि हमने ही जनता को समझाया था कि कानून रद्द करवाए बगैर वापस घर नहीं जाएँगे और अब हम ही कानून निलम्बित करवाने पर मानकर उठने पर उन्हें सहमत करवाएँगे।" दरअसल यह पेशकश पंजाब के अफसरों के जरिये आई थी। टिकरी के पकौड़ा चौक पर बीकेयू (उगराहाँ) का स्टेज संयुक्त किसान मोर्चा से अलग था, जिस पर उन्होंने प्रशान्त भूषण को भाषण देने के लिए न्योता दिया। दिसम्बर महीने में जब सुप्रीम कोर्ट की एंट्री हुई तो प्रशान्त भूषण का मानना था कि कोर्ट द्वारा कानून निलम्बित करने के आदेश को मानकर उसके द्वारा बनाई जा रही कमेटी को मान्यता देनी चाहिए। ठीक तीन महीने बाद बीकेयू (उगराहाँ) के स्टेज से भी उन्होंने यही कहा कि तीन साल के लिए कानून निलम्बित होना आन्दोलन की जीत होगी। उनके इस वक्तव्य को बीकेयू (उगराहाँ) ने अपने सोशल मीडिया के पेज पर मुख्य सुर्खी बनाकर लगाया।

नौजवानों को समझ आ रहा था कि बड़े किसान नेताओं के साथ तनातनी के चलते मोर्चों के हालातों पर भी असर पड़ रहा है। नौजवानों की संख्या भी घट रही थी और उनका सहयोग और सेवा भी कम हो रही थी। नेताओं और नौजवानों के बीच बढ़ रही इस खाई को पाटने का काम शहीद नवरीत सिंह के दादा हरदीप सिंह डिबडिबा ने किया। 7 मार्च को उन्होंने अपने पोते के श्रद्धांजलि समागम पर ही संयुक्त किसान मोर्चे के पंजाब के नेताओं और नौजवानों से सारे गिले-शिकवे मिटाकर एक साथ मिलकर काम करने की बड़ी मार्मिक अपील की। समागम में मौजूद दर्शनपाल, सुरजीत सिंह फूल,

मंजीत राय, पंथक जत्थेबन्दियों के नेताओं और सभी नौजवानों ने उनसे सहमति प्रकट की और उसी दिन मिलकर प्रेस कॉन्फ्रेंस भी की, जिसमें सभी ने इकट्ठे काम करने का एलान किया।

बाबा डिबडिबा की इस अपील का असर इतना व्यापक था कि 15 मार्च को नौजवानों ने प्रेस कॉन्फ्रेंस कर किसान सहयोग टीम बनाने का फैसला लिया, जिसके तहत मोर्चे पर वालंटियर की जिम्मेवारी निभाने, नौजवानों को मोर्चे में लाने तथा नौजवानों और किसानों की बात नेताओं तक पहुँचाने का जिम्मा उन्होंने लिया। नौजवानों के इस फैसले का ज्यादातर किसान नेताओं ने स्वागत किया। लेकिन कई ऐसे भी थे, जिन्होंने बयान देकर दोबारा नौजवानों को काटने की कोशिश की थी। नौजवानों के इस छोटे-से कदम पर भी प्रेमसिंह भंगू, रुल्दू सिंह मानसा और सतनाम सिंह अजनाला ने काफी तीखी प्रतिक्रियाएँ दीं, जिसकी सोशल मीडिया पर चौतरफा निन्दा हुई। अपनी इन प्रतिक्रियाओं का खमियाजा भी तीनों को भुगतना पड़ा।

मोर्चा नरम, गाँव गरम

ऐसा पहले कभी न किसी ने सुना था, न देखा था और न ही कल्पना की थी, लेकिन यह हो रहा था। जब तक किसान आन्दोलन चला, तब तक जनता द्वारा चुने गए बीजेपी-जेजेपी के विधायक, मंत्री, यहाँ तक कि मुख्यमंत्री भी अपना कोई भी सार्वजनिक कार्यक्रम चैन से नहीं कर पाए। किसानों का यह गुस्सा उन लोगों पर फूट पड़ा था, जिन्हें खुद उन्होंने ही चुनकर शासक बनाया था। सत्ता में रहने वाले जिस वर्ग ने इतनी शान-शौकत और इतनी सुख-सुविधाएँ देखी थीं और जिनसे मिलने के लिए हमेशा लोग भीड़ में एक-दूसरे के पैर कुचल रहे होते थे, लेकिन उनके सामने हाथ जोड़कर मुस्करा रहे होते थे और उनकी जय-जय के नारे हवा में उछाल रहे होते थे—अब वही लोग उन्हें मुर्दाबाद के नारों से घेर रहे थे और मौका मिलते ही उनको पीटने तक के लिए आमादा थे।

पंजाब के मालवा क्षेत्र का मलोट शहर शायद ही कभी खबरों में रहा हो, लेकिन 27 मार्च, 2021 को किसानों द्वारा अबोहर से बीजेपी के विधायक अरुण नारंग के कपड़े फाड़ने के कारण चर्चा में था। अरुण नारंग ने अपने

लिए मुसीबत उस समय मोल ले ली, जब उनका विरोध करने आए किसानों को वे एक हल्का-सा गलत इशारा कर बैठे। अपने गलत इशारे के कारण किसानों ने नारंग को न सिर्फ पीटा बल्कि कपड़े फाड़कर उन्हें नंगा कर दिया। नारंग की सिक्योरिटी में लगी पुलिस की सहायता से वह एक दुकान में घुस गए और शटर बन्द कर लिया। लेकिन किसानों को गुस्सा सातवें आसमान पर था। उन्होंने मलोट शहर के बीजेपी दफ्तर में भी तोड़-फोड़ की और बीजेपी के झंडों को फूँक दिया, टायरों में आग लगा दी। प्रदर्शनकारी किसान इतने गुस्से में थे कि अरुण नारंग एक घंटे तक शटर के अन्दर रहे। उनकी सुरक्षा में तैनात पुलिस किसानों के आगे बेबस नजर आ रही थी।

किसानों द्वारा अंजाम दी गई इस घटना का वीडियो सरेआम पूरे देश में वायरल हो रहा था। मलोट के किसानों ने जो किया था, उसको संयुक्त किसान मोर्चा ने गलत ठहराते हुए अपने हाथ पीछे खींच लिये थे। दरअसल एसकेएम किसी भी ऐसी घटना की जिम्मेदारी लेने से बचने लगा था, जिससे उनकी शान्तमयी छवि को कोई आँच आए। लेकिन गाँव में रहने वाले आम किसान 'शान्तमयी छवि' का बोझ ढोने के लिए बाध्य नहीं थे। उनको किसी भी सूरत में चुने हुए जनप्रतिनिधियों को इस बात का अहसास कराना था कि तुम हमसे हो, हम तुमसे नहीं।

शक्ति प्रदर्शन सत्ता और जनता दोनों का ही जरूरी टूल है। सरकार नहीं चाहती थी कि उसके प्रतिनिधि कमजोर दिखें। किसानों के आगे एक ताकतवर राज्य कमजोर नजर आए। लेकिन किसान भी यह नहीं चाहते थे कि उन्हें अनदेखा और अनसुना करने वाले लोग बिना किसी दबाव में सत्ता का सुख भोगते फिरें। इसलिए पंजाब और हरियाणा में किसान सत्ताधारी नेताओं के पीछे लट्ठ लेकर इस तरह पड़े हुए थे जैसे खेत चरने वाले आवारा पशुओं के पीछे भागते हैं।

मलोट की घटना पर एसकेएम बेशक अपने पैर खींच रहा था, लेकिन इस घटना के बाद पंजाब के किसानों से हरियाणा के किसान प्रेरणा ले रहे थे। घटना के अगले दिन यानी 28 मार्च, 2021 को हिसार के ग्लोबल स्पेस में एक कार्यक्रम आयोजित होना था। इस कार्यक्रम में जी मीडिया ग्रुप के मालिक और पूर्व राज्यसभा सांसद सुभाष चन्द्रा को पहुँचना था। किसान आन्दोलन के खिलाफ प्रचार कर रही मीडिया से किसान नाराज थे। सैकड़ों किसान हिसार में इकट्ठा हुए और कार्यक्रम का बहिष्कार करना शुरू कर दिया। किसानों

ने वीडियो प्रसारित कर सुभाष चन्द्रा को हिसार न आने की सलाह दी भी थी। सोशल मीडिया पर प्रसारित वीडियो में लोग सुभाष चन्द्रा की कब्र खोदने की बात कर रहे थे। उन्होंने सुभाष चन्द्रा को चेतावनी दी कि अगर वे हिसार आते हैं तो अरुण नारंग जैसा हश्र भुगतने के लिए तैयार रहें।

3 अप्रैल को हरियाणा के रोहतक शहर में सांसद अरविन्द शर्मा के पिता की सत्रहवीं पर मुख्यमंत्री खट्टर पहुँचने वाले थे, जिसके लिए मस्तनाथ यूनिवर्सिटी में हेलिपैड बनाया गया था। मलोट की घटना के बाद यह आशंका जताई जा रही थी कि किसान हर हाल में मुख्यमंत्री का विरोध करेंगे। हालाँकि एसकेएम के नेता प्रीत सिंह ने कहा था कि मुख्यमंत्री किसी राजनीतिक कार्यक्रम में नहीं आ रहे हैं। इसलिए किसान नैतिकता के आधार पर विरोध नहीं करेंगे। लेकिन किसानों ने अपील पर ध्यान नहीं दिया और सुबह से ही मस्तनाथ यूनिवर्सिटी और मठ के बाहर भारी संख्या में इकट्ठे होने लगे। मुख्यमंत्री के हेलिकॉप्टर उतरने से पहले ही किसान हेलिपैड की ओर बढ़ने लगे, जिसके कारण पुलिस और किसानों में टकराव शुरू हो गया। किसानों को रोकने के लिए पुलिस ने लाठीचार्ज कर दिया, लेकिन किसान रुके नहीं और किसानों ने बैरिकेड तोड़ दिये। किसानों की अधिक संख्या को देखते हुए मुख्यमंत्री की लैंडिंग डेढ़ घंटे में दो बार बदलनी पड़ी। हारकर, पुलिस ने मस्तनाथ यूनिवर्सिटी की जगह रोहतक पुलिस लाइन में मुख्यमंत्री के हेलिकॉप्टर की लैंडिंग करवाई।

उस दिन किसानों पर हुए लाठीचार्ज में घायल हुए बुजुर्ग किसान राजसिंह ने मुझे बताया, "किसान 5 महीने से बॉर्डरों पर बैठे हुए हैं, लेकिन सरकार ऐसे अनदेखा कर रही है, जैसे कुछ हुआ ही न हो। जब तक सरकार हमारे मुद्दे हल नहीं कर देती, तब तक हम सरकार का एक कार्यक्रम भी नहीं होने देंगे।"

यह 30 मार्च, 2021 की बात है, जब संयुक्त किसान मोर्चा की बैठक के बाद प्रेस कॉन्फ्रेंस करते हुए किसान नेता गुरनाम सिंह चढ़ूनी ने मई महीने के पहले पखवाड़े में संसद कूच करने की बात कही। पंजाब की कई किसान जत्थेबन्दियों की ना-नुकर के बीच गुरनाम सिंह चढ़ूनी हरियाणा, राजस्थान और पश्चिमी उत्तर प्रदेश की किसान जत्थेबन्दियों के दम पर संसद कूच का

कार्यक्रम पास करवाने में सफल हो गए थे। पंजाब से उन्हें सुरजीत सिंह फूल और आजाद किसान कमेटी के हरपाल संघा का ही साथ मिला था। इससे पहले भी एक बार 1 फरवरी को संसद की तरफ कूच करने का कार्यक्रम दिया गया था, लेकिन 26 जनवरी को हुए लाल किले की घटना के बाद उसे निरस्त कर दिया गया था। यही हाल इस संसद कूच का इस बार भी हुआ।

अप्रैल महीना देश के लिए महामारी की ऐसी तबाही लेकर आया कि संसद कूच का कार्यक्रम धरा-का-धरा रह गया। भारत महामारी की दूसरी लहर की चपेट में आ गया, जिसके कारण सोशल मीडिया पर श्मशानों में जलती सैकड़ों लाशों के फोटो तैरने लगे। ट्विटर पर अस्पताल के बिस्तर, दवा, ऑक्सीजन और चिकित्सा सहायता के लिए लोग लगातार बड़ी-बड़ी संस्थाओं को टैग कर रहे थे। यह ऐसा दौर था जब ट्विटर एकाउंट लोगों की मदद के लिए इस्तेमाल हो रहे थे। लेकिन मीडिया को कोरोना के दौरान किसानों को बदनाम करने के लिए एक नई तरकीब सूझी। उन्होंने किसानों को पहले सुपर स्प्रैडर घोषित किया और उसके बाद किसानों पर एम्बुलेंस और ऑक्सीजन के टैंकर रोकने के आरोप मढ़ दिये। झूठ के पाँव नहीं होते। जनता भी देख रही थी कि किसान आन्दोलन के नौजवान कार्यकर्ता अधिक लंगर तैयार कर कोरोना लॉकडाउन में घरों में बन्द गरीब बस्तियों में भेजने लगे। इसके अलावा किसान आन्दोलन से जुड़ी संस्थाओं ने कोविड कैम्प लगाकर लोगों की सेवा भी की।

मीडिया की भोंड़ी अफवाहबाजी बन्द होते ही हमारे समाज की सेंटर से राइट शिफ्ट मारने वाली लिबरल और रूलिंग क्लास जमात की सोशल मीडिया पर मार्मिक अपीलें तैरने लगीं, जिनमें किसानों को कोरोना का हवाला देकर आन्दोलन को खत्म करने की बात लिखी होती थी। ऐसा करने वालों में बरखा दत्त भी एक थीं। पत्रकारों के ऐसे सेक्शन को मैं रूलिंग क्लास जर्नलिस्ट कहता हूँ, जो मौका मिलते ही सत्तापक्ष के लिए बैटिंग करने से कतई गुरेज नहीं करते। मोर्चे को कवर करने वाले हम पत्रकारों में भी आपस में यह बातचीत होने लगी थी कि केन्द्र सरकार किसानों को हटाने के लिए कोरोना के बहाने का इस्तेमाल कर सकती है। इसकी पुष्टि तब हुई जब सरकार के हक में खबरें छापने वाले दैनिक जागरण ने 15 अप्रैल को एक खबर प्रकाशित की जिसमें मोदी सरकार ने सिंघु और टिकरी मोर्चे पर हवाई सर्वेक्षण करवाकर उनको खाली करवाने के लिए एक अभियान तैयार किया है। रिपोर्ट से यह अहसास

हो रहा था कि सरकार किसानों को खदेड़ने के लिए अर्धसैनिक बलों का इस्तेमाल करेगी। वह रिपोर्ट अपुष्ट-सी थी, लेकिन मोर्चे पर सभी सक्रिय लोग उसे गम्भीरता से ले रहे थे, क्योंकि मार्च, 2020 में कोविड की पहली लहर के दौरान केन्द्र ने इसी तरह की रणनीति का इस्तेमाल सीएए विरोधी शाहीन बाग के आन्दोलन को कुचलने के लिए किया था।

कोविड महामारी के कारण के नाम पर खुद ही किसान नेताओं ने कोई भी बड़ा कार्यक्रम देने से पैर पीछे खींच लिये थे। लेकिन जैसे ही कोविड शान्त होने लगा, सिंघु के सक्रिय नौजवानों में संसद मार्च के कार्यक्रम को दोबारा लागू करवाने की चर्चा चल निकली। मार्च महीने में नौजवानों की जो किसान सहयोग टीम बनी थी, उसी से जुड़े नौजवानों ने 22 अप्रैल को यह फैसला किया कि कल यानी 23 अप्रैल को होने वाली किसान नेताओं की बैठक में जाकर नौजवान संसद मार्च के कार्यक्रम के लिए कॉल देने के लिए कहेंगे। इन नौजवानों में हरियाणा से वाटर कैनन बॉय नवदीप, तेजवीर, करनाल, सोनीपत और अम्बाला जिले के किसान शामिल थे। पंजाब से एसएफएस के रमन, पंथक जत्थेबन्दियों के नौजवान, ट्रॉली वाला गुरदीप और टिकरी बॉर्डर से रुपिंदर जलाल शामिल थे। अगली सुबह यानी 23 अप्रैल को ये सभी नौजवान कजारिया टाइल्स की बिल्डिंग में पहुँच गए जहाँ 32 किसान संगठनों की बैठक होनी थी। बैठक शुरू होने से पहले ये नौजवान किसान नेताओं से मिले तो किसान नेताओं ने उन्हें आश्वासन दिया कि बैठक में उनके द्वारा उठाए गए इस मुद्दे पर चर्चा होगी उसके बाद ही आप वापस जाना।

दो घंटे बीत जाने के बाद कुछ किसान नेता बैठक से बाहर निकले तो उन्हें नौजवानों ने घेर लिया। ये नौजवान ज्यादातर हरियाणा के थे। जब इन किसान नेताओं से बात ही चल रही थी कि जोगेन्द्र उगराहाँ अपनी कार में जाकर बैठ गए। हरियाणा के नौजवानों की नजर पड़ी तो एक नौजवान ने उनकी कार के बोनट पर जोर से हाथ मारा और उन्हें आगे बढ़ने से रोक दिया। उसके बाद उगराहाँ ने कहा कि मैं तो संयुक्त मोर्चे का हिस्सा ही नहीं हूँ। इस पर उन नौजवानों ने कहा कि आप बेशक हिस्सा न हों, लेकिन आप मीटिंग में बैठते हो, इसलिए फैसला सुनाकर जाओ। इतने में हरियाणा के एक ताऊ ने खिड़की खोलकर उन्हें गाड़ी से उतार लिया और वापस अन्दर मीटिंग हॉल में जाकर बैठा दिया। उसके बाद किसान नेताओं ने कोई फैसला नहीं किया और बाहर बैठे नौजवानों से मनजीत राय मिलने आए और नौजवानों को समझा-बुझाकर

वापस भेज दिया गया। उधर से जोगिन्दर उगराहाँ ने टिकरी से अपने संगठन के कार्यकर्ताओं की बस भरके भी बुला ली थी, लेकिन नौजवान पहले ही अपने तम्बुओं में वापस लौट चुके थे।

इस घटना के बाद 25 अप्रैल को उगराहाँ ने अपने स्टेज से भाषण दिया जिसमें उन्होंने सुरजीत फूल, रमन एसएफएस, रुपिंदर जलाल और पंथक जत्थेबन्दियों को इस घटना का दोषी बताते हुए उनकी निन्दा की और संसद मार्च न करने का अपनी जत्थेबन्दी का फैसला भी सुनाया. इसके बाद 28 अप्रैल और 29 अप्रैल को 32 जत्थेबन्दियों की बैठक दो दिन चली, जिसमें फूल पर 15 दिन पाबन्दी लगा दी (मीटिंग, प्रेस, स्टेज) और अपनी बैठक में संसद मार्च से पीछे हटते हुए यह फैसला लिया कि जब तक 26 जनवरी वाली ताकतें मोर्चे में एक्टिव हैं तब तक कोई भी ठोस कार्यक्रम नहीं करेंगे।

30 अप्रैल, 2021 का दिन टिकरी बॉर्डर पर जमे किसानों के लिए एक नौजवान लड़की की चिता को आग देकर समाप्त हुआ, जो इस आन्दोलन में अपनी भूमिका निभाने बंगाल से आई थी। 26 साल की इस युवती की मौत कोविड-19 के चलते हुई थी। लेकिन उसकी मौत के ठीक 9 दिन बाद एक और खुलासा हुआ, जिसे सुनकर सभी किसानों की रूह काँप उठी। 9 मई को, उस युवती के पिता ने हरियाणा पुलिस में एक आधिकारिक शिकायत दर्ज करवाई, जिसमें उन्होंने किसान सोशल आर्मी के अनिल मलिक और अनूप सिंह चनौत पर उनकी बेटी के साथ बलात्कार और परेशान करने का आरोप लगाया। हरियाणा पुलिस ने उसी दिन छह लोगों के खिलाफ धारा 376 डी (सामूहिक बलात्कार) सहित आईपीसी की विभिन्न धाराओं के तहत प्राथमिकी दर्ज कर ली। हालाँकि पुलिस द्वारा लिखी गई एफआईआर के बाद लड़की के पिता ने पुलिस को एक नया पत्र दाखिल करवाया जिसमें उन्होंने अंकुर सांगवान, कोविता आर्य, जगदीश बराड़ और योगिता सुहाग के नाम हटाने का अनुरोध किया, क्योंकि उन्होंने वास्तव में उसकी मदद की थी।"

इस मामले से सम्बन्धित ही मुझे पीड़िता का 16 अप्रैल को रिकॉर्ड किया गया एक वीडियो भी मिला, जिसमें वह किसान सोशल आर्मी के सदस्य अनिल मलिक द्वारा 'जबरदस्ती पकड़कर चूमने और फिर ब्लैकमेल करने की बात कहती है।' 13 मई को इस मामले में बहादुरगढ़ पुलिस के एक वरिष्ठ अधिकारी ने मुझे बताया, "हमारे पास पीड़िता के दोस्तों के बयान और उसकी खुद की एक वीडियो है। इसके अलावा पीड़िता और अनिल

के बीच हुए टेक्स्ट मैसेज और फोन कॉल सहित कुछ तकनीकी सबूत भी हैं। अभी हमले की तारीख और कैसे (बलात्कार) हुआ यह स्पष्ट नहीं हो पाया है, लेकिन हम सबूतों के आधार पर सच्चाई पता लगाने की कोशिश कर रहे हैं। उस लड़की को 25 अप्रैल को अस्पताल में भर्ती कराया गया और 30 अप्रैल को उसकी मृत्यु हो गई, जबकि हमें 9 मई को इसके बारे में शिकायत मिली है। अगर हमें 29 अप्रैल को भी बलात्कार के बारे में पता चल जाता, तो हम उसका मेडिकल करवा लेते और इससे हमें मामले की सच्चाई पता लगाने में आसानी होती। लेकिन चूँकि पोस्टमॉर्टम नहीं हो पाया और न ही कोई मेडिको-लीगल सर्टिफिकेट या डेथ डिक्लेरेशन। इसलिए हम अभी इस मामले में अधिक कुछ नहीं कह सकते।"

इस मामले में अभी मुख्य दोनों आरोपी जेल में हैं। इस मामले के बाद आन्दोलनों के दौरान महिलाओं के साथ होने वाली हरासमेंट पर भी चर्चा चली। किसान नेताओं पर दबाव पड़ने के बाद संयुक्त किसान नेताओं ने भी महिलाओं की एक इंटरनल कमेटी का गठन कर दिया। लेकिन फिर भी यह सवाल बहुत अहम बना रहा कि आन्दोलनों के पास इस तरह के मामलों से निपटने के लिए एक मैकेनिज्म होना चाहिए।

कोरोना की दूसरी लहर के बीच जब देशभर में अस्पतालों में ऑक्सीजन के अभाव में दम तोड़ते मरीजों की संख्या बढ़ रही थी और सरकारी, गैर सरकारी चिकित्सा तंत्र की सच्चाई खुल रही थी तब भी किसानों ने दिल्ली बॉर्डर पर आन्दोलन जारी रखा। बल्कि हरियाणा में जगह-जगह बीजेपी और जेजेपी का विरोध तेज आँच पर पकता रहा। इसी कोरोना लहर के बीच खट्टर का विरोध करने के बदले हरियाणा पुलिस ने किसानों के सिर खोल दिये।

16 मई, 2021 को मनोहरलाल खट्टर हिसार में कोविड स्पेशल अस्पताल का उद्घाटन करने वाले थे। लेकिन किसान हर हाल में विरोध करना चाहते थे। हजारों की संख्या में किसान ट्रैक्टर-ट्रॉली, बाइक, कार आदि लेकर हिसार में पहुँचने लगे थे। पुलिस ने उन्हें रोकने के लिए बैरिकेडिंग लगाई, लेकिन किसानों ने बैरिकेडिंग तोड़ दी। किसानों के बैरिकेड तोड़ते ही पुलिस ने लाठीचार्ज कर

दिया और किसानों पर पथराव करने लगी। इस लाठीचार्ज में करीबन पचास किसान घायल हो गए। पुलिस ने लाठीचार्ज के बाद किसानों को गिरफ्तार करना शुरू कर दिया और करीबन 88 किसानों को गिरफ्तार कर लिया। इस घटना की फोटुएँ और वीडियो सोशल मीडिया पर तैरने लगीं और घायल हुए किसानों की तस्वीरें देखकर जनता में गुस्सा बढ़ने लगा। इस लाठीचार्ज में घायल हुईं 53 साल की महिला किसान निर्मला देवी ने मुझे बताया, "हम हिसार में मनोहरलाल खट्टर को काले झंडे दिखाने जा रहे थे, क्योंकि 6 महीने से उनकी सरकार हम किसानों की बात नहीं सुन रही। लेकिन हिसार शहर में घुसने से पहले ही पुलिस ने हमें रोक लिया और हमारे ऊपर लाठीचार्ज कर दिया। लाठीचार्ज में मेरा सर फूट गया है और मुझे 12 टाँके आए हैं।"

उसी दिन कुलदीप सिंह नाम के एक नौजवान किसान को भी पुलिसिया क्रूरता का सामना करना पड़ा। सिंह ने मुझे बताया, "मैं किसानों के साथ सड़क पर बैठा था। पुलिस सड़क पर बैठे किसानों से कह रही थी कि हम लाठीचार्च और गोली चलाने के लिए भी तैयार हैं। कुछ ही देर बाद उन्होंने हमारे ऊपर लट्ठ बरसाने शुरू कर दिये। मुझे इतनी बेरहमी से पीटा कि मुझ पर पुलिस ने तीन लाठियाँ तोड़ दीं।"

उस दिन पुलिस ने गिरफ्तार किसानों पर धारा 107 और 151 के तहत मामले दर्ज कर लिये, लेकिन कोई भी किसान किसी भी कागज पर हस्ताक्षर करने के लिए तैयार नहीं हुआ। जैसे-जैसे किसानों पर हमले की तस्वीरें और गिरफ्तारी की खबर हरियाणा के बाकी इलाकों में फैली, वैसे ही हरियाणा के किसानों ने हाईवे जाम करने शुरू कर दिये। किसानों की गिरफ्तारी के आधे घंटे के बाद ही हरियाणा की ज्यादातर सड़कें जाम हो चुकी थीं। हारकर, पुलिस को झुकना पड़ा और जाम खुलवाने के लिए हिसार पुलिस को गिरफ्तार किसानों को रिहा करना पड़ा।

हिसार पुलिस ने किसानों को रिहा तो कर दिया, लेकिन उस दिन 26 किसान नेताओं समेत 350 किसानों पर केस दर्ज कर दिये। अगले दिन अखबारों में केस दर्ज किए जाने की खबरें पढ़कर किसानों को बहुत बुरा लगा। मैं 17 मई को निर्मला देवी के घर पर उनका इंटरव्यू करने गया हुआ था, जब उन्होंने मुझे उस दिन का अखबार दिखाते हुए कहा, "हमारे ही तो सर फोड़े और हमारे ऊपर ही केस दर्ज कर लिये।"

किसानों पर केस दर्ज किए जाने के खिलाफ किसानों में गुस्सा बढ़ रहा

था। इस मामले में हिसार जिले के किसानों का प्रतिनिधि मंडल जिला प्रशासन को मिला भी, लेकिन प्रशासन ने मुकदमे वापस लेने से मना कर दिया, जिसके बाद किसानों ने अपने केस वापस करवाने के लिए 24 मई को हिसार जिले का सचिवालय घेरने का फैसला लिया। किसानों की इस घोषणा के बाद जिला प्रशासन ने हिसार शहर की किलेबन्दी करने में जुट गया। प्रशासन किसानों को शहर में न घुसने देने के लिए किलेबन्दी कर रहा था, तो किसान प्रशासन को गाँव में न घुसने देने के लिए किलेबन्दी करने लगे। हिसार के लगभग सभी गाँव में ठिकरी पहरे लगा दिये गए और प्रशासन की गाड़ियों और अफसरों के गाँव में घुसने पर रोक लगा दी गई। उस दौरान कई वीडियो सोशल मीडिया पर खूब वायरल हुए, जिनमें देहाती इकट्ठा होकर प्रशासन की गाड़ियों को गाँव से भगा रहे हैं। आखिरी दिन तक पुलिस और प्रशासनिक अधिकारी कोर्ट परिसर के गेट से लेकर लघु सचिवालय पर कँटीले तारों की बाड़ेबन्दी में जुटे रहे और किसानों को रोकने के लिए 57 कम्पनी अर्धसैन्य बलों समेत प्रदेश भर से पुलिस फोर्स हिसार में तैनात कर दी गई।

23 मई को कई बड़े अधिकारियों ने हिसार के किसान नेताओं को बातचीत के लिए दो बार बुलाया भी, लेकिन तब तक पानी पुल के नीचे से बह चुका था। रात बीती, दिन पलटा।

24 मई की सुबह हिसार शहर में घुसने वाली हरेक सड़क पर देहातियों के ट्रैक्टरों के काफिले बड़काँ मार रहे थे। मैं अपने सहयोगी गौरव कुमार के साथ हिसार-हाँसी रोड पर पड़ने वाले मय्यड़ टोल प्लाजा पर पहुँचा, तो वहाँ हजारों किसानों का काफिला हिसार जाने के लिए तैयार बर तैयार खड़ा था। सुबह नौ बजते ही काफिले के ट्रैक्टर हिसार की तरफ छूट लिये और चन्द मिनटों में किसान हिसार के क्रान्तिमान पर पहुँच गए। किसानों की इस रेले में न सिर्फ हरियाणा भर से किसान आए थे, बल्कि पंजाब और यूपी से भी किसान पहुँचे थे।

रोहतक के मोखरा गाँव से आए 56 वर्षीय किसान सतपाल सिंह ने मुझे बताया, "जब तक केस वापस नहीं होते, हम हिसार शहर के प्रशासन को घेरे रहेंगे। आन्दोलनों में होने वाले केसों के सहारे पुलिसवाले बाद में देहातियों को तंग करते हैं। हमारे ऊपर 2016 के जाट आरक्षण आन्दोलन में हुए केस अभी भी चल रहे हैं, इसलिए हम ये केस तो वापस करवाकर जाएँगे। सर भी हमारा ही फोड़ा और केस भी हमारे ही ऊपर। बताओ ये कौन-सा कानून हुआ!"

किसानों के इस रेले को देखकर प्रशासन ने किसान नेताओं को बातचीत के लिए बुला लिया। करीब 3 घंटे चली मीटिंग में प्रशासन को आखिर में पीछे हटना पड़ा और 16 मई की घटना से सम्बन्धित किसानों पर दर्ज पुलिस मुकदमे वापस लेने पड़े। जीत की खुशी में बाहर निकले किसान नेताओं ने प्रेस को सम्बोधित करते हुए कहा कि हरियाणा सरकार लगातार किसानों को बदनाम कर रही है और उनको कोरोना फैलाने वाले बता रही है। लेकिन कोरोना तो खुद मुख्यमंत्री मनोहरलाल खट्टर के कारण फैल रहा है। अगर वे किसानों की बयानबाजी न करें, झूठे मुकदमे न दर्ज करें तो किसानों को सड़कों पर उतरने की जरूरत ही न पड़े।

छह महीने से चल रहे किसान आन्दोलन में यह पहली बार था, जब सरकार को अपने कृत्य से पीछे हटना पड़ा था। प्रशासन के एक अधिकारी ने क्रान्तिमान पार्क में आकर भरी सभा में किसानों के बीच फैसला सुना दिया, जिसके बाद किसान अपने घरों को जाने लगे। घर वापसी करते वक्त 71 साल के जयपाल सिंह कुंडू ने अपना फोन जेब से निकाला और अपने बेटे को फोन कर बताया, "भाई हम जीतेंगे हाँ। सरकार ने माफी माँग ली है। ना किसानों पर कोई केस रहेगा। अर जो आज किसान शहीद हुआ है उसके परिवार में एक नौकरी मिलेगी।"

मैं भी उनकी बातचीत सुन रहा था। उनसे मैंने पूछा कि अगर प्रशासन अपने वायदे से मुकर गया तो। मेरे सवाल के जवाब में उन्होंने विजयी मुद्रा में कहा, "किसान भोले नहीं हैं। सरकार जानती है कि अगर मुकरे तो ये लोग दोबारा घेरकर बैठ जाएँगे।"

हरियाणा के किसानों को हिसार में मिली जीत के बाद एक चीज तय हो गई थी कि किसान अपनी खेती-किसानी और जमीन बचाने के लिए किसी भी हद तक बागी हो सकते हैं। पुलिस प्रशासन, मीडिया और नीति निर्धारकों के शक्तिशाली गठजोड़ के आगे किसान अपनी ताकत कैसे दिखा सकते हैं? आज के जमाने में बागी होना थोड़ा मुश्किल काम है, इसका कारण है भारत की सत्ता का लोकतांत्रिक चाशनी में लिपटा चेहरा, अलग-अलग संगठनों, राजनैतिक पार्टियों और सरकारी विभागों में बैठे तथाकथित पढ़े-लिखे लोग। लेकिन किसान आन्दोलन के दौरान अनेक बार अनेक गाँवों ने भारतीय शासन प्रणाली को अपनी ताकत दिखाई। किसानों ने अलग-अलग मौकों पर सत्ता और उसके एजेंट्स को गाँव में घुसने से ही रोक दिया। विरोध का यह

कारगर तरीका किसान इसलिए लागू कर पाए क्योंकि गाँव की भी अपनी एक समानान्तर सत्ता होती है।

करीब दस दिन बाद ही फतेहाबाद के टोहाना शहर में भी वैसा ही मंजर पसरा, जैसा 24 मई को हिसार में पसरा था। टोहाना शहर के बीचोबीच पड़ने वाले थाने को उन किसानों की गिरफ्तारी पर घेर लिया गया, जिन्हें जेजेपी विधायक की घेराबन्दी के लिए गिरफ्तार किया गया था। 5 जून को जब मैं टोहाना शहर पहुँचा तो देखा कि सारा शहर लबालब किसानों से भरा हुआ था। किसानों के इस रेले को चीरते हुए मैं टोहाना शहर के थाने में गया तो देखा कि वहाँ मौजूद किसानों के कारण पूरा थाना भरा हुआ था। वहाँ मौजूद किसान नेता सुरेश कोथ ने मुझे बताया, "1 जून को टोहाना के जेजेपी के विधायक देवेन्द्र बबली ने उन किसानों को गालियाँ दीं, जो उनका विरोध करने आए थे। गाली देने के बाद गुस्साए किसानों ने उनकी गाड़ी का शीशा तोड़ दिया था। उसके बाद जब किसानों का एक जत्था देवेन्द्र बबली से माफी मँगवाने के लिए गया तो उसमें से विकास सीसर, रवि आजाद और माखन सिंह नाम के तीन किसान कार्यकर्ताओं को भी पुलिस ने गिरफ्तार कर लिया था। अब हमारी सिर्फ इतनी-सी माँग है कि गिरफ्तार किए गए तीनों किसानों को प्रशासन बिना शर्त रिहा करे और उन पर लगाए गए केस भी वापस ले।"

1 जून, 2021 की घटना के मामले में जेजेपी के विधायक देवेन्द्र बबली का घेराव करने के लिए उससे अगले दिन किसान नेता और किसान कार्यकर्ता टोहाना में इकट्ठा हुए, जिसमें किसान नेता गुरनाम सिंह चढ़ूनी के अलावा हिसार जिले के ही कई युवा किसान कार्यकर्ता भी शामिल थे। गुरनाम सिंह चढ़ूनी किसानों के सारे जत्थे को एसडीएम कार्यालय ले गए और वहाँ प्रशासन से बात करने के बाद गुरनाम सिंह चढ़ूनी ने संयुक्त किसान मोर्चा के नेताओं से सलाह-मशविरा करके यह फैसला लिया कि जेजेपी विधायक देवेन्द्र बबली और किसानों के बीच हुए विवाद पर क्रमवार आन्दोलन चलाया जाना चाहिए। चढ़ूनी के इस फैसले को हिसार और आसपास के युवा किसानों ने मानने से इनकार कर दिया और उन्होंने अलग लीक पकड़ते हुए उसी दिन देवेन्द्र बबली का घेराव करने की ठानी। युवा किसानों के विरोध को देखते हुए गुरनाम सिंह चढ़ूनी दोपहर को ही टोहाना से चले गए, जिसके कारण उन युवा किसान कार्यकर्ताओं में रोष और बढ़ गया।

उस दिन टोहाना के घेराव में शामिल रहे विकास सीसर ने मुझे बताया,

"जब लड़ाई विधायक देवेन्द्र बबली के साथ थी, तो फिर एसडीएम कार्यालय का घेराव करने के लिए हम किसान क्यों गए। देवेन्द्र बबली के पीए ने टोहाना के 12 किसानों पर नामजद एफआईआर करवा रखी थी, और जिन किसानों के उसमें नाम थे, वे छिपते घूम रहे थे। हमें गुरनाम चढ़ूनी से उम्मीद थी कि वे कोई ठोस कदम उठाएँगे, लेकिन उन्होंने मामले को लम्बा खींचते हुए 7 जून को थाने का घेराव, 11 जून को विधायक का पुतला फूँकने और 12 जून को विधायक के गाँव में प्रदर्शन करने का फैसला ले लिया। मौके की गम्भीरता को देखते हुए सारे युवा उसी दिन विधायक के गाँव जाने पर अड़ गए, और 100 के करीब युवा किसान विधायक देवेन्द्र बबली के गाँव बढ़ई खेड़ा चल पड़े। जैसे ही हम गाँव के पास पहुँचे, पुलिस ने हम सभी को गिरफ्तार कर लिया।"

गिरफ्तार किए गए किसानों को शाम को ही रिहा कर दिया गया, लेकिन विकास सीसर, रवि आजाद और माखन सिंह नाम के तीन किसान कार्यकर्ताओं को पुलिस ने केस दर्ज कर जेल भेज दिया, जिसके कारण किसानों में एकदम रोष फैल गया। 3 जून को ही टोहाना में किसानों का जमावड़ा होना शुरू हो गया, लेकिन टोहाना प्रशासन ने गिरफ्तार किए गए किसानों को छोड़ने से मना कर दिया। 5 जून को किसानों ने टोहाना थाने को घेर लिया। तीन दिन तक थाना घेरे रखने के बाद प्रशासन को झुकना पड़ा और 7 जून को हारकर तीनों किसानों को रिहा करना पड़ा।

अपनी रिहाई के बाद विकास सीसर ने मुझे बताया, "किसानों ने घमंडी विधायक को ही नहीं झुकाया है, बल्कि निरंकुश प्रशासन को भी झुकाया है। टोहाना की जीत से एक बार फिर साफ हो गया कि दमनकारी सरकारी कार्रवाई के खिलाफ आखिरकार जीत किसानों की ही होगी।"

मई महीने की चढ़ती तीखी गरमी में सिंघु बॉर्डर पर बसे किसानों के गाँव में पड़ने वाले एक पते पर यह पहली बैठक थी, जिसमें आन्दोलन में शामिल किसान यूनियनों के लेफ्ट और राइट की बाइनरी में बने दो धड़ों के बाद तीसरे धड़े की नींव पड़ने वाली थी। दो पहले से मौजूद धड़े एआईकेएससीसी और आरकेएम के बाद आज बीकेएमएफ यानी भारतीय किसान मजदूर

फेडरेशन का गठन होने जा रहा था, जिसका विरोध भी शुरू हो चुका था। एआईकेएससीसी, जिसे प्रायः सेंटर से लेकर लेफ्ट तक की किसान यूनियनों का अम्ब्रेला माना जाता था और आरकेएम, जिसे प्रायः सेंटर से राइट तक की सोच वाली यूनियनों का। चलते आन्दोलन के बीच एक नए अम्ब्रेला का बनना, जिसके नीचे करीब 40 किसान संगठन इकट्ठा हो रहे थे, अनेक सवालों के घेरे में था। यह तरुण फेडरेशन संख्या के लिहाज से दो पुराने महासंघों से छोटा जरूर था, लेकिन जिस मकसद के लिए इसकी नींव पड़ी थी, वह सारे फल उस मकसदनुमा टोकरी में तोड़कर रखने वाला था। दरअसल बहुतेरे किसान संगठन, जो एआईकेएससीसी या आरकेएम से नहीं जुड़े हुए थे, वे संयुक्त किसान मोर्चा की बैठकों में रणनीतिक तौर पर लिये जा रहे फैसलों में कोई भी भूमिका नहीं निभा पा रहे थे। एआइकेएससीसी और आरकेएम के संगठन एसकेएम की बैठक से पहले खुद की मीटिंग करते और जो एजेंडा पास करवाना होता, उस पर पहले ही सहमति बनाकर एसकेएम की बैठक में पास करवा लेते। सभी किसान जत्थेबन्दियों को इन दोनों संघों द्वारा रखे गए एजेंडों पर संख्याबल अधिक होने के कारण सहमति जाहिर करनी पड़ती। दूसरा सबसे बड़ा कारण यह था कि इन दोनों ही संघों के कुंजीगत नेताओं ने आन्दोलन को तेज करने की बजाय सरकार से समझौता करने के लिए हाथ-पैर मारने शुरू कर दिये थे।

चलते आन्दोलन के दौरान ही इस तीसरे धड़े को बनाने का खयाल सबसे पहले फरवरी महीने में बीकेयू क्रान्तिकारी के प्रधान सुरजीत सिंह फूल को उस वक्त आया, जब उन्हें पता चला कि 21 जनवरी को सरकार के साथ हुई आखिरी मीटिंग में सरकार द्वारा दिये गए प्रस्ताव पर सहमति बनवाने के लिए इन दोनों महासंघों ने अपने-अपने संगठनों की मीटिंग में सहमति बनाने की कोशिश की है। 26 जनवरी की घटना के आरोप में सुरजीत सिंह फूल उस समय 32 की बैठक से सस्पेंड किए हुए थे। लेकिन फरवरी के दूसरे पखवाड़े में जब उन्हें वापस लिया गया तो गुरनाम सिंह चढ़ूनी के साथ उनकी नजदीकियाँ बढ़ने लगीं। इसके अलावा सुरजीत सिंह फूल ने हरेक बॉर्डर पर लगे मोर्चों पर ऐसे किसान संगठनों से मेल-मिलाप करना शुरू कर दिया, जो तीनों कृषि कानूनों की वापसी तक आन्दोलन करना चाहते थे और इसके लिए आन्दोलन को तेज भी करना चाहते थे, पर उन्हें खुड्डेलाइन किया हुआ था। इसके लिए फूल ने खेती-बाड़ी विशेषज्ञ रमनदीप मान और गुरनाम सिंह चढ़ूनी

की अंबाला की टीम से मेल-मिलाप बढ़ाना शुरू कर दिया। रमनदीप सिंह मान और तेजवीर की मदद से फूल को शाहजहाँपुर बॉर्डर पर बैठे गंगानगर-हनुमानगढ़ के किसानों की यूनियन जीकेएस के प्रधान रणजीत सिंह राजू, जिन्हें योगेन्द्र यादव ने खुड्डेलाइन किया हुआ था, गाजीपुर बॉर्डर पर गुरअमनीत मांगट जिसे राकेश टिकैत की यूनियन ने खुड्डेलाइन किया हुआ था और सिंघु पर हरियाणा की सबसे बड़ी किसान यूनियन बीकेयू (चढ़ूनी) से सम्पर्क साधा। अपनी तरह सोचने वाले किसान संगठनों के मन में यह आइडिया पसारने के बाद भी बीकेएमएफ के बनने में चढ़ूनी कोई विशेष रुचि नहीं दिखा रहे थे, लेकिन मार्च महीने में कुछ ऐसा घटित हुआ, जिसने बीकेएमएफ के बनने के रास्ते खोल दिये। इस महीने की शुरुआत से ही 26 जनवरी की घटना के कारण आई दूरियों को खत्म करते हुए संयुक्त किसान मोर्चा के कुछ नेताओं ने बाबा हरदीप सिंह डिबडिबा के साथ मिलकर नौजवानों और पंथक जत्थेबन्दियों के साथ तालमेल बढ़ाने के लिए कई कदम उठाए, जिसके तहत लक्खा सिधाना को भी सारे गतिरोध खत्म कर मार्च के आखिर तक मोर्चे में शामिल कर लिया गया। इन सब खाइयों को पाटने के दर्शनपाल थोड़े बहुत हाथ-पैर मार रहे थे, लेकिन वह यह नहीं जानते थे कि जाने-अनजाने में वह किसान संगठनों के उसी ग्रुपिज्म का शिकार हो जाएँगे, जिसका वह हिस्सा थे।

दरअसल दर्शनपाल एआईकेएससीसी की केन्द्रीय कमेटी में अहम भूमिका में थे और उसके पंजाब चैप्टर के कनवीनर की भूमिका में भी। एआईकेएससीसी में पंजाब की लभगभ सभी वामपंथी जत्थेबन्दियाँ शामिल थीं, जिनको पंथक सियासत से फोबिया के स्तर पर परेशानी होने के कारण पंथक जत्थेबन्दियों और 26 जनवरी के दौरान सरगर्म रहे नौजवानों से बहुत ज्यादा दिक्कतें थीं। उनके अलावा बलबीर सिंह राजेवाल को भी पंथक जत्थेबन्दियों और सिंघु के सरगर्म नौजवानों के अलावा लक्खा सिधाना से भी बहुत दिक्कतें थीं। इसी कारण जब मोर्चे में पंथक जत्थेबन्दियों, नौजवानों और लक्खा सिधाना की वापसी हुई तो वे बिदक गए। किरती किसान यूनियन के राजिंदर दीप सिंहवाला ने उनके खिलाफ 32 की बैठक में एजेंडा लगवाने की कोशिश की और रुल्दु सिंह मानसा ने तो पब्लिक स्टेटमेंट जारी कर रोकने की कोशिश भी की, लेकिन वे दोनों नाकाम रहे। इन सबके बीच सबसे टेढ़ी चाल राजेवाल ने चली, जिसके कारण मार्च महीने से ही ऐसे समीकरण बनने शुरू हो गए, जोकि मोर्चा खत्म होते-होते कोई दूसरी ही शक्ल लेने वाले थे। उनकी यूनियन

न तो एआईकेएससीसी का हिस्सा थी और न ही आरकेएम का। लेकिन मार्च महीना आते-आते उन दोनों ही महासंघों से जुड़े किसान संगठन उनके इर्द-गिर्द गोलबन्द होने शुरू हो गए थे। इसी मौके का फायदा उठाकर राजेवाल ने अपने बराबर की हैसियत रखने वाले दर्शनपाल और डल्लेवाल को हाशिए पर धकेलने के लिए पासा फेंका।

पंजाब में लगभग सभी वामपंथी जत्थेबन्दियाँ 80 और 90 के दशक में बीकेयू से ही अलग होकर बनी हैं और राजेवाल को रूलिंग क्लास लीडर का ताना मारकर उससे अलग होकर बनी हैं। लेकिन मार्च महीने में उनमें से ज्यादातर को राजेवाल दोबारा अपने इर्द-गिर्द लामबन्द कर चुके थे। उन दिनों राजेवाल के नजदीक रहने वाले अमरजीत राडा ने मुझे बताया, "राजेवाल एआईकेएससीसी में दर्शनपाल और महासंघ में डल्लेवाल को खुड्डेलाइन लगाकर उनसे जुड़े संगठनों को अपने साथ मिलाने के लिए हमेशा जुगत में रहते थे। दर्शनपाल को वह एआईकेएससीसी में खुड्डेलाइन करवाने में कामयाब हो गए। इसके अलावा दोनों ही महासंघों से लगभग दो-तिहाई संगठनों को अपने हक में कर चुके थे। उन दिनों मैं भी उन्हें आन्दोलन का सबसे बड़ा नेता मानने लगा था।" राजेवाल के कारण एआईकेएससीसी से खुड्डेलाइन किए गए दर्शनपाल ने अप्रैल महीने में गुरनाम सिंह चढ़ूनी के साथ मीटिंग कर उन्हें बीकेएमएफ बनाने के लिए प्रोत्साहित किया ताकि कुंजीगत नेताओं द्वारा सरकार के साथ की जा रही समझौते की कोशिशों का विरोध करने के लिए भी एक ठीक-ठाक फ्रंट तैयार हो जाए। हालाँकि दर्शनपाल आन्दोलन को तेज करने के पक्षधर नहीं थे। आखिरकार गुरनाम सिंह चढ़ूनी, सुरजीत फूल, रमनदीप मान, रणजीत सिंह राजू, गुरअमनीत मांगट और अंबाला के किसानों की टीम के कारण बीकेएमएफ की नींव पड़ी।

जून महीने में संसद मार्च करने के लिए हरियाणा के किसान नेताओं ने जबरदस्त तरीके से लॉबिंग करनी शुरू कर दी। मई महीने में होंद में आए बीकेएमएफ ने पुरजोर कोशिश कर राजस्थान, उत्तर प्रदेश और हरियाणा की किसान जत्थेबन्दियों में संसद मार्च के लिए माहौल बना दिया था, जिसके कारण मोर्चे के कुंजीगत किसान नेताओं पर ठीक-ठाक दबाव भी बन रहा था। मार्च, अप्रैल और मई महीने में कुंजीगत नेता सरकार से बैकडोर बातचीत कर रहे थे, इसलिए 23 अप्रैल को जब नौजवानों ने संसद मार्च की कॉल देने के लिए एसकेएम के दफ्तर का घेराव किया तो कुंजीगत नेताओं ने कोरोना और

नौजवानों द्वारा आन्दोलन को हाईजैक करने का आरोप लगाकर उसे ठंडे बस्ते में डाल दिया गया। लेकिन जून में सरकार के साथ बातचीत बन्द हो जाने के बाद कुंजीगत नेताओं पर हर तरफ से प्रेशर पड़ने लगा था। 2 जुलाई को हो रही बैठक के दौरान ही वाया राजेवाल मुझे यह पता लग गया था कि संसद मार्च के लिए संयुक्त किसान मोर्चा कॉल देने जा रहा है। मेरे मन को यह बात जँची नहीं। हालाँकि बैठक में संसद मार्च की कॉल को लेकर किसान नेताओं में सहमति बन गई। जब यह खबर मुझे रमनदीप मान ने बताई तो मैंने उनसे कहा, "नहीं जाते। देख लेना। संसद मार्च को कुछ और बना देंगे।"

अभी मार्च की कॉल पास किए 1 घंटा ही हुआ था कि कुंजीगत नेताओं ने संसद मार्च की कॉल को लेकर 4 जुलाई को एक मीटिंग और बुला ली, जिसमें संसद मार्च कैसे लागू किया जाने वाला था, उस पर बात होने वाली थी। 2 तारीख की मीटिंग के बाद मैंने सबसे पहले यही पता लगाया कि बैठक में सबसे ज्यादा पेच कौन-सा कुंजीगत नेता कर रहा था। कई किसान नेताओं से बात करने के बाद युद्धवीर सिंह का नाम उभरा। पंजाब के ही एक कुंजीगत नेता ने 2 जुलाई की शाम को मुझे बताया, "युद्धवीर सिंह लगातार सरकार और दिल्ली पुलिस के सम्पर्क में हैं। टिकैत बेशक पब्लिक में गर्म बयान दे रहे हों, युद्धवीर और बाकी बड़े नेताओं की मंशा इस कॉल को ठंडा करने की है। राजेवाल जी ने सुझाव दिया है कि हर संगठन से पाँच किसान लेकर संसद कूच किया जा सकता है, लेकिन पुलिस 100 किसानों को भी संसद तक पहुँचने के लिए राजी नहीं हो रही। वाया युद्धवीर सिंह, दिल्ली पुलिस की तरफ से सन्देश आया है कि किसानों को संसद से 1 किलोमीटर पहले ही जंतर मंतर पर ही रोक लिया जाएगा। वहाँ अपना कार्यक्रम कर सकते हैं, लेकिन किसानों को नारे भी मारने की आजादी नहीं मिलेगी।" संसद कूच की अनाउंसमेंट सुनने के बाद मेरे पत्रकार दोस्त प्रभजीत का मुझे फोन आया और उन्होंने मुझसे बड़े व्यंग्यात्मक तरीके से पूछा, "सच में ये संसद का घेराव करेंगे क्या?" मैंने उन्हें बहुत हल्के लहजे में कहा, "मैच फिक्स हो चुका है। किसान संसद तक नहीं जा रहे। उन्हें जंतर मंतर पर ही रोक लिया जाएगा और वहीं पर उन्हें कोई काम करना पड़ेगा। उनकी गिनती भी सीमित रहेगी।" हुआ भी वही। 4 जुलाई, 2021 को बैठक में कुंजीगत नेताओं ने फैसला लिया कि मानसून सत्र शुरू होते ही 22 जुलाई से प्रति किसान संगठन पाँच सदस्य और प्रति दिन कम-से-कम दो सौ प्रदर्शनकारी संसद के बाहर

हर दिन मानसून सत्र की समाप्ति तक विरोध प्रदर्शन करेंगे। हर जत्थेबन्दी से सिर्फ 5 किसान ही संसद के लिए जाएँगे। राजेवाल बैठक में इस कार्यक्रम पर मुहर मारने ही वाले थे कि एकाएक गुरनाम सिंह चढ़ूनी ने उन्हें बीच में ही रोक लिया और उन पर तंज कसते हुए कहा, "प्रधान जी, हर संगठन से पाँच किसान तो ज्यादा हो जाएँगे क्योंकि पाँच सौ किसान संगठन हैं। ऐसे तो हर रोज पच्चीस सौ किसान हो जाएँगे संसद के बाहर और आप तो सिर्फ 200 ही ले जाने की बात कह रहे हो।" राजेवाल को चढ़ूनी का तंज समझ नहीं आया और वह झट से बोल पड़े, "इतने संगठन नहीं हैं आन्दोलन में। कोई दिक्कत नहीं आएगी।"

उस बैठक में गुरनाम चढ़ूनी की युद्धवीर सिंह के साथ कहासुनी भी हुई। लेकिन गुरनाम सिंह चढ़ूनी के पास हाथ मलते हुए बैठक से बाहर आने के अलावा कोई चारा नहीं बचा था। उन्होंने संसद घेराव के लिए बहुत जोर लगाया था, लेकिन युद्धवीर ने दूसरे कुंजीगत नेताओं के साथ लॉबिंग कर संसद कूच को फिक्स मैच में बदल दिया था। उस दिन शाम को गुरनाम सिंह चढ़ूनी ने मुझे बताया, "अभी ये कह रहे हैं कि 200 किसान संसद मार्च करके विरोध प्रदर्शन करेंगे, लेकिन आखिर में देखना, जो आज फैसला लिया है उसमें भी कितना घालमेल निकलेगा। इनकी सरकार की सेटिंग की बदौलत एक किसान भी संसद तक नहीं जाएगा और न ही कोई विरोध प्रदर्शन होगा। कोई प्रदर्शनी-सी लगा देंगे वहाँ जाकर।" चढ़ूनी संसद मार्च के लिए बहुत सीरियस खिलाड़ी थे, लेकिन पिछले 6 महीने से वह इस कॉल को लागू नहीं करवा पा रहे थे। लेकिन इसके बाद उन्होंने एक नई रट लगा ली थी, जिसके कारण उन्हें सस्पेंड कर दिया गया। जिन किसानों को संसद मार्च के लिए जाना था, उन्हें पहचान पत्र दिये जाने लगे। जो किसान किसी संगठन से नहीं जुड़ा था, वह इसमें शामिल नहीं हो सकता था। गुरनाम सिंह चढ़ूनी ने जो अन्देशा जताया था, वह सच साबित हुआ। 22 जुलाई की गर्म सुबह जब सिंघु पर किसान पहुँचे तो कुछ बसों का इंतजाम वहाँ किया गया था। जिन-जिन किसानों के पास पहचान पत्र थे, वे जाकर बसों में बैठ गए। बसें सिंघु से पुलिस की गाड़ियों की घेराबन्दी के बीच रवाना हुईं और जब बॉर्डर पार कर दिल्ली में दाखिल हुईं तो दिल्ली पुलिस ने सभी बसों को रुकवा लिया। दिल्ली पुलिस की सख्त चैकिंग के बाद ही बसें दोबारा रवाना हुईं। बसों के आगे-पीछे पुलिस की जिप्सियाँ चल रही थीं। किसान करीब एक घंटे की यात्रा कर जंतर मंतर पर

पहुँचे। जंतर मंतर के सामने वाली रोड को दिल्ली पुलिस के संतरी बैरिकेडों ने दो तरफ से घेर रखा था, जिसके कारण करीब 200 मीटर लम्बी सड़क को एक बन्द चारदीवारी मैदान में तब्दील कर दिया गया था। इस कार्यक्रम से एक दिन पहले दिल्ली पुलिस ने बयान जारी कर बताया था कि किसानों को जंतर मंतर पर कुछ शर्तों के साथ शान्ति से बैठने की अनुमति दी गई है। संयुक्त किसान मोर्चा की ओर से 200 किसान और किसान मजदूर संघर्ष समिति के 6 किसान ही आएँगे। किसान सिंघु बॉर्डर से बसों के जरिये जंतर मंतर पहुँचेंगे। उन्हें कोविड प्रतिबन्धों को ध्यान में रखते हुए मार्च न निकालने की सलाह दी गई है। दिल्ली पुलिस ने कहा कि किसानों का शान्तिपूर्ण प्रदर्शन हो इसके लिए पुख्ता इंतजाम किए गए हैं।

किसान ज्यों ही बसों से उतरे, दिल्ली पुलिस के नौजवान उन्हें बैरिकेडों की उस बन्द चारदीवारी में ले गए जिसमें करीब 50 फुटा एक शामियाना तना हुआ था और उसके नीचे 200 के करीब कुर्सियाँ डली हुई थीं। वहाँ पहुँचकर किसानों ने अपनी संसद शुरू कर दी। हम पत्रकारों को पुलिस ने पहले बैरिकेडों के बाहर ही रोक लिया था और अन्दर घुसने से मना कर दिया था, लेकिन पत्रकारों द्वारा किए गए एक छोटे-से प्रोटेस्ट के बाद ही दिल्ली पुलिस ने हमें अन्दर जाने दिया। दिनभर संसद का नाट्य रूपान्तरण चलता रहा। किसानों की संसद का अपना कार्यक्रम खत्म कर शाम के करीब 5 बजे किसान वापस सिंघु आ गए। इसके बाद मानसून सत्र खत्म होने तक हर रोज यही प्रक्रिया दोहराई जाने लगी। अगले दिन जब मैं किसान संसद पहुँचा तो पंजाब के एक बुजुर्ग किसान ने मुझसे मेरा परिचय पूछा। मेरे बताने के बाद उन्होंने पंजाबी में मुझसे कहा, "मैं तुम्हें जानता हूँ बेटा। हमारी सफेद दाढ़ी हो चुकी है और ये हमसे नाटक करवा रहे हैं। पुलिस के साथ मिलकर इस धरने का क्या बना दिया है। हमें सब समझ आता है। पर तुम पत्रकार भी इनके हरेक कार्यक्रम को 'बहुत बढ़िया बहुत बढ़िया' कहकर उच्चारने लगते हो।"

पंजाब के उस बुजुर्ग किसान की वह स्टेटमेंट मेरे कानों में गूँजने लगी। लेकिन मेरे पास कहने के लिए कुछ नहीं था। उसी दिन मैंने युद्धवीर सिंह से इंटरव्यू भी किया, जिसमें उन्होंने बड़ी बदतमीजी के साथ पुलिस के साथ मिलकर करवाई जा रही इस किसान संसद को डिफेंड किया। हालाँकि किसान संसद को लेकर लोगों के अलग-अलग मत उभरे। आन्दोलन के हिमायतदारों ने जो तर्क उभारा वह भी काफी दिलचस्प था। उनका कहना था कि यह

किसान संसद देश के करोड़पति सांसदों के मुँह पर करारा तमाचा साबित होगी, क्योंकि इससे यह नैरेटिव सेट होगा कि अगर सांसदों को पार्लियामेंट चलानी नहीं आती तो किसानों से सीखी जा सकती है ताकि वे किसानों के हक की बात वहाँ कर सकें। आँकड़े जो कहानी कहते हैं, उसकी बिना पर यह कहा जा सकता है कि संसद अब करोड़पतियों का क्लब बन गई है। यहाँ तक कि संसद में खुद को किसान बताने वाले 92 फीसदी सांसद करोड़पति हैं, जबकि सरकारी आँकड़ों के मुताबिक हमारे एक किसान की औसत कमाई बमुश्किल 9 हजार रुपये प्रति महीने से भी कम है। किसान संसद को शुरुआत के एक-दो दिन खूब मीडिया कवरेज मिली। उसके बाद उन्हीं दिनों में कवरेज होती, जब विपक्ष का कोई बड़ा लीडर किसानों की यह संसद देखने के लिए किसानों के बीच पहुँचता था। राहुल गांधी, जयंत चौधरी, मल्लिकार्जुन खड़गे, संजय राउत, मनोज झा, टी सिवा, मोहम्मद बशीर, एलामाराम करीम, बिनोय विस्वम, दीपेंदर हुड्डा जैसे कई बड़े विपक्षी नेता भी किसानों की इस संसद को देखने पहुँचे। इसके अलावा किसान आन्दोलन के समर्थन में 26 जुलाई, 2021 को राहुल गांधी खुद ट्रैक्टर चलाकर संसद भवन गए। जिस ट्रैक्टर से वह गए उस पर काले रंग के बोर्ड पर लिखा था 'किसान विरोधी तीनों काले कृषि कानून वापस लो, वापस लो।'

जून महीने के आखिरी हफ्ते में हजारों किसान चंडीगढ़ पर यूँ चढ़ आएँगे, किसे यकीन हो सकता है, क्योंकि यह महीना किसानों के कामकाज का महीना है। जेठ महीने की बरसती आग में हरियाणा और पंजाब के किसान अपने पानी से लबालब भरे खेतों में धान रोपाई का काम निपटा रहे होते हैं, इसलिए दिल्ली की हदों पर बसे मोर्चों पर इस जरूरी किसानी काम का असर साफ दिखाई दे रहा था। बॉर्डरों से आन्दोलनकारी किसानों की संख्या मई महीने के आखिरी हफ्ते में ही घटने लगी थी। मोर्चों पर किसानों की आमद बढ़ाने के लिए किसान नेताओं ने अनेक बार अपील की। मगर जून सुस्त महीना ही साबित हुआ।

लेकिन इसी जून के आखिरी हफ्ते की 26 तारीख को दोनों सूबों के हजारों किसान हरियाणा और पंजाब के गवर्नरों को ज्ञापन देने के लिए चंडीगढ़ की दो

सरहदों पर इकट्ठा हो रहे थे। हरियाणा के किसान पंचकूला में और पंजाब के किसान मोहाली में। दरअसल संयुक्त किसान मोर्चा के आह्वान पर किसानों ने आन्दोलन के 7 महीने पूरे होने पर 'खेती बचाओ लोकतंत्र बचाओ' के तौर पर इस दिन को चिन्हित किया था और गवर्नर के माध्यम से राष्ट्रपति को सरकार की शिकायतभरा पत्र भेजने का फैसला किया था। अपने इस शिकायतनुमा पत्र को गवर्नर तक पहुँचाने के लिए किसानों ने गवर्नर हाउस तक पैदल मार्च करने का भी फैसला किया था। सुबह ही हजारों किसान पंचकूला और मोहाली की साफ-सुथरी सड़कों पर ताँते बाँधकर हुलारे मारने लगे थे। किसानों को चंडीगढ़ पुलिस की तैयारियाँ देखकर समझ आ गया था कि उन्हें चंडीगढ़ की सरहद पर ही रोक लिया जाएगा। अगर उन्हें गवर्नर हाउस तक पहुँचना है तो बैरिकेडों को तोड़ना ही पड़ेगा। लेकिन एक आम किसान के उलट किसान संगठनों ने अपनी बैठक में बैरिकेड तोड़ने का फैसला नहीं लिया था, बल्कि बैरिकेड तोड़ने वालों को रोकने के लिए भी कहा था। संयुक्त किसान मोर्चा की बैठक में किसान नेता कुलवंत संधू ने तो मजाक उड़ाते हुए यह भी कहा था कि बैरिकेड फड़के आईं आईं कराँगे। यानी बैरिकेड पकड़कर उनको झुलाकर तोड़ने का नाटक भर करेंगे, तोड़ेंगे नहीं। लेकिन हुआ इसके बिलकुल उलट। जैसे ही पंजाब के किसान बैरिकेडों के पास पहुँचे, उन्होंने बैरिकेडों को ध्वस्त कर दिया और चंडीगढ़ के अन्दर सात किलोमीटर तक घुस गए। लेकिन गवर्नर हाउस पहुँचने से ठीक 6 किलोमीटर पहले ही सेक्टर 17-18 की लाइटों पर राजेवाल ने किसानों को शान्त करवाकर वापस मोड़ लिया और पंजाब के किसानों ने गवर्नर के नाम ज्ञापन चंडीगढ़ के डीसी मनदीप बराड़ को सौंप दिया।

वहीं दूसरी तरफ, हरियाणा के किसान जब चंडीगढ़ पुलिस के बैरिकेडों के पास पहुँचे, उससे पहले ही हरियाणा के किसान नेता गुरनाम सिंह चढ़ूनी अपनी इनोवा गाड़ी की छत पर बैठकर आए और अपने हाथ में पकड़े माइक के दम पर किसानों को बैरिकेड नहीं तोड़ने दिये। किसान गुस्से में लाल-पीले होते हुए पंचकूला से ही तुरन्त वापस अपने घरों में मुड़ने लगे। लेकिन एकाएक अम्बाला जिले के किसान जयसिंह जलबेड़ा और जलतोप का मुँह मोड़ने वाला उनका बेटा नवदीप सिंह गुरनाम सिंह चढ़ूनी को गालियाँ निकालने लगे। दोनों बाप-बेटों को किसानों को चंडीगढ़ न जाने देने का गुस्सा था, लेकिन कुछ देर में उनके साथी किसान उन दोनों को पकड़कर साइड ले गए। भरी जनता के

बीच गालियाँ मिलने के कारण गुरनाम सिंह चढ़ूनी को बहुत बेइज्जती महसूस हुई, इसलिए उन्होंने दोनों बाप-बेटे पर पैसों की हेराफेरी का आरोप लगाकर यूनियन से बाहर निकाल दिया।

यह एक ऐसी घटना थी, जिसके कारण चढ़ूनी की किसान यूनियन टूटनी शुरू हो गई थी। आज उनकी यूनियन की अम्बाला की टीम उनसे अलग होकर अपना अलग किसान संगठन चला रही है। उस घटना के करीब दस दिन बाद गुरनाम सिंह चढ़ूनी ने मुझे बताया, "हमें तो बैरिकेड तोड़ने नहीं दिये और पंजाब वाले खुद तोड़कर अन्दर चंडीगढ़ तक चले गए। अगर हम तोड़ देते तो मुझे ये डिसिप्लिन का हवाला देकर तुरन्त सस्पेंड कर देते। ऊपर से उस दिन योगेन्द्र यादव और हरियाणा के दूसरे किसान नेता मुझ पर बैठक में फैसले का हवाला देकर किसानों को रोकने के लिए दबाव बनाते रहे। इनके फैसले को मानने की कीमत मैंने अपनी यूनियन तुड़वाकर चुकाई है।"

हरियाणा और पंजाब के अलावा कई राज्यों में किसानों ने इस दिन को 'खेती बचाओ, लोकतंत्र बचाओ' के तौर पर चिन्हित करते हुए प्रदर्शन किए और राज्यपाल के माध्यम से राष्ट्रपति के नाम ज्ञापन सौंपे। कर्नाटक, उत्तराखंड, मध्य प्रदेश, तेलंगाना आदि में शान्तिपूर्ण प्रदर्शनकारियों को उठाकर हिरासत में लिया और उन्हें राजभवन तक मार्च करने या राष्ट्रपति को सम्बोधित ज्ञापन राज्यपाल को सौंपने की अनुमति नहीं दी गई। चंडीगढ़ में बैरिकेड तोड़कर अन्दर घुसने के कारण कई किसान नेताओं और प्रदर्शनकारी किसानों के खिलाफ आईपीसी की धारा 147, 148, 149, 186, 188, 332 और 353 के तहत प्राथमिकी दर्ज कर ली गई!

अपनी राजधानी में जो धाराएँ लगवाकर किसान वापस अपने घर लौटे थे, उनसे अधिक खतरनाक धाराएँ तो उन पर उनके गृह-जिलों में चल रही थीं। ये धाराएँ किसानों को किसी इनाम जैसी लगती थीं, जो उन्हें सरकार या सरकारी आदमी के घेराव के लिए नसीब हुई थीं। जिस किसान को जितनी अधिक धाराएँ लगी होती हैं, उसको उतना ही अधिक सम्मान मिलता। किसानों के लिए सबसे मजेदार धारा सरकारी काम में बाधा थी। वह धारा तो पंजाब-हरियाणा के हर जिले के किसानों को जरूर नसीब हुई थी। गर्मी के उन चिपचिपे दिनों में पुलिस के लिए भी किसानों पर इन धाराओं का बँटवारा करना कोई आसान काम नहीं रहा होगा।

इन केसों की बन्दरबाँट से किसानों को बचाने के लिए किसान नेताओं ने

उन्हें शान्ति से धरना-प्रदर्शन करने की जो घुट्टी दी थी, उसका असर किसी बीजेपी या जेजेपी के नेता के घेराव के दौरान कम ही होता था। 11 जुलाई, 2021 को सिरसा जिले में किसान शान्ति का पाठ उस समय भूल गए, जब उन्हें सामने से हरियाणा विधानसभा के उपाध्यक्ष रणबीर गंगवा की गाड़ी दिखाई दी। किसानों के हाथों में लट्ठ लहराने लगे और मुँह से मुर्दाबाद के नारे निकलने लगे। किसानों के इस गुस्से-भरे जेस्चर को गंगवा साहब पचा नहीं पाए और उन्होंने गाड़ी से अपना हाथ निकालकर किसानों की तरफ गलत इशारा कर दिया।

खुद उन्हें यह नहीं पता रहा होगा कि उनके गलत इशारे पर क्या प्रतिक्रिया होने वाली है। पुलिस की इतनी कड़ी सुरक्षा में शायद इंसान को लगता होगा कि वह अपना काम कर आसानी से निकल जाएगा। लेकिन किसानों ने उनके गलत इशारे का पूरा मान-सम्मान दिये बगैर जाने कहाँ दिया। देखते-ही-देखते उनकी गाड़ी पर उस तरह पत्थर बरसने लगे, जैसे आम के बाग के चौकीदार अपनी गुलेल से बन्दरों पर बरसाते हैं। उनकी सफेद फॉर्च्यूनर के सारे शीशे टूट गए, कोई अप्रत्याशित घटना घटती उससे पहले ही उनके ड्राइवर उन्हें इस स्थिति से बाहर निकाल ले गए।

किसानों से पत्थर खाए रणवीर गंगवा बहुत गुस्से में थे और उन्होंने सरकार के गृह मंत्रालय पर इन किसानों पर सख्त से सख्त कार्रवाई करने का दबाव बनाना शुरू कर दिया। वाया गृह मंत्रालय वह दबाव जिला पुलिस पर आया तो उन्होंने 5 किसानों पर उस औपनिवेशिक काल के एक अवशेष 'राजद्रोह कानून' लगा दिया। पुलिस ने 15 जुलाई को उन पाँच किसानों को गिरफ्तार कर लिया, जिनको 'राजद्रोह' के केस का सम्मान मिला था। ठीक इसी दिन सुप्रीम कोर्ट ने राजद्रोह कानून की संवैधानिक वैधता को चुनौती देने वाली एक याचिका पर सुनवाई करते हुए कहा, 'राजद्रोह कानून एक औपनिवेशिक कानून है और इसका इस्तेमाल अंग्रेज हमारी आजादी का गला घोंटने के लिए करते थे। महात्मा गांधी और बाल गंगाधर तिलक के खिलाफ भी इसका इस्तेमाल किया गया था। अब इसका गलत इस्तेमाल हो रहा है।' कोर्ट ने राजद्रोह कानून की वैधता को जाँचने की बात कहते हुए केन्द्र सरकार से पूछा, 'क्या आजादी के 75 साल बाद भी इस कानून की जरूरत है? बेशक आज लोकतंत्र में इसकी जरूरत न हो, पर आजादी के 75 साल बाद भी कानून पुलिस को कई बार इस कानून की जरूरत पड़ती रहती है और वे बिना सोचे-समझे अपने

भूतपूर्व औपनिवेशिक शासकों की भोंड़ी नकल करने में बिलकुल नहीं चूकते।

इस मामले में सक्रिय युवा किसान कार्यकर्ता मैक्स साहुवाला ने मुझे बताया, "यह समझ से बाहर है कि पुलिस ने किसानों पर राजद्रोह की धारा किस आधार पर लगाई। हमने देश के खिलाफ कोई विद्रोह थोड़े न किया था। हमारी बैठक पुलिस अधिकारियों से हुई है, लेकिन उनके पास कोई संतोषजनक जवाब नहीं है। पुलिस ने फग्गू गाँव से किसान बलकोर सिंह, नीका सिंह, दलजीत और मनदीप को गिरफ्तार किया है।"

सिरसा में हुए रणवीर गंगवा पर पथराव से ठीक एक दिन पहले बीजेपी नेता और पूर्व मंत्री मनीष ग्रोवर की कार से भी महिला किसानों को गलत इशारे किए थे, जिसके खिलाफ रोहतक में महिलाओं ने धरना लगा रखा था। पूर्व मंत्री की कार से अश्लील इशारे करने के विरोध में 5 दिनों तक चले धरने के बाद, पूर्व मंत्री ने पीड़ित महिलाओं के पैर छुए और उनसे माफी माँग ली, जिसके साथ ही उनके घर पर धरना समाप्त कर दिया गया।

17 जुलाई को सिरसा के जिला प्रशासन के साथ 21 नेताओं ने बैठक भी की, लेकिन प्रशासन नहीं झुका, जिसके बाद किसान नेता बलदेव सिंह सिरसा ने अनिश्चितकालीन भूख-हड़ताल शुरू कर दी। 17 जुलाई को ही सिरसा जैसा एक कांड चंडीगढ़ में भी हुआ, जिसमें चंडीगढ़ के मेयर रविकांत शर्मा और भाजपा नेता संजय टंडन के काफिले में शामिल गाड़ियों पर ईंट, पत्थरों और डंडों से हमला कर दिया। किसानों की तरफ से किया गया पथराव बहुत भयंकर था, तीन गाड़ियों की खिड़कियों से पत्थर आर-पार हो गए थे। भाजपा नेताओं ने गाड़ी के फ्लोर पर लेटकर अपनी जान बचाई। इस घटना के बाद पुलिस ने किसान संगठनों के नेताओं समेत 20 किसानों पर मामला दर्ज कर लिया और करीब 30 किसानों को हिरासत में ले लिया, जिसमें एक 13 साल का बच्चा भी था। उस बच्चे की वीडियो वायरल हो गई, जिसके बाद किसान चंडीगढ़ में इकट्ठा होने लगे। किसानों के दबाव के कारण चंडीगढ़ पुलिस ने उस बच्चे के साथ-साथ बाकी किसानों को भी रिहा कर दिया।

यही सिरसा में भी हुआ। हारकर, सिरसा प्रशासन को बूढ़े किसान नेता बलदेव सिंह सिरसा के सत्याग्रह से पीछे हटना पड़ा और 23 जुलाई को पुलिस ने किसानों पर लगाए गए राजद्रोह का केस हटाना पड़ा। सिरसा में भी, हरियाणा प्रशासन को किसानों पर झूठे और अरक्षणीय मामलों को वापस लेने के लिए किसानों ने मजबूर कर दिया। गिरफ्तार किए गए पाँच किसानों को जमानत

पर रिहा कर दिया गया और बलदेव सिंह सिरसा ने पाँच दिनों के बाद अपना अनशन समाप्त कर दिया। हिसार, टोहाना, रोहतक, चंडीगढ़ और सिरसा की घटनाओं में बेशक प्रशासन ने किसानों को बड़े-बड़े मुकदमे लादकर गिरफ्तार कर लिया हो, लेकिन हारकर उन्हें छोड़ने के लिए मजबूर होना पड़ा।

अगस्त वह महीना था, जिसकी शुरुआत से ही सबकी जुबान पर एक ही सवाल था, "आगे आन्दोलन की क्या राह।" मोर्चे के रणनीतिक फैसलों में रुचि रखने वाले ज्यादातर लोगों के पास ही जवाब होता था, "यूपी में चुनाव होने वाले हैं, हमें वहाँ आन्दोलन को फैलाना चाहिए।" इसी महीने के दूसरे सप्ताह के किसी दिन दर्शनपाल से मेरी मुलाकात हुई। वह एक तीन पेज का छोटा-सा ड्राफ्ट लिये घूम रहे थे, जिसे उन्होंने 'मिशन यूपी' का नाम दिया था। मैंने उनसे कहा कि मोर्चा बहुत लम्बा खिंच रहा है, कोई प्लान है या नहीं। जो पेड़ किसानों ने मोर्चे में लगाए हैं, कहीं उनके फल न खाने पड़ जाएँ। दर्शनपाल ने बड़े सोच-समझकर मुझसे कहा, "मुझे लगता है कि मोर्चा साल 2024 तक भी चल जाए, तो भी कोई दिक्कत नहीं है। बल्कि यह विपक्ष की भूमिका निभाएगा फिरकापरस्ती की राजनीति के खिलाफ। हालाँकि अभी के लिए मिशन यूपी पर बात हो रही है। मैंने कुछ प्वाइंट्स बनाए हैं। देखते हैं कितना इस एजेंडे को पुश कर पाते हैं।"

संसद मार्च के कार्यक्रम को ढंग से लागू करवाने में असफल होने के बाद बीकेएमएफ भी 'मिशन यूपी' के लिए जोर मारने लगा था, जिसकी मुख्य टेक हरियाणा-पंजाब की तर्ज पर बीजेपी नेताओं का घेराव करना था और उन्हें गाँव में घुसने से रोकना, टोल टैक्स फ्री करना और बीजेपी को चुनाव में हराने के लिए लगातार कार्यक्रम करना था। मोर्चे में यह आम ही सुनने को मिलता था कि उत्तर प्रदेश के मामले में राकेश टिकैत का संगठन अकेला ही हैवीवेट पहलवान है और रणनीतिक तौर पर पकड़ मजबूत होने के कारण टिकैत का ग्रुप यूपी के मामलों में अपनी मनमानी भी करता है। उन्हीं दिनों नाम न छापने की शर्त पर एक कुंजीगत नेता ने मुझे बताया, "टिकैत यूपी के मामले में कोई ऐसा रणनीतिक फैसला लेने से बचेंगे, जिससे मौके की भाजपा सरकार को

अधिक नुकसान होता हो, क्योंकि वह योगी जी से बनाकर चलना चाहते हैं, बिगाड़कर नहीं। इसी वजह से यूपी के हर कार्यक्रम को ठंडे बस्ते में डालने की कोशिश की है।" रणनीतिक तौर पर टिकैत के छत्रप को कमजोर करने और यूपी के दूसरे किसान संगठनों की भागीदारी बढ़ाने के लिए दर्शनपाल ने एक चाल चली, जिसको लेकर टिकैत थोड़ा असहज भी हुए।

दर्शनपाल ने पंजाब-हरियाणा की तर्ज पर ही संयुक्त किसान मोर्चा के यूपी चैप्टर का एजेंडा पुश किया, जिसका मकसद उत्तर प्रदेश की एसकेएम की राज्य इकाई बनाना था, ताकि रणनीतिक तौर पर फैसले लेने की ताकत अकेले टिकैत के हाथ से निकलकर यूपी के सभी किसान संगठनों में बँट जाए। दर्शनपाल का यह एजेंडा चल निकला और एसकेएम के यूपी चैप्टर की पहली अनौपचारिक बैठक 10 अगस्त, 2021 को हुई, उसमें टिकैत नहीं पहुँचे। उनका जेस्चर ऐसा था कि जब मैं हूँ तो यूपी में अलग एसकेएम बनाने की क्या जरूरत है। अगस्त में हुई बैठकों में सभी किसान नेताओं की 'मिशन यूपी' पर तो सहमति बन गई, लेकिन मुजफ्फरनगर में हुई किसान महापंचायत के अलावा न तो यूपी के टोल टैक्स फ्री हुए और न ही बीजेपी नेताओं का घेराव शुरू हुआ। हालाँकि पश्चिमी उत्तर प्रदेश से कई बीजेपी नेताओं के घेराव की खबरें भी आईं, लेकिन टिकैत गुट का रोल इन घेरावों को ठंडा करने का ही रहा। इसके अलावा पश्चिमी यूपी में आन्दोलन गर्म होने के बाद भी टोल टैक्स फ्री नहीं करवाए गए।

टिकैत बेशक यूपी में आन्दोलन के फैलाव को लेकर नर्म थे, लेकिन उत्तर प्रदेश के किसान संगठनों के एक ज्वाइंट फ्रंट भर बनने से उनके हाथ से यूपी में आन्दोलन चलाने के रणनीतिक फैसलों से एकाधिकार छिन सकता था। इसके अलावा तराई बेल्ट के किसान संगठन भी मजबूत स्थिति में थे। वहाँ से बीजेपी नेताओं की खबरें लगातार आ रही थीं क्योंकि तराई के किसान संगठनों में ज्यादातर सिक्ख किसान थे, जो पंजाब और हरियाणा के किसानों से प्रभावित होकर ऐसा कर रहे थे। इसलिए टिकैत को यह समझ आ रहा था कि उनके एकाधिकार को चुनौती देने वाली ताकतें यूपी में मौजूद हैं, इसलिए उन्हें यूपी की सरजमीं पर कुछ-न-कुछ जरूर करना पड़ेगा। टिकैत के एक करीबी ने मुझे बताया, "जुलाई महीने के दूसरे सप्ताह में बीकेयू (टिकैत) की संगठनात्मक बैठक हुई, जिसमें संयुक्त किसान मोर्चा के नेताओं द्वारा बनाए गए मिशन यूपी प्लान के बारे में चर्चा हुई। उस बैठक में सीनियर नेताओं की

यही टेक थी कि पंजाब-हरियाणा जैसे एक्शन और विरोध यूपी में सम्भव नहीं हैं। इससे हम मुसीबत में पड़ जाएँगे। इसलिए हमें सीधे टकराव की बजाय किसान महापंचायतें करनी चाहिए।"

इसी बैठक में बीकेयू ने 5 सितम्बर को मुजफ्फरनगर में किसान महापंचायत का एलान किया, जिस पर संयुक्त किसान मोर्चा के बाकी नेताओं की नजर थी। यह महापंचायत पहले सिर्फ टिकैत के संगठन की ही होनी थी, लेकिन किसान संसद खत्म होने पर सभी किसान नेताओं ने इसे साझा करने का फैसला लिया और यह पंचायत बीकेयू की न होकर एसकेएम की हो गई।

इस पंचायत से एसकेएम गन्ना किसानों को साथ जोड़ना चाहता था, इसलिए सभी का मानना था मिशन यूपी की शुरुआत करने के लिए गन्ने की कीमतों में बढ़ोतरी करने को मुद्दा बनाया जा सकता है। जब इस पर चर्चा हुई तो दोआबे की किसान यूनियनों ने तंज कसते हुए कहा, "पहले पंजाब में भी गन्ने का एफआरपी बढ़वा लो, पिछले पाँच साल से नहीं बढ़ा है। वरना यूपी वाले कहेंगे कि पहले अपने रेट बढ़वाकर आओ। हमें ज्ञान बाद में देना।" इस आन्दोलन में जो भी भारी-भरकम ट्रॉलियाँ दिखाई देती थीं, वे ज्यादातर पंजाब के गन्ना किसानों की थीं। पंजाब के दोआबे के किसान संगठनों की होंद भी अपने इलाके में गन्ने के रेट या खरीद के लिए संघर्ष करते हुए ही पड़ी है। दोआबे की किसान यूनियनों की बात सबके मन में बैठ गई, जिसके बाद पंजाब में भी गन्ने की कीमतों में बढ़ोतरी के लिए आन्दोलन की घोषणा कर दी। किसानों द्वारा सांकेतिक आन्दोलन करते ही पंजाब के सीएम कैप्टन अमरेन्दर ने किसानों की माँग मान ली और 24 अगस्त, 2021 को पंजाब सरकार ने गन्ने का रेट बढ़ाकर 360 रुपए प्रति कुंतल कर दिया।

आखिरी लड़ाई

नागरिक अपनी सुरक्षा, कानून व्यवस्था और बचे-खुचे अधिकारों का इस्तेमाल करने के लिए राज्य के हाथों (या बहुमत के फैसले के हाथों) अपनी आजादी को गिरवी रख देते हैं और इसके बदले राज्य अपनी रियाया का खयाल रखने के लिए एक पूरा तंत्र सृजित करता है। जिस तंत्र को सूबे की रियाया के अधिकारों

की रक्षा करनी थी, उसी तंत्र के अधीन आने वाले करनाल के एसडीएम आयुष सिन्हा ने 28 अगस्त, 2021 की सुबह अपने सामने 2 लाइन बनाकर खड़े पाँच पुलिसवालों को कहा, "यहाँ से कोई आगे नहीं जाना चाहिए। स्पष्ट कर रहा हूँ जो जाए उसका सिर फोड़ दो, मैं ड्यूटी मजिस्ट्रेट हूँ। लिखकर दे रहा हूँ। सीधे लट्ठ मारना, कोई डाउट। मारोगे...?

पुलिसवालों ने कहा : जी सर!

एसडीएम, "कोई डाउट नहीं है। कोई डायरेक्शन की जरूरत नहीं है। क्लीयर है। ये नाका किसी भी हालत में हम पार नहीं होने देंगे। हमारे पास पर्याप्त मात्रा में 100 की फोर्स पीछे है। कोई इश्यू नहीं है। ठीक है। हेलमेट पहन लो। हम पूरी रात नहीं सोए हैं। दो दिन से ड्यूटी कर रहे हैं। यहाँ से एक बन्दा नहीं जाना चाहिए। जो जाए तो उसका सिर फूटा होना चाहिए।"

दरअसल 28 अगस्त को करनाल में हरियाणा के सीएम मनोहरलाल की अगुवाई में प्रदेश भाजपा की संगठनात्मक मीटिंग थी। किसानों ने उसका विरोध करने का फैसला लिया था। बीकेयू करनाल के प्रधान जगदीप औलख ने मुझे बताया, "उस दिन करनाल में मुख्यमंत्री समेत भाजपा के मंत्री-संतरी, विधायक सब इकट्ठा हो रहे थे। करनाल जिले के किसानों ने फैसला किया था कि वे इस बैठक में शामिल होने वाले नेताओं को काले झंडे दिखाएँगे। हमने इस बाबत प्रशासन से बात की, तो उन्होंने हमें इजाजत नहीं दी। करनाल के किसानों का धरना बसताड़ा टोल पर चल रहा था। हमने प्रशासन से कहा कि जब यहाँ से नेताओं की गाड़ियाँ गुजरें, तब तो हम उनको काले झंडे दिखा सकते हैं, तो प्रशासन ने इसके लिए हामी भर दी।"

दिल्ली-अमृतसर नेशनल हाईवे पर पानीपत और करनाल के बीच पड़ने वाले बसताड़ा टोल से जब भाजपा नेताओं की गाड़ियाँ गुजरीं तो किसानों ने उन्हें काले झंडे दिखाने की कोशिश की लेकिन पुलिस ने उन पर लाठीचार्ज कर दिया। लाठीचार्ज में कई किसानों के सिर फूट गए और उनके कपड़े खून से लथपथ हो गए। कई किसान पुलिस की लाठियों से बचने के लिए खेतों में भागे। इन किसानों में एक 62 साल के महेन्द्र पुनिया भी थे। उनके सर में तीन लाठियाँ लगी थीं। जब वे खेत की तरफ भागे तो, उन्हें खेत के डोले पर रखी कस्सी दिखाई दी। गुस्से से आगबबूला महेन्द्र सिंह कस्सी उठाकर वापस पुलिसवालों से मुकाबला करने दौड़े और वहाँ खड़े पुलिसवालों का कुछ देर तक मुकाबला किया। लेकिन दर्जनों पुलिसवालों के बीच वह अकेले क्या

ही कर पाते। पुलिसवालों ने उन पर फिर से लाठियाँ बरसाकर उनके समेत 17 किसानों को गिरफ्तार कर लिया। एसडीएम आयुष सिन्हा ने पुलिसवालों को जो आदेश दिये थे, उन्हें 'कानून व्यवस्था' जैसे वजनदार शब्द के सहारे पुलिस ने जमीन पर उतार दिया था। नतीजतन तारकोल की काली रोड़ियों में किसानों के खोले गए सरों का खून रिस रहा था।

इस लाठीचार्ज में घायल किसानों की तस्वीरें देश-भर में आग की तरह फैलने लगीं। उनमें एक तस्वीर महेन्द्र पुनिया की भी थी। उनका सफेद कुर्ता खून से लाल हो चुका था। इन तस्वीरों को देखकर किसानों में गुस्सा फूट पड़ा और उन्होंने हिसार, सिरसा, फतेहाबाद, भिवानी, जींद, रोहतक, अम्बाला, करनाल, पानीपत व सोनीपत समेत तमाम जिलों में नेशनल हाईवे और टोल प्लाजों पर जाम लगा दिये। नाराज किसानों का प्रदर्शन कई घंटे चलता रहा। हारकर, पुलिस को बसताड़ा टोल प्लाजा से गिरफ्तार किए गए सभी 17 किसानों को रिहा करना पड़ा।

रात ढल गई थी। दिन की अन्धेरगर्दी के बाद अब रात का अँधेरा पसर रहा था। किसानों के पास अपने घर वापस जाने के अलावा कोई चारा न था।

करनाल के गाँव रायपुर जाटान के किसान सुशील काजल जब 28 अगस्त की रात अपने घर पहुँचे तो उनके कपड़े खून और मिट्टी से सने हुए थे। करनाल पुलिस ने जिन किसानों पर लाठीचार्ज किया, उनमें वह भी एक थे। अगली सुबह यानी 29 अगस्त को वह अपनी खाट पर मृत पाए गए।

30 अगस्त की सुबह जब हम सुशील काजल के घर पहुँचे तो उनकी पत्नी सुदेश घर के आँगन में गुमसुम बैठी हुई थीं। गाँव की अनेकों औरतें उनको घेरे हुए थीं और उन्हें सांत्वना दे रही थीं। घर के बगल में गाँव और आसपास के किसान जमा थे, उनके बेटे साहिल भी शान्त, अडोल और नजर झुकाए बैठे थे।

साहिल से एक किसान ने पूछा, "उस रात क्या हुआ था?" साहिल ने बहुत धीमी आवाज में जवाब दिया, "जब वह आए तो मैं उनको खाना देने गया। उन्होंने खाना नहीं खाया। मैंने उनकी हालत देखी तो उनको अस्पताल चलने के लिए कहा। लेकिन उन्होंने मना कर दिया कि वह दूसरे किसानों के साथ अस्पताल जाने के लिए करनाल गए थे लेकिन पुलिस ने पूरे करनाल शहर को जाम कर रखा था। पुलिस किसानों को देखते ही मारने दौड़ती थी इसलिए वह वापस घर आ गए।"

साहिल इतना कहकर एकदम शान्त पड़ गए। एक किसान ने उनके कंधे पर हाथ रखा। चुप्पी तोड़ते हुए साहिल ने बताया, "उनकी गर्दन और शरीर पर डंडों के निशान थे। इस जिद्द में वह सो गए कि सुबह डॉक्टर को दिखा लेंगे। सुबह जब देखा तो वह बुरी तरह अकड़े पड़े थे और उनका पेट फूला हुआ था।"

सुशील सिर्फ डेढ़ एकड़ के किसान थे और इस आन्दोलन में पिछले दस महीने से सक्रिय थे। वह करनाल के बसताड़ा टोल पर हर दिन जाते थे। उनकी पत्नी सुदेश ने हमें बताया, "पुलिस ने उन किसानों की पहचान पहले ही कर रखी थी जो इस आन्दोलन में ज्यादा सक्रिय थे। लाठीचार्ज हुआ तो वह ठोकर खाकर गिर गए थे। पुलिस ने उस वक्त उनको बहुत मारा।"

सुदेश के पास बैठी गाँव की अन्य औरतें भी बार-बार पुलिस पर गम्भीर आरोप लगा रही थीं। करनाल जिले के भारतीय किसान यूनियन के अध्यक्ष जगदीप औलख से भी हमने इस मामले में बातचीत की। जगदीप उस समय बसताड़ा टोल टैक्स पर ही थे जब पुलिस ने लाठीचार्ज किया। जगदीप ने बताया, "सुशील की मौत पुलिस लाठीचार्ज की वजह से हुई है। पुलिस ने किसानों को अस्पतालों तक भी नहीं पहुँचने दिया। करीब 300 किसानों पर पुलिस ने चार बार लाठीचार्ज किया था। पुलिस के डर की वजह से सिर्फ 50-60 किसानों ने मेडिकल चेकअप करवाया है और वो भी लाठीचार्ज के अगले दिन यानी 29 अगस्त को। अगर पुलिस उसी दिन मेडिकल चेकअप करवाने देती तो शायद सुशील को बचाया जा सकता था।"

हमने जगदीप से मृतक किसान का पोस्टमॉर्टम करवाए जाने को लेकर भी सवाल किया। जवाब में जगदीप ने बताया, "29 अगस्त को हम लोग किसानों के मेडिकल चेकअप करवाने में उलझ गए। हम वहाँ पहुँच पाते उससे पहले ही प्रशासन के लोगों ने बिना पोस्टमार्टम करवाए अन्तिम संस्कार करवा दिया। इतनी तानाशाही चल रही है कि किसानों को पहले बुरी तरह पीटा, फिर मेडिकल चेकअप नहीं करवाने दिया और जब एक किसान मर गया तो उसका पोस्टमार्टम तक नहीं होने दिया।"

इस मामले को लेकर हमने करनाल के डीसी निशान्त यादव से भी बात करने की कोशिश की, लेकिन उनका कोई जवाब नहीं आया। करनाल पुलिस ने लाठीचार्ज के दौरान लगी चोटों के कारण सुशील काजल की मौत के दावे का खंडन किया। करनाल के एसपी गंगा राम पुनिया ने एएनआई को बताया,

“वह किसी अस्पताल नहीं गया। वह घर गया तो बिलकुल सही था और उसकी नींद में मृत्यु हुई है। कुछ लोग कह रहे हैं कि उनका निधन दिल का दौरा पड़ने से हुआ है। पुलिस द्वारा इस्तेमाल किए गए बल के दौरान लगी चोटों के कारण उनकी मौत की खबरें झूठी हैं।”

29 अगस्त, 2021 को ही इस लाठीचार्ज के विरोध में घरौंडा की अनाज मंडी में किसान पंचायत आयोजित की गई। हरियाणा और पंजाब के करीब दस हजार किसान इस पंचायत में जमा हुए। किसानों में भयंकर गुस्सा था। पंचायत में किसानों से सलाह-मशविरा कर स्टेज से किसान नेताओं ने निम्नलिखित प्रस्ताव पास किए—

1. एसडीएम आयुष सिन्हा को तुरन्त बर्खास्त किया जाए, लाठीचार्ज से शहीद हुए किसान सुशील काजल की मौत के लिए 302 का मुकदमा दर्ज हो।
2. किसानों पर लाठीचार्ज करने वाले हरेक अधिकारी के खिलाफ केस दर्ज किए जाएँ।
3. शहीद किसान के परिवार को 25 लाख रुपये और परिवार के एक व्यक्ति को नौकरी दी जाए।
4. 6 सितम्बर तक माँग न माने जाने पर 7 सितम्बर को करनाल में अनिश्चितकालीन धरना दिया जाएगा।
5. जिन-जिन पुलिसवालों ने किसानों पर लाठियाँ चलाई हैं उनका सामाजिक बहिष्कार किया जाए।

5 सितम्बर, 2021 को मुजफ्फरनगर में किसानों की जो बाढ़ आई थी, उसमें मैं भी शामिल था। शहर के जीआईसी ग्राउंड में 4 सितम्बर को ही किसान जुटने लगे थे। 4 की शाम को ही यह समझ आ रहा था कि कल शहर में पैर रखने की जगह नहीं मिलने वाली।

5 सितम्बर को जितने लोग मैदान में थे, उससे दोगुने मैदान के बाहर थे और लगभग तीन गुना ऐसे थे जो मैदान में और न ही मैदान के बाहर तक पहुँचे। जिस शहर को साल 2013 में हुए साम्प्रदायिक दंगों के लिए याद किया जाता

था, उसकी सरजमीं पर हो रही यह किसान महापंचायत कई मायने में खास थी। दिल्ली से आए पत्रकार पश्चिमी यूपी के जाटों से कृषि कानूनों के सवाल से पहले 2013 में हुए दंगों के बारे में पूछ रहे थे। जो जवाब सुनाई देता उसमें अपराध की स्पष्ट स्वीकृति दिखाई पड़ती। एक जवाब जो सब किसानों के मुँह से सुनने को मिलता, वह था, "हमारे से बहुत बड़ी गलती हो गई थी, जो हमने हमारा भाईचारे का नाश कर लिया था, लेकिन अब हम एक साथ हैं।"

मुजफ्फरनगर पंचायत में जा रहे किसानों के लिए मुसलमानों ने बहुत सारे लंगर लगाए हुए थे। रास्ते में हमने भी मुस्लिमों के लंगर में ही हलवा छका। जो किसान एक दिन पहले हरियाणा-पंजाब से आए थे, उनके लिए मस्जिदों में ठहरने की व्यवस्था की गई थी, जहाँ हिन्दू और सिख किसानों ने अपनी रात गुजारी थी। मैं जब रैली मैदान में पहुँचा तो देखा कि मेरे गाँव (हरियाणा) से भी कुछ युवा किसान आए हुए थे, जो मुसलमानों द्वारा की जा रही मेहमाननवाजी के बारे में बात कर रहे थे।

ऐसा नहीं था कि इस किसान महापंचायत से पहले सत्तापक्ष के लोगों ने इसे फ्लॉप करने के प्रपंच न रचे हों। उन्होंने मुजफ्फरनगर में 29 अगस्त को सचिन और गौरव के लिए एक बड़ी स्मृति सभा का आयोजन करने की कोशिश की (दोनों दो जाट लड़के थे, जिनकी मौत 2013 में हुई थी, जिसके बाद इस क्षेत्र में साम्प्रदायिक उन्माद फैला था)। स्मृति सभा पूरी तरह फ्लॉप साबित हुई। केवल भाजपा पदाधिकारी ही इसमें शामिल हुए।

महापंचायत के रास्ते में एसकेएम और बीकेयू बैनरों के साथ-साथ पूरे पश्चिम यूपी में आरएलडी के बहुत सारे पोस्टर और बैनर लगे हुए थे। 26 जनवरी के बाद जब हिन्दी पट्टी में सत्तापक्ष ने साम्प्रदायिक एजेंडा चलाकर आन्दोलन को कमजोर करने की कोशिश की, तो इस इलाके में आरएलडी ने किसानों को बड़े पैमाने पर लामबन्द किया था। आरएलडी अच्छे तरीके से आन्दोलन को मजबूत कर रही थी। मंच पर दिखने की बजाय, उसे बाहर से समर्थन दे रही थी।

मंच पर एसकेएम के नेताओं के अलावा पश्चिमी यूपी के खाप-चौधरी भी बैठे थे। मुझे महेन्द्र सिंह टिकैत के दाहिने हाथ कहे जाने वाले किसान नेता मोहम्मद गुलाम जौला भी दिखाई दिये। वे अकेले मुस्लिम नेता मंच पर मौजूद थे। भाषण के नाम पर सभी खापों के चौधरियों को समय दिया गया, लेकिन उन्हें बोलने का समय नहीं दिया गया। जब महेन्द्र सिंह टिकैत जिन्दा

थे, तो वे मंच संचालन किया करते थे। आज वह नहीं थे तो उन्हें बोलने का समय भी नहीं दिया गया।

बहरहाल राकेश टिकैत के मंच पर पहुँचते ही सारे पंडाल में उनकी जय जय के नारे लगवाए जाने लगे। करीब एक मिनट तक खड़े होकर हाथ हिलाने के बाद वह पहली पंक्ति में मंच पर बैठकर मीडिया को इंटरव्यू देने लगे। उनका नम्बर आने से पहले एसकेएम के कुंजीगत नेता बलबीर राजेवाल ने बोलना शुरू किया तो टिकैत के युवा कार्यकर्ताओं ने शोर मचाना शुरू कर दिया। मामला बढ़ जाने के बाद टिकैत ने उन्हें धमकाया और बड़ी मुश्किल से राजेवाल ने अपना भाषण पूरा किया। उनके भाषण के बाद टिकैत ने भाषण दिया, जिस पर पूरे देश की नजरें थीं।

टिकैत का भाषण तीन कृषि कानूनों से कहीं अधिक था। उन्होंने पहले बताया कि कैसे सब कुछ का निजीकरण किया जा रहा है, फिर पुलिस वालों की स्थिति, श्रमिकों से सम्बन्धित मुद्दों, पेंशन, और कैसे बाबा साहब अंबेडकर के संविधान को नष्ट किया जा रहा है, आदि मुद्दों पर बात की। अपना भाषण उन्होंने बीकेयू के पुराने नारे, 'अल्लाहु अकबर—हर हर महादेव' के साथ समाप्त किया।

इस महापंचायत के साथ ही किसानों ने मिशन उत्तर प्रदेश और उत्तराखंड की शुरुआत कर दी थी। नारा था, 'दाम नहीं वोट नहीं—उचित मूल्य नहीं, वोट नहीं।' महापंचायत का उद्देश्य सत्ता को यह संकेत देना था कि राज्य के चुनावों में 5 महीने से भी कम समय रह गया है, अगर भाजपा ने अपने वादों को पूरा नहीं किया, तो किसान वर्ग उन्हें ठेंगा दिखाने वाला है। साल 2017 में भाजपा किसानों से जो वायदा करके सत्ता में आई थी, वह था गन्ने का एफआरपी 450 रुपये प्रति कुंतल करने का, जिसे अब तक पूरा नहीं किया गया था।

यह महापंचायत कई अर्थों में एक बड़ी सफलता थी। किसानों ने देश-भर के हर वर्ग को जगाने का प्रयास किया था। 'मिशन यूपी' के खाके के अनुसार यह पहली महापंचायत थी, इसी के बाद मोर्चे ने 17 महापंचायतें करने का फैसला लिया था। किसानों की लड़ाई पंजाब और हरियाणा से हटकर हिन्दी पट्टी में पहुँचना शुरू हो गई थी। टिकैत के भाषण के साथ ही रैली खत्म हो गई। उन्होंने और उनसे पहले भी कई वक्ताओं ने 'लोगों के सिर फोड़ने' के आदेश देने वाले करनाल के एसडीएम पर कार्रवाई करने और करनाल

लाठीचार्ज के इंसाफ के लिए करनाल के लघु-सचिवालय का घेराव करने की अपील किसानों से की।

7 सितम्बर, 2021 को करनाल की नई अनाज मंडी में किसानों का जो हड़ आया था, किसी भी मामले में दो दिन मुजफ्फरनगर में हुई महापंचायत से अलग नहीं था। उतनी ही संख्या। उतना ही जोश। पर मुजफ्फरनगर में किसानों के हाथ में झंडे थे, यहाँ उनके हाथ में डंडे थे। दो दिन पहले वोट की चोट की बात हुई थी। आज किसानों को लगे पुलिस के डंडों का हिसाब होना था।

शहर की सड़कों पर लगी भारी बैरिकेडिंग को किसानों ने खोल दिया था, लेकिन सशस्त्र पुलिस बल चौकन्ने हो अपनी पोजीशन बनाए खड़े थे। प्रशासन द्वारा लगाई गई धारा 144 लागू होने से पहले ही टूट चुकी थी, इंटरनेट और एसएमएस सर्विस बन्द थी।

भादों की झड़ की बूँदें और किसानों का अपना पसीना मिलकर भी किसानों को ठंडा नहीं कर पा रहा था। अनाज मंडी के सारे टिन शेड किसानों से भर गए थे। जिनको शेड में जगह नहीं मिली वे बाहर खड़े बारिश की हल्की फुहारों में तप रहे थे। धीरे-धीरे किसानों का यह जुटान व्यवस्थित होकर एक महापंचायत की शक्ल में बदल गया। किसान नेताओं ने पहले महापंचायत के मंच से किसानों से शान्ति बनाए रखने की अपील की और कहा कि उन्हें जिला प्रशासन से बातचीत के लिए आमंत्रित किया गया है। एक बार प्रशासन के साथ बैठक कर लें, उसके बाद ही अन्तिम निर्णय लेंगे। किसानों ने हाथ उठाकर सहमति दी।

प्रशासन के साथ बातचीत करने के लिए गई 11 सदस्यीय टीम खाली हाथ लौट आई। इसमें राजेवाल, डल्लेवाल, राकेश टिकैत, चढ़ूनी समेत सारे कुंजीगत नेता शामिल थे। कुंजीगत किसान नेताओं के हाथ-पैर फूल रहे थे, क्योंकि किसानों के हाथ में डंडे थे और माथे पर इंसाफ न मिलने का तनाव। इस तनाव और गुस्से को भाँपते हुए कुंजीगत नेताओं ने एक तिकड़म भिड़ाई। उन्होंने आन्दोलनकारी किसानों को वापस भेजने के लिए प्रशासन से एक साँठगाँठ की। राकेश टिकैत के एक करीबी ने मुझे बताया, "नेताओं ने यह फैसला किया है कि सारे किसान यहाँ से उठकर लघु सचिवालय की ओर चलेंगे और बीच रास्ते में पुलिस बैरिकेड लगाकर हम लोगों को रोक लेगी

और किसान नेता अपनी गिरफ्तारियाँ दे देंगे। ताकि लघु सचिवालय को घेरने की बजाय किसान वहीं बैठ जाएँ या फिर वापस लौट जाएँ।"

प्रशासन से विफल हुई बातचीत की सूचना खुद राजेवाल ने आकर स्टेज से दी और किसानों को शान्तिपूर्वक लघु सचिवालय तक मार्च करने के लिए कहा। उनकी इस अनाउंसमेंट के बाद किसानों के इस सैलाब का मुँह लघु सचिवालय की तरफ हो गया और हाथों में डंडे लहराते हुए किसान कूच करने लगे। कैथल जिले से आई एक किसान महिला से जब मैंने उनकी बाइट लेनी चाही तो उन्होंने मुझे कहा, "हम औरतों के पास ऐसे लट्ठ हैं जो एक मारेंगे तो दो निशान पड़ेंगे। आज हम आर या पार करके जाएँगे। बहुत लाठियाँ खा लीं पुलिस की।"

टिकैत के एक करीबी ने जो मुझे बताया, वह हूबहू थोड़ी देर बाद मुझे होता दिखा। प्रशासन ने भारी बैरिकेडिंग कर किसानों को नमस्ते चौक पर रोक लिया, जहाँ हरियाणा रोडवेज की बसें खड़ी थीं। किसानों के इस रेले में आगे चल रहे कुंजीगत नेता खुद-ब-खुद इन बसों में जाकर बैठ गए और बस की खिड़कियों से नारे लगाने लगे। हम पत्रकार लपककर उनकी तरफ भागे तो वे खिड़कियों के बाहर मुँह निकाल हमें बाइटें देने लगे। मेरे हिस्से मनजीत राय आए। मनजीत राय ने पूरे जोर से बोलते हुए कहा, "प्रशासन ने हमें गिरफ्तार कर लिया है। यह धक्केशाही है..."

अभी मनजीत राय बोल ही रहे थे कि किसी किसान ने उनको पकड़कर अन्दर खींच लिया और उन्हें नीचे उतारने लगे। उनसे ध्यान हटा तो देखा कि किसानों ने उन रोडवेज बसों की हवा निकाल दी है और उनमें बैठे किसान नेताओं को गालियाँ दे-देकर नीचे उतार रहे हैं। टिकैत, राजेवाल, मनजीत राय, जैसे सभी किसान नेताओं को किसानों ने नीचे उतार लिया। नीचे उतरते ही राजेवाल घबराहट का नाम लेकर पुलिस बैरिकेडों से आगे की तरफ निकल लिये, जहाँ कोई गाड़ी उनका इन्तजार कर रही थी।

मैं इस पूरे घटनाक्रम को अपने फोन के कैमरे से रिकॉर्ड कर रहा था। किसानों ने नेताओं द्वारा गिरफ्तारियाँ दिये जाने के प्लान को फ्लॉप कर दिया और थोड़ी देर बाद ही सामने लगे बैरिकेडों को तोड़ लघु सचिवालय की ओर बढ़ने लगे। इस सारी भगदड़ में कुंजीगत किसान नेता गायब हो गए थे। अब किसानों की भीड़ आप-मुहारे ही सारे बैरिकेड तोड़ते और वाटर कैनन झेलते हुए आगे बढ़ रही थी।

सूरज ढल चुका था। दिन और रात के बीच पसरने वाले साँझ के धुँधलके में किसान लघु सचिवालय पहुँच चुके थे। वहाँ मेन गेट के सामने जाकर किसानों ने शान्ति से बैठना शुरू कर दिया। उनका यह मार्च अब लघु सचिवालय घेराव में तब्दील हो गया था। शान्ति से सुस्ता रहे किसानों की पहली पंक्ति में कुंजीगत किसान नेता आकर बैठ गए थे। बैठते ही पत्रकारों ने उन्हें फिर घेर लिया। पत्रकारों के सवालों का जवाब देते हुए राकेश टिकैत ने कहा, "हमने लघु सचिवालय पर कब्जा कर लिया है। अब कुछ देर आराम करना चाहते हैं। अभी बातचीत का समय नहीं है, प्रशासन से बातचीत अब बाद में होगी।"

सुस्ता रहे किसानों के बीच ही हम कुछ पत्रकार मंडली बनाकर बैठे थे। हमारे बीच चर्चा यह चल रही थी कि स्टेट कितनी बेशर्मी के साथ आयुष सिन्हा का बचाव कर रहा है। सारे सबूत होने के बावजूद किसानों को न्याय के लिए सड़कों पर रात गुजारनी पड़ रही है। किसानों ने चार रातें लघु सचिवालय के बाहर गुजारीं। प्रशासन के साथ हुई कई दौर की वार्ताओं के बाद 11 सितम्बर को यह मोर्चा जीत के उद्घोष के साथ खत्म कर दिया गया। करनाल के मिनी सचिवालय की बैठक में किसान नेता गुरनाम सिंह चढ़ूनी ने प्रशासन के साथ संयुक्त प्रेस कॉन्फ्रेंस कर बताया कि प्रशासन किसानों की सारी माँगों पर सहमत हो गया है। अपर मुख्य सचिव देवेन्द्र सिंह ने पत्रकारों को बताया, "अधिकारियों और किसान नेताओं के बीच हुई बैठक में हरियाणा सरकार ने 28 अगस्त को बसताड़ा टोल घटना की जाँच के आदेश दिये हैं, जोकि एक सेवानिवृत्त उच्च न्यायालय के न्यायाधीश द्वारा करवाई जाएगी। जाँच एक माह में पूरी हो जाएगी और तब तक पूर्व एसडीएम आयुष सिन्हा छुट्टी पर रहेंगे। मृतक किसान सतीश काजल के परिवार के दो सदस्यों को डीसी रेट पर नौकरी दी जाएगी।"

करनाल में हुई ऐतिहासिक जीत के बाद किसानों में अलग ही तरह का संतोष था। हिसार, टोहाना और सिरसा के बाद करनाल में किसानों ने प्रशासन को झुका लिया था। लेकिन कुंजीगत किसान नेताओं के माथे की त्योरियाँ एक अलहदा कारण से चढ़ी हुई थीं। उनका मानना था कि आन्दोलन अब दिल्ली के मोर्चों से शिफ्ट होकर हरियाणा-पंजाब में पसर रहा है। 12 सितम्बर, 2021 को हरियाणा के किसान नेता सुरेश कोथ ने मुझे बताया, "दिल्ली मोर्चों से कोई ठोस कार्यक्रम न दिये जाने के कारण किसान अब अपने-अपने इलाकों

में सत्तापक्ष के लोगों की घेराबन्दी करने में लगे हुए हैं। मोर्चे पर बैठे किसानों के पास जयंतियाँ और पुण्यतिथियाँ मनाने के अलावा कोई और विकल्प नहीं है, इसलिए मोर्चों पर किसानों की गिनती में कमी भी आई है। हमें किसानों की गिनती बढ़ाने के लिए ठोस कॉल देने की जरूरत है।"

सितम्बर महीने में दिल्ली मोर्चों पर किसानों की संख्या बढ़ानी इसलिए भी जरूरी थी, क्योंकि सत्तापक्ष के सहायक संगठन इसी महीने मोर्चों के आसपास के गाँवों में किसानों को मोर्चों से हटाने के लिए बैठकें करने लगे थे, ताकि किसानों की घेराबन्दी के कारण जाम सड़कें खुल सकें। रोड को एक तरफ से खोलने के लिए सोनीपत प्रशासन ने कई बार किसान नेताओं को बैठक कर बात करने के लिए सन्देश भी भेजे, लेकिन किसान नेताओं ने बैठक करने से मना कर दिया।

25 सितम्बर, 2021 को मोदी जी बाइडेन से मिलने अमेरिका गए, तो वहाँ भारतीय प्रवासियों ने कई जगह उनके कार्यक्रमों की मुखालफत की। अब तक बीजेपी का आईटी सेल प्रधानमंत्री की हर विदेश यात्रा का बढ़ा-चढ़ाकर प्रचार करता था, लेकिन यह पहली बार हो रहा था कि उनके विरोध की खबरें हर जगह तैर रही थीं।

27 सितम्बर, 2021 को दिल्ली की सरहदों पर चल रहे आन्दोलन के 10 महीने पूरे होने पर संयुक्त किसान मोर्चा ने जो भारत बन्द का एलान किया था, वह सफल रहा था। पिछले एक साल में किसानों द्वारा किया गया यह चौथा भारत बन्द था। इससे पहले 25 सितम्बर, 2020, 8 दिसम्बर, 2020 और 26 मार्च, 2021 को भारत बन्द किया गया था। देश-भर से किसानों के शान्तिपूर्ण बन्द की खबरें आ रही थीं। लेकिन इसी दिन यूपी के तराई इलाके के किसान नेता गुरअमनीत मांगट ने मुझे जो बताया, वह हैरान करने वाला था। उस दिन जब बाजार बन्द करवाने के लिए किसान इकट्ठा होकर लखीमपुर के निघासन कस्बे में गए तो उन्हें पुलिस की तीखी प्रतिक्रिया का सामना करना पड़ा। उसी दिन तराई के किसानों का प्रतिनिधिमंडल केन्द्रीय गृह राज्य मंत्री के खिलाफ रिपोर्ट दर्ज करवाने के लिए पुलिस थाने में गया, तो थाने को भाजपा कार्यकर्ताओं ने घेर लिया और पुलिस से मंत्री की बजाय किसानों पर ही एफआईआर करने की माँग करने लगे। बहुत गहमागहमी के बाद पुलिस ने किसानों के प्रतिनिधिमंडल को थाने से बाहर निकाला।

गुरअमनीत ने मुझे बताया, "दरअसल सम्पूर्णानगर में 25 सितम्बर को केन्द्रीय गृह राज्य मंत्री अजय मिश्र टेनी की एक सभा थी। जब वह सभा मे जाने लगे तो किसानों ने कई चौक-चौराहों और महँगापुर गुरुद्वारे के पास उनको काले झंडे दिखाए थे। उनके पोस्टर भी फाड़ दिये थे। जिस पर उन्होंने मंच से ही किसानों को धमकाया भी।"

गुरअमनीत ने मुझे एक वीडियो भेजा, जिसमें मंत्री किसानों को धमकाते हुए कह रहे थे, "सुधर जाओ वरना सुधार देंगे। मैं केवल मंत्री या सांसद नहीं हूँ, जो लोग मेरे विषय में जानते हैं उनको पता होगा कि मैं किसी चुनौती से भागता नहीं। जिस दिन मैंने उस चुनौती को स्वीकार कर लिया उस दिन पलिय नहीं, लखीमपुर खीरी भी छोड़ना पड़ जाएगा। यह याद रखना।"

इस वीडियो के बाद ही तराई इलाके के किसान संगठन अजय मिश्रा के खिलाफ एफआईआर करवाना चाहते थे, लेकिन एफआईआर तो दूर, पुलिस ने किसानों को ही तंग करना शुरू कर दिया। गुरअमनीत ने मुझे बताया, "मंत्री के दबाव में पुलिस ने हमारे घरों में छापे मारे और हमारी माँ-बहनें को गालियाँ दीं।"

तराई इलाके में रहने वाले सिक्ख और जाट किसान हरियाणा और पंजाब के किसानों की तरह ही बीजेपी नेताओं का विरोध करने में जुट गए थे। लेकिन उनको केन्द्रीय गृह राज्य मंत्री को गदनिया और महँगापुर में काले झंडे दिखाना महँगा पड़ा। उनके खिलाफ पुलिस ने 26 सितम्बर को महँगापुर में कई मुकदमे दर्ज किए थे। उन पर आरोप था कि उन्होंने कोविड-19 के नियमों का उल्लंघन करते हुए मंत्री को काले झंडे दिखाए और उसका वीडियो बनाकर वायरल किया।

यह 4 अक्टूबर, 2021 की हल्की सर्द सुबह थी। उत्तर प्रदेश के लखीमपुर जिले के तिकुनिया शहर की बाहरी बाजू से खुलने वाली उस दो कर्म (1 फुट) की सड़क पर कुछ दूर चलते ही 4 पारदर्शी फ्रीजर रखे हुए थे। इन फ्रीजरों में गर्दन तक ढके उन किसानों के मृत शरीर थे जो 3 अक्टूबर, 2021 को उसी जगह हुई एक हिंसक घटना में मारे गए।

शवों के पास ही कुछ महिलाएँ बैठी थीं जिनकी लाल पड़ गई नम आँखें इस बात की गवाही दे रही थीं कि वे इस घटना के बाद से सूखी नहीं, और न ही एक पल के लिए झपकीं। एक बुजुर्ग किसान बार-बार परने से अपने आँसू पोंछ रहे थे, लेकिन गीलापन दूर होने से पहले ही उनकी आँखों की कोर से दोबारा आँसू बह निकलते। वह इस घटना में मारे गए किसान गुरविंदर सिंह के पिता थे।

3 अक्टूबर को केन्द्रीय गृह राज्य मंत्री अजय मिश्रा टेनी की कारों ने उनके खिलाफ प्रदर्शन कर रहे किसानों को रौंद दिया था। घटनास्थल पर मौजूद गुरप्रीत सिंह ने मुझे बताया, "करीब तीन बजकर चालीस मिनट का समय था। किसान अपना विरोध प्रदर्शन खत्म कर घरों की तरफ लौटने लगे थे। इतने में अचानक पीछे से एक थार और एक फॉर्च्यूनर तेज स्पीड में आई और किसानों को रौंदते हुए आगे निकल गईं। किसानों को पता ही नहीं चला कि उनके साथ क्या हुआ। गाड़ियों के गुजर जाने के बाद खून से लथपथ रौंदे गए किसान दर्द में कराह रहे थे। आगे पुलिस की एक बस और चालीस-पचास पुलिसकर्मी बैरिकेडिंग किए हुए खड़े थे। जब उस गाड़ी में से मंत्री का बेटा उतरा तो पुलिस वाले उसको कवर करके गन्ने के खेतों की ओर ले गए। जब किसान उनके पीछे भागे तो आगे से उसने फायरिंग कर दी और भाग गया।"

घटना के बाद ही लखीमपुर व आसपास के इलाकों में सरकार ने इंटरनेट सेवाएँ बन्द कर दी थीं और जिले में धारा 144 लगा दी। लेकिन धारा 144 के बावजूद इस इलाके के किसान बड़ी संख्या में तिकुनिया के उस खाली मैदान में जमा हो रहे थे, जिसके सामने सड़क पर मृत किसानों के शव रखे हुए थे। जैसे-जैसे सूरज लाल हो रहा था वैसे-वैसे किसानों की संख्या के साथ-साथ मीडिया की गाड़ियों और पत्रकारों की तादाद भी बढ़ रही थी। उत्तर प्रदेश सरकार लखीमपुर खीरी की इस घटना की प्रतिक्रिया को नियंत्रित करने के लिए तेजी से कार्रवाई कर रही थी, ताकि जो किसान जमा हो रहे थे, उन्हें 24 घंटे के भीतर वापस उनके घर भेज दिया जाए।

मौके पर मौजूद यूपी पुलिस के एक सीनियर अधिकारी ने मुझे बताया, "हमें दो टास्क मिले हैं। पहला, किसी भी ऐसे नेता को यहाँ तक न पहुँचने देना जो समझौते में रोड़ा अटकाए। दूसरा, 24 घंटे के भीतर इस मामले में किसानों के साथ किसी समझौते पर पहुँचना ताकि यहाँ जमा हो रहे किसानों

को वापस भेजा जा सके। किसानों की भीड़ बढ़ रही है और सभी के हाथों में तलवारें और लाठियाँ हैं। छोटी-सी गलती भी हुई तो किसान और पुलिस के बीच झड़प हो सकती है।"

घटना के कुछ ही देर बाद लखनऊ रेंज की आइजी लक्ष्मी सिंह वहाँ पहुँच गई थीं। उन्होंने 3 अक्टूबर की शाम करीब 5 बजे शवों के पास मौजूद स्थानीय किसान नेताओं को धमकाने के अन्दाज में कहा कि पुलिस इन शवों को ले जाकर पोस्टमॉर्टम करवा लेती है, उसके बाद एफआईआर काट दी जाएगी। जैसे-जैसे शाम गहराती गई, पुलिस ने कई बार किसानों को अपने घर जाने की चेतावनियाँ दीं, लेकिन किसान डटे रहे।

रात को बारिश की वजह से किसानों के शवों से कुछ दूर स्थित गुरु नानक देव सिख एकेडमी स्कूल के एक कमरे में स्थानीय किसान नेता और पुलिस के आला अधिकारी जमा हो गए। वहाँ मौजूद एक स्थानीय किसान नेता ने मुझे बताया, "लक्ष्मी सिंह दबंगई से बात कर रही थीं, इस वजह से किसान उनसे नाराज थे। उसके बाद पंजाबी मूल के आईपीएस अजयपाल शर्मा ने पंजाबी में बातचीत शुरू कर मामले को थोड़ा ठंडा करने की कोशिश की। रात के करीब दो बजे राकेश टिकैत भी वहाँ पहुँच गए थे। उसके बाद प्रशासन के साथ लगातार बातचीत शुरू हो गई।"

राकेश टिकैत के साथ प्रशासन के साथ इस बातचीत में शामिल धर्मेन्द्र मलिक ने मुझे बताया, "बातचीत का नेतृत्व टिकैत जी कर रहे थे, लेकिन बातचीत सबके सामने ही हो रही थी। बातचीत में टिकैत जी के अलावा चार स्थानीय सिख किसान नेता भी शामिल थे। सुबह संयुक्त किसान मोर्चा के भी 3-4 नेता वहाँ पहुँच गए थे। शहीद किसानों के परिजन भी मौजूद थे।"

बातचीत में शामिल किसान नेता गुरअमनीत मांगट ने मुझे बताया, "किसान नेताओं ने तीन माँगें रखीं। एक, केन्द्रीय मंत्री अजय मिश्रा और उनके बेटे आशीष के खिलाफ हत्या का मामला दर्ज करना और तुरन्त एफआईआर की कॉपी देना। हरेक किसान परिवार को एक करोड़ बीस लाख रुपए मुआवजा, मृतक किसान परिवार के एक सदस्य को सरकारी नौकरी और घायलों के लिए 20 लाख रुपए। इसके अलावा हमने ये भी कहा कि किसानों के ऊपर कोई भी एफआईआर नहीं होनी चाहिए, क्योंकि बीजेपी के आदमी गाड़ियाँ पलटने के कारण मरे हैं। पुलिस ने हमें कहा कि किसानों पर एफआईआर

नहीं होगी। लेकिन पुलिस समझौते से पहले ही किसानों पर एफआईआर दर्ज कर चुकी थी।"

वहाँ मौजूद किसान मीडिया से बात नहीं करना चाहते थे। बल्कि घटना की मीडिया कवरेज को लेकर भी गुस्से में थे। एक किसान सुखप्रीत ने मुझे बताया, "किसानों को एकतरफा रौंदने के इस मामले में भी मीडिया किसानों को उपद्रवी बता रही है। जबकि इस मामले में मंत्री के बेटे की गाड़ियों के नीचे एक पत्रकार भी कुचला गया है।"

लखीमपुर के निघासन कस्बे के निवासी पत्रकार रमन कश्यप इस घटना में भी अपना काम करते-करते दुनिया से चल बसे। 35 साल के कश्यप साधना न्यूज के लिए रिपोर्टिंग करते थे। 3 अक्टूबर को वह अपने इलाके के पत्रकारों के साथ प्रदर्शनकारी किसानों की कवरेज के लिए निघासन से तिकुनिया आए थे। उनके घर न पहुँचने पर परिवार को चिन्ता हुई और उनके पिता ने पुलिस को इसकी सूचना दी। अगली सुबह (अक्टूबर, 2021) उनके पिता राम दुलार कश्यप को पुलिस से उनके बेटे की मौत की खबर मिली। परिवार सदमे में था, लेकिन उन पर किसानों के खिलाफ एफआईआर दर्ज करवाने का दबाव बनाया जाने लगा।

पाँच राउंड बातचीत होने के बाद भी अधिकारी और किसान प्रतिनिधिमंडल किसी समझौते पर नहीं पहुँच पा रहे थे। अधिकारी चाहते थे कि मुआवजे की राशि 25 लाख रुपए रखी जाए, किसान नेता काफी देर तक इस पर सहमत नहीं हुए। लखनऊ रेंज की आईजी लक्ष्मी सिंह के बाद मोर्चा मुख्य सचिव (कृषि) देवेश चतुर्वेदी, एडीजी कानून व्यवस्था प्रशान्त कुमार व एडीजी (लखनऊ जोन) एसएन सबत ने सँभाला। एडीजी प्रशान्त कुमार एडीजी, मेरठ जोन रहे हैं इसलिए उनका टिकैत के साथ पुराना रिश्ता रहा है और एडीजी एसएन सबत टिकैत के गृह जिले मुजफ्फरनगर में बतौर एसएसपी पोस्टेड रहे हैं। प्रशान्त कुमार ने मृतकों के परिवारों के लिए मुआवजे की राशि 45 लाख रुपये, हरेक परिवार को 1 सरकारी नौकरी और घायलों के लिए 10 लाख रुपये की राशि तय की और साथ-ही-साथ एफआईआर दर्ज करने की बात कही। कुमार के इस प्रस्ताव के बाद डेडलॉक बन गया।

गुरअमनीत मांगट ने मुझे बताया, "जब सरकार अपने इस प्रस्ताव पर अड़ गई तो चलती बैठक में ही डॉ. दर्शनपाल, जोगिन्द्र उगराहाँ और योगेन्द्र यादव को भी फोन पर जोड़ा गया। एक हिसाब से सभी कुंजीगत नेताओं की

सहमति इस समझौते पर हो गई थी। लेकिन हमारी मुख्य माँग आशीष मिश्र की गिरफ्तारी थी। आला अधिकारियों ने उसी समय हमें यह सबूत दिखाए कि आशीष मिश्रा नेपाल भाग गया है और उसकी गिरफ्तारी में कम-से-कम दस दिन का वक्त लगेगा। दोपहर को साढ़े बारह बजे के करीब अधिकारियों ने हमें एफआईआर की कॉपी लाकर दी।"

एफआईआर की कॉपी लाने के बाद योगी सरकार किसान नेताओं के साथ एक समझौते पर पहुँचने में कामयाब हो गई। किसान नेताओं ने वरिष्ठ अधिकारियों की टीम से समझौते को लेकर एक साझा प्रेस कॉन्फ्रेंस करने की बात कही, लेकिन अधिकारी करीब आधे घंटे तक आनाकानी करते रहे। आखिर में किसान नेतृत्व के जोर देने पर अधिकारी मान गए। किसान नेताओं ने अधिकारियों के साथ अपनी साझा प्रेस कॉन्फ्रेंस में मीडिया को बताया कि इस घटना को लेकर किसान अपना आन्दोलन समाप्त कर रहे हैं। प्रेस कॉन्फ्रेंस में बैठे पुलिस अधिकारी ने कहा, "दोषियों पर अलग-अलग धाराओं के तहत केस दर्ज किया गया है। दोषियों को दस दिन के भीतर गिरफ्तार कर लिया जाएगा। किसी भी दोषी को बख्शा नहीं जाएगा।"

समझौते के बाद किसानों की मौत के आरोप में केन्द्रीय गृह राज्य मंत्री अजय मिश्र के बेटे आशीष मिश्र के ऊपर आईपीसी की धारा 147, 148, 149, 279, 338, 302 और 120 बी के तहत एफआईआर दर्ज कर ली गई। प्रेस कॉन्फ्रेंस के बाद सभी किसान अपने घरों की तरफ वापस लौटने लगे। अधिकारी चाहते थे कि मृतकों का अन्तिम संस्कार आज ही कर दिया जाए लेकिन ढलते दिन का हवाला देकर परिजनों ने अन्तिम संस्कार के लिए मना कर दिया।

अगली सुबह यानी 5 अक्टूबर को लखीमपुर खीरी जिले के चौकड़ा फार्म इलाके में मुख्य सड़क से लेकर जान गँवाने वाले सबसे कम उम्र के नौजवान लवप्रीत सिंह के घर तक पुलिस बल की भारी तैनाती थी। मीडियाकर्मी और किसान उनके घर के दालान में जमा थे। घर के अन्दर औरतों से घिरी उनकी अम्मी अपनी सुध-बुध खो चुकी थीं। बहते आँसुओं के निशान उनकी मटियल खाल पर उभर आए थे। उनके पास बैठी उनकी दो बेटियाँ अपनी माँ को सँभाल रही थीं। दालान में काँच के ताबूत में रखे लवप्रीत के शव के आखिरी दर्शन करने के लिए किसान और उनके रिश्तेदार जमा थे। परिवार तब तक लवप्रीत का अन्तिम संस्कार नहीं करना चाहता था जब तक मुख्य

आरोपी की गिरफ्तारी न हो जाए। लवप्रीत की बहन अमनप्रीत कौर ने मुझे बताया, "हमें अपने भाई का इंसाफ चाहिए। हमें मदद की नहीं, इंसाफ की जरूरत है।"

अमन की आँख की कोर से आँसू बह निकलता है। लवप्रीत के रिश्तेदारों और किसान नेताओं के कहने पर उनके पिता भी उनके अन्तिम संस्कार के लिए मान जाते हैं। लवप्रीत के खेत में धान की फसल के एक कोने में उनके अन्तिम संस्कार के लिए जगह बना दी जाती है। सिख रीति-रिवाजों के साथ लवप्रीत के पिता उनके शरीर को अग्नि देते हैं और देखते-देखते लवप्रीत अपने खेत की मिट्टी में जज्ब हो जाता है। उस दिन (5 अक्टूबर, 2021) लवप्रीत के अलावा दलजीत सिंह, नछत्तर सिंह और पत्रकार रमन कश्यप का अन्तिम संस्कार भी कर दिया गया, लेकिन इसी घटना में मारे गए किसान गुरविंदर सिंह का अन्तिम संस्कार नहीं किया गया।

गुरविंदर की पोस्टमॉर्टम रिपोर्ट में कहीं भी गोली लगने का जिक्र नहीं था, लेकिन घटनास्थल पर मौजूद प्रत्यक्षदर्शियों का मानना था कि गुरविंदर की मौत उनके सर में गोली लगने से हुई है। 5 अक्टूबर की शाम लवप्रीत का अन्तिम संस्कार हो जाने के बाद हम बहराइच जिले के मोहरानिया गाँव में गुरविंदर के घर गए। गुरविंदर का घर भी मुख्य सड़क से करीब 4 किलोमीटर अन्दर खेतों में था। वहाँ भी किसानों, पत्रकारों और पुलिसकर्मियों की भीड़ जमा थी।

गुरविंदर की बहन ने मुझे बताया, "हम तब तक अपने भाई का अन्तिम संस्कार नहीं करेंगे जब तक सही से उसका पोस्टमॉर्टम नहीं होता। उसको सर में गोली लगी लेकिन ये लोग एक्सीडेंट दिखा रहे हैं।" परिवार और किसान नेताओं की इस माँग के आगे प्रशासन को झुकना पड़ा और दूसरा पोस्टमॉर्टम 5 अक्टूबर की रात को ही हुआ। पोस्टमॉर्टम के लिए जब गुरविंदर को ले जाने लगे तो एक किसान नेता उनके भाई मस्कीम को आकर कहते हैं, "दोबारा पोस्टमॉर्टम होने के बाद सुबह जल्दी इनका अन्तिम संस्कार कर देना, वरना बॉडी में कीड़े पड़ने का भी डर होता है।" दूसरे पोस्टमॉर्टम में भी गोली लगने का खुलासा नहीं हुआ। अगली सुबह यानी 6 अक्टूबर को सुबह 7.30 बजे गुरविंदर का अन्तिम संस्कार कर दिया गया।

इस घटना पर जल्दबाजी के निपटारे को लेकर टिकैत पर कई सवाल भी उठे। 7 अक्टूबर को *इंडियन एक्सप्रेस* में रिपोर्ट भी प्रकाशित हुई जिसमें लिखा गया कि लखनऊ से टिकैत के साथ समन्वय कर रहे अधिकारी विपक्षी

नेताओं को दूर रखना चाहते थे, क्योंकि इससे किसानों को समझाने और शान्त करने में मुश्किल होती। योगी सरकार ने सड़कों पर भारी बैरिकेडिंग कर रखी थी। बड़े नेताओं के जहाज से उतरते ही उन्हें हिरासत में ले लिया गया ताकि यह सुनिश्चित हो सके कि विपक्ष किसी भी तरह घटनास्थल पर न पहुँच पाएँ। अखबार ने लिखा कि किसान नेतृत्व के साथ अन्तिम वार्ता में शामिल मुख्य सचिव (कृषि) देवेश चतुर्वेदी, एडीजी कानून व्यवस्था प्रशान्त कुमार व एडीजी (लखनऊ जोन) एसएन सबत के अलावा अतिरिक्त मुख्य सचिव (गृह) अवनीश कुमार अवस्थी ने भी अहम भूमिका निभाई। अवस्थी मौके पर मौजूद अधिकारियों और टिकैत के लगातार सम्पर्क में थे। किसान आन्दोलन के बाद से ही वे टिकैत के साथ सम्पर्क में रहे थे। यही कारण था कि बीकेयू ने यूपी की सीमा के भीतर, खासकर लखनऊ के आसपास कोई बड़ा आन्दोलन नहीं किया।

विपक्षी नेताओं के अलावा हरियाणा के किसान नेता गुरनाम सिंह चढ़ूनी भी शवों के अन्तिम संस्कार होने तक घटनास्थल पर नहीं पहुँच पाए। उन्हें पुलिस ने लगातार घेरे रखा और किसान नेतृत्व से चल रही बातचीत से भी दूर रखा। इसके अलावा समझौते में अधिकारियों ने यह वादा किया था कि किसानों पर एफआईआर दर्ज नहीं की जाएगी। लेकिन पुलिस ने उसी दिन एक और एफआईआर दर्ज की, जिसमें भाजपा कार्यकर्ताओं की हत्या के मामले में किसानों को आरोपी बनाया गया था।

इस घटना के सम्बन्ध में एसकेएम ने 9 अक्टूबर, 2021 को दिल्ली के प्रेस क्लब में प्रेस कॉन्फ्रेंस की, जिसमें लखीमपुर खीरी किसान नरसंहार में किसानों की माँगें पूरी होने तक एक शान्तिपूर्ण और लोकतांत्रिक जन आन्दोलन शुरू करने की बात कही गई। एसकेएम ने प्रेस कॉन्फ्रेंस में दावा किया कि किसान सरकार की कार्रवाई से संतुष्ट नहीं हैं और केन्द्रीय गृह राज्य मंत्री अजय मिश्रा टेनी को मंत्री पद से बर्खास्त कर द्वेष, हत्या और आपराधिक षड्यंत्र करने के आरोप में गिरफ्तार किया जाए, साथ ही आशीष मिश्रा (उनके बेटे) और उनके सहयोगियों को भी तुरन्त गिरफ्तार किया जाए।

12 अक्टूबर, 2021 को इन शहीद किसानों की अन्तिम अरदास (भोग) में हजारों किसानों ने श्रद्धांजलि दी। इसी दिन शाम को देश-भर में किसानों को श्रद्धांजलि देने के लिए कैंडल मार्च निकाले गए और अनेक नागरिकों ने पाँचों शहीदों की याद में अपने घरों के बाहर पाँच मोमबत्तियाँ जलाईं।

पुलिस ने किसानों के खिलाफ जो एफआईआर दर्ज की थी, उसमें भाजपा कार्यकर्ताओं की हत्या के मामले में बनी एसआईटी अब तक कुल सात किसानों को गिरफ्तार कर चुकी है। भाजपा कार्यकर्ताओं की तरफ से दर्ज कराई गई प्राथमिकी में एसआईटी ने 1 जनवरी, 2022 की शाम दो किसानों—तिकुनिया कोतवाली सीमा अन्तर्गत खैरतिया गाँव निवासी कँवलजीत सिंह (35 वर्ष) और पलिया कोतवाली क्षेत्र के बबौरा निवासी कमलजीत सिंह (29 वर्ष) को गिरफ्तार किया था। अन्य आरोपियों की पहचान के लिए पुलिस ने थानों और चौकियों के अलावा अन्य सार्वजिनक जगहों पर फोटो चस्पाँ कराए थे। एसआईटी ने पहचान के बाद थाना पलिया के बबौरा फार्म निवासी कमलजीत सिंह, सोनू उर्फ कँवलजीत और गुरुप्रीत सिंह को गिरफ्तार कर लिया था। इसके पहले विचित्र सिंह, गुरविंदर सिंह, रंजीत सिंह और अवतार सिंह को गिरफ्तार किया गया था, वे अभी तक जेल में बन्द हैं।

पुलिस ने इन किसानों पर भाजपा कार्यकर्ताओं—शुभम मिश्रा (26 वर्ष) और श्याम सुन्दर (40 वर्ष) और केन्द्रीय राज्य मंत्री की एसयूवी के चालक हरिओम मिश्रा (35 वर्ष) की हत्या में शामिल होने का आरोप लगाकर केस दर्ज किया था। लखीमपुर मामले में जो दो एफआईआर हुईं, उनमें पहली एफआईआर किसान जगजीत सिंह ने चार किसानों और एक पत्रकार की मौत के मामले में दर्ज कराई थी। इसमें उन्होंने केन्द्रीय गृह राज्य मंत्री के बेटे आशीष मिश्रा और 15 से 20 अन्य लोगों को आरोपी बनाया था। दूसरी एफआईआर भाजपा के कार्यकर्ता सुमित जायसवाल द्वारा किसानों को गाड़ी से कुचले जाने के बाद हुई हिंसा के दौरान भाजपा के दो कार्यकर्ताओं और एक चालक की मौत के मामले में दर्ज कराई गई थी, जिसमें उन्होंने अज्ञात लोगों को आरोपी बनाया था। इसके बाद मामले की जाँच के लिए एसआईटी का गठन किया गया था।

लखीमपुर खीरी पुलिस और वरिष्ठ अभियोजन अधिकारी (एसपीओ) एसपी यादव ने किसानों की गिरफ्तारी को लेकर मीडिया को बताया था कि करीब दो महीने पहले एसआईटी द्वारा संदिग्धों की तस्वीरें जारी किए जाने के बाद से 22 वर्षीय गुरप्रीत सिंह फरार चल रहा था। लिंचिंग मामले में अब तक सात किसानों को गिरफ्तार किया जा चुका है। सुमित द्वारा दर्ज की गई प्राथमिकी में किसानों और पत्रकार की मौत का जिक्र नहीं था, जिन्हें कथित तौर पर आशीष के काफिले ने कुचल दिया था। हिंसा से सम्बन्धित पहली

प्राथमिकी पुलिस ने आशीष और अन्य के खिलाफ किसानों की शिकायत के आधार पर दर्ज की थी। एसआईटी ने उस मामले में 13 लोगों को गिरफ्तार किया है और घटना को 'योजनाबद्ध' करार दिया।

नवम्बर में सुप्रीम कोर्ट ने एसआईटी का पुनर्गठन किया था और नए सदस्यों को जोड़ा था। सदस्यों में आईपीएस अधिकारी एसबी शिराडकर, प्रीतिंदर सिंह और पद्मजा चौहान, पंजाब और हरियाणा उच्च न्यायालय के सेवानिवृत्त न्यायाधीश राकेश कुमार जैन शामिल थे।

लखीमपुर में किसानों की राख ठंडी भी नहीं हुई थी कि 15 अक्टूबर, 2021 को सिंघु बॉर्डर से एक ऐसी खबर आई, जिसने क्रूरता की सारी हदें पार कर दीं। सिंघु बॉर्डर पर निहंगों ने एक युवक की बेरहमी के साथ हत्या कर उसका शव किसान आन्दोलन के मेन स्टेज के सामने लटका दिया। मृतक का नाम लखबीर सिंह था। वह पंजाब के तरनतारन जिले का रहने वाला था। हत्या का आरोप निहंग सिखों के एक समूह पर लगा। इस समूह के सदस्यों ने इस नृशंस घटना की जिम्मेदारी लेते हुए हत्या के वीडियो और कबूलनामे सोशल मीडिया पर वायरल कर दिये। निहंगों ने लखबीर सिंह पर पहले आदि ग्रंथ की बेअदबी का आरोप लगाया।

लखबीर के शव को मेन स्टेज के पास एक घंटे तक लटकाए रखने के बाद वहाँ से घसीटकर पाँच सौ मीटर दूर बैरिकेडों पर टाँग दिया गया। इस घटना के एक चश्मदीद ने मुझे बताया, "सुबह तीन बजे के करीब यह रौला पड़ गया कि किसी ने निहंगों के आदि ग्रंथ की बेअदबी की है। जब मैं बाहर गया तो निहंगों ने एक कमजोर-से आदमी को पकड़ा हुआ था जिसका एक हाथ उन्होंने काट दिया था। कुछ देर जोर-जोर से चिल्लाने के बाद उन्होंने उसे स्टेज के सामने टाँग दिया। कई नौजवान निहंग इस पूरी घटना की वीडियो भी बना रहे थे। वे उसे घसीटकर कुछ दूर आन्दोलन के बीच भी ले गए और फिर उसका पैर भी काट दिया। वह तड़प-तड़पकर मर गया।"

घटना के बाद करीब साढ़े सात बजे पुलिस वहाँ पहुँची, जहाँ लखबीर का शव टँगा हुआ था। पुलिस ने शव उतारकर पोस्टमॉर्टम के लिए भेज दिया और दिन-भर निहंगों के नेताओं के साथ बैठक करती रही। पुलिस निहंगों के नेताओं को किसी एक निहंग की गिरफ्तारी के लिए राजी कर रही थी। शाम के 5 बजते-बजते सहमति बन गई और करीब सात बजे

सरबजीत सिंह नाम के एक निहंग ने खुद को पुलिस के हवाले कर दिया। निहंगों को इस खून का कोई दुख नहीं था। सरबजीत की गिरफ्तारी के समय वे जयकारे लगा रहे थे।

यह घटना अत्यंत निन्दनीय थी। इसे लेकर चार तरह के नैरेटिव सोशल मीडिया पर तैरने लगे। गुरु ग्रंथ साहिब की बेअदबी से जोड़कर इसे कुछ लोग सही ठहराने लगे, जबकि शुरुआत में आदि ग्रंथ की बेअदबी की बात खुद वे निहंग कर रहे थे, जिन्होंने इस घटना को अंजाम दिया था। लोग सिक्ख रवायतों का सहारा लेकर रफ जस्टिस (मॉब लिंचिंग) के हक में खड़े हो गए, जिसमें आरोपी को अपनी बेगुनाही साबित करने का एक मौका तक नहीं मिलता। यह ट्रेंड इतना खतरनाक है कि दस लोग किसी एक को पकड़कर पीट-पीट के मार दें और फिर कह दें कि यह गुरु ग्रन्थ साहिब या गीता-कुरान की बेअदबी कर रहा था। पीट-पीटकर मारने वालों को उस मरने वाले के कृत्य के सबूत देने की जरूरत भी नहीं पड़ती। फिर लोगों का एक हुजूम उन रफ मॉब लिंचर्स के हक में खड़ा हो जाता है। वे इतिहास से घटनाएँ निकालकर मॉब लिंचिंग की घटना को सही ठहराने लगते हैं।

कुछ लोग इस घटना के सहारे उस पूरे-के-पूरे धर्म को टारगेट करने लगे और बताने लगे कि उनका बहुसंख्यक धर्म (भारत के मामले में हिन्दू) कितना सहिष्णु है। मुस्लिमों के मामले में हम देख चुके हैं कि अगर अमानवीय घटना को अंजाम देने वाला मुस्लिम है तो पूरे-के-पूरे मुस्लिम धर्म को टारगेट पर ले लिया जाता है। अब सिक्खी वाले मामले में भी दिख रहा था कि इस घटना के सहारे कैसे ये लोग सिखों और सिक्खी को टारगेट कर रहे थे।

कुछ लोग अपनी पॉलिटिकल करेक्टनेस के हिसाब से तथ्यों को पेश कर रहे थे और छुपा भी रहे थे। इस घटना में अपने आपको दलित हितैषी घोषित कर चुके कई लोग और पत्रकार कह रहे थे कि लखबीर सिंह को इसलिए मार दिया गया कि वह दलित था और उसने धार्मिक ग्रन्थ को छू लिया। उनके नैरेटिव की पड़ताल करेंगे तो आप पाएँगे कि उन्होंने जो तथ्य परोसे थे वे बिलकुल सच थे, जैसे लखबीर सिंह दलित थे। लेकिन वह एक तथ्य यह छुपा गए कि लखबीर को मारने वाले भी ज्यादातर दलित ही थे। उनका काम अपनी पॉलिटिकल करेक्टनेस के हिसाब से सिलेक्टेड तथ्यों को बरतना था ताकि वे पूरे किसान आन्दोलन को खदेड़ने का नैरेटिव चला सकें। उन लोगों ने ऐसा किया भी। सरकार की गोद में खेलने वाली कई दलित जत्थेबन्दियाँ

सिंघु पर लखबीर की मौत पर लामबन्द होकर प्रदर्शन करने भी आईं और आन्दोलन को दलित विरोधी घोषित कर दिया।

कुछ वे लोग थे जो दोनों हाथों में लड्डू रखे हुए थे। वह दोनों पालों के साथ सहमत दिख रहे थे। दोनों क्या, सभी पालों के साथ सहमत दिख रहे थे। उनको 'एट लार्ज' अपनी विश्वसनीयता बनाए रखनी थी। किसान नेताओं ने सिंघु की घटना पर जो किया उसको बारीकी से देखने पर समझ आएगा कि मैं किस ओर इशारा कर रहा हूँ।

नैरेटिव के इतर तथ्यों को जुटाने में जुटे पत्रकारों को लखबीर सिंह की मौत में शामिल निहंग ग्रुप की केन्द्रीय कृषि मंत्री और कृषि राज्य मंत्री के साथ मुलाकात के कुछ चित्र बरामद हुए, जोकि जुलाई, 2021 की थी। इसके बाद एक पाँचवाँ नैरेटिव भी आन टपका, जोकि इस बात पर जोर लगा रहा था कि निहंगों द्वारा की गई मॉब लिंचिंग में कहीं-न-कहीं सरकार का ही हाथ है, ताकि लखीमपुर की घटना से ध्यान हटाया जा सके।

लेकिन लखीमपुर की घटना इतनी बड़ी थी कि वह रह-रहकर लोगों का ध्यान अपनी ओर खींच रही थी। अजय मिश्रा इस घटना के लिए यूपी पुलिस को जिम्मेदार ठहराकर एक बार फिर विवादों में थे। इस विवाद को हवा तब मिली जब इस हत्याकांड की जाँच के लिए बनाए गए विशेष जाँच दल का नेतृत्व कर रहे डीआईजी उपेन्द्र कुमार अग्रवाल का तबादला कर दिया गया। एसकेएम की माँग थी कि इस मामले में निष्पक्ष जाँच में सीधे सुप्रीम कोर्ट निगरानी करे, क्योंकि गृह राज्य मंत्री अजय मिश्रा सीधा पुलिस को प्रभावित कर रहे हैं।

अक्टूबर के आखिरी दिनों में दिल्ली पुलिस ने टिकरी बॉर्डर पर लगे किसान मोर्चे के कारण बन्द हुए रोड को खोलने की कोशिश की। 29 अक्टूबर की रात को पुलिस ने किसानों के साथ थोड़ी धक्का-मुक्की भी की, लेकिन किसानों ने उन्हें रोक दिया। उस रात जब मैं टिकरी बॉर्डर गया तो किसानों का साफ कहना था कि अगर सरकार पूरी तरह से रास्ता खोलना चाहती है, तो उसे किसानों की माँगों को पूरा कर देना चाहिए, उसके बाद किसान अपने-आप ही घर चले जाएँगे। जब तक सरकार किसानों की माँग पूरी नहीं करती, तब तक दिल्ली की घेराबन्दी जारी रहेगी।

किसान अड़ रहे थे कि बॉर्डर नहीं खोलना, लेकिन टिकरी मोर्चे के कुंजीगत नेता प्रशासन के रास्ता खोलने की बात से सहमत थे। इस मामले को लेकर

जब अगले दिन टिकरी कमेटी की बैठक हुई, तो उसमें बूटा सिंह बुर्जगिल ने कहा कि हमें एक तरफ से छोटी गाड़ियों और बाइकों के लिए रास्ता खोल देना चाहिए। बैठक में अधिकतर लोग बूटासिंह का विरोध कर रहे थे।

बैठक में शामिल हरियाणा के किसान नेता विकास सीसर ने मुझे बताया, "सारी हरियाणा की किसान जत्थेबन्दियाँ बॉर्डर खोले जाने के खिलाफ थीं, लेकिन बूटा सिंह बुर्जगिल रास्ता देने के लिए अड़े हुए थे, पंजाब की अधिकतर जत्थेबन्दियों का कहना था कि उनकी सरकार के साथ कोई मीटिंग हुई है, जिसमें उन्होंने वहाँ कमिटमेंट कर दी है, इसलिए यह रास्ता एक तरफ से खुलना चाहिए। रणनीतिक फैसलों की डोर पंजाब के कुंजीगत नेताओं के पास थी, इसलिए हमें पीछे हटना पड़ा और एक तरफ से छोटी गाड़ियों और मोटरसाइकिलों के लिए रास्ता खोल दिया।"

बॉर्डरों पर घेराबन्दी किए बैठे किसान नवम्बर महीने की शुरुआत कर चुके थे और इस बात से अनभिज्ञ थे कि किसान नेताओं की सरकार के साथ कोई बात चल रही है। दूसरी बार ठंड के मौसम को झेलने के लिए तैयार बैठे किसानों की इस बार की दीवाली दिल्ली बॉर्डरों पर ही बीत रही थी। 4 नवम्बर, 2021 को दीवाली के दिन आन्दोलन में शहीद हुए किसानों के नाम पर दीये जलाकर श्रद्धांजलि दी गई। किसान दीवाली वाले दिन भी विरोध के मैदान में थे। दीवाली के त्योहार पर विरोध की छूट समझकर जब हरियाणा के उप-मुख्यमंत्री दुष्यंत चौटाला ने जींद में अपनी पार्टी के कार्यकर्ताओं के साथ दिवाली की खुशियाँ मनानी चाहीं, तो उनके दफ्तर को किसानों ने घेर लिया। इस विरोध में भारी संख्या में महिला किसान पहुँची थीं। पुलिस की 3 घेराबन्दियों और करीब एक हजार पुलिसकर्मियों की टुकड़ियाँ भी किसानों के विरोध को नहीं रोक पाईं और 2 घंटे के संघर्ष के बाद आखिरकार दुष्यंत को अपना कार्यक्रम रद्द करना पड़ा। किसानों का सन्देश साफ था। चाहे कोई गमी हो या खुशी, कोई त्योहार हो या कोई आयोजन, सत्तापक्ष के नेता सावर्जनिक तौर पर उनमें शामिल नहीं हो सकते थे।

विरोध की इसी कड़ी में 5 नवम्बर को हिसार के नारनौंद में भाजपा के राज्यसभा सांसद रामचन्द्र जांगड़ा का विरोध करते हुए उनकी गाड़ी के शीशे तोड़ दिये गए। शुरुआत में किसान सिर्फ काले झंडे दिखाने के लिए इकट्ठा हुए थे, लेकिन विरोध के दौरान ही पुलिस ने किसानों पर लाठीचार्ज कर दिया, जिसके बाद किसानों ने भी पलटवार करते हुए पत्थर चला दिये। पुलिस द्वारा

किए गए इस लाठीचार्ज में एक प्रदर्शनकारी कुलदीप सिंह राणा गम्भीर रूप से घायल हो गए। इसके बाद किसानों ने पुलिस और भाजपा सांसद रामचन्द्र जांगड़ा के खिलाफ मामला दर्ज करने की माँग करते हुए नारनौंद में धरना चालू कर दिया। इसके उलट पुलिस ने हाँसी में हर्षदीप गिल, कैलाश और सुधीर नाम के तीन किसानों के खिलाफ प्राथमिकी दर्ज कर ली, जिसमें उन पर आईपीसी की धारा 120 बी, 147, 148, 149, 186, 341, 353 और 427 (आपराधिक साजिश, दंगा, लोक सेवक पर हमला करने आदि) की धाराएँ लगा दी गईं। पुलिस लाठीचार्ज में घायल हुए किसान कुलदीप राणा जिंदल अस्पताल के आईसीयू में भर्ती करवाए गए। उनको गहरी चोट आई थी, जिसके कारण उनकी सर्जरी करनी पड़ी।

आन्दोलन इसी महीने की 26 को एक साल पूरा करने वाला था, जिसे लेकर सिंघु पर लगातार चर्चा चल रही थी कि साल पूरा होने के दिन किसानों को कोई ठोस कार्यक्रम लेना चाहिए ताकि सरकार पर दबाव बन सके। इसी सिलसिले में 6 नवम्बर को हरियाणा की किसान जत्थेबन्दियों की एक बैठक हुई। इस बैठक में शामिल किसान नेता सुरेश कोथ ने मुझे बताया, "बैठक में यह विचार किया गया कि आन्दोलन का साल पूरा होने पर क्या कार्यक्रम लिया जाए। हरियाणा के किसान संगठन इस बात पर एकमत थे कि किसानों को पैदल मार्च करके दिल्ली जाना चाहिए, जिसके लिए हमने 24 नवम्बर को चौधरी छोटूराम जी की जयंती का दिन चुना है। 24 को अम्बाला के मोहड़ा मंडी से किसान पैदल चलकर, सिंघु बॉर्डर होते हुए इंडिया गेट स्थित अमर जवान ज्योति तक मार्च करेंगे। हम अपने इस फैसले को एसकेएम की नेशनल मीटिंग में भी पास करवाने की कोशिश करेंगे।"

हरियाणा के किसान संगठन तो मई महीने से ही किसानों को दिल्ली में ले जाने के लिए जोर मार रहे थे, लेकिन पंजाब के ज्यादातर किसान संगठन अभी भी दिल्ली जाने के हक में नहीं थे। 9 नवम्बर को सिंघु पर हुई संयुक्त किसान मोर्चा की बैठक में हरियाणा के किसान संगठनों ने जब दिल्ली कूच का मुद्दा उठाया, तो उसमें विवाद हो गया। पंजाब की अधिकतर जत्थेबन्दियों का कहना था कि अभी मोर्चे में 26 जनवरी वाली ताकतें मौजूद हैं इसलिए हमें मार्च नहीं करना चाहिए। लेकिन 10 नवम्बर को हरियाणा, यूपी और राजस्थान के किसान संगठनों के दबाव में पंजाब की किसान जत्थेबन्दियाँ भी 29 नवम्बर

को होने वाले संसद सत्र में कूच करने के लिए तैयार हो गईं। किसान नेता हरपाल संघा ने मुझे बताया, "29 नवम्बर से हर रोज 500 किसानों का जत्था संसद जाएगा। संसद मार्च करने वाले किसान वहीं रुक जाएँगे और अगले दिन फिर दूसरा जत्था जाएगा। जब तक संसद चलेगी, किसानों के जत्थे ऐसे ही वहाँ जाते रहेंगे।"

संसद मार्च की घोषणा के बावजूद मुझे यह यकीन नहीं था कि यह होगा। पंजाब की 32 जत्थेबन्दियाँ जनदबाव में प्रतिरोध के ठोस कार्यक्रम तो ले लेती थीं, लेकिन उनको पार उतारने की बजाय उनको ठंडा करने पर ज्यादा जोर लगा देती थीं। बहरहाल मेरी नजर किसान नेताओं पर थी, तो किसानों की नजर सरकार पर। उनके मन में उठने वाली बात जुबान की शक्ल में निकलती थी, तो समझ आता था कि इस डेडलॉक में कम-से-कम किसान तो पीछे हटने वाले नहीं हैं।

हार या जीत

यह 19 नवम्बर, 2021 की सुबह थी, जब प्रधानमंत्री नरेन्द्र मोदी ने राष्ट्र को सम्बोधित करते हुए तीनों खेती-बाड़ी कानून वापस ले लिये। उन्होंने जून, 2020 में पहली बार अध्यादेश के रूप में लाए गए तीनों कानूनों को निरस्त करने के लिए गुरु नानक जयंती का अवसर चुना। प्रधानमंत्री ने देश के नाम अपने सम्बोधन में कहा, "आज मैं आपको, पूरे देश को, ये बताने आया हूँ कि हमने तीनों कृषि कानूनों को वापस लेने का निर्णय लिया है। इस महीने के अन्त में शुरू होने जा रहे संसद सत्र में, हम इन तीनों कृषि कानूनों को रद्द करने की संवैधानिक प्रक्रिया को पूरा कर देंगे।''

उन्होंने आगे कहा, "हमारी सरकार, किसानों के कल्याण के लिए, खासकर छोटे किसानों के कल्याण के लिए, देश के कृषि जगत के हित में, देश के हित में, गाँव-गरीब के उज्ज्वल भविष्य के लिए, पूरी सत्यनिष्ठा से, किसानों के प्रति समर्पण भाव से, नेक नीयत से ये कानून लेकर आई थी। अपने प्रयासों के बावजूद कुछ किसानों को समझा नहीं पाए। कृषि अर्थशास्त्रियों ने, वैज्ञानिकों ने, प्रगतिशील किसानों ने भी उन्हें कृषि कानूनों के महत्त्व को समझाने का

भरपूर प्रयास किया। किसानों की स्थिति को सुधारने के इसी महाअभियान में देश में तीन कृषि कानून लाए गए थे।''

प्रधानमंत्री नरेन्द्र मोदी ने जिन 'कुछ किसानों' को समझाने में असमर्थता जाहिर कर इन कानूनों को वापस लेने की बात कही थी, वे उनके भाषण के बाद दिल्ली बॉर्डरों पर जश्न मना रहे थे। प्रधानमंत्री के इस फैसले के बारे में कुछ कुंजीगत किसान नेताओं को पहले ही पता लग गया था, लेकिन ज्यादातर किसान नेताओं को यह समझ नहीं आ रहा था कि ये सब एकदम हुआ कैसे। किसान नेताओं के कैम्प में तरह-तरह के विश्लेषण जन्म ले रहे थे और इन्हीं अधपके विश्लेषणों के दम पर जब पंजाब के किसान नेता अपनी बैठक में बैठे तो ज्यादातर किसान नेताओं का मानना यह था कि सरसरी तौर पर हमारी जीत हो गई है, लेकिन हमें मोदी पर विश्वास नहीं करना चाहिए। इसलिए उचित संसदीय प्रक्रियाओं के पूरा होने के बाद ही निर्णायक जीत होगी।

सिंघु पर लड्डू बँटने शुरू हो गए थे और ट्रैक्टरों पर गाने बजाकर किसानों ने नाचना शुरू कर दिया था। किसानों का सारा दिन नाचते-नाचते बीता। रात भी नाचते-नाचते ही। ऐसा लग रहा था, जैसे कोई अधूरा सपना पूरा हो गया हो।

इस एलान के ठीक दो दिन बाद 21 नवम्बर को संयुक्त किसान मोर्चा की सिंघु पर बैठक हुई। यह 3 कृषि कानूनों को निरस्त करने के बाद पहली बैठक थी। खुशनुमा माहौल में शुरू हुई इस बैठक में भारत के प्रधानमंत्री को एक खुला पत्र भेजने का फैसला किया गया, जिसमें एमएसपी की गारंटी के लिए कानून बनाने समेत किसान आन्दोलन की बाकी लम्बित माँगों को उठाया जाए। इसके अलावा किसान संगठनों ने पहले से घोषित सभी कार्यक्रमों को जारी रखने का भी निर्णय लिया।

बहरहाल, 29 नवम्बर जीत की मोहर लगने का दिन था। जैसे खेती-बाड़ी कानून संसद में बिना चर्चा किए पास हुए थे, वैसे ही बिना चर्चा के जाते रहे। लेकिन सिंघु पर आगे की रणनीति के लिए हुई पंजाब की 32 जत्थेबन्दियों की बैठक में मामला उस समय पलट गया, जब ज्यादातर किसान नेताओं ने धरना खत्म कर वापस पंजाब चलने को कहा। बैठक में मौजूद जगजीत डल्लेवाल, दर्शनपाल, हरजीत रवि, सुरजीत फूल, हरपाल संघा, सुखपाल सिंह डफर और बलदेव सिंह सिरसा ने ही आन्दोलन को एकदम खत्म कर वापस जाने के विचार के उलट अपनी बात रखी। जो किसान नेता आन्दोलन को एकदम खत्म कर वापस जाने के हक में नहीं थे, उनका कहना था कि पूरे देश के

किसान पंजाब के किसानों की तरफ देख रहे हैं। हमें किसानों पर दर्ज मुकदमों और एमएसपी पर कुछ ठोस फैसला हुए बगैर नहीं जाना चाहिए। उस बैठक के बाद मैंने पंजाब के दोआबे के एक किसान नेता से पूछा कि जाने की इतनी जल्दी क्या है। उसने मुझे बड़ी गम्भीरता से कहा, "पंजाब चुनाव के दिन ही कितने रह गए। जाकर हमें चुनाव की तैयारी भी करनी है।"

पंजाब के किसान नेताओं का जो टोल वापस जाने के लिए हाय-तौबा मचाए हुए था, दरअसल उस टोल की इच्छा पंजाब में जाकर चुनाव लड़ने की थी। हालाँकि हरियाणा, राजस्थान और उत्तर प्रदेश के किसान नेताओं के दबाव में वे खुलकर बात नहीं रख पा रहे थे।

1 दिसम्बर को हुई पंजाब की 32 किसान जत्थेबन्दियों की बैठक में जगजीत सिंह डल्लेवाल ने बलबीर राजेवाल, बूटासिंह बुर्जगिल और हरमीत कादियाँ का नाम लेकर एक चिट्ठी का जिक्र किया जो सितम्बर महीने में अमित शाह को भेजी गई थी। जगजीत सिंह डल्लेवाल ने बूटासिंह बुर्जगिल से पूछा कि वह चिट्ठी किसने लिखी थी। बूटासिंह ने तुरन्त जवाब देते हुए कहा, "वह चिट्ठी योगेन्द्र यादव और कविता कुरूगंठी ने लिखी थी।" बूटा के जवाब देते ही तुरन्त दर्शनपाल बोल पड़ते हैं, "क्यों झूठ बोल रहे हो यार। ये चिट्ठी राजेवाल और तुम लोगों ने लिखी थी। योगेन्द्र और कविता ने तो उसमें सिर्फ सुधार की गुंजाइशों के पॉइंट्स लिखे थे।"

इसके बाद बैठक में रौला पड़ गया और इस रौले से जो सवाल उभरकर निकले, वे थे, "हमारे किसान नेताओं की चोरी-छुपे बात सरकार के साथ चल रही थी, लेकिन मोर्चे में सभी से यह बात छुपाई गई। कौन-कौन बात कर रहा था और क्या बात हुई, इसके बारे में सभी को पता चलना चाहिए।"

1 दिसम्बर की इस बैठक के शोर में जो सवाल उभरे थे, उनका सिरा दो महीने पहले सितम्बर महीने में हुई किसान नेताओं की एक ऐसी बैठक से जाकर जुड़ता है, जो न तो संयुक्त किसान मोर्चा के सभी संगठनों की बैठक थी, न पंजाब के 32 संगठनों की और न ही आरकेएम, एआईकेएससीसी या बीकेएमएफ की।

यह 13 सितम्बर, 2021 की सुबह थी, जब राजेवाल के सहयोगी ने दर्शनपाल को फोन कर उन 22 जत्थेबन्दियों की एक इमरजेंसी मीटिंग बुलाने के लिए कहा, जिनकी लिस्ट दर्शनपाल ने देशभर में किसान आन्दोलन फैलाने के लिए बनाई थी। राजेवाल ने यह हिदायत भी दी कि उन 22 में सिर्फ गुरनाम सिंह चढ़ूनी को मत बुलाइएगा। दर्शनपाल ने तुरन्त ही उन 22 जत्थेबन्दियों को फोन कर सिंघु बॉर्डर पर पड़ने वाली एक रिहायशी सोसाइटी 'टीडीआई किंग्सबरी' के एच ब्लॉक के फ्लैट नम्बर 703 में आने को कहा। उस दिन बैठक में शामिल रहे किसान नेता योगेन्द्र यादव ने मुझे बताया, "एकदम से सभी को आने के लिए बोला गया। हम लोगों को लगा कि कुछ ज्यादा अर्जेंट है। हम बैठक वाली जगह पहुँचे तो देखा कि मेरे अलावा दर्शनपाल, कविता कुरूगंठी, युद्धवीर सिंह और पंजाब की लगभग सभी जत्थेबन्दियों के लोग वहाँ थे। थोड़ी सी औपचारिकता के बाद राजेवाल जी ने कहा कि कल संत समाज आ रहा है, उनकी तैयारियों के लिए सभी को बुलाया गया है। थोड़ी देर बातचीत के बाद बैठक खत्म हो गई और हम इस इमरजेंसी बैठक पर गुस्सा होते हुए बाहर निकल आए, लेकिन हम सीढ़ियों तक पहुँचे ही थे कि उनका दोबारा बुलावा आ गया। और जब वापस बैठे तो हम सबको एक चिट्ठी दिखाई, जो सरकार को भेजी जानी थी।"

राजेवाल ने अपने सहयोगी किसान नेताओं के सामने जो चिट्ठी खोली थी, वह हमारे गृहमंत्री अमित शाह के नाम लिखी गई थी, जिसमें पहला कानून रद्द, दूसरे को राज्यों के अधिकार पर छोड़ने और तीसरे को निलम्बित करने की बात लिखी हुई थी। इस चिट्ठी में और भी कई प्वॉइंट्स थे जैसे एमएसपी के लिए कमेटी बनाना, बिजली और पराली बिल रद्द करना, खेती-बाड़ी के लिए आर्थिक पैकेज की माँग, सभी राज्यों में किसानों पर हुए मुकदमे वापस लेने की माँग की गई थी और ज्यादातर बिन्दुओं पर अंग्रेजी में 'बॉथ साइड एग्रीड' यानी दोनों पक्ष सहमत लिखा हुआ था।

राजेवाल ने यह चिट्ठी सबके समक्ष रखते हुए बताया कि सरकार के साथ किसान संसद के बाद से पंजाब के तीन किसान नेता बात कर रहे हैं। बूटा बुर्जगिल, हरमीत कादियाँ और एक वह खुद। बातचीत रॉ के एक सीनियर अधिकारी के माध्यम से हो रही है जोकि बूटासिंह बुर्जगिल के जानकार हैं। इस बैठक में शामिल रहे एक दूसरे किसान नेता ने मुझे बताया, "पंजाब के राजेवाल गुट की सारी किसान जत्थेबन्दियाँ इन प्वॉइंट्स पर

सहमति बनाए बैठी थीं और वे उस समय वहाँ मौजूद भी थीं। पंजाब की जत्थेबन्दियों में सिर्फ सुरजीत फूल, हरपाल संघा और किसान मजदूर संघर्ष कमेटी के नेता नहीं थे, बाकी सभी मौजूद थे। इस लेटर में कुछ प्वॉइंट्स पर योगेन्द्र यादव और कविता ने कुछ सुधार किए और कहा कि अगर अब भेजा जाए तो ठीक है। इस पर राजेवाल ने कहा कि यह लेटर वह अमित शाह को भेज चुके हैं।"

बैठक हल्की-सी मायूसी में खत्म हुई। पंजाब के बाहर के किसान नेताओं का कहना था कि चिट्ठी भेजने से पहले उनसे सलाह-मशविरा करना चाहिए था।

मुझे कुंजीगत किसान नेताओं की सरकार के साथ बैकडोर बातचीत के बारे में अक्टूबर महीने की 9 तारीख को उस समय पता लगा, जब मेरी बात कैप्टन अमरिन्द्र सिंह की टीम एक सदस्य से हुई। उसने मुझे बताया, "किसान संसद के बाद से ही 4 किसान नेता बलबीर राजेवाल, बूटासिंह बुर्जगिल, हरमीत कादियाँ और कुलवंत संधु सरकार के साथ बातचीत कर रहे थे, हालाँकि पंजाब सरकार के तीन अफसरों से तो इनकी हर रोज ही बात होती थी। कैप्टन अमरिन्द्र को अगस्त में ही यह आभास हो गया था कि उनकी कुर्सी कभी भी जा सकती है, इसलिए वह बीजेपी के साथ अपना भविष्य तलाशने में लग गए थे। उनकी अमित शाह से बहुत पहले से बढ़िया बनती है, जिसका फायदा उठाकर वह अमित शाह को यह समझाने में कामयाब हो गए कि अगर किसान नेताओं के साथ समझौता हो जाए तो कैप्टन और बीजेपी मिलकर पंजाब में सरकार बना सकते हैं। इसीलिए उन्होंने अपने अफसरों और गृह मंत्रालय से जुड़े अफसरों के जरिये किसान नेताओं को एक समझौते के लिए भी राजी कर लिया था। समझौता होता उससे पहले ही लखीमपुर की घटना हो गई। इस कारण सब कुछ धरा-का-धरा रह गया।"

ठीक ढाई महीने बाद सिंघु पर 1 दिसम्बर को हो रही किसान नेताओं की बैठक में भी यही मुद्दा लोरे खा रहा था कि मोर्चे से जो भी नेता सरकार से बातचीत कर रहा था, उसे सबको बताना चाहिए था। हालाँकि सिर्फ कुछ नेताओं को छोड़कर सबको पता था कि सरकार से किसकी बात चल रही है। इस हल्ले

के बीच सुरजीत फूल ने एक मार्के की बात कही, जिसके बाद घर भागने के लिए हाय-तौबा मचाए हुए पंजाब के किसान नेता भी ठंडे पड़ गए। फूल ने सारे पंजाब के नेताओं को एक पार्टी बनाकर कहा कि सारा साल, पूरे देश के किसान पंजाबियों के साथ खड़े रहे हैं। आज तुम लोग चुनाव लड़ने की जल्दबाजी में इस आन्दोलन को बहुत बड़ा नुकसान करने जा रहे हो। हमें एमएसपी की माँग और किसानों पर हुए मुकदमों की वापसी के बिना आन्दोलन खत्म नहीं करना चाहिए। फूल की इस बात के बाद बैठक में किसान नेता एक दूसरे काम में लग गए। वह था अमित शाह को भेजी गई चिट्ठी के लेखक का पता लगाना। लेखकों के नाम पर बूटासिंह बुर्जगिल द्वारा बार-बार योगेन्द्र यादव और कविता कुरूगंठी का नाम उछाले जाने के बाद, तंग आकर योगेन्द्र और कविता ने 3 दिसम्बर, 2021 को राजेवाल के नाम एक चिट्ठी लिखी, जिसमें उन्होंने राजेवाल और बूटासिंह बुर्जगिल द्वारा उनके नाम पर झूठा प्रचार करने की शिकायत राजेवाल को बिन्दुवार की। इस चिट्ठी के बाद राजेवाल गुट ने उनका नाम उछालना बन्द कर दिया।

भारत के राष्ट्रपति ने संसद के दोनों सदनों द्वारा पारित कृषि कानून निरसन विधेयक को अपनी स्वीकृति दे दी थी। निरसन को प्रभावी करने के लिए एक गजट अधिसूचना जारी की गई, और इसके साथ एक महत्त्वपूर्ण लड़ाई औपचारिक रूप से समाप्त हो गई। लेकिन क्या यह सिर्फ तीन कृषि कानूनों की ही लड़ाई थी? 4 दिसम्बर, 2021 को एसकेएम की बैठक में यह सवाल बार-बार इसलिए उठ रहा था क्योंकि पंजाब के राजेवाल गुट के किसान संगठन वापस घर जाने के लिए हाय-तौबा मचाए हुए थे। हरियाणा, यूपी, राजस्थान और देश के बाकी सूबों के किसान संगठनों का तर्क यह था कि हमें कम-से-कम किसानों पर हुए केसों की वापसी, शहीद किसानों के लिए मुआवजा और एमएसपी के कानून के लिए कमेटी के लिए सरकार से औपचारिक और संतोषजनक प्रतिक्रिया प्राप्त होने तक आन्दोलन जारी रखना चाहिए। हालाँकि सरकार मौखिक तौर पर किसानों पर हुए केस वापस लेने की बात कह रही थी, लेकिन बैठक में यह फैसला हुआ कि मौखिक आश्वासनों पर यकीन नहीं किया जा सकता, इसलिए सब लिखित में चाहिए। इसी बैठक में एसकेएम ने बाकी बचे मुद्दों पर सरकार से बातचीत करने के लिए एक पाँच मेम्बरी कमेटी भी बनाई, जिसमें अशोक धवले, बलबीर सिंह राजेवाल, गुरनाम सिंह चढ़ूनी, शिवकुमार कक्का और युद्धवीर सिंह थे।

इस समय युद्धवीर सिंह और राजेवाल की बातचीत लगातार सरकार से हो रही थी। सरकार ने सारे कुंजीगत नेताओं को यह मैसेज दिया कि 7 दिसम्बर, 2021 को हम आपको केस वापस और एमएसपी के मामले में कमेटी बनाने का लिखित में एक लेटर जरूर भेजेंगे। इस मैसेज के बाद किसान नेताओं ने अगली बैठक 7 दिसम्बर को ही बुलाई। इस बैठक के बाद ही एसकेएम ने भारत सरकार के गृह मंत्रालय से एक लिखित मसौदा प्रस्ताव मिलने की बात कबूली। इस मसौदे पर हरियाणा के किसान संगठन नाराज नजर आ रहे थे। उनका टेक था कि अब तो सरकार झुकी हुई है, थोड़ा-सा और झुका लो, क्या पता एमएसपी पर गारंटी कानून भी बन ही जाए। पंजाब के राजेवाल गुट के जो लोग मोर्चा उठाने के लिए व्याकुल हुए थे, वे हरियाणा के संगठनों से मुँह सुजाए हुए थे और उनमें से ज्यादातर ने अपने-अपने संगठनों की ट्रॉलियाँ एक-एक करके घर भेजनी शुरू कर दी। बहुत गहमा-गहमी के बीच यह बैठक अगले दिन के लिए टल गई। इससे अगले दिन यानी 8 दिसम्बर को जब दोबारा बैठक शुरू हुई तो कुंजीगत नेताओं का कहना यह था कि हमेशा 100 में से 100 तो हासिल नहीं होता। 90 प्रतिशत हमारी जीत हो गई है और बॉर्डरों पर बैठे हमें एक साल से ज्यादा हो गया है। अब हमें वापस घरों को मुड़ना चाहिए। मीडिया में हम आन्दोलन खत्म करने की बजाय यह कहेंगे कि हम आन्दोलन को स्थगित करके जा रहे हैं। अगर सरकार ने एमएसपी पर ढिलाई करने की कोशिश की तो हम दोबारा आ जाएँगे।

कुंजीगत नेताओं द्वारा सरकाया गया यह नैरेटिव चल निकला और थोड़ी बहुत तू-तू, मैं-मैं के बीच सभी संगठन मोर्चा स्थगित करके जाने के लिए राजी हो गए। सरकार ने अगले दिन यानी 9 दिसम्बर को लिखित मसौदे पर हस्ताक्षर कर भेजने की बात कही।

अगली सुबह हस्ताक्षर होकर जो मसौदा हाथ लगा, उसे लेकर 9 सदस्यीय तालमेल कमेटी के नेता दर्शनपाल के कमरे में जमा हुए। इस बैठक में राजेवाल को छोड़कर बाकी 8 किसान नेता मौजूद थे और सभी की सुई एमएसपी की कमेटी के लिए जो लाइन लिखकर आई थी, उसपर अटकी पड़ी थी। हाँ, हाँ और हाँ के बीच सब ने हाँ में गर्दन हिला दी। लगभग सारी ही गर्दनें एसकेएम की जरनल बॉडी मीटिंग में भी हाँ में हिलीं।

आखिरकार कृषि और किसान कल्याण मंत्रालय के सचिव के माध्यम से, मोर्चे को भेजे गए औपचारिक पत्र के हवाले से संयुक्त किसान मोर्चे ने

दिल्ली की सरहदों से मोर्चे हटाने की औपचारिक घोषणा कर दी। उस दिन मोर्चे ने जो बयान जारी किया, वह यह था—

"एसकेएम लखीमपुर खीरी सहित आन्दोलन के लगभग 715 शहीदों को संघर्ष की शानदार और ऐतिहासिक जीत समर्पित करता है—एसकेएम सभी विरोध कर रहे किसानों और नागरिकों और अपने समर्थकों को अभूतपूर्व संघर्ष और आन्दोलन की शानदार जीत के लिए तहे दिल से बधाई देता है। किसानों की एकता, शान्ति और धैर्य जीत की कुंजी रही है और इसे किसी भी परिस्थिति में खत्म नहीं होने दिया जाएगा, यह किसानों ने शपथ ली है—एसकेएम ने सतर्क रहने और वादा सुनिश्चित कराने का सामूहिक निर्णय लिया है। यह देखते हुए कि देश सीडीएस बिपिन रावत और उनके सहकर्मियों के निधन पर शोक मना रहा है, एसकेएम ने किसानों की जीत के सम्बन्ध में आज सभी समारोहों को स्थगित करने का फैसला किया है—जश्न की रैलियाँ अब परसों (11 दिसम्बर) निकाली जाएँगी, उस दिन किसान विजय रैलियाँ निकालकर मोर्चा स्थलों को एक साथ छोड़ देंगे। यह सुनिश्चित करने के लिए कि भारत सरकार विरोध कर रहे किसानों से की गई अपनी प्रतिबद्धताओं को पूरा कर रही है और भविष्य की कार्रवाई का खाका तैयार करने के लिए, एसकेएम की अगली बैठक 15 जनवरी को दिल्ली में आयोजित की जाएगी।

"एसकेएम लम्बे आन्दोलन के दौरान धैर्य और समर्थन के लिए मोर्चा स्थलों के स्थानीय निवासियों को धन्यवाद देता है, और उन्हें हुई असुविधाओं के लिए माफी चाहता है—एसकेएम इस आन्दोलन में किसानों के साथ संघर्ष करने वाले श्रम संगठनों, महिला संगठनों और युवा/छात्र संगठनों, सामाजिक कार्यकर्ताओं, वकीलों जिन्होंने कानूनी सहायता और एकजुटता बढ़ाई, डॉक्टरों जिन्होंने चिकित्सा शिविर स्थापित किए और अपनी अथक सेवाएँ दीं, विभिन्न धार्मिक निकायों जिन्होंने लंगर स्थापित किया और प्रदर्शनकारियों को बिना शर्त और निर्बाध रूप से खिलाया, मानवाधिकार संगठनों सहित विभिन्न प्रगतिशील संगठनों जो

समर्थन में खड़े थे, कई कलाकार जो लगातार आन्दोलन के साथ थे, कई संगठन जिन्होंने एसकेएम के आह्वान का लगातार और निरन्तर जवाब दिया, राजमार्ग ढाबा मालिकों और किसान आन्दोलन को अपनी संगठनात्मक बैठकें चलाने के लिए जगह देने वाले लोगों, एनआरआई और अन्तर्राष्ट्रीय किसान संगठनों और अन्य लोगों जिन्होंने अपने-अपने स्थानों पर एकजुटता की कार्रवाई की, सैकड़ों स्वयंसेवकों जिन्होंने अपनी सेवा देकर भाग लिया, और अन्य शुभचिन्तकों को भी धन्यवाद देता है।"

11 दिसम्बर, 2021 की उस सर्द सुबह किसानों के साथ मोर्चे पर मैं अपना आखिरी भोजन छक रहा था। साल-भर से ज्यादा उनके अन्न-पानी पर जिन्दा रहा। सभी ने अपना बच्चा माना और उतना ही स्नेह भी दिया। उनके साथ खाई जा रहीं आखिरी बुर्कियाँ हलक से नहीं उतर रही थीं। कितने ही ऐसे चेहरे थे, जो सारा साल आगे घूमते रहे, लेकिन अब विदा ले रहे थे। सबकी आँखों में जीत की चमक थी। उन्हीं चमकती आँखों वाले 72 साल के बुजुर्ग निहाल सिंह मेरे पास आए और उन्होंने मुझसे कहा, "पुनिया साब जीत गए हैं। बेशक कुछ माँगें अभी बाकी हैं, लेकिन रणनीतिक और राजनैतिक तौर पर किसानों की जीत हुई है। पहली बार लगा कि हरियाणा-पंजाब के लोग कितने समझदार हो गए हैं। लोगों ने इतनी होशियारी दिखाई है कि सरकार की गोदी में बैठे रहने वाले किसान नेता भी सरकार के साथ समझौता नहीं कर पाए। आखिर में तीनों कानूनों को वापस लेना पड़ा।"

निहाल सिंह की बातें बहुत साधारण, सरल और सच्ची थीं, लेकिन राजनीति की अपनी उलझनें होती हैं। शायद किसान उन उलझनों को समझते हों और उन्हीं उलझनों को सीधा कर सही रास्ते पर लाने का हुनर उन्हें आता हो। निहाल सिंह दोबारा मेरे कान में बुदबुदाए, "मोर्चे से ये अपने पैर पर एक चोट का निशान ले जा रहा हूँ। ये पहले दिन ही शम्भू बॉर्डर पर बैरिकेड तोड़ते हुए खा लिया था। 26 जनवरी को भी थोड़ी चोट लगी थी, लेकिन जिस पुलिसवाले ने मुझे मारा था, उसको उसी समय हमने भी लाठी मारी। कृपाण निकालते

ही तो वह भाग गया था। जब इन चोटों को देखा करूँगा तो मन बड़ा संतुष्ट होगा। हम लड़े और जीते।"

मैंने कहा, "आप अपनी चोटों को दिखाकर बता रहे हैं कि आप लोग कैसे लड़े। लेकिन बहुतेरे लोग तो कह रहे हैं कि शान्तिपूर्ण आन्दोलन की जीत हुई। किसान शान्ति से बैठे रहे और जीत गए।"

निहाल सिंह एक लम्बी हँसी छोड़ ताल पीटने लगे। कुछ देर हँसने के बाद बोले, "शान्ति तो श्मशान में होती है। बाकी तो जीवन में संघर्ष-लड़ाई चलती है। शान्ति के पाठ वाले तो पंजाब बॉर्डरों पर ही बैठे रह गए थे। लड़ने वाले लोग उन्हें आगे खींचकर लेकर आए। जब आगे आ गए तो वो बोले कि बुराड़ी मैदान जाकर अन्ना जैसा मंच सजाना है, तो उन्हें खींचकर सड़कों को सील कर बॉर्डरों पर बैठाया। तुम हरियाणा वालों ने तो रोज लट्ठ बजाए हैं पुलिस के साथ। पंजाब में बीजेपी वालों के साथ क्या हुआ है, वो आपको पता ही होगा। कितने किसानों के सर फूटे। जानें गईं। सरकार हमला करती थी, तो किसान वर्त (सत्याग्रह) करने की बजाय बराबर जवाब देते थे। लखीमपुर में उन्होंने हमारे चार किसान मारे तो हमने मौके पर ही उनके पाँच मारके बदला ले लिया था। वो तो टेनी मिश्रा का लड़का भाग निकला, वरना फूल माला तो उसके फोटो पर भी टँगी होती।"

निहाल सिंह की बातों का मेरे पास कोई जवाब नहीं था। लेकिन इस आन्दोलन में यह जरूर समझ आया कि किस विचार की कितनी सीमाएँ हैं। चाहे वे क्रान्तिकारी हों या संसदमार्गी वाम दल या छोटे किसान या धनाढ्य चौधरी, सब वर्गों के कुछ लक्षण समझ आने शुरू हुए। करीब डेढ़ साल चले इस आन्दोलन ने सत्ता को एकदम बैकफुट पर धकेल दिया था। यह आन्दोलन गहराते आर्थिक-राजनीतिक संकट से उपजा था, जिसने सत्ता की मुखालफत के साथ-साथ उन कॉरपोरेट घरानों के खिलाफ भी युद्ध छेड़े रखा जो सत्ता से अपने हक में काम करवाने के लिए हाथ-पैर मारते रहते हैं। निहाल सिंह जहाँ बात चुभाने की कोशिश कर रहे थे वह शायद पैटी-बुर्जुआ जमात की आन्दोलनों को लेकर पनपी समझदारी को लेकर थी।

निहाल सिंह के साथ लंगर छकने के बाद हम फतेह अरदास के लिए चले गए। इस फतेह अरदास में किसानों के चेहरे पर जीत का घमंड नहीं बल्कि विनम्रता थी। अरदास के बाद पंजाब और हरियाणा की तरफ मुँह कर ट्रैक्टर घरघराने लगे और जयकारों के साथ अपने घरों की तरफ फर्राटे भरने

लगे। सारा हरियाणा जीटी रोड पर गेंदे के फूल लिये खड़ा था। इस फतेह मार्च के बाद जब कोई भी किसान घर पहुँचा होगा, उस पर फूलों का पीला रंग चढ़ चुका होगा।

सारा देश कह रहा था कि हम जीत गए। पर मैं जलन के मारे किसानों के अलावा दूसरे वर्गों को कह रहा था किसानों की जीत में तमाम लोगों की जीत है, किसानों की हार सिर्फ और सिर्फ किसान की हार होती। उस न झुकने वाली ताकत को झुका लिया गया था। वे जो मोर्चों पर डटने की बजाय प्रतिरोध के नाम पर खानापूर्ति करते हैं, उनके लिए मुझे मुक्तिबोध याद आ रहे थे—" ...हम इसलिए मरे कि जरूरत से ज्यादा नहीं, बहुत-बहुत कम हम बागी थे...!"

आभार

साल 2020-21 में हुए किसान आन्दोलन ने कब मुझे अपने लपेटे में ले लिया, यह खुद मुझे याद नहीं। पत्रकार होने का एक दुख यह भी होता है कि जब कुछ घट रहा होता है तो पत्रकारीय जिज्ञासा कचोटती है कि इसे दर्ज कर लिया जाए। आखिर अपने समय के आधे-अधूरे लिखतकार तुम भी तो हो। इसी चिकोटी ने मजबूर किया कि इस ऐतिहासिक आन्दोलन का गवाह बनूँ और एक रिपोर्ताज लिखूँ, जो अब जिल्द बन्द पन्नों में एक किताब की शक्ल में आपके हाथों में है।

सबसे पहले आभार उन हिम्मती किसानों का, जिन्होंने इतना बड़ा आन्दोलन खड़ा किया। मजबूती से लड़े और जीत दर्ज की। लगभग डेढ़ साल इन किसानों के साथ रहा। इन्हीं का दिया लंगर छका। इन्होंने बिलकुल अपने बच्चे की तरह प्यार दिया और काम करने का हौसला भी।

इस रिपोर्ताज को लिखने की असली वजह तो मेरे सम्पादक अभिषेक श्रीवास्तव ही हैं जो मुझे इतना तंग करते थे कि बिना लिखे कोई शावक रिपोर्टर रह न पाए। उन्होंने जितना उड़ने का मौका दिया है शायद ही कोई और सम्पादक दे पाए। मेरे दूसरे सम्पादक हरतोष बल का भी मैं शुक्रिया करना चाहूँगा, जिन्होंने मुझे अपने छोटे भाई की तरह काम करने के लिए हमेशा आगे किया है। मेरे साथी पत्रकार गौरव कुमार, प्रभजीत सिंह, संदीप सिंह, विक्रमजीत कालीरमण का विशेष तौर पर धन्यवाद, जिनके साथ मिलकर इस आन्दोलन को कवर किया।

आन्दोलन के दौरान ही ग्राउंड जीरो से रिपोर्ट करते वक्त

दिल्ली पुलिस ने मुझे गिरफ्तार कर लिया। आप लोगों को लगा कि मेरे साथ गलत हुआ है, इसलिए आप लोगों ने इतनी बुलन्द आवाज में मेरी गिरफ्तारी का विरोध भी किया। मैं उन सभी पत्रकारों, एडिटर गिल्ड, संघर्ष के साथियों, राजनीतिक दलों और नेताओं का शुक्रिया अदा करूँगा जो मेरे साथ खड़े रहे और मेरे रिपोर्टिंग करने के अधिकार के लिए आवाज उठाते रहे।

पत्रकारिता संस्थान आईआईएमसी में मेरे जूनियर-सीनियर और सहपाठी रहे पत्रकारों का विशेष तौर पर धन्यवाद। आप लोगों ने हर सम्भव प्रयास कर जेल से निकाल मुझे वापस मैदान में लाने में अहम भूमिका निभाई है। गिरफ्तारी के बाद जमानत के लिए भागदौड़ कर रहे विनय सुल्तान, गर्वित गर्ग, अतुल चौरसिया, बसंत कुमार, अमित ओहल्याण, शिल्पा हांडा, सौरव, तनजीत, जसमिंदर, अर्शपिंदर, मनजीत फौगाट, विनीत पुनिया, दीवान सिंह और न जाने कितने ही साथियों की मदद से मेरा बाहर आना तय हुआ। वकील सारिम नावेद और कामरान कानूनी लड़ाई लड़ ऐसे ही लोगों की मदद करते रहिए।

राजकमल प्रकाशन के सम्पादकीय निदेशक सत्यानन्द निरुपम का आभार, जिनके चलते यह रिपोर्ताज आपके हाथ में पहुँचा। आर. चेतन क्रान्ति और राकेश जी का आभार। आप लोगों के बिना यह काम पूरा नहीं हो सकता था।

अनिल चौधरी, प्रोफेसर अपूर्वानंद, पूर्वा भारद्वाज, जितेन्द्र चाहार का विशेष आभार। पत्रकारिता के छोटे से सफर में आप न होते तो शायद मैं पत्रकार न होता। प्रोफेसर भूपिंदर बरार का आभार, जिन्होंने किताब के सिलसिले में मुझे जल्दबाजी करने से रोका। प्रोफेसर आनन्द प्रधान और अनिल चमड़िया का आभार, जो पत्रकारिता में सही लीक पकड़े रहने के लिए हमेशा डाँटते-फटकारते रहते हैं। वरिष्ठ पत्रकार विपुल मुद्गल और शंभु घटक का आभार, जिन्होंने उस समय साथ दिया जब मेरी जेब और दिमाग दोनों खाली थे।

मेरे गाँव खुडण के सारे वासियों का आभार, जो अपने बच्चे को कभी अकेला महसूस नहीं होने देते। गाँव में बसता मेरा परिवार,

मेरी माता बेदो और मेरी हमसफर लीलाश्री का आभार, जिनके कारण गाँव-गाँव, खेत-खेत चल-फिर पाता हूँ, पत्रकारिता कर पाता हूँ। लीलाश्री के पिता चेतनराम गोदारा और उनकी माता लाली देवी का आभार, जो मुझे हमेशा आगे बढ़ने के लिए प्रेरित करते हैं। अंकित ग्रेवाल, शैलजा, शीशपाल, हुशियार सिंह, प्रशान्त चहल, रमिंदर, महताब आलम, अर्पन, गुरप्रीत संघा, रमनदीप मान, कविता श्रीवास्तव, अखिल चौधरी, यादविंदर सिंह, भाग्यश्री गोदारा, रजत शर्मा, रिंकू श्योराण, अजीत सिंह, प्रदीप देशवाल, अमितोज मान, गनिता, अमित पुनिया, गौरव गोदारा और रितिका का आभार, जिन्होंने इस सफर में मेरी बहुत मदद की। उन सभी साथियों का भी विशेष आभार जिनके नाम यहाँ न लिख सका।

आखिर में मेरे स्वर्गीय पिता टेकचंद को याद कर आँखें नम हो रही हैं। काश, आप होते और यह किताब पढ़ पाते।